咖米其伤

Café Ami

戴舫 著

作家出版社

目录
Contents

西雅图残冬，午后渐渐潮湿出一圈圈凉气，潇潇暮雨便带上了三两分凄清。从实验室回家，拐过街角就看见房东客厅灯光昏黄，周边房客们的木窗木门愈显得黑洞洞的，双脚于是自作主张向左一滑，推门走进这家小咖啡店——Pickled Herrings，意思是生泡酸鲱鱼。店主叫 Sven，我叫他"斯文"，北欧种，善用红酒醋泡鲜鲱鱼，口味酸脆，像四川泡菜，生食后余腥绕舌三日不绝。当地北欧后裔多，常有慕名而来的，胸口顶着小吧台坐下，就着酸鲱鱼，用一根极小极细极长的酒杯喝一种烈酒，跟斯文聊天。斯文体重大概有三百磅，略微害羞，说话时不太看人，不时捋一把贴着脑袋蜷曲乱飞的淡金色头发，捋出一绺绺北欧渔村的风情来。

第一章

我跟酸鲱鱼咖啡店结缘，进而与王教授成为"咖米"（法语：Café Ami，喝咖啡的朋友），得从一个不太好笑的笑话说起。小时候我成绩不错，很多人夸我天才，我信以为真，等到发觉这说不定是一种西人所言"cosmic conspiracy against me"（宇宙针对我个人的阴谋）时，我的青春已被书本和实验室消化几净。大约也正是我由"天才"变回普通人那段时间，第一次走进酸鲱鱼咖啡店，不经意间瞥见了王教授。他坐在深色护墙板的暗影里，暮色转浓，抹在他身上脸上，使他整个人都虚虚淡入了背景，只剩下衬衣领子白白的一圈，略沾些戳心戳肺的意思。他肯定看见了我，不过似乎并不想打招呼，见我端着咖啡、点心走向他坐的小圆桌时，他一向意态萧索的表情上加了点儿迷惑。我俩在一个屋顶下做房客有三年半了，还没说上十来句话，大概彼此都不太在乎。

实际上王教授很让人记得住。那一次驻美大使来访，访问学者、留学生排了一个长队跟大使合影留念。王教授站在一边，有人问他怎么不去站队。王教授说，你看大使那么大年纪，站在那里像个木偶一样等人一个一个上去拍照，脸上什么表情？我正好站在王教授后侧，听到这段对话，再看一眼大使先生，脸上冰冻着一个优雅的微笑，看来虽然习惯了这类"社群服务"，但心里至少是充满无奈的。这时那个问话的人又说，跟大使合影，框起来挂在客厅里，多好！说着也走去站队了。王教授叽叽咕咕用上海话说，这也算一种人道主义吧？说完笑呵呵地走去放满食物的长桌边上，挑挑拣拣地找东西吃了。

"在等人，王教授？"我端平咖啡立定，只要他眨一下眼，我立即另觅坐处。我这种心态，向好里说，是自爱，反之就是不自信，自我安全感缺失。

我视界下端突然有东西开始移动，本能往后一退，手上咖啡泼洒出来烫了手，强忍着才不至于龇牙咧嘴得太过分。低头一看，是长颈酒杯似的小圆桌子，被王教授用一只脚勾住脖颈，慢而平稳地移离墙壁，一只手同时将一把椅子移入桌壁之间。

王教授微笑着，示意我坐下。我不理解为什么要搬动桌椅，四下打量。他略坐直身子，夹手拿过我的咖啡放在桌子上。

"这个角度，"他待我坐下后指指窗外，"好看。"

窗外近景是两棵百年橡树粗大的树干，霜皮溜雨泛着青苔霉绿，框出对街两座三层小楼，蓝顶白墙上深灰的暮色正在浓缩成黑夜，衬出中远背景上两块扇面大小的湖水，在低垂的天幕下毛黢黢地发白。就是由于这类典型的西雅图雨景，这地区全美抑郁症发病率最高，街上到处有光照沙龙，人一觉出自己想发疯了，就进去花十几二十块钱用某种强光照射大脑前额叶，据说对气候诱发的抑郁症很有效。

我坐下，凝目雨景，然后低头抿了一口咖啡，极苦，皱下眉头，却让嘴角溢出几丝笑意。王教授在一边观察我喝咖啡，饶有兴致。

我略感不自在。"这个雨景……呃，大部分人欢喜阳光灿烂。"

我抬眼直视王教授。他的眼睛通常给人以平和的印象，这时却有了厚度。眼光一厚，后面藏些什么就透不出光来了。

他点点头，大概是同意我的说法，也可能是加强语气："好看，这雨景。"

他的眼光落在窗外的古树上。树皮上沟槽密列，一片落叶小而圆，黄亮亮的，小半嵌入缝隙，大半湿湿贴着树皮，微现出下面的凹凸不平。这片落叶再平常不过，但冬暮雨夜，背倚古树的铁灰粗糙，这片亮黄的小落叶，竟袅袅娜娜妖娆起来。

西雅图地近北极圈，纬度高，但由于太平洋暖流，冬暖夏凉，许多树不全落叶，所以整个冬天都有落叶飘荡，倒像一个无限延展的深秋。但对很多人来说，这也意味着抑郁的无限延展。这片小圆叶显然飘落不久，依然汁液充盈，色彩则转而耀眼。不过，王教授到底是在看这片落叶，还是在看被岁月风霜剥蚀得极富沧桑感的树皮呢？

我本想说不过是一片落叶而已，引他抬抬杠，但他正好转过眼来，目光里似乎带着一丝柔和，我抬杠的欲望就整个脆弱掉了——我还是天才的时候，柔和这种感觉很少光顾。我低头喝了一大口咖啡，烫麻了舌头，忙抿紧嘴唇，极力缓慢地咽下这股流动的火，喉咙食道好像要烫穿了，生怕咳嗽起来呛入呼吸道，那伤害就大了。

"捂住鼻子，"王教授做示范，一只手整个地盖上了口鼻，"抑制咳嗽。"做完示范，手却依然紧紧捂着口鼻，像在为我用力。

我屏住呼吸咽下流火，抑制住自己抬手捂住口鼻的冲动。我注意到王教授的手宽厚而大，皮肤细腻润泽，白得发亮，好像不应该长在他身上。他瘦长个子，英文叫 wiry，像一条钢丝，细长而强韧，脸上肤色微暗，胡须很浓，虽然用力刮出一道道血印子，但颈脖间仍时不时晃出一片硬茬茬的黑影子。

我嘴唇微开，小心吸进一口凉气，按摩烫疼的喉咙。奇怪的是，咖啡的苦香味这时却满口弥漫开来，那部分侥幸没被烫死的味蕾，这时被苦香味穿透，一个一个花朵般地绽放，生出甘甜的津液来。

一定是我的表情透露了什么，或者王教授也有过类似经历，他显然知道这是我第一次体会到咖啡的妙处。

"终于，嗯？"王教授兴致盎然，指着我的咖啡，"美洲黑咖啡。瓜地马拉咖啡豆。虽然焙制已有一个星期，但是储在高端真空罐里，随吃随磨，从磨碎成粉到高温蒸汽压到你的杯子里，不超过一分钟时间！绝对不超过一分钟！大部分时间只要二十秒。二十秒！真的，斯文手脚很快。所有的香味都 sealed in（封印）。"王教授边说边做手势，手又白又大，反复做着各种各样"压"和"封"的动作，好像非如此不足以传达"seal in"这两个英文单词的力量。

王教授平时寡言少语举止安详，从来不做大动作。

"这种咖啡，非得就热吃，不然香味全跑了，不过……"王教授看看我张嘴喘气的模样，摇摇头，大概想到这杯咖啡将被浪费，很有点儿可惜。

我挑战似的看了看他面前的咖啡，还剩半杯，完全冷了。他笑笑，摊开手，无可奈何。

"第三杯。现在每天只能吃三杯。心有余而力不足啊。生年不满百，常怀千'杯'忧！好咖啡，一人一生能吃几多杯？"他叹了口气，满足感却从额头眉角满满地溢将出来。我以前见过饿狠了的酒鬼饮若长鲸吸百川后这么满足地叹气，不料喝咖啡也能喝得这么身心俱殁。

我好好地看了一眼手中的咖啡，慢慢又是一小口。享受感没有了。慌忙又喝一大口。除了苦味，什么都没有。

"舌头全麻了。"我自嘲。

"咖啡的神韵，相当……呃……elusive（难以捕捉）。中文也有个相近的词，佛教用语，'羚羊挂角，无迹可求'，描写得好、准确……"

我后来发现，王教授讲话欢喜夹杂英文，有时还加几个拉丁文、希腊文、法文、德文甚至希伯来文，倒不一定是没有相应的中文译名，他就是欢喜外语，欢喜把一个难发音的外语字发准发足，欢喜咀嚼外语字的表达力，呃摸多重涵义之间的复杂意趣带来的满足感。华盛顿大学人类学系有个出身上海外国语大学英文系的教授，英文特别好，但跟中国人说话坚持"一句英文也勿开"。她说一个老师说过，中文夹英文最讨厌。我以为她是厌恶语言不纯，结果不是。

"讲三句中文就夹一句英文，好像会说两句英文就高人一等。切！品位缺失之至。"她说。

我那时也属于"品位缺失之至"，她的话吓得我立即改邪归正。跟王教授做了咖米以后，渐渐又"品位缺失"起来，除了很难抗拒"品位缺失"的诱惑之外，也很欢喜别人夸我说"你词汇量好大啊"。

那位人类学教授应该也体验过，把一句外语说得很漂亮时的快感。

好像作为人类学家，她更应该懂得，我们都是某种意识形态框架的囚徒，不同的是有人意识到有人意识不到，更大的不同是有人尝试越狱有人以自己囚所与众不同而骄傲，当然，最大的不同是有人能够越狱，有人心有余力不足。

这位人类学教授是她领域中的佼佼者，但看来属于优秀的专业人士，而不是知识分子。

我没有想到的是，由于王教授，我认识了欢喜各种语言夹着讲的人，似乎品位与否根本不是问题，表达快感才是动力。

第二章

王教授似乎一有时间就泡咖啡店。第二天我又拐进酸鲱鱼，他还坐在老地方，好像从昨天我离开后就没挪动过。他宽大的手掌裹着一只肥肥矮矮的小咖啡缸，咖啡还若有若无冒着热气，感觉厚重，但颜色较淡，据他说是非洲肯尼亚的咖啡——焙制温度低，时间是意大利透焙咖啡的一半，瓜地马拉石板烘咖啡的三分之二。磨成粉后同样体积的咖啡，肯尼亚咖啡要重差不多三分之一，所以做同样浓度的纯咖啡，用肯尼亚咖啡要少放三分之一。今天的肯尼亚咖啡是上个星期烤的。要喝新焙咖啡明天请早，因为酸鲱鱼咖啡馆每个星期四早上焙制新咖啡。我大吃一惊：这个不起眼的小咖啡馆竟然自己烤制咖啡，那得多贵？有空间吗？客源足否？他看出我怀疑，来了劲儿，挥手招来斯文。

我以前只从窗外看见过斯文，通常只是他浮在吧台上或顾客背影间的脑袋，以及脑袋下横着的一只足有半尺长的黑领结，而他的淡亚麻衬衫总是跟背后的大镜子白成了模模糊糊的一滩。他脸不显胖，宽宽两撇小胡子修得尖刷刷，下巴还棱角分明，看起来相当帅气。但当他从吧台后一步一步挪出来，我竟然觉得罪过。斯文至少两米高，宽肩厚胸，正面侧面都大于我们的圆桌面。相比之下，他至少两倍于我的腰臀，却并不显得特别肥硕，而且无赘肉下垂感。他出了吧台，走动相当麻利，把我的罪感也麻利掉些许。

"我给你找了一个新崇拜者，大力。"王教授介绍道，"他对你的家焙咖啡很有兴趣。"

斯文害羞似的跟我点头示意。"见过。昨天还来过一次。好名字，大力，是为了纪念法国画家达利起的名吧。"斯文拖过一把吧台高脚凳坐下：他个子和体重坐不进圈椅。但高脚凳凳面小，斯文坐上去就完全捂进了厚厚的肉层里，让人很担心是否会陷进什么地方去。

"我这个大力是力气很大的意思——家里期望我长大后能干重体力活。"

"哦，是吗？你房东说你跟那个西班牙的还是法国的画家同名。他很为你自豪呢，说《时代》杂志说你要得诺贝尔奖了。"他顺手往左后方照片覆盖的墙面一挥。"得谢谢华大，我这小店里也来过三五个诺贝尔奖得主，还跟我合过影。等你得了奖，别忘了也跟我照一张，放那儿凑凑热闹。"

我尴尬得不知怎么回应。正担心呢，马上发觉这担心纯粹多余，因为斯文话题一转，谈起他的家焙咖啡来，显然合影云云不过是客套而已。我偷眼瞟那墙面，花拉拉一大片，最大最显眼的照片都是本地美式足球明星、篮球明星，大框子框着，签名巨型花哨，将来都是卖得出好价钱的收藏品。次一级的就是名人什么的，像芭芭拉·斯特来桑和克林顿总统，也住在镜框里，就是小一点儿。至于那几个诺贝尔奖得主，大概就野营在那一大片巴掌大小用揿书钉钉在木板墙上的照片里吧。

想到自己现在连挨一揿书钉的前景都没有了，不由暗笑，无奈化生出几分幽默来。几年前我被西雅图华盛顿大学挖来，报到前，一个杂志还刊登了我的一篇专访，预言我五年之内就会得诺贝尔奖。不过那是《科学》杂志，不是一般人敬若神明的《时代》。在科学家眼里，《时代》说什么都不作数的。前个月我要得奖的课题被一个小破学校毫无名气的南美裔的教授做成功了。他比我晚两年开始，在我还没有看见成功前景时他就轻易解决了所有的难题，这让我意识到自己跟他相比，差了几个层次。更令人沮丧的是，他的成功没引起一丝波澜，而如果是我做成的话，一定会有许多报道并讨论得奖前景了。

于是我书橱里保留的那本《科学》，不久前就被我扔掉了，看来那之前房东早已秘密巡视过他已经出租的领地。

在美国，房子一旦出租，房东偷偷巡视，房客可以将其状告至法庭。

斯文讲他的家焙咖啡时双眼闪闪发亮，一定快感非凡，但比起听王教授讲的快感，恐怕还低一个层次。王教授边听边评论提问，眉飞色舞，而且时不时提醒斯文漏讲了什么。斯文时有口吃，王教授便会接过去代讲一小段。显然，王教授已经听过多次，而且乐于重复听讲。我对焙制咖啡毫无兴趣，但斯文讲解时所表现出来的分析技巧和逻辑能力让我惊异。讲到焙制介质时，用词思路和化学生物学知识都很专业，尤其是讲到石板焙制咖啡时，要考虑石板所含化学成分跟咖啡成分差异和温度互相影响，及如何找出最快捷的留利去弊的方法论原则，这让我意识到这个大脑绝对超过我至少三分之一的博士生。我一共有二十三个博士生，大部分都比我年龄大一岁到十三岁不等。

"可惜了，你怎么没学科学，斯文？"我找了个机会插问，"你逻辑能力很强。"

才说完我就意识到自己又犯了老毛病：许多人不做科学，不一定是没有科学头脑。

斯文正讲到兴头上，被我打断，愕愕然左看右看。然后大约觉得不够礼貌，便作思索状，点头，若有所悟。我几乎可以肯定，斯文认为我的提问"浑身不搭界"。他眯细着眼睛上下左右在我身上扫了几回，口里嘟嘟哝哝，然后信口说有人从吧台后叫他（整个店里安静得都听得见鬼走路），道了个歉，逃难似的走了，庞然大物摇摇摆摆挤进吧台，又想起什么，对我大声叫道："明天有新咖啡。"过了一会儿，又加道："In this world nothing is certain but death, taxes and my coffee."（世上万事无定，但有三个例外：死亡、税收、我的咖啡。）这话说到一半时他眼光错开，摆弄着吧台上的生啤龙头，好像唧唧咕咕给自己听。

这句话套用弗兰克林一句名讽，末尾加了"我的咖啡"。

我思维短路了几秒：好像中国古代有个叫庄子还是老子的家伙讲过类似的话。生命中肯定的东西？难道斯文津津乐道于烤咖啡，是某种生命追求？还有微言大义，"形而上者谓之道"？

斯文是个哲人隐士，还是我因为自己的生存危机便一厢情愿把这个胖巨人标签成了苏格拉底？我盯着眯细着眼摆弄生啤龙头的斯文发呆。王教授伸长手臂越过圆桌面点一下我胳膊。我打了个激灵，想问他斯文是否在讲哲学，但忍住了，怕看见王教授一脸"你在说什么呀"的神情。最近常常半夜睡醒，一脑壳思绪纷纷像一锅煮开的糨糊，每每觉得走到了精神分裂边缘。

我回过神来没话找话。"王教授……嗯，你……还在玩纯数学……噢不，你是上海人，咖啡从小就喝吧？"

我语无伦次，但王教授不在意，反倒转过来细盯着我，告诉我他的咖啡故事很长，问我有没有时间听。我不想说愿意但不敢说不愿意，王教授便得逞似的笑了，好像早就看穿了我言不由衷。我无端地感觉他有点失望。也许他也孤独，需要听众。

下一天是星期四，酸鲱鱼咖啡店人满为患，都是专为斯文的家焙咖啡来的，从十几岁的少年郎到银发皤然的九旬翁媪，不过大多数是三五十岁的中年男女。在西方，美国人大都喝雀巢、麦氏等便宜货，所以很受欧洲人、南美人嘲笑，但至少西雅图是例外，后来星巴克崛起此地并非偶然。好不容易找到王教授，在他旁边挤进半个屁股，然后开始等待。大家兴奋地猜测今天是什么咖啡、怎么焙制、温度如何、空气湿度会不会有影响。原来斯文会玩狡猾，每星期焙制什么咖啡都要保密到最后一刻，吊足胃口。第一缕新焙咖啡香味从后门钻钥匙眼儿溜进来，店堂里节日气氛开始蠢动，等香气扑开门扇汹涌而入，这气氛就蓬蓬勃勃膨胀开来，直到庞然大物斯文手托一个大银盘左晃右摆走进门，咖啡豆油亮亮，深褐色里氤氲出一团金黄，银盘上堆得又高又尖，狂欢节的味道便蘑菇云一般四处弥漫开去。

第一轮咖啡不要钱，颇有诗意地名之曰：tribute to Café amis（进献咖米），这也是斯文的招徕术之一。咖啡开煮，特地拿出老式的透明玻璃咖啡壶，看蒸汽搅动深褐色的蚁群在里面一股股上下蹿动，大家便屏声静气乖乖坐着看，好像等待上帝之子再次降临。咖啡好了，斯文开路，四五个男女白衬衫黑马甲红领结，手捧银制咖啡用具，一张一张桌子斟过来。一时间满店都是咂嘴叹气声。不知为什么这儿的咖啡老饕都欢喜啜一口咖啡就咂巴一下嘴，慢慢下咽，然后极长而轻地叹一口气。

我喝不出这咖啡好在哪里，不过也没少咂嘴叹气。并非我冒充行家，只是觉得不这么做很不礼貌，而且斯文还不时对我点个头、眨一下眼什么的，不知是不是还想着要跟我合影。王教授似乎忘了我的存在，半闭着眼，抿口咖啡，嘴唇开条极细的缝，深吸口气，屏住，然后慢慢呼出，略停，再抿口咖啡。我不知道他是否在附庸风雅，但他肯定知道我在装腔作势，不过我不敢肯定他是否在心里暗暗笑我，至少表面上他想让我觉得自在。

"A gentleman is, not does."（绅士本天成，人力非所及。）我心里念了一句英谚自嘲。

我一直有个莫名的直觉，认为王教授一定出生于一个非常有教养的家庭，虽然我自己是江南小镇教书匠的产儿，从来没见识过一个"非常有教养的家庭"——包括我那些长春藤师长，都没一个合乎我脑中这个模式，恐怕不仅由于他们当中很多人跟我一样出身草根。我欢喜乱读书，知道这类教养，其优雅处可以迷人，更可以迷杀人，恐怕大多数时间是后者。我不由自主猜想，如果王教授想嘲弄我，会采取何种方法，竟然很想见识一下。但是，前提是，我得有资格让一个教养很好的人嘲弄一下。我有吗？正胡思乱想，猛然意识到自己的自视，竟从猎取诺奖者降级到是否有资格做人家的笑柄，如此一落千丈，沮丧感油然而起。几分钟后，还出现了全身肢体下坠似的瘫痪感，所有我自己心脑科学研究计划所涉及的精神病态征象，会一个一个地出现在自己身上。

"我以前也有一只这种 coffee maker，"王教授说，指着在吧台上沸腾的玻璃咖啡壶，并不看我，"我们家原来有好几只。其实家里没人爱吃咖啡，不过赶时髦，那时阿狗阿猫都要买一只咖啡壶，洋派。你晓得，呵呵，上海人的虚荣心，蛮作孽（可怜）的。无伤大雅，当然。后来运动，都抄家抄走了。说来难以置信，有一次家里缺钱，我去中央商场当一件西装改成的中山装，看见一只咖啡壶上的玻璃罩，有些眼熟，仔细一看，奇迹，竟还是我们家的，不过其他部分都没了。"

王教授戛然而止。我想他是要知道我是否有兴趣听下去，便问，你买回去没有？他点点头，也就没了下文。我想他非要我"诚恳"请求才会讲他的故事，不然好像他硬要讲给我听似的，正犹豫着是否要诚恳一回，店堂里众咖米们忽然鼓起掌来，原来是感谢斯文恩赐咖啡。忙跟王教授一起站起，用力鼓掌，外交家似的笑着，像真的一样。

王教授喝够了咖啡跟我一起出门回家。关上门时，他对我笑笑。"我买回玻璃罩那年，还不会吃咖啡。不过，特别想吃。"

我以为他会借此讲他的咖啡故事，但没有。后来回想他说那话时，温和的眼光依然厚厚的。难道他怕我不会喝咖啡自我感觉不好，安慰安慰我？如果这样，虽然小心眼儿了一点儿，但不难体见其善意。

我也成了酸鲱鱼咖啡店的常客，甚至还尝了酸鲱鱼，腥得我有个把月一看见鱼就想吐。王教授却每过十来天就会吃一回酸鲱鱼，那时他就会坐上吧台，就着一小杯烈酒，很享受的样子。他说他外婆是宁波人，什么生的腥的臭的，都爱吃。

"我是 hedonist（享乐主义），是哲学意义上的，但不是心理学意义上的——不是 epicurean［伊壁鸠鲁（感官享乐）主义者］。这你恐怕比我懂得多。一样东西有人欢喜，必定能产生快感，有机会体会一下，顶好别错过。体会不到，也无所谓，反正你也不晓得你错过了什么，呵呵。"

hedonist 这个词通常翻作享乐主义者，不十分确切，不少人知道这一点，都会用英文原文。但很少非专业人士知道这个词在心理学和哲学上的不同用法，除非阅读非常广泛。不过我并未因此表示惊异，只是在脑海里狠狠地打量了他一番。

后来我意识到，我是在那一刻才开始把他看作同等智力者。

王教授始终没讲他的咖啡故事。有几次我逗他讲，他总是说，因缘巧合，你自会晓得，不然，讲那个没意思的故事做啥？久而久之，我渐渐觉得他是真不想讲这个故事，而且这故事恐怕还辐射着几分个人隐私的暧昧。

第三章

　　回想起来，王教授是我第一个朋友、咖米，算不上亲密朋友，因为等到我相信这世界上应该有人还看得上眼时，已经过了能无意识地敞开心灵寻求知音的心理年龄。我知道他欢喜我，但始终不知道他是不是把我当作朋友，反正他看我的眼光，那厚度始终没消失过。大约我们俩都想做亲密朋友，终于没做成，好像有点遗憾。当然我可以哲学一下，说在终极意义上，人是绝对的孤独，但大学生时很玩过一阵这种深刻，玩过头就不仅是品位缺陷，因为明摆着，有人就是有知己，更别说还有人从来没感到过孤独，你要坚持说人实际上还是孤独的，只是没感到孤独而已。可是孤独不就是种主观感觉吗？感觉不到，还存个什么在呢？逻辑都没有。纯粹文科思维。

　　当然，"文科思维"这个词，我是从不公开用的，免得成为笑柄。但是这个词很有发泄力。中国教育精英史无前例的逻辑能力低下，的确以文科学生为甚，将会是中国大国梦的佝偻症。这种佝偻症也在美国蔓延，不过并未传染到教育精英层次。

　　我还是天才时，好像从未有过孤独感。

　　我跟王教授做了咖米，我猜想一是害怕自己的孤独，二是好奇别人的孤独。华大的中国学生和教授，几乎没人跟王教授常来常往。一般说法是王教授英文好，欢喜跟老外交往，对中国人没兴趣。这说法难免有文化自卑之嫌。但我跟他在一个屋顶下住了三年半，除了酸鲱鱼咖啡店里那些咖米，没见他有什么老外朋友，更何况他跟任何人说话，都像老师教导学生那样循循善诱，绝对跟某些中国人的自卑情结挂不上钩。他的意态萧索，见多了，反倒像一个不经意的假面，掩盖住他实际上很欢喜孤独的个性。

不论什么原因，我对王教授发生了兴趣。我上一次对别人发生兴趣只有六岁。一年夏天，邻居家来了个上海外孙女过暑假，七八岁的样子，我们都叫她"上海姐姐"，穿条花样很普通的格子裙，当时还不懂时装剪裁做工什么的，只觉得特别好看。她带我们那条小巷里六七个孩子玩了一夏天，教我们说带上海腔的普通话，解趣味数学题，认五线谱，下国际象棋，做飞机模型，打羽毛球，跳集体舞，开诗歌朗诵乘凉晚会，全是上海有教养人家孩子玩的洋花样，弄得我们都骄傲得不得了，看到别巷的孩子就一个个把头昂得高高的，自称"我们上海人"怎么怎么的。八月半一过，天凉了，某天早晨起来去找上海姐姐，发现她已经被接回去了，我顿时觉得天塌下来了一般，好多天垂头丧气。开始还希望上海姐姐会回来看我们，后来希望她写封信来，再后来希望她来年暑期再来消夏，再后来就开始说她坏话，同时她也变成我的偶像，由于难以企及，所以其重要性略低于我另一个偶像——科学。这科学偶像实际上是天才拜物教，也是自我崇拜，有趣的是从来没见人写文章针砭过这类虚荣，大概作家们大都还在修炼大大小小各种自我崇拜吧。

从上海姐姐以后我再没对人感过兴趣——当年没人懂孩子如此易受伤害是种病态，自然也无从谈起心理治疗。成年后幻想过两三个女孩子，都是浅尝辄止，因为那种一想起上海姐姐就可以听见自己心跳的感觉，没有了。进上海复旦大学后，也曾想去找上海姐姐，因为从她外公外婆那里知道，她在上海交通大学念自动化控制。但终于没去，因为她在智力上跟我相近的概率最多在零点零零几，完全没有必要打破一个美好偶像。大学里赶时髦读了些弗洛伊德，顿时觉得自己很早就爱上了上海姐姐，下意识里有被抛弃感，心灵创伤很重，所以不能正常跟人交往，一时自我悲情一番，自我放纵一番。悲情管悲情，心下倒也笃定，因为知道病因。

博士毕业后因为研究需要，恶补了些精神病理学，知道弗洛伊德作为临床精神病学家早已过时，他的泛性学说只能当哲学猜想看，他的释梦学虽然用了科学方法，但结果并不比《左传》里的那些占梦家高明。于是，上海姐姐留给我的创伤终于显示出其黑洞般的不确定性：以我对科学的了解，按眼下前所未有的发展速度，再加快十倍，我这一辈子都不可能准确测量这一不确定性。可以肯定的是，我迷信科学，对他人缺乏兴趣，绝不是由于智力优越感，而是心有暗疾，恐惧他人，怕面对这种恐惧，拉科学做救命稻草，借智力做掩饰工具，自欺欺人。这种自我认识虽可能是一种人格升华，但它的心理和生理破坏力都足以致残，幸好被我的天才自我意识压着。等到哪天意识一垮，我的生存意志顿时溃不成军。我之所以还活着，说来可笑，一是想不出哪一种死法可以死后干干净净，不会让人捂着鼻子叫恶心，二是一个女人都没睡过，从生物体自我完成角度而言，是个大缺憾。这两种动机，可能前一个是给自己怕死找借口，后一个是基因里播种密码开始发作。无论什么原因，对女人的欲望突然空前燃烧起来。

但居然连一个燃烧对象还没找到，就撞上了王教授。事出意外，不过能对任何东西产生兴趣，对一个急需生活欲望的人而言，都是一种朦胧的"向生命意志"，暗潮起伏中就本能地紧抓不放。我好奇王教授到底是怎么样一个人，上了一下数学系的网页，知道他是数学系唯一的教了六年的客座正教授，也是唯一教博士班纯数学的非终身教授。换句话说，他是数学系最优秀的教授之一，但工资是别人的三分之一到六分之一：王教授虽然在最高档次的专业杂志上发表过三四篇论文（有人凭两篇在这杂志上发表的文章就在麻省理工学院拿了终身教授），但没有美国博士学位的亚洲人，进正式教授编制的难度大概比圣处女不用男人就能怀个上帝的儿子稍稍低一些。我特别好奇的是他居然人到中年还能教博士纯数学：这个领域传统上专属青年天才。数学系有个华裔教授是跟我一批被挖到华大的"天才"之一，言谈之间似乎王教授是低一等的存在。（美国大学剥削客座、代课教授是公开秘密，不过这样不屑一顾的态度还不多见。）可是我一问起王教授怎么获准教纯数学（这类课一般都是学霸们的私人领地），这位老兄就哼哼哈哈起来，王顾左右而言他，一下子就把我胃口吊了起来。

我先是找了王教授的论文来看，居然看不懂。大学时在上海修过两门纯数学，虽然逻辑把握推理解题都不是问题，但觉得像玩智力游戏，根本无法理解它们的 real-world significance（真实世界含义）。后来在新英格兰做博士论文，正好隔壁大学来了个费尔兹奖得主，叫阿列克谢·米亚京，教纯数学，据说极深奥，便慕名去上他的课，这时才发现自己刚刚能够进入纯数学的意境，而班上大部分数学系的博士生还都一片云山雾海地玩智力游戏。由于我表现不错，这位教授特意劝我转系跟他念数学博士，我没转，但他这么器重我让我很得意了一阵。有一次去教授家吃龙虾，听他说一个人一辈子能窥入纯数学境界的窗口只为他开启一次，错失即永别；抓住时机，但窥而不入，这窗口也会迅速关闭绝不再开。他那时还希望说服我转系跟他念博士，所以我认为他神叨叨危言耸听，故意不修足原定的三门课，心想我停它个十年再回来解决几个世纪难题给你看。王教授的文章最多算是跟纯数学搭个边，而我竟然看不懂，看来这窗口真对我永远关闭了。我虽然不再自认天才，但聊以自慰的是自己多少有些数学天赋，现在这最后一道心理防线也被攻破了，让我常常中夜惊醒，慌出一身冷汗。我花了几天时间读王教授的文章，终于看出了些名堂，但又不自信，便登门求教。

第四章

我决定粗鲁一回，不打电话就敲上门去，也许惊鸿一瞥正好窥进王教授的个人世界。犹疑不定叩门，轻轻地刚三下，门扇从容摇开，摇出一对眯眯笑眼，微暗的光影里闪烁着两朵微黄。不等我解释为何上门，王教授略抬右手，掌心向上引我进起居室，好像终于等到我赴约而来。他衬衫领带裤线笔直，我进门后他顺手伸进门边壁橱，屈指叼出一件绸麻混纺西便装，细条隐格，不知脖子怎么一抖两抖就上了身，瞬目之间，又是那个王教授了，里外如一。美国人居家很少这么穿着，英国人也只有绅士阶层才这么正式。看来，王教授家有人二十世纪早年留学英国，带回家这一套洋派头，所以王教授做这一切非常自然，弄得我半天喉咙口才滚过一句尖刻话：怎么这家伙穿西装跟不穿西装没两样！这话自然是不出口的，不过说完才意识到这句刻薄话恐怕都刻薄到自己身上去了：你是说他把西装当马褂穿呢，还是他天生就是穿西装的料？再说，天生适合穿西装就了不起？我这是什么品位？幸亏没吐出口。

这栋三层大洋房房主是一个巨富的破落户后代，靠出租房子为生。二三层各有三个房客，但房客的房间从一到三间不等，大小也非常悬殊，月租最便宜五百，最贵两千五。我是两间的套房，开间极大，各有四五十平方米，卫生间也有二十多平方米，正中间一个黄铜大浴缸，镀金一丝丝也没掉，独用，但跟人共用一个有六七十平方米的巨型厨房。我还没去过三间套的，一直以为是二楼一个开"破鞋"车（俗译保时捷，没趣，发音也差太远）、打扮得像二十岁时髦小伙的五十大几的中年人所租，没想到是王教授的。他一个人要那么大屋子做什么？他那点代课教授的工资，够吗？

他的起居室有一百多平方米，宽宽地散放着三组沙发，都笼罩着一种静谧，没任何迹象显示我进来之前王教授在做什么：电视没开，没放音乐，咖啡矮几上没有摊开的书本，连无绳电话都老老实实待在自己的卧斗里，小豆眼似的充电信号畏畏葸葸亮着。一杯餐后波特酒喝剩一个底，但搁在一只放室内花卉的高脚架边上，好像是去开门前顺手放在那里的，但找不到酒瓶在哪里，除非在卧室里。我下意识地瞟了一眼卧室，在落地长窗的那一边，离我们坐的这组沙发有十几步远，窄门半掩，难道里面有人？

王教授妻子叫倪翠葆，是复旦大学光学研究所的，上过几回报，照片拍得像电影明星，得绰号"影星科学家"，成为复旦一景。几年前她来看过他一次，待了两个星期，那时她在普渡大学做访问学者。后来她回国之前王教授也去看过她一次。毫无必要地长期两地分居，最可能的善意解释是夫妻关系很淡。王教授长相并不风流倜傥，但很耐看，越看越有内涵，举止雍容，跟人打交道时，也绝没有很多非西方国家来的人那种过分的骄傲或矜持，时时警惕别人因为自己的文化或肤色看不起自己。如果他有一个女朋友，并不奇怪，实际上，他没有女朋友才奇怪。有几个人像我这样，而立之年还是个老童男。

我自怨自艾，不经意间又瞟了两眼卧室的门，不巧被王教授注意到了。

"过去看看，"王教授朝卧室方向翘翘下巴，"床底下也看看，嘿嘿，三刻拍案惊奇。"

王教授是否以为我想撞破什么奸情？！我脸刷地热了起来：我已经堕落到这个地步了？但这事无法解释，何况自己本来就别有用心，虽然此心不是那用心，但都是因自己了无生趣的日子而企图撞进别人的日子，或许就撞出些生趣，生命因此改变，或许撞上同样的空虚，那就是众生平等，一样苦海无边，他人的苦难就是自己的安慰啊。

骤然觉悟到自己对王教授的兴趣后面，下意识里的动机可能如此不堪，立刻产生了瘫痪性的效果。有几十秒我自暴自弃，完全失去自我保护能力：就让王教授发现我卑琐的灵魂吧，我还能怎么更差劲呢？死猪不怕开水烫！无产阶级失去的只能是锁链，呵呵，灵魂的无产阶级，妙呵！

自从我的天才意识惨遭凌迟，这种瘫痪性危机经历过许多次，开始产生免疫力，恢复也越来越快。下意识里的自我保护机制飞速运转，把我从悬崖边缘推后一步：既然暂时还不打算自杀，就抖擞精神活下去。还要好好活。要讲点面子话。但讲什么呢？得看王教授是什么反应。王教授什么反应也没有：他似乎只讲了一句很普通的玩笑话，并未料到杀伤力会如此之大。不过，他说床下看看，是什么意思？

我步伐夸张地走到卧室前，右手四指指尖搭上门，弯腰作窥探状。"给我准备了什么礼物？"

开口前我已经想好措辞口气音量，保证我的幽默不遭误解，不过我没想到除去理解误解以外的第三种可能性，非解——王教授根本就没想过这还需要理解，而是很专心地开着一瓶红葡萄酒，好像是为了招待我。我想应该说"不用忙"，但人觉得像车胎没气了，说不动话，只看着王教授忙。他手边一套喝葡萄酒的用具，割瓶盖的、旋软木塞的、真空斗、去氧唧筒，林林总总堆在一个上酒用的樱桃木托盘里，最显眼的当然是两只喝红酒用的高脚杯，银亮雪白，高透明度水晶制品。我注意到旁边有个漆水斑驳的桃花心木小酒柜，透过玻璃立着几排酒杯，当时我还分不出那些红白葡萄酒杯、香槟杯、威士忌杯、开胃酒杯、甜酒杯、鸡尾酒杯甚至爱尔兰咖啡酒杯，只知道琳琅满目形制各异，而且材质精美设计讲究，奇怪的是都只有两只。难道王教授就从没准备同时招待两个来访者？爱好孤独？王教授不像啊！

王教授开好酒瓶，托盘端到沙发前，放一只在我面前，倒了五分之二杯，却并不递给我。

"放二十来分钟，让它氧化，色味都会变醇厚。"

我脑海里突然掠过一幅画面：夜，王教授独自一人，拿出这么一大堆精致的小玩意儿，小孩过家家似的玩。难道王教授就这么消磨他宝贵的时间？他还做不做研究？上帝为什么在他并不太大的脑袋里塞进那么多数学？

王教授发现少了什么，问："你没去拿？"见我不解，想做什么解释却又改变了主意。直接过长窗进卧室从那个式样古老的木架床底下拎出一只包得密密的塑料袋，上面纤尘不染，解开泡沫塑料包装时却释放出似乎无穷延续的噪声，令人听着就忍不住跟老鼠一样磨牙。里面就是那种老式的玻璃咖啡壶，很旧，虽然洗得又白又亮，但积年吞噬的咖啡阴魂不散，平白里衍散出一轮轮黑影。他高高举起，对着灯光左转右转欣赏了几秒，然后献宝似的举到我眼前，用英文说："In perfect condition. A small miracle, isn't it?（保存完美。小奇迹一桩，不是吗？）"

王教授突然说一句英文时，说完嘴会咂摸咂摸，品尝美食般咂摸准确说出某个英文词的快感。

原来他的确是叫我去床底下看看！我怎么会错得那么离谱？王教授一定把我茫然的眼神理解为我完全看不出那只咖啡壶有什么了不起。他解释说酸鲱鱼用的就是这种咖啡壶，不过大了几号，二十世纪二十年代的名牌，后来大萧条公司倒闭，就变成了收藏品。他是在一家人家的后院旧货摊上买来的。主人显然不知道这件东西的价值，要价是一块钱，而在卡内新拍卖会上可以卖到上千块。我说那你还舍得用？他回头指指厨房里放着的另一只一模一样的咖啡壶，说不是在用吗？然后把咖啡壶轻轻放在我面前。"这是给你买的。"我还真吃了一惊，为了掩饰，我开玩笑说我可还不起一千块钱的礼物。他一本正经地说不用还。我又小吃一惊：怎么这么缺乏幽默感？然后他对我笑笑说，我是不是简直没有幽默感？我才知道王教授颇有点"冷面滑稽"的才能。

我并没有表示接受他的礼物，一是太贵重，二是我对咖啡根本没那么大兴趣。他却以为我已经接受了，又把咖啡壶包好，放在沙发边上，叮嘱我一定要用，不用就浪费了，别想那值一千块钱。我抗拒不住表现机智的诱惑，说想着那值一千块钱，用起来才舒服。王教授笑起来，说那我俩真是 of the same mind（一样心窍）。略停又加道，要是摔碎了，感觉就更潇洒，一千块钱，哗啦一声，没了，无介事（没事儿）。我也笑了，心里说王教授怎么听口气像个纨绔子弟，然后突然意识到，我俩这么几句聪明话一说，我好像已经接受了这个礼物。

我找个机会解释了来意。他皱皱眉头问，你看我那些数学游戏干啥？我当然不能说实话，便虚晃一枪，说想找个好的数学工具，心脑科学家数学都不行，也许是瓶颈。他说如果你能把我的数学引进你的研究，那诺贝尔奖非你莫属了。我心里一咯噔：王教授还知道我在研究什么？不知道他是否发现我表情有异，因为他看着酒杯，拿起来尝了一点，觉得还可以，便拿起另一杯递给我说，the faint tartness is almost all gone.（那一点微涩差不多全没了。）我正怀疑他是否根本没兴趣跟我谈数学问题，他却开口说他知道我的研究触礁了，不过没什么，换个课题角度，谁知道什么时候谁撞大运呢？科学成功，天才是前提，一切靠运气。我在目瞪口呆之余，没忘了问他怎么知道我的情况。他笑而不答，却说他对我的行当了解太少，但据他看来，目前他的数学能看到实用前景的，只有理论物理学中的几个稍偏的领域，也许再过十几年又碰上一个有运气的天才，能用他的数学创造奇迹，而我这个行当离使用他那种数学还差得远，说是小儿科也不为过，不过他不是专家，意见不作数，也许我真能创造奇迹，也不是不可能。他接着谈起我这个行当哪几种研究方向可能跟他的数学有关，虽然免不了外行仅凭逻辑推理下判断时必然会犯的过分逻辑的错误，但可以看出他在这方面还下了一点功夫。

像很多数学家一样，王教授似乎也认为他们数学超越时代太多，目前最顶尖的成果大多数在可见的将来科学还没有运用能力。我对这种想法很不以为然，不过似乎也无力反驳。

王教授有一点异类：他不把自己算在顶尖数学家之列，这似乎跟"数学家"这个词自相矛盾。

王教授越说越投入，几乎没我问话的机会。突然话题一转，说他认为他的数学应用前景最大的地方应该是政治决策学。

我打断他说我在新英格兰曾参加过一个周二午餐会叫 Fat Brown Bag（大胖黄纸袋），是跨学科思想沙龙，参加者是科学家、社会科学家、人文学者加上一些学而优则仕的教授。争论较多的题目之一就是政府决策科学化，唯一的共识是就目前状况而言，决策科学化只是个笑话。至于将来是否有可能，大部分科学家都认为有可能，而大部分社会科学家人文学者都嘲笑他们还生活在十九世纪基于实证主义哲学的科学主义幻想里，科学家便反唇相讥说那是因为政府决策者都是科盲。每次讨论这个题目都以互相嘲笑结束。我虽然是科学家，却站在反科学家一边，因为什么事一牵涉人，定量分析就大打折扣，而没有定量分析，科学——照我们现在的理解——是无法建立起来的。

王教授一听见"大胖黄纸袋"这几个字，眯细眼刷地撑圆了一圈。我猜想他一定听说过这个著名的思想沙龙，所以不无艳羡之色。他耐心地听着，当时我以为他被彻底震撼了：这并不奇怪，当世懂一点思想的人，很少能够不受震撼。待我说完，王教授先说，你真是幸运儿，能够参加那个层次的讨论。我说我只是借我导师的光溜进去在旁边偷听几句而已，哪有资格发言？他笑着说你算了吧，别言不由衷，几个诺贝尔奖就能吓住你们这些个小公鸡？他虽然语带嘲讽，但暗含夸奖，不知道是真戳了我的心经：当时我年少气盛，导师是诺贝尔奖得主，跟他参加过几次小型的诺奖得主的圆桌会议，暗中跟他们比比，不说自以为赶上他们只是时间问题，其中有几个还蛮不在眼里，直到今天才刚刚看见隐藏在天才和我这样头脑稍微好使一点的人之间的鸿沟。我尴尬得说话顿时期期艾艾起来。

碰巧我发现王教授脸上掠过一丝不豫之色，不过是几分钟以后才意识到为什么。他耐心地听我讲着大胖黄纸袋诸位发起者的思想和个性、他们的轶事和幽默、他们的顽童本性……以前我讲这些多少有点优越感，但这次负疚的色彩更重一些，负什么疚，我心里知道，却难以言表。我讲着讲着，忽然"感觉"（因为并没有看见任何东西）王教授表情不对。以前我讲这些，仰望思想的听众通常是聚精会神，满脸写着向往憧憬，但王教授似乎有些不耐烦，虽然脸上耳目嘴鼻相对位置没有任何变化。我当机立断，一句话没说完就戛然而止。王教授立即说，回到刚才的题目，你知道大胖黄纸袋诸君为什么就决策科学化问题争论不休吗？因为里面没有一个数学家。

我很好奇。我的数学教授米亚京曾应邀加盟大胖黄纸袋，他谢绝了，背地里把沙龙叫作"上帝俱乐部"，说没有一个像样的数学家会加盟那种沙龙，"因为我们不仅不相信上帝，而且反对所有的上帝心态。"后来他听说我也常去那个沙龙，不相信，还专门跟我当面证实。我仍记得他听到我的肯定答复后，脸上那种失望的表情。他大概把我的愚蠢归结于没跟他念博士的缘故。不过，王教授怎么知道那里面没一个数学家呢？我问了他，他惊道，你不知道沙龙有网页？上面有每个参加者的履历，每一个聚会都有详细报道，咳嗽一声都记录在案，跟帝王"起居注"似的，放个屁也可能具有世界意义。我说王教授你还真有幽默感。他说不是幽默，是一个真实的哲学命题，叫作"伟大人物在历史上的作用"，当时还认真讨论过：皇上昨天晚上吃了什么东西不消化，放屁放死了，有政策不作数了，因而导致造阿房宫或修建大运河，历史全面改观云云，历史发展随机性的最好注脚。我大笑起来，说简直是超级幽默，简直是超级幽默。

王教授脸上突然有几条肌肉微微一抽，放在别人身上可能就是"板了一下脸"。他说，大力，你真会打岔，我刚才说到哪儿呢，嗯？好像有关数学。对了，因为数学并非科学，叫它形式科学都是挂羊头卖狗肉，不，数学是一种艺术，一种逻辑推演的游戏，要说跟什么最接近，那就是交响乐作曲，不过数学正好能用作科学工具，遵循一种特殊的与美学原则相通的逻辑。王教授解释了一大通，大意是说目前还处于实验科学阶段，无法考虑人这个最不可测的可变函数，而他的数学因为本质上是艺术，本身就有不可预测性，若对象是人的行为的不可预测性，那就是以不可预测性对不可预测性，是 perfect match（登对／绝配）。既然物理学靠数学成为科学，政治决策学也一定会走同样道路云云。

王教授这一套理论如果站得住脚的话，就具有划时代意义了。我虽然不相信我正面对一个爱因斯坦，但毫无疑问，王教授在这个问题上不但已经在跟最高层次的思想家对话，而且还有意无意地在数学思考上把自己往那个方向逼，这就是尖端拓荒者了。王教授有这么了不起？我不禁眼角重新瞄了几下王教授，心里直摇头。不过，万一呢？万一我正与伟大同座呢？思想这事儿谁也说不准：爱因斯坦成名前，不也就是个爱跟堂表姐妹偷情、生了私生子就逃之夭夭的小混混吗？据说只有谈起思想问题时，小混混头上立即有圣人的光环升起。我不由恶作剧地朝王教授头上直看，说：嘿，少了什么，光环呢？王教授没注意我在胡搞，一脸严肃作思考状。有顷，问我是否觉得他所说的这些，纯属一厢情愿，贻笑大方之家？我忙说绝无嘲笑他之意。他摆摆手，显然认为我的解释风马牛不相及。他认真地问我他什么地方走偏了，一脸诚恳，希望我给予指教，免得他多走弯路。

我有些发怵。说老实话，我虽对思想问题有些兴趣，但主要局限于科学方法论范畴，与自己科研课题直接有关，功利性很强。像王教授那种兴趣属纯思辨，对百分之九十九的一流科学家而言，是一种奢侈，有心理满足作用，而无实际意义。只有对那百分之一的超一流科学家，才有可能酝酿出世界重构性的突破。王教授，怎么看怎么不像一个突破者，倒像一个刚开始读研、满脑子宏大字眼的博士生，计划哪一天打倒牛顿，哪一天把爱因斯坦跟普兰克一起扔进历史的垃圾箱。

不过，我还得回答王教授的问题，一个我根本没资格回答的问题。

"王教授，你说的这些，我一窍不通。这样你看行不行：你把你的想法写一写，我寄给我导师，让他传给那些 big egg-heads（大秃瓢／知识分子）看看，也许请你去讲讲，开导开导他们。他们钱多得花不完，常常满世界找人去讲，讲一个半小时，飞过去倒要十几二十小时。"

"大力，看不出，you're quite f×××vicious（你还真 tmd 心思恶毒）。"

王教授居然颇文明地用了个脏字。幽默？还是有一个我所未知的王教授在？

无意中我的确有些恶毒，不过破罐破摔，干脆刺激刺激他。

"怯场了？王教授，这不像你啊！"

"你当真？"

我耸耸肩。王教授眼光移开去，想了几秒，看来还真相信了我的真诚。这个错误后来想起来，还真是个好错误，从另一个角度印证了非理性主义。

王教授沉吟着。"嗯……不过，我那些想法，也就是自己胡思乱想，白相白相。要真写出来，还得……你知道，我是业余爱好。再说，就是我的数学，从来也没……呃呃呃……我没那种……事业心的……"

"那还能当什么？白相数学？"

"不知道算不算白相？"王教授一定注意到我的讽刺口吻，不知为何没往心里去。"数学啊，哲学啊，超弦理论啊，动物智力啊，无调性交响乐啊，还有记忆成像、跟大胖黄纸袋纠缠纠缠，对我而言，都不过是一种生活方式，跟有人欢喜打猎钓鱼，有人欢喜自己焙制咖啡，有人欢喜谈女人，有人欢喜胡说八道思想问题，都是……嗯……a way to battle the existential boredom（战胜生存厌倦的方法）。"

王教授还生存厌倦？我扫一眼那些花里胡哨的酒杯，又扫他一眼，问，这些都是跟生存厌倦战斗的武器？他也耸耸肩：这还用说吗？然后兴致勃勃打开柜子，跟我一只一只介绍他如何从旧货摊上"淘"到这些宝贝，价钱如何，拍卖价多少，让我真正品尝了一回生存厌倦。不过我心里暗自庆幸，亏得王教授有自知之明，没把我请他去"开导"那些人的事当真：那些人心里面也许真不是一个比一个更自高自大，但像王教授这样情况，把他送到那些人面前，要避免变成一盘下酒小菜，我还真没这个自信。正当我转脑筋怎样叫停王教授的淘宝经时，"叮"地一声铃响，王教授放下正拿在手上的滔滔不绝讲解的印第安图腾动机的铁锈红陶土咖啡缸，火烧屁股地蹦到厨房拉开烤箱盖，竟然不戴手套就拉出铁格栏，然后把手指放在手边直吹气，大概烫得不行。

"完了完了，忘了再翻动一次。你那个大胖黄纸袋，见鬼见鬼。"

一股浓得烟雾一般的香味向我慢慢席卷过来：王教授自己在烤咖啡？

第五章

我走进厨房，见尺半见方一只薄胎陶瓷烤盘上铺着一层咖啡豆，油亮深褐的色泽里泛着金黄，诱人食指大动。我想也没想就伸手挑出一颗咖啡豆丢到嘴里，嘎嘣一声咬碎，满嘴立刻弥漫起一股滚烫的香气，厚重，往上往下全方位渗透，整个人都似乎随着香气变得轻飘起来。奇怪的是，一点儿苦味也没有。

"怎么样？"王教授问，一脸期待。

"不怎么样。"我摇摇头。王教授立即沮丧起来，那神色完全是个想考第一没考上的小学生。我又跟他眨眨眼，他立时惶惑起来，沮丧中却燃起一丝期待。"好！赏我一杯咖啡吧。"王教授顿时知道我在逗他，屈起两个指节狠狠给了我一个暴栗，忙忙地去烧咖啡了。他那一脸兴奋满足，很难让人相信刚才是他说出"生存的厌倦"这几个字。

这么一个聪明、平和、绅士、对生活充满欲望的人，到底厌倦什么呢？也许我根本不懂什么叫"生存的厌倦"。什么样的人才会厌倦？生活欲望过度，还是不足？无论如何，都不会是超越生活欲望的人，就像一旦禅悟，立即游心大宁静，所有喜怒哀乐，都相忘于江湖了。

王教授端来两缸子滚烫的黑咖啡，然后我就忘了厌倦哲学。那夜是王教授第一次自焙咖啡，也是唯一的一次大成功。那一夜，有一刻我觉得自己终于获得了咖啡感，参透了咖啡，并无可救药快快活活地异化成了咖啡的奴隶。

喝咖啡时几乎没说什么话。我不断想方设法寻找获得咖啡快感的最佳方法，甚至尝试了每喝一口咖啡就长吸一口气的法子，可惜对我没有显著效果。我最后发现的方法是喝半口咖啡，紧闭嘴，像漱口一样让滚热的咖啡在口腔里流转，苦香味就均匀地渗入所有的感觉细胞，并不仅仅是味蕾。我把这种喝法叫作"全息介入"。

　　我离开时并不快乐。喝完咖啡我向他讨教数学。我讲了自己对他的论文的理解，他频频颔首，很欣赏我的样子，我差不多都恢复了对自己数学能力的自信。然后他开始给我"稍微讲一讲"，我倒也不是听不懂，只是对他推论走向的内在逻辑摸不清脉络，更别谈他方向性选择背后的目的性意向，那简直闻所未闻，若换个人，我一定会骂他胡说八道。显然，他在更高一个层次上思想，这个层次我的智力也许难以企及。我一次又一次尝试窥入他那个层次，一次又一次失败，直到他不好意思再对我的尝试点头说"好，又接近了一点"。他脸上挂着谦和宽容的笑，看得我恨不得一枪把自己那个笨脑瓜打开花。虽然我努力保持仪态雍容，暗示自己有足够智力自信接受一个事实，即在某一方面我智力差强人意。但是王教授这个聪明之至的王八蛋，竟然看出我正在被毒蛇啮咬的内心，而且这鬼东西的善良，这时却成了个冷血杀手。

　　"大力，不要 too frustrated（太有挫折感）。整个人类六十亿，有一千人达到你的理解水平，就值得大大庆祝。老天给你这么个脑袋，你还要寻死觅活，别人还有理由活着吗？你这种心态，对人类生存有害。反进化论。你得有点人道主义。对人不要太苛刻。"

　　"一千人！呵呵。"

　　"太少？那么一万？哦，是太多吧，那就一百。五十？我说错……对不起。"

　　幸好王教授还有一点敏感，及时住口，因为我已经在想象中把手上捧着的第二缸热咖啡倒扣到他头上好几次了。每扣一次，我就更厌恶自己两分，于是扣的欲望就以几何级数增长四分。实际上我不能保证仅仅想象而手脚不动；变回普通人以后，我的自我控制力大大减弱，原因之一是天才高高在上可以容忍原谅很多事，而普通人没资格也没必要这么做。我也许能容忍自己这么笨，但绝不能容忍自己变成怜悯对象。还"对不起"！高高在上的智力贵族！还戳那娘仁慈善良！更令我怒火万丈的是，这家伙显然从未体验过心智上力不从心的感觉。我腰背挺直以宗教的虔诚我思想得心力交瘁，他跷着二郎腿懒懒半躺在沙发上白相得游刃有余。现在他突然意识到一个人会因为自己智力有缺而痛不欲生，而且这人显然是他欢喜的一个"聪明孩子"，他心里顿时充满了高贵的怜悯，还有不解：这有什么了不起的嘛，不就是笨一点吗？吃水蜜桃一样甜，喝咖啡一样心领伸会。戳那娘，像他这样的脑袋，他还有理由不理解任何东西？也许只有他才有资格对人怜悯？

一方面我的愤懑火山爆发，另一方面我意识的某一层次上一个声音不断地提醒自己：不要脱口而出！不要脱口而出！那样造成的心理创伤，你将永远无法摆脱。你也许会因此疯狂，但你还有父母兄弟，他们还要靠你寄钱以便在那个遥远的你叫作故乡的江南小镇上过一个体面的日子，因为你是美国大学教授而在邻居面前抬起骄傲的头……

我对家里从来没有什么责任感，直到这一刻才感到这责任无限亲切，亲切得我想大哭一场，同时我的心理学修养却不停地在意识的另一个层次上阴险地笑：好啊，责任感！救命稻草责任感！不管怎样总算来了！谢天谢地！谢谢人的生命意志！其实猪的生命意志也是一样的东西。斯多葛！斯多葛！！伟大的斯多葛！！！……

表面上我还得谈笑幽默举止轻松。

"这咖啡，"我敬酒似的举起咖啡缸，"神品。"

"真的？比起斯文的石板烤咖啡，嗯？"

"我感觉差不多。不过我的咖啡功力有限。"我斜斜嘴角，给他一个微嘲。

他略显夸张地皱下眉头表示失望，又轻笑一声显得豁达。"其实我知道。斯文，咖啡天才，他的作品，就是巴赫；星圆呢，最多也就是甲壳虫，流行音乐。我是什么？算得上流行音乐吗？"

有一些译名王教授坚持用他自己的，叫星巴克"星圆"，披头士则是"甲壳虫"。

"有那么多讲究？我还要修炼多久才能有你的鉴赏力？"

"难说。也许，有多少就是多少，跟修炼无关。"

"就跟一个人的数学能力一样。"

王教授略事思考。"哎，大概是这样。"

他大概不知道又在我伤痕累累的心上加插了一把刀子。

"大力，你大概也看得出来，我很欣赏你。当然，我这样说有点倚老卖老，不过我毕竟比你年长二十来岁。你知道我欣赏你什么？"

"少有向学之心，及壮游心天问，锲而不舍，屡败屡战。"

王教授大笑起来。笑完后，用手直点着我，"Vicious！Very vicious！Absolutely vicious！（恶毒！极恶毒！绝对恶毒！）"

说完，盯着我看，略迟疑了一下。"这就是我欢喜你的地方：你有intellectual viciousness（智性之恶）。中国人这里那么多博士，都算得上一流智力，但很少有这个素质，所以跟他们谈话，那感觉就像《水浒》里鲁智深欢喜说的那句话：嘴里淡出鸟来了——这个字不念niao，该念……汉语拼音d-i-a-o，第三声，就是membrum（拉丁语雅言：阴茎）。有趣：一没有肉吃，嘴里就长出一根那玩意儿，也是动物蛋白。哈哈。"

我从没想到，绅士风度的王教授还有这种幽默感。

"鲁智深这个名字起得好，鲁莽汉子，但是智深如海，不过对自己的大智大慧毫不知情。"

"无须知情。"

"太对了。大智大慧，只知道一旦几天不吃肉，口感就有异变，也就是有变成同性恋的危险。"

王教授又大笑起来，手指点着我，"Vicious！Very vicious！Absolutely vicious！（恶毒！极恶毒！绝对恶毒！）"

我在为自己智力优劣火山爆发了半天，难道王教授却在想怎样不失分寸地告诉我他为什么欢喜我？Intellectual viciousness（智性之恶）？他恐怕永远也想不到他自己刚刚于无意中狠狠地"恶"了一回，牺牲品是我。他是无意的吗？有意无意之间？在这个智力高度，完全无意的可能性非常小。现代心理学已经证明，人的智力层次直接影响其内视自省的深度和广度，除非文化缺失这个不定函数产生负面效果。但王教授这个家伙，中西文化教养都比自己强得多。

"王教授，你有没有一点那个……那个……什么……什么……智性之恶？"

他想了一会儿才懂。"智性之恶？好翻译！我觉得我也有一点，像'嘴巴里淡出……'啊，也有那么一点，如果我不那个……谦虚的话。不过，我到底有没有，得让别人评断。你说呢，我有没有一点……那个？"

王教授似乎很希望有个肯定的答复。我用眼角余光观察了他一会儿，似乎绝少有装作的可能。但是，我不敢肯定。

"我不知道。你也许一点没有。要有，你就是世界上 most vicious intellect（最恶毒的智性）。"

王教授表示不懂，随后突然醒悟似的笑道，"哈，立即跟我玩一回智性之恶。我还是有点敏感的。"

大概王教授挺欢喜"智性之恶"这个译名，那天再没用过这个词的英文原文。

我准备告别。王教授顺便提醒我。"我们的房东啊，好人，热情，肯帮忙，不过相当 nosy，长鼻子东嗅嗅西闻闻，热爱打探个人隐私。我们不在家时，他会不时到处看看，也许是防火吧。他有一次问我说，大力是个单身汉，怎么房里连一本《花花公子》都没有？干净极了。"

我本能意识到王教授在旁敲侧击什么。"你怎么回答？"

"我说，也许没兴趣吧——我回答的，对吗？你对那种……女人没兴趣？"

这句问话，可以理解为，你对"那种女人"没兴趣？也可以理解为，你对"女人"没兴趣？语法上自然是第一种解释占上风，但语义上毫无疑问第二种解释更为合理。

我给王教授一个微笑。"他大概怀疑我是 gay（同性恋）。下回你告诉他，要有个漂亮女儿，介绍给我。"

这话实际上是对王教授说的，不知道他是否意识到。我装佯起来，水平也不低。

他点点头。我觉得他别有所思。

"就一个标准，漂亮？"他问，上下打量打量我。

我理解他的意思：你这种情况，到现在还单身，一定要求苛刻。

我以前的确想找一个智力相仿佛的妻子。其实我想找一个比我聪明的老婆。

"也要有点智性之恶，当然。"

"那就对了，恶到一撮堆去。"

王教授包了一半他的烤咖啡豆，连咖啡壶一起让我带走。他不知道我是冒牌咖啡爱好者，连是否花十八块钱买一个最便宜的咖啡磨豆机，还没决定呢。不过那一晚上，我至少嚼了十来颗咖啡豆，到第二天早上六点钟还没睡着。

第六章

几天后，他找到我的实验室递给我几页纸："传给你教授。昨晚写的。得去赶课。"转身走了，连让我想个法子拖延的机会都不给。

大胖黄纸袋的秘书莱拉，每星期都会收到几个自以为天才、也的确可能是天才的门外汉博士或教授，对某个尖端课题提出"最后解决方案"，使莱拉烦不胜烦：她只是英美文学硕士，自己无能判断优劣，思想沙龙的规矩是必须认真对待每一个报告提案，以免万一错过一个爱因斯坦，贻误人类命运云云。但梦想来沙龙一逞口舌、胆大于脑的人实在太多，百分之九十九点九九九的提案都是有几处天才闪光的垃圾。一般人会以为重要的是不浪费那几处闪光的天才，但是在天才成堆的地方，那几处闪光是绝对压不住垃圾的臭味的。这些天才加垃圾送到相关教授处，这些教授总是先叫他们的研究生看，而这些不敢说不的研究生唯一的共同特点就是都自以为是天才并且能一眼挑出其他人不是天才的地方然后大加嘲讽——因为浪费了他们的时间，而浪费一个人的时间无异于谋财害命。莱拉为此疲于奔命，因她必须把这些研究生尖酸刻薄的评语改得礼貌得体，鼓励送提案的人继续努力，结果使他们很快又送来下一份提案，形成恶性循环。

研究生们还给这类不请自来的提案起了个绰号：cold sub（冷潜水艇三明治）；sub 是 submission（提交）和 submarine（潜水艇；潜水艇三明治）的缩写；cold sub 是综合模仿 cold call（冷电话，即不请自来的广告电话）和大学门前一个叫 Hot Sub（热潜水艇三明治）的快餐推车，卖极美味便宜、加放国产瑞士热奶酪毫不吝啬的潜水艇三明治，是穷研究生们解馋的去处。但这三明治一冷了就极其难吃，可能跟用的便宜奶酪有关。沙龙的演讲者大多来自内部途径：某个大牌教授看上某个人或其朋友的某个项目，请来讲演，并酬以优厚演讲费，外加"曾去大胖黄纸袋讲学"的夸耀谈资。

我现在的情形，绝不能冒冒失失送一份 cold sub 给我教授，让别人背后骂我"这小子什么眼光"。走回我的办公桌时，我已决定认真读一下王教授的提案，找一些问题，让他再思考周全一点，希望以此把他挡回去，并且对这个问题不再思考。关上办公室，烧一杯王教授手制黑咖啡，坐下打开提案。题目很直白，像一篇论文：《通向政府决策科学化的数学门径：定量暨定性综合考量的几个函数》。翻开一看，每字每句都清清楚楚，但推导全是数学逻辑，傻眼。我导师的数学远远不如我，也绝对看不懂。我灵机一动：送。在给我导师的信里，我表示推荐这个提案，因为我觉得大胖黄纸袋到现在为止还没有优秀的数学家加盟，这篇提案至少开一新门径。但由于我数学和政治学修养有限，无法判决优劣，故送上请有关专家一阅，并同时暗示千万不要因为是我送的而给予特殊考虑。

写好信，交给秘书把提案扫描并输入计算机，再传给我导师。这时无师自通想到：我看不懂，推荐给导师；导师也看不懂，推荐给别的专家？但这个领域还没有专家！有的都是跟我差不多的半吊子或四分之一吊子，都看不懂，都怕万一错失一个爱因斯坦，看来，王教授有戏。那，我不是给王教授帮了一个大忙吗？我并没有想要帮他这个忙呀？我知道这个想法很小人，自我斗争了半天，终于勉强使自己相信，这个忙应该帮。这么决定后，把秘书电子处理好的提案和自己的信电邮给我导师，心里松了一口气，渐渐地有点为自己骄傲，这时才理解了进化论生物学的一个观点：做好事也是人的欲望之一，利他主义也会带来快感。想到此不禁有点遗憾：要是雷锋还活着而且事迹大多属实，他就是千万里挑一的实验对象。

这个王教授，是如何把我善良的欲望给诱发出来的呢？这是不是个问题？无解。

混沌理论告诉我们，任何一堆表面看来杂乱无章的事情，内里都有一系列或多系列蝴蝶效应可循，问题在这众多蝴蝶效应中第一对翅膀的第一次扇动时，是否可能预见到多个蝴蝶效应之后哪一个结果，还是完全受制于"不意之果律"（law of unintended consequences）？这是目前科学还无法解决的问题，也是王教授那一大堆数学论证企图解决的问题，或更准确地说，是企图以数学方式框定研究对象。

　　我导师几个星期没有回音，连个收到提案的电邮答复也没有。我正打算如何编个理由打发王教授呢，他找上门来了。我以为是要回音，忙说正要询问一下呢，不料王教授诧异道，"你导师没告诉你？"原来他早就收到了我导师的邀请信去讲学，以为我已先知，所以没跟我说。我尴尬极了，说我导师就是这样不拘小节。我很想知道王教授的提案得到怎么样的待遇，邀请信有没有谈及对他的期待，但不好意思问，而王教授也没说，也许认为我迟早都会知道的，也许认为讲给我听我也不懂。王教授一脸神采飞扬，显然是春风得意马蹄疾。我祝贺他，要他拍张照片，放在网页上宣布演讲题目主讲人时好用。王教授显然想着别的什么。"我还有桩好事告诉你，"他说。我于是意识到他来我办公室是为了这一桩好事。有什么好事比得上大胖黄纸袋的演讲邀请呢？

　　"我女儿，芊芊，草木芊芊的芊，过两天会来西雅图玩几天——我有几年没见到她了。"

　　"你女儿？嗯。"我一直以为他有个儿子。

　　"我有两个孩子。"

　　"噢，你们那时……还没有计划生育。"

　　"跟那个没关系。"王教授奇怪地笑笑，摇摇头，好像从脑子里驱逐一个念头似的。他走到我放咖啡壶的小桌，东看西看，大概对我把他给的咖啡壶拿到学校来有什么想法。"唔，大部分时间在实验室，放在这里利用率最高。那你在家喝什么咖啡？滴滤式？唔，你需要两个咖啡壶。"

　　"那你再送我一个？"

　　"淘到那个咖啡壶，你以为很便当，是吧？"王教授自己动手做咖啡，发觉我的咖啡豆不尽如人意，告诉我哪里可以买到又好又便宜的，然后又埋怨斯文不肯零售他的家焙咖啡。我说我等你的家焙咖啡呢。他说他又焙制了两回，都不行。"也许那头一次的成功，是你来打了岔，可惜没记录时间。"

自己网购生咖啡豆的价钱是烤好的咖啡豆的两到三倍，是满足某种人的自我放纵的。

"我记得你说，是少翻了一回——时间是你预先设定的。不记得铃响吗？"

他想了想，说还真是那么回事。他做好咖啡，递给我一杯，自己在我对面坐下，认真品起了我的蹩脚咖啡。我说王教授，我还在做实验，不能陪你欣赏咖啡。他说，你做你的实验，我品我的咖啡，不搭界。我说我怎么放心留你一个人在我办公室呢，搜出我的日记来怎么办？他愣了一下说，真的吗，恕我冒失，有犯隐私。说管说，不像要挪屁股的样子。我说我是认真的，没开玩笑。他又愣了一下说，你怎么不玩你的智性之恶了呢？那我就走。说完作势欲起。我笑了，说你还是上当了。他也笑了，说还不知道谁上谁的当呢。说着说着，就一人喝了两杯咖啡。他临走时说，今天来主要是要请你帮个忙，不知道你时间是否安排得出来，因为你的实验做起来是不管白天黑夜节日假日的。我说那要看什么事，有没有趣。他说有趣有趣，芊芊来，要到处转转，我没车，也不会开车，想请你开车。

"找女婿候选人吧，荣幸荣幸。"我半开玩笑说。

我不欢喜别人给我介绍对象，不是觉得自己太缺乏男性魅力，连老婆都找不到，就是怕人充满善意地硬塞给我一个。

王教授抬头看着我，眨眼睛，想。他一认真想事情，细长眼睛里便发散出一丝茫然。

"你多高，一米七三？七六！芊芊比你高一公分，七七，上海少体校里打过排球。"

我耸耸肩。"穿双高跟鞋，要高我半个头呢。口角起来要动手，我就是下饭的酥炸小咸鲞鱼。想想，那双手，不打排球打耳光，有劲啊。"

"那个，该你父母担心，我没意见。"王教授"恶"笑了一声，好像眼前过了几个他女儿痛揍我的电影蒙太奇。然后又加了一句，"她有个男朋友。"

"男朋友可以蹬掉，简单。"

王教授认真起来。"不开玩笑。我的确想过这事：要是你觉得芊芊不错，追。不过，你要有勇气成为她的下一个统计数字——她做任何事都没有效率，就除了交男朋友和掼男朋友——她几个堂表弟妹都叫她'掼男高手'，据说典出一个什么日本电视剧。"

我想那源于动漫《灌篮高手》。

我心里略噔了一下：哪有父亲这么描述女儿的？表面上还得不动声色。

"她对长相有要求吗？"

"她长得……大概不错吧。倒是你的外表，太文弱，她欢喜高头大马孔武有力——不过你的名字叫大力，可以弥补一下，呵呵。不开玩笑，我想她自己都不知道要什么长相的。她第一个男朋友，男排的，一米九六，体重二百多，宽肩厚背，真是孔武有力啊，可惜是上海乖小囡性格，平和柔顺，嘴巴那个甜，第一趟上门就叫了我几百声爸爸。每次上门带一大包咖啡，也不清楚怎么晓得我这个嗜好。我倒是挺欢喜他的。最后没成，到我那里哭到半夜，到现在还常给我送咖啡——他也在美国留学，就在不远的俄勒冈大学，念体育经纪，还是我帮他联系的。好男孩啊。帅得要命。数学也要命。不过也算不上笨。扯开了，刚才说什么呢？哦，孔武有力。我猜想她实际上要的是男人性格上的孔武有力，跟块头大不大没啥关系。虚荣心。现在那么多大块头都叫她掼脱了，虚荣心也满足了吧。人嘛，都有个过程。好白相的是，那么多挺挺括括的好小囡，让芊芊耍了几次掼了几次，都没气，还都随叫随到。奇迹！她的朋友，几乎全是她的前男友。她出国时，都来送她，机场里以为来了什么地方的篮球队。你要是也加入那个'掼男'行列，别没气，甩她一巴掌，教训教训她，对她将来好。上海小姑娘啊，要么不捉弄人，要么就捉弄掉你半条命。"

"你就不怕我欺负她？别笑，王教授，她欺负人，好像也不是靠她自己孔武有力吧？"

"我毫不怀疑你有这个能力。也许还能把她逼出精神分裂症来，你的本行嘛。"略微停顿，王教授显出推心置腹的神气来。"要由得我，我要你做女婿。你心理是内疚型，欺负人的事，你做起来太吃力，也不舍得花那个时间。另外，我想她欺负不了你。"

"为什么？我块头小，不值得欺负？"

"我就这么感觉，没啥道理。"

这是第一次我听王教授说他有说不清楚的事。

"芊芊到美国来，来玩玩？还是公差？"

"在加州理工念博士，第三年，刚过了资格考。"

"加州理工？"

"念超微光学电子成像，跟你那行当多少有点关系，她研究课题做的是把超小镜头送进大脑血管里去拍电影。"

这课题是前沿的前沿！

"女孩子学理工，女承父业？"

"数学不是理工。"

"大家都这么认为。"

"你不是大家。"

"是你鼓励的吧！哦，鼓励多种多样。最有效的是你说这事难做，不要做，她就越要做。"

"那我就无话可说了。"

我还是心里咯噔一下：这个女孩子一定在智力上自视极高，而且非常想获得这个超一流头脑的爸爸的赞赏。如果爸爸怕她不够聪明而不赞成她干一桩事，那她是非干不可的。

"芊芊……天才？"我问。王教授犹疑不答，我又加一句，"你有能力客观评价。"

王教授还是犹豫了一下。"大家都这么讲。我不晓得。数学能力比我差一点点。逻辑能力可能比我稍稍强一眼眼儿。结构思维比我强。理论的空间想象力，瞎强——也可能因为我一点点也没有，所以认为她强得一塌糊涂。不过，it takes one to know one（同类方相知），只有天才才认得出天才，我等你告诉我。"

"瞎强"在上海话里是非常强的意思。

王教授认为我也是天才？恭维还是讽刺？我没细剖这事，没意义。那天晚上，我做一个特别细的活，在一只小白鼠的脑神经末梢植入一个电极，老走神，牺牲了两只小白鼠才意识到自己在幻想两天后遇见芊芊的场景。

第七章

见到芊芊是四天以后——头两天她都跟着王教授参观大学各种实验室，拜访教授。第三天正好是犹太教新年还是什么节日，实验室比较容易脱身，便开车带芊芊去雷尼尔雪山国家公园。那天是雨季刚过后的一个微晴天气，空气中依然水汽充盈，把阳光滤得湿润温婉，洒落肌肤半暖半凉。清晨五点，王教授和芊芊已经等在楼下，我下楼正见她背对着我，隔着浅绿的冬青新叶，略歪着脑袋打量我的车，本田Accord（和弦／和谐／一致，中文有译"雅阁"）。王教授给我们作介绍时，她不把右手伸给我，却慢慢将颀长的脖子转到一个角度，刚好把我罩进视野。

她先指车，"middle class（中产阶级），"然后指我，"middle class（中产阶级），"最后又指车，"a perfect Accord（双关：完美的雅阁车／车人绝配）。"

说完瞥了一眼我伸出的右手，然后伸出左手，两根冰凉的指头滑着擦过我手背，好像书法里的一撇。

芊芊语调有吴侬软语的甜糯，举止透着上海姑娘的嗲劲，不过眼神里绝对看不到一丝江南女子的柔媚。她一上来就用英语跟我玩语言游戏，我估计是个下马威。一般中国内地来的留学生，英文都说得不尽如人意，更别说玩英国式的witticism（隽语，体现智力优越的俏皮话）了，所以英文水平成了某一部分中国内地留学生互相鉴别的标识。

芊芊显然是想鉴别我一下：这个江南小镇来的家伙，说英文是否喷出一口湖州咸肉粽子的味道？对机智类幽默的微妙之处，能不能心领神会？另外，她把中产阶级作为一种价值取向，讽刺我人和车都跟这种取向有完美的一致，也就是向往"融入主流社会"的平庸之辈。实际上芊芊这类对"平庸的中产阶级"的藐视，来自名校高智（high IQ）中相当流行的超级膨胀的自我意识，本身也是一种俗气，社会心理学上叫作 make distinction，即通过强行把自己与众人分别开来，以便建立自我身份时达到某种心理优越。不过我当务之急是如何应对——换一个人我恐怕会一笑了之。芊芊拿中产阶级做靶子，目的当然是先把我强行归类，我若不抗议，便是默认平庸，但我若抗议，便是行为平庸，更别说将自己置于被动防守地位所造成的心理弱势。欧美人互相之间欢喜玩这种 mind game（心智游戏），有时认真，有时好玩，甚至产生一类 cult film（同好电影），观众大多是自以为智力超群的年轻人。几年之前我自己也在此列，所以现在可以兴致盎然地观察我的博士生们互相之间玩这种游戏。

芊芊的行为方式很像我几年以前，以嘲弄博士教授们的平庸为乐事。

这些分析说来复杂，当时脑子里只是一转。我本能的选择是抗议默认之外的第三条道路，当然也要说说俏皮话。

"A perfect Accord is out of its own accord."

我这句双关语表面上是说，这辆和弦车之所以完美是由于其内在和谐。隐喻含义是完美的和谐得自于内在意志的自主，属于精神优越论者的套话，不过披上一件貌似高深的哲理外衣，也暗合佛教不执于外物的信条。当然，这句话的题外意味是讽刺芊芊用车子、收入、社会地位等标签性的东西来判断人，是执于外物，无视人的内在素质。我不知道看来二十四五岁的芊芊是否听得懂：若不懂，她失去了心理优势；若懂，那陪她出去玩就可能不是浪费时间。

芊芊右眉轻挑，向我投来一瞥。王教授眉目细长，但很浓。芊芊眉目弯而细长，却很淡，眉毛几乎跟皮肤白成一色，更显出瞳仁的乌黑来。我只见她两只乌眼珠黑黑地一闪，便知道我赢了第一回合。不过，我既然不屑玩这类多少有点盲目自高自大的人玩的心智游戏，现在也蹚水下海，到底是我赢了还是她赢了？为什么我会参加游戏？美人之邀？

芊芊对我的女性震撼力，一直被我的危机感和不安全感压着，到这一刻才映入意识，因为我过了第一关。后来我有很多机会从各个角度发现芊芊的美，虽然常常自知或不自知地在芊芊的诱导下发现，我自觉还是多少有点独特的眼光。给我印象最深的是她的脖子，略细，颀长，肌肤润泽细腻，转动时隐隐有厚缎子般的光晕流动。若不是她的下马威，我可能会盯着她的脖子看得忘乎所以。

芊芊跟我眼光接触时，两边嘴角微微一翘，似有笑意。我略略颔首，给她一个询问的蹙眉，好像说如果你再逗我，我会投桃报李，不负重托，如果结局不好，别怪我。芊芊似乎读懂了我的表情，熟视我数秒，用上海话对王教授说：

"你讲这个囡囡头蛮好白相的，勿错，"芊芊高高翘起左手小拇指，慢慢推向王教授，"一分光。"

芊芊举止有做作之嫌。不过那么一个漂亮人，我情愿认为她是跟父亲撒娇。最好是撒给我看。

王教授瞟了我一眼，眼神带点儿顽皮。大概昨晚父女俩打赌，父亲夸我，女儿看人很苛刻，这时发现我还不笨，便给了我"一分光"，还用了《水浒》的典故：王婆教西门庆勾引潘金莲，是一分光一分光循序渐进，直到十分。

"我不姓潘，不过王教授姓王，你姓什么，芊芊？"

我说这话原意是用《水浒》典故搅混水，说完后才猛然想到，可能说对了几分。也许芊芊对还带得出去的男性，第一本能便是施展擒龙之术，至于这条龙以后做什么用，以后再说，至少可以去机场接送提提箱子。我今天不已经在给她做车夫了吗？这么想有点小心眼儿，不过心里想想，无伤。

王教授开心大笑。"Vicious. Very vicious. Absolutely vicious.（恶毒。极恶毒。绝对恶毒。）"

芊芊乜了我一眼，也忍俊不禁，扑哧一笑，牙齿微露一线。

"我西门庆西门大官人，拳脚着实厉害，武大郎你仔细着。"芊芊模仿京剧小生腔调，说话时身体不知怎么微微一动，让人觉得她已在想象中踢了武大郎一个跟头。

我毫无疑问做了一回武大郎。

王教授摇摇头，用一种充满溺爱的方式表示无可奈何。"大力，芊芊属虎，小时候绰号叫 Miss Tiger（虎小姐）。"

我戏谑地一抱拳，模仿昆曲小生语调，"见过虎小姐。好叫小姐得知，家慈姓武，景阳冈三拳打死白额吊睛大虫一只、人称打虎武松的武都头之武。"

我大学里参加过复旦大学颇负盛名的昆剧社，苏昆腔大概还没全忘，所以这几句念白虽然荒腔走板但一定还有几分味道在，弄得王教授闭上眼睛，摇头，大概怕笑得太厉害，有失风度。

"两分光，"芊芊左手小拇指和无名指翘起，平摊着，没有高高举起。

我恍惚觉得芊芊有点汤姆男孩的味道，不过稍纵即逝，因为她立刻变换了角色。

她笑眯眯走近我，走得很近，像一株松树慢慢向我倒下。她低头看我，曼声说："车门还没开呢。"

芊芊绝对不止一米七七，至少一米八〇，她穿一双登山靴，又给她加了两公分，我只到她眉毛。她毫无疑问是在利用她的身高优势对我居高临下造成心理压力。我在中国不算矮，在美国比大部分男人都矮。美国人很在乎自己的身高。利用身高对别人制造压力是美国人玩心智游戏常用的一个手段。最著名的例子是前总统约翰逊，最著名的"反"例是五星上将麦克阿瑟，他只有一米七八，低于当年美国男子平均身高一米八三，但心理强大，自视帝王，在所有场合都让人觉得他个子最高，以至有媒体误以为他身高两米。美国人玩身高游戏，我也见识过几次。但芊芊玩这个鬼把戏，不知是跟美国佬学的，还是天性？不论哪一种，都有点吓人，足以刺激我的好奇心。

我先站如松，绝不身子后仰，有顷，吸引住她目光，再低眼狠看一眼她的脖子，又抬眼对上她眼光，然后衷心赞美，"水乳交融。"不等她对我的放肆有所反应，立即掉转头去，大声说，"王教授，芊芊绝对不止一米七七。你怎么说她只有一米七七？"

说完，浑身就有种高中生的蠢动，初阳的微温和水汽缭绕都绿意葱茏。

王教授笑指我说："芊芊有多高，她自己还不知道？你也真是。也许你不到一米七六——你比我矮将近一个头呢，最多一米七二七三。"

我一直以为王教授跟我差不多高，这时再仔细看，虽然细瘦，确实比我高不少。

"告诉你我一米七七那年，我才十四！"芊芊夸张地表示不满，但她开玩笑的嗲声嗲气里肯定还有点别的什么。

王教授走近几步，略略仰视芊芊，很是诧异。

"一米八〇点五，我。比你高一公分，但比妈妈矮半公分。是不是，小王舅舅？"

芊芊笑眯眯上身往前一探，王教授不自觉地后仰，幅度极小，但动作清晰，好像是被吓着了似的。这一探一仰，让我觉得有所窥见，不过难以言明。我当然注意到芊芊对王教授的称呼：大概年轻时芊芊妈妈称呼王教授小王，后来又让她女儿叫他小王舅舅。叫父亲舅舅，不管到底是父亲还是舅舅，里面自然有些人间喜剧。

王教授对我抱歉地笑笑，大概因为没告诉我个中因由。"上车吧，要开几个小时呢。"

芊芊丢给王教授一个白眼，"小王舅舅最那个了。"

这句话有点怨妇口气。是真抱怨，还是发嗲，甚或以此吊我胃口，却难以分辨。我虽然好奇心极大，也难免烦了。

"芊芊上车。"

我们站在车的司机座这一边，出于礼貌，我想绕到另一边给芊芊开门。芊芊像对小孩子那样伸手搭在我肩上，"以后你一直给我开门？要保持绅士风度，难。"

我有种不真实感：第一次见面，一个女孩子就这样伸手抓住男人？以这样一种居高临下的方式？刺激！

我恍惚意识到，我窥见了一个全新的世界，那里的人物曾存在于我幻想中，但从不敢相信他们真的存在。

芊芊胳膊细长，看起来松松搭在我肩上，但抓握却很有力。

"偶尔绅士一下吧，不难。哎，排球健将，我肩膀要被你抓脱臼了！"

芊芊不再开玩笑。"你没必要这么绅士。但要是你这次绅士，以后就要一直绅士。"

这两者之间完全没有逻辑联系，除非前提是人人都想讨好她。

"好吧，我一直给你开门，今天。"

我挣脱她的手，绕过去给她开了门。她隔车给了我一个不张嘴的微笑，唇边两条笑纹弯成弓形。她甩了甩双肩背包，绕过车，仪态万方地坐进车里，举止很有教养，像个大家闺秀。我摇下车窗，关上门，俯身说，"不过偶尔我会忘了给你开门。"

第八章

我绕回驾驶座坐下，发动车，故意不看她，好不知道她给我什么表情。

车驶出小街悬铃木浓荫时，听见芊芊咕哝，"都是小王舅舅带坏的。"我装作聚精会神地开车，不理她。有一会儿没人说话，气氛有点尴尬。孔子说唯女子与小人为难养也。她是女子，我是小人（至少今天表现很小人），都不好对付，于是对她有点同情，想还是应该"大人"一回。

顺利上了高速公路，我觉得是改变气氛的时候了，便伸出右手三根手指说，三分光。芊芊打了我手背一下，我像被开水烫了一下似的对着手背吹气。芊芊外貌、做派均是个嗲声嗲气的上海姑娘，动手打人就全不是那么回事。那一下打得我几天后手背还有疼痛感。这"大人"不好当，不过还得当下去。稍微有点儿自恃的人，都免不了一种虚荣心：我想做的事，一定要做成功。事实上唯一能做到这一点的人，必须把所有做不到或没做成的事从"想做的事"中排除出去。我虽然意识到自己的虚荣心，还是无法不受它控制：芊芊的漂亮和聪明都太具挑战性。

四分光，芊芊说。

就这样，与芊芊并不和谐的开头终于因我挨了一巴掌而有了转机。我想起一个美国同学的话：A woman has to win，at least ostensibly.（女人非赢不可，至少在表面上。）

接下来有两个钟头谈话正常，就像两个新认识的青年男女，互相第一眼印象不错，便想方设法表现自己，好加深这种印象，创造另一种可能性，想爱和（或仅仅想）被爱。我俩实际上是一代人，相差五六岁，只不过由于自己一直跟年龄大得多的人打交道，心理上觉得年长很多。芊芊显然感觉到我这种心态，言语中尽量不着痕迹地颠覆这种心态，我觉得她有道理，又想让她佩服并进而欢喜自己，便尽量表现得像个大孩子，甚至跟她谈起我知之甚少的流行音乐榜，这当中闹的笑话，幸好当时毫无感觉，自以为还表现不错。后来想想有点奇怪，以芊芊的性格，当时居然没刻薄我几句，大概也是出于类似考虑：两个以挖苦人为乐的男女，突然从唇枪舌剑变成言笑晏晏，发挥作用的大概是快乐原则，至少是渴望将来可能的快乐。

上路后必须常常换道，不断回头查看盲点。我乘机瞄了几眼她的侧影，然后在脑海里反复过电影。我觉得最性感的是她的尖下巴，有点苦命相，但翘翘的，翘出一种撒娇似的傲慢来。她的左鼻翼有个微突的小红点，不知是颗红痣还是蓓蕾初孕的青春痘。我很想伸出两根指头轻轻挤它一下。

她胸部并不发达。半路上她脱下深墨绿登山夹克，一件本该紧身的酒红色针织假高领，她穿着轻松而熨帖。有时她为了解乏双手交叉枕于脑后，柔软流动的布料就会清晰勾勒出一对小小的乳房。原来我一直以为自己欢喜高耸丰满，这时发现，盈手一握的精致，可能别有魅惑。

小宝贝，紧翘密致，我想，无端长叹了一声。

可能由于那个"上海姐姐"的原因，我性幻想有关身体的部分，从来还没有和具体人发生过关系。从性心理学角度看，我属于把人的性关系和精神联系截然分开的类型。这种类型通常会在生活上遇到很多挫折，但我似乎对这类挫折不但不以为然，还有点沾沾自喜，好像这是一种什么不同流俗的标签。这个虚荣心，跟芊芊蔑视中产阶级主流社会的欲望，是同类，难道我跟芊芊是物以类聚？还是我已经被芊芊所魅惑？或者干脆是恐惧，怕死的时候还是老童男？如果有机会跟她上床，我会不会犹豫？

五月的西雅图，新绿冒出旧绿，深浅层叠气势汹汹，借着矗立蓝天的雪山，养眼之外，很能荡漾春情。我跟芊芊的话题，渐渐由随便而亲切，她甚至主动谈起她的男朋友来：一个叫奥利什么什么的老美，本来要跟她一起来玩的，结果被导师拉去欧洲参加一个项目论证。

"我们都是导师的奴隶，"芊芊说，其中那一点真诚的愤怒听来不像是她在说话。"不过我是不心甘的奴隶，奥利是心甘情愿的奴隶。你呢，大力，你是不是心甘情愿的奴隶？"

我做研究生时，导师用我鞭策督促其他研究生，由我决定谁表现好可以得到助教助研奖学金，谁表现不好应该自己付学费或者走人，被同学称作奴隶监工。我知道导师是让我代他得罪人，但得罪人比被人得罪好，使用权力伤人后的内疚，比受权力伤害后的复仇心理健康。即使作为致病机制，权力仍然占优。

"我的研究生，第一流的尽快毕业，第二流的拖几年多给我打打工，第三流的给几个机会，实在作不出博士论文的，就介绍到公司里去搞开发，多挣几个钱。"

"噢，我忘了，你已经是奴隶主了，失敬失敬。"芊芊一样的嘲讽口气，不过没那么冰寒。

"你说失敬，一点失敬的意思都体会不到。"

"你还要我鞠躬道歉？"

"How about you owe me a kiss？（算你欠我一个吻吧？）"

这句话未经思考就自己滑出舌尖。后悔无益，干脆找个台阶下下。

芊芊没声儿了，好久。

"吓着你了？"本能告诉我除了继续无赖别无出路。"我当你是个人物，原来也是个银样镴枪头。"

听着自己的话音落地，就知道又犯了个错误：这种以攻为守的策略，太拙劣了，怎么能跟一个高智商兼"掼男高手"玩呢？

芊芊依然没声。我可以想象她得意的微笑，唇线细细，弯成一个弓形。

"行了行了，芊芊，我从四分光减回三分光，让步够大吧？"

这差不多是求饶了。无奈。最佳策略，闭嘴。

芊芊依然没声。我拿定主意，也没声。

我原来对芊芊的想象是浪漫电影那种，一见钟情互相欣赏好山好水徜徉放歌，没想到来了个阿庆嫂智斗刁德一，虽然意外，也不无刺激。

芊芊终于开口了，这回换了江南小家碧玉好女子的细声细气。

"我回去告诉阿爸，你讲不好的话。"

本来我那句话，最多有一两分挑逗意味，现在她这么一说，那一两分挑逗意味顿时冲破十分，有点火辣辣的味道了。

在我的感觉里，这是女人性感的极致。反正就是那一刻，我知道自己无可救药地跌了下去，下定决心要弄她上手。跟我是否爱她没有关系。跟我想跟她上床也没有关系。跟什么有关系？我不知道。肯定跟男人的自尊搭点界，不过也不太大。我只感觉到身体里突然精力弥漫，成股成股地流窜，寻找发泄口。想起一本畅销书《一个独立自主的意志：男根的历史》。看来这个暗中主宰人类命运的大神，终于没放过我，将我投进一个我不知深浅也毫无控制力的不确定性旋涡。也许不确定性就是极限性感？

不过，要是她告诉王教授，那种尴尬，简直无法预料。不想也罢。

芊芊细声细气把我推上了高潮。

"刚才你还长叹一声。哼，当我不知道你在想什么。坏！坏死了！"

不可思议！难道她竟然听出我那一声长叹，是在想她的盈手一握？

第九章

停车加油。芊芊下了车，我以为她去洗手间，她却细长着身子袅袅娜娜摇进了边上一家小咖啡馆。我加了油，开到一边停下，等。但她不出来。我想大概她以为是午饭时间，便熄火进店。

后来芊芊说，她当时不知道自己为什么走进这家小咖啡馆，只是有一种奇怪的冲动，想做一件让她自己吃惊的怪事，并没有想过怪事跟蠢事有何不同。我猜想她是想告诉我她认为自己做了蠢事，好让我说不不不你没做蠢事没做蠢事。我认为她做的既非蠢事亦非怪事，不过我什么也没说。芊芊这个人，是不太欢喜太顺从她的人的。当然，我已经变成讨她好的人之一了。

推门进咖啡馆，第一眼就见到芊芊坐在吧台上，侧对门口，没怎么说话，但我感觉她在谈笑风生，一边一个男人正在跟她大献殷勤。我扫了一眼相当紧凑的厅堂，大白天，人不多，各吃各的东西，但我的感觉是芊芊已经成了注意力的中心。不仅仅是男人，有几个女人也时不时瞟她一眼，当然涵义完全不同。我走到她旁边时，所有的人都转过头来观看。我感觉气氛里有某种小镇村民赤裸裸的好奇，属于怕别人知晓、更怕别人谈论的那种。

华盛顿州的乡下，没有黑人，更没有亚洲人，几乎都是北欧种的白人，以对人友善著称，不过也是滋生种族偏见或恐惧的好地方。也是这个州，第一次选出了一个华裔州长。

"Hi Johnny, move. Next stool, will you? Thi's my boy, Dali. Cool name, ain't it? （喂，强尼，挪挪屁股，边上那凳儿，行不？这是我的小伙儿，大力。名字很酷，不是吗？）"

芊芊说一口工人阶级的英文，大概是从电影里学来的，语法用词还算错得地道，口音不免有点牵强，模仿痕迹清晰。

被她叫作强尼的青年男子抗议道，"I'm Ray, not some John Doe an unidentified dead body.（我是瑞，不是某个叫约翰·窦的无名尸首。）"

"约翰·窦"是最常用名之一，媒体用来指代无名嫌疑犯或无名尸首。强尼是约翰的爱称。第一次见面就给人起名还用爱称，玩的是小酒馆里的调情把戏，估计也是从 B movies 里看来的。

B movies 指小成本电影，通常不进影院直接发行录像。

芊芊什么时候变成了工人阶级女孩儿？不过我一点也不奇怪了。

芊芊双手一摊，耸耸肩，表示你叫什么都无所谓。那个青年男子显然很受挫折。芊芊似乎还不过瘾，又雪上加霜地来了一句。"You might want to reconsider your name—Johnny'd do you good. Cute.（也许你该重新考虑你的名字；强尼这名字配你，绝对逗人。）"

另一边的男子幸灾乐祸大笑起来。旁边也有几个男子短促地笑了几声，便立刻止住，大概被他们的女性同伴瞪回了笑声。

强尼斜了我一眼，悻悻地挪到边上一个吧凳，口中嘟哝，"I thought we had something.（我以为咱俩有戏。）"

"Me, too.（我也觉得咱俩有戏。）"旁边幸灾乐祸的男子开心地痛打落水狗，又引来一阵笑声，一样短促。

"Oh, you think you're good enough for this classy lady.（噢，你以为你就那么了不起，配得上这位大家闺秀。）"强尼毫不示弱反唇相讥。

"Hey pretty boy, I'm not the one trying to pick her up-I know where I stand : I just want to talk to her, a few words with the beauty. Good enough for me, you know. Look at her, one of God's ten best.（嗨小帅哥儿，想钓她上钩的可不是我；我知道自己是谁。跟这个美人儿说两句话，对我而言就心满意足，知道吗？看看她，上帝造人的十佳丽之一。）"

强尼突然把注意力转向我，眼神充满正义的愤懑，好像上帝多么不公道，把这么个漂亮姑娘给了我。他打量着我，上上下下，惹得另一男子也兴趣盎然起来。两人看看我，又看看芊芊，又互相看看，再上下左右打量我。我浑身不自在，心想我怎么把自己弄到这种下流游戏里来了。显然，他们认为自己配不上芊芊，但我更配不上芊芊。

　　"He's too short for you, my fair lady.（我的大家闺秀，他太矮了，跟你不配。）"

　　旁边随即响起一阵赞赏的嗡嗡声，眼光都向我聚焦。我从容四顾，感觉到一种期待，期待我出丑，让他们看一场好戏，痛快大笑一回。

　　我如果不作声一走了之，很可能正符合这帮乡下佬心中的中国男人形象，猥琐胆小，没男人气。不过我根本不在乎他们怎么想。在"天才"堆里混了这么多年，他们从心底里对 average IQ（平均智商者）的藐视，在我身上大概也早已深入骨髓，这也许就是为什么我一旦发现自己并非天才会这么走极端自暴自弃的原因。

　　我跟芊芊做了个"走"的手势。不幸的是在这个手势的意义充分展示出来前，我俩有一个极短促的目光相接。芊芊后来告诉我说，她当时从我的目光里读出一种绝对的轻蔑，把她"认同美国蓝领生活方式"的文化行为当作娼妓卖俏，以致引起她的反抗心理，干脆做给我看。我对她这种解释很有保留，因为我当时从她眼光里读到的，是一种懒洋洋的幸灾乐祸：这个小个子亚洲男人，怎样面对一群腰大膀圆、下定决心要挑战他的男人底线、浑身都散发着种马公驴腥骚气的雄性动物？

　　我凑近她用中文说，你想玩吗？玩到底，很好玩的。她丢给我一个眼风，好像说，不是已经在玩了吗？

　　强尼见我不理他，推了我一肩膀。"Want a beer, Shorty？（来杯啤酒，矮哥儿？）"

　　"But me boy obviously ain't think he's too short for me, ain't it right, Little Chippy？（可是我的小伙儿显然不认为他配我太矮，对不对，我的小花栗鼠？）"芊芊说，肩膀以上不动，双眼仍罩定我，却在旋转吧凳上屁股一扭，背对我，摆出十九世纪法国画室里裸体模特儿挑逗性最强的姿态。我旁听过西方艺术史，估计芊芊至少翻过课本。

芊芊的眼神乜斜轻佻。

花栗鼠是一种小松鼠，巴掌长短，背上有几道花色条纹，模样极逗人，可指浪漫女子，大多数时候是指妓女，虽然情人间也互相用，就像西门庆爱极了的时候常叫他的女人小娼妇。不过现在这个词有点过时，是外国人读老书硬记下来的，而且淑女绝不会用。不知道王教授有多了解她女儿。如果他曾看到类似情景，那么他把我介绍给他女儿是否居心叵测？

理智告诉我她这种挑逗已经太过分，只是心里痒兮兮、别别跳。

我丢给芊芊一眼，芊芊还我一笑，妩媚得天真无邪。我的表情一定无奈之极，芊芊这小妞大概玩游戏玩得极其投入，把我放在火炉上烤还不够，竟顺手极亲热地在我脸颊撸了一把，眼风浪荡。

我无奈应战，摆出一副幽默劲儿，但话里绝不能不带刺儿。

"Gentlemen，can't you see，she is setting us up to fight for her？She is playing us against one another，and enjoying the game very much. Just look at her，gentlemen，and her smile，so content，so very wickedly sweet. Oh，my little sexy，I adore you so-so-so-so much：you're a top-notch artist of seduction，an alpha seductress.（绅士们，你们难道看不出来，她在挑我们上山，为她争风吃醋大打出手？这个游戏她正玩得起劲呢。瞧瞧她，绅士们，瞧她的笑，满足之极啊，恶毒得甜蜜。哦，我的小骚货，爱死你了。你勾引术玩到顶尖啦，狐媚大师。）"

说完，我双手捧住她的脸，一转半圈，用力拉向自己，在她嘴唇上恶狠狠印下一吻。我动作果断而快，因为怕她推拒，那我就出洋相了。一旦吻上嘴唇，便把她脑袋往我的方向用力摁住，以保持吻的一定长度。不料芊芊不但没推拒，反而吧凳一转扭过身子来，跟我正面相对，两条长臂一伸紧紧搂住我后腰并按向自己，令我们腹部相触，同时热烈地回吻我，使用的技巧是所谓的法兰西湿吻，开唇吐舌，津液共享。我几乎本能地要推开她。我的几次恋爱经验，都没有达到热吻的程度，更别说法兰西湿吻——我觉得唾液不卫生，是传染病菌的最佳渠道。我紧闭双唇，集中意志力控制自己不把她推开。

接着我意识到与她腹部相贴的小腹部下方升起一种饱满感，虽然不至于让她有所感觉低头察看，但身体内部感觉十分强烈。电光石火间，脑海里闪过一句自嘲：老童男，你第一次性经验，没想到是这样的吧？无奈！只能一笑了之。这笑是不是自虐快感呢？

小店墙上一圈广告画，都是乳房破衣欲飞的性感女郎。

芊芊放开我，起身，容光焕发左右一看。"Thank you for the coffee. And you guys are real, genuine sweethearts.（谢谢你的咖啡。你们俩哥们，货真价实的甜甜心。）"说完嘟起嘴唇，凌空给了左右一人一个响亮的吻。"卜。卜。"一扭腰，勾住我的肩膀，将我手臂绕过她的背放在她腰臀之间的柔软斜坡上，依偎着我，一摇一摆走到门口，回头，"So long, handsome.（别了，惹火汉子。）"我处于彻底被动状态，跟着她机械地笑机械地迈步，在众人眼光里出了门。我闪过一个念头：作派简直像个交际花，而且档次欠高。

后来我有点后悔，没来得及细细品味五个指肚第一次陷入女人那个柔软斜坡的手感。

我出门前听到的最后一句话是："Trust me, Shorty, she's worth every penny you've got, even just one shot.（相信我，矮哥儿，这女人值得你倾其所有，哪怕就一次。）"

出门后我给芊芊第一句话就是："你在加州理工念博士？"

芊芊解脱我俩手臂的纠缠，快步走向车子，从背影看，像是发现什么大笑料而忍俊不禁。

如果这样，这大笑料自然是我。当然也不可以排除她做样子给我看的可能性。实际上我更相信这个可能性。刚才那场戏，好像出自某部三流爱情电影的记忆，完全是做作，是游戏。我固然一切都在演戏，而且是第一次演戏，似乎也没什么大漏洞，有什么道理不怀疑芊芊也在演戏呢？何况我一直隐隐约约觉得她的确在演戏，恐怕不像我初尝禁果，但也好不到哪里去。

不过，我的确吻过了她，法式湿吻。

我想舔舔嘴唇，结果却拿出纸巾猛擦了一阵，擦好叠起，放回裤子口袋。

为什么放进口袋？还要擦嘴？

第十章

一上车芊芊就紧紧盯着我看。我佯装不见，发动车，开出停车场，寻找高速公路入口，专心致志认路驾驶的模样。我以为芊芊盯着我看一会儿就会因无趣而放弃，不料她不但不放弃，反而越盯越起劲。她知道我在用眼角余光观察她，嘴角间笑意愈益浓厚，狡黠得妩媚，盯得我浑身发毛。我若对她没兴趣，满可以佯装到底，或白她一眼，用眼神骂她神经病，不落言筌，连吵架的口实都不给她。但偏偏我希望她欢喜我，佯装下去就显得小儿科了。

"你再这么双目炯炯，"我说，小心翼翼绕过山路上一个急弯，"我汗毛凛凛就不够用了——I'm going to have goose bumps.（要起鹅皮疙瘩啦。）"

英文里把鸡皮疙瘩叫鹅皮疙瘩，大概因为疙瘩块儿更大。

还是没声。我不得已侧过脸，正撞上她满眼乐不可支的笑意。我浑身冷飕飕的，真起了"鹅"皮疙瘩，连胸口都有，连成片的。

"大力，你老会白相咯。"

芊芊换了上海话，把"白相"二字拖得意味深长，我顿时就变成玩女人的高手。

"法兰西湿吻，我还得学学，"我不动声色暗中反击。

"想跟我学？"

我觉得芊芊语调充满带嘲讽的诱惑，右手不知怎的就伸过去用四根指头的指背抚摸她的面颊，很老练的派头。芊芊轻轻推开我的手，很坚决。我一下子就觉得手没处放了，收回很没面子，凌空搁在那里更尴尬，再尝试一次吧！再被推开怎么办？那就无地自容了。她该不是欲迎还拒吧？不然，干吗那么引诱我？湿吻也吻过了，抱也抱过了，连小腹部都紧紧贴过了，碰碰面孔，算什么？她该不是又在跟我"摆摆劲"吧？半推半就才有味道，书上不是都这么写吗？一厢情愿的想法占了上风，什么都往有利自己的方面推想，勇气立刻上涌，动作感觉都潇洒起来，好像久经沙场的老将，动作缓慢而坚定地伸向她剪得短短的、却雨云般浓浓厚厚堆在耳后的头发。

芊芊一定早就预料到我会做什么，我的手本来离她只有半尺距离，但还没碰到她头发，她就倏地躲开了。她的话也一定早就等在喉咙口了。

"刚才是逗老美玩儿，别玩得过分了，好吗？"

芊芊声音温婉认真，像个传统书香门第出身的姑娘，发乎情，止乎礼。

就这么改了戏文，连带演戏规则？连商量余地都没有？谁规定谁当编导谁当演员的？

我还怀疑她是欲擒故纵，反正我这里被她这么一撩拨，一丝火苗忽地烧成一蓬大火。我对自己说，我来过，我征服过。然后隐约觉得这句话并非我的原创，好像是一个古代的军事统帅，把征服本身作为他的人生目标。

但是，我跟她，到底谁在征服谁呢？当然是我。应该是我。我分泌的肾上腺素多得多。雄强为胜，这是自然规律。

芊芊是想把这自然规律倒转过来？还是她本性强势？无论如何，就是妇女解放翻身，也不意味着男人就要压在下面。

打定主意，我收回依然空伸着无着落的手臂，屈起食指，用指节东敲西敲，摆出一副吊儿郎当的样子。怎么才能压倒她呢？耍个无赖怎么样？耍个只有男人才能耍的无赖。原因很简单，我耍无赖不是她的对手。

"你那个男朋友，奥利，行不行？"我问。

"什么行不行？"芊芊问，嗓音紧绷绷的。

她追问了几遍"什么行不行",我都故意笑而不答,逼她往"子不语"的方面想。于是她自以为猜着了,竟反常地沉默下来。我借换车道偷觑了她一眼,看她是否面红耳热,却被她逮着我的眼光狠狠地白了一眼。看来我的借换道偷窥人的小把戏,早就被看穿了。无奈,我嘿嘿笑了两声。

"Silly laugh.(傻笑!)"她说,吐字像开机关枪。

"Very silly.(非常傻!)"我火上加油,很得意占了上风。我第一次玩这种游戏,自我感觉还玩得不错。

芊芊没声儿。我于是愈益觉得像个胜利者。胜利者当然要大度,越大度,胜利越巩固,因为大度是一种心理暗示,可以于不言中扩大胜利者与失败者之间的心理定势和距离。当然,前提是对方知道胜利者的大度。最简单的办法,是大度得欲盖弥彰,大度得傻子都看得出。

"我妈从小就说我'呒轻头',开玩笑不知轻重,好在家里人都很宠我,不跟我计较。"我让说话口气充满道歉意味。

"你的意思是要我也跟你家人一样宠你,不跟你计较,是不是?"芊芊反应很快。

"你宠我?诚所愿也,不敢请耳。"我语调夸饰,觉得胜券在握而意态飞扬起来。"不过,你不会跟我计较的,是不是?"

"我隐忍多时,不跟你计较,难道你还没看出来,my boy genius?(我的男孩儿天才?)"

芊芊似乎终于忍不住了,这让我迷惘:难道我刚才并没占上风,倒是她占了上风,为了不伤害我,才隐忍半天,不跟我计较?我看不出为什么是她占了上风。也许她就是以进为退,搅混水,以便挣脱心理被动局面。

认定她在玩花样,我决定真正大度一下。毕竟,玩这种心智游戏,很小儿科,也不是找女朋友的办法。难道我已经决定找她做女朋友了?那么轻易?

"我没看出来,芊芊。"我老老实实地说,"不过,我相信你的判断。"

"你真没看出来?"芊芊似乎倾向于相信我的话,但又不敢相信我真没看出来。

我摇摇头,说真没看出来。芊芊不作声了,静静地坐着,看风景。

然后我致命的好奇心又发作了，我想知道我到底哪里没看出来。难道我在这方面也心智低人一等吗？我磨蹭了一会儿，厚着脸皮请她告诉我，我到底哪里没看出来。

芊芊先没说话，可一开口，好像火山爆发似的，但用的是英文，目的显然是去掉一些锋芒，怕太伤害人。

"你那句行不行的话，是一个打架踢下三路的下流招数。那说明你或者是个新玩家，或者是个下作玩家，可能是不自觉如此。无论哪种情况，我都不想跟你玩下去，并不是我不会玩踢下三路的阴招并玩赢这个游戏。我就是不想伤害你。事实上我挺欢喜你的。你显然是个聪明家伙，还是个好小囡，这一点我眼睛落到你身上那一秒就很清楚了。另外，你有幽默感，反应快，更别提你是我父亲的朋友。也许会是我的朋友，那当然是在将来。说实话，大部分人都很乏味，你这样的人我不会每天碰到。我不是个与人为善的女孩儿，很容易受诱惑，欢喜各种各样的碰撞，尤其是跟智性相仿佛的人。我知道这方面我很凶。我可能造成的伤害，也许会给像你这类好小囡造成一辈子的心理创伤。这就是为什么我竭尽全力迫使自己闭上这张大嘴巴，可是我不肯定还能坚持多久。"

她的自我牺牲精神令人感动，不过我仍然不相信，她能轻易给我造成一辈子的心理创伤：我就那么脆弱？我固然不是情场老手，但毕竟有相当的人生阅历，也不能算书牍头，不会这点都看不出来。

"芊芊，我相信你的话，不过，还是好奇，你到底能够怎么样……伤害……那个……"

芊芊没声儿，什么动静也没有。车子静静往前开，车速很高，我都没注意就上了九十英里线。我想瞄她一眼，看她在想什么。然后我有个感觉：她在内心挣扎，在抵抗诱惑。大概她真的欢喜跟人斗心斗口斗智商，但就是好玩，并不想真正伤害谁。也许她的确不愿意给我造成一辈子的心理创伤。

她怎么会知道自己给人造成心理创伤？从心理学研究看，她这类性格极少可能会有这种自觉，大部分都沉浸在制造创伤后产生的快感中，所以有的心理学家把这种心理类型叫作 unintentional hurter（无意识伤人者）。一定是别人告诉她的！谁呢？王教授？！如果是，那芊芊真是个不愿伤人为乐的伤人为乐者!

"那就别伤害我,芊芊,我相信你。"

为了不显得太认真,我语调有点调侃,可能就是这点调侃,打破了某种平衡。芊芊抬起头来,没马上开口,紧盯着车外由远逼近的一棵大连理松,等到树在车旁一掠而过,她开口了,脸微微侧向我,大概把我罩进眼角余光里。

"你问奥利行不行。奥利不太行。"芊芊略略停顿,吸一口气,好像进入冲刺。

"你行不行,大力?"

我愣住了:她以为我问的行不行,显然是指床上功夫行不行,而我当时只是想使用模糊战略,并没有往床上想。细想来,我故意笑而不答的模糊战略,最终只会逼她往床上想,难怪她突然沉默了:一个女人再大胆,初遇父亲的朋友,恐怕至少开头不会谈"荤"事的。

"对不起。"芊芊喃喃。大概我没立即回应,她以为伤害已经铸成,后悔起来。

我先微微笑出一点声音来。"你其实很善良,芊芊。没必要以为自己凶神恶煞的。"

芊芊身体动了一动,没作声。

"你是不是对人都这么居高临下的?"大概见我没了下文,芊芊打破沉寂。

"你个儿比我高,芊芊。说起居高临下,你该比我更有心得,是不是?"

她显然知道我在说她先前玩身高游戏的事,但似乎不很肯定,又不能问,问就等于承认。

"你理解得对,芊芊。不过我不知道你是哪里学来的这个身高游戏,约翰逊总统传记里?"

"他也玩这个游戏?"然后她意识到自己等于承认了什么,有点不好意思。"你一点不忠厚,戳穿人家西洋镜。"

这是我第一次听见她说小女孩儿的话,用"人家"自称,没有做作。

"人家没有什么优势,就长得长一点,利用利用,有什么好挑剔的。"

她口气娇嗔,不过我不很肯定她是否仍然没有做作。后来我知道,跟芊芊打交道，要区别她何时做作何时不做作，十分困难。恐怕她自己也无法区别。

"不是挑剔，是欣赏。"

"那，人家没有伤害你？"这句话半问半说，是试探。

"你大概也是好奇心发作吧？就像我先前非要知道我到底什么没看出来，好像这世界上的事，我非每一样都知道。"

"你就讲嘛，别老是猜测人家的心理。没劲。"

"噢，对不起。"我语调夸张，"我觉得跟你说话最好玩的，就是互相猜测心理。"

"你就想戳穿人家，说人家也在猜测你的心理，直讲好嘞，不停暗示暗示，没劲，还是男人，斤斤计较，一点绅士风度都没有。"

我可以非常肯定，现在这个小女孩形象，是她有意为之，多少有点调情的味道。

"绅士淑女，不可分的。"

"好了好了，人家不是淑女，行了吧！"

"不行。不准确。准确地说，在过去的三个多钟头里，你有五分之一的时间是淑女，我大概有五分之二的时间是绅士。"

"我认输，认输。你就告诉我，为什么我没有 hurt you（伤害你）。我总以为，男人最最脆弱的 soft belly（软腹部），就是那方面，难道你特别？"

"你认定会 hurt me（伤害我），是因为有个预设，不是吗？"

"你是说你那方面很行？"

"我没有说。"

"你不行？"

"我也没说。"

"那你说什么？"

我犹豫了一秒。"你得试过才知道。"

芊芊相当神经质地"嗯"了一声，意思含混，唯一我可以肯定的是里面多少有点不好意思。看来，她还不习惯用嬉笑怒骂来对付某一类事情。

"我这话，是不是有点太……"

"你试过吗？"

她在试探我是否还是个童男？我当然不会说实话，不过免不了有点紧张。毕竟，说谎我不在行，更何况跟人谈这事，于我还是第一次，也没想到是在这种情况下发生。

　　"你怀疑我是个 virgin（童男，处女）？你眼光很毒啊。怎么看得出呢？恕我浅陋。"

　　芊芊又没声了。后来芊芊一没声了，我就不自在。当时只是怕她真相信我是个童男，因为我的老实话，是让她怀疑，有哪个男的会承认这个？

　　"你以为我会相信吗？"芊芊大概最终不敢相信，又不自信。"你那么会白相，有多少小姑娘会投怀送抱，你可不是柳下惠。"

　　我多次谢绝过女人的召唤，不过并不是因为我有柳下惠情结。一个原因是怕，怕我那方面不行——据医学统计，男性第一次做爱，大部分都不成功。我一直坚持游泳跑步举重，就是想强壮一点，对自己有心理暗示作用，不至于到时候出丑，那心理创伤就大了，而且难以治愈。我暗里自我嘲笑"种马心态"，不过是个男的，恐怕就逃不出这种心态。

　　"从医学角度看，女性可能有真 virgin，男人没有。元阳未泄？一定有病。"

　　"我们所说的 virgin，是男女居室人之大伦。"芊芊反应奇快，然后让我喘口气，再甩出她的撒手锏。"Why were you splitting hair？（你为何细掰头发丝？）"

　　"细掰头发丝"指一个人无法自辩，只得从语义的细微差别里寻找根据，通常意味着心虚知错，而又不肯承认。无疑，我的细掰头发丝，反映出我下意识里不愿面对我还是童男这个事实，这没有逃过芊芊逻辑能力绝强的大脑。

　　"很简单啊，我下意识里不愿承认自己到现在还是个童男。"我承认得非常潇洒，只有这样才有可能误导这个惯于怀疑的逻辑机器。

　　芊芊冷笑一声。"你回答慢了一拍。"

　　我笑了。"你逻辑能力那么强，不难分析出为什么吧？"

　　"你是说，你还不能心无障碍地承认你是童男？"

　　"'男人最最脆弱的 soft belly'，你刚才还在说嘛。"

　　芊芊又没声了。我希望她开始怀疑自己。

第十一章

我开车开着开着，突然有个感觉：芊芊原来紧绷绷的身体，突然松弛下来，大概把我盘查完毕，放心了，该旁若无人尽情玩耍了。我想我也松弛一下吧，很累，尽管跟芊芊玩这些小儿科的心智游戏又新鲜又兴奋。要是一辈子跟这么个女人生活在一起，能过日子吗？一会儿窈窕淑女大家闺秀，一会儿知识女性仪态万方，一会儿应召女郎浪荡狂野，一会儿又变成个天真可爱的小姑娘，千变万化都是咄咄逼人，我这副神经系统，足够坚强吗？

我有个小舅舅，娶了个号称中国科大有史以来第一才女，"文革"后双双去斯坦福大学念了个博士，又去法国什么研究院主持一个重要项目，成了国际著名学者。外面看来风光之极，可一回家就跟我妈说，这一辈子最大的错误，就是娶了个世代书香的聪明女子（也是我想找聪明女子的由来），什么小事都怕说话犯逻辑错误，任何场合都怕举止失当露出小户人家底蕴欠缺的困窘来，到小舅妈亲戚家串门更是如履薄冰战战兢兢，好像一双双《诗经》和莎士比亚冶炼出来的眼睛，时时刻刻都在等待他出丑好对他宽容大度地说一声，不要紧，我们家很随便的。这种情况，直到小舅当选工程学院院士以后也没有改变，而小舅妈家可是一个院士也没出过。小舅又从来找不出任何理由跟她离婚，因为几乎所有的冲突，到最后好像都是他无理取闹，他小心眼儿，他没教养，加上女方从来不在经济上对他加以控制，连他跟女性交往都放任自流，他连一个离婚的理由都想不出来。后来小舅来了个婚外恋，想你这个完美有洁癖的女性，这下可不会再要我了吧。不料小舅妈极其大方，说你要真爱那个合肥电焊工的女儿，你就去吧，好好过，跟我在一起，委屈你了。小舅左思右想，想出小舅妈的种种好处来，还有他视为命根子的女儿，她一言不发的鄙视，加上今后不认他这个爹的可能性，小舅长叹一声，认了命，跟那个工人阶级出身的漂亮女孩儿抱头痛哭一场，完了。

现在他这个女儿——我的表姐，霍普金斯大学的医学博士加哥伦比亚大学的精神病学哲学博士，才三十二岁，大概谈过四次恋爱，三个博士都被她从她的恋人弄成了她的病人，第四个博士大概正在转化过程当中。吸引这四个人的大概也是她的才华谈吐。有一次我跟她开玩笑说，是不是她在以这种方式完成抗美援朝未竟之业。她竟然说，他们有一个跟你一样聪明，或者承认自己不是天才，悲剧就不会发生。我当时几乎厥倒。表姐是个善良女人，就是凡事讲逻辑讲效率讲到不可思议的地步。她不知道她可能毁掉了也许会为人类科学做出革命性贡献的三个大脑，三个都比她强的大脑。

顺便说一下，我出生的小镇，历朝出进士，在全国不是第一就是第二，绝不做第三人想。所以镇上有几户人家，在过去的一千多年里，代代人才济济，就是今天也是如此，用镇上人的话说，这些人家的孩子，不要问是不是天才，而要问是几流天才。我隔壁邻居上海姐姐的外婆家，就是其中之一，所以家里孩子几乎不是在上海北京，就是在大小三线，上大学都是美英德法，留日留俄的都最好别提。据说解放前镇上除了三四家人家，家家堂屋里都供着至少一个曾考上进士的祖先，而我父亲家却正好是这三四户供不起一个进士祖先的人家之一。就是这样，我家也出过两个举人，只是出的频率很低，常常是过个五六代出个读书不错的人，然后又得等五六代再出个聪明人。相比之下，我母亲家就略胜一筹，通常每一两代就出一个举人秀才啊什么的，祖屋里也有几幅穿朱紫衮服祖先的画轴，尽管年代相隔几至千年，但长得都像双胞胎。

我这一代，父亲这条线上，就我一个能读书，兄弟姐妹，包括同族的，没一个出类拔萃。估计我的后代，也要过五六代才会再光耀一下。不过，如果跟芊芊有个孩子呢？据说王教授家从哪方面算，都是优良基因库。

车进了雷尼尔国家公园区，芊芊还是一声不响，似乎在全心全意地看风景。她人一放松，随意动作时就显现许多女性的优美线条来。我不仅指女性的曲线。她臂肘搁在扶手上，三根指头弯着，食指长长伸出贴着脑门，拇指却朝下撑着下颚轮廓线。她的袖口褪到肘上，露出前臂，线条很直，像青橄榄期细瘦女孩的四肢线条，似乎青春炽烈的荷尔蒙，并没有吹进去多少肥满丰润。当然，这个线条，只有常年坚持相当强度的体育锻炼的成年女子才会拥有。少女时代的排球训练，似乎也没有把她的手变得皮肤粗糙骨节突出。她整个手指线条铅笔一样直，没一点骨节突出。这种指节，如果是获得性遗传，要父母双方多少代不从事体力劳动，才有可能在后代身上体现出来。

我未能全力以赴欣赏芊芊。我得想想怎么对付她。王教授说他想过我跟芊芊的可能性，可能不是随口说说。我觉得王教授对我有种发自内心的喜爱，甚至有点像父爱，他极有可能真心希望我成为他的女婿。但他相当了解自己女儿的性格，知道我一定驯化不了这匹会思考的野马，不过又心存侥幸，也许我们俩有缘呢？这大概是为什么他让我"帮帮忙"，带着他女儿到处转转。不然，以他的散淡，对一个跟他保持一定距离的人提这个要求，不太可能。很可能王教授也对女儿说过类似想法，所以芊芊一上来就那么富于侵略性，因为她要在相当短的时间内，把我从各方面摸透，包括个性才华，不刺刀见红不行。

那我又该如何行事呢？

理性上我绝对不敢惹这匹野马，但对芊芊这样一个女人，我能轻易说不吗？难。但不说不，难道说行？也许谈个恋爱玩玩？那将来怎样面对王教授呢？对得起他吗？王教授是否预见到我目前的困境呢？从世俗角度看，我的确是个好对象。也许我自我感觉过好，毕竟，王教授不是一般世俗，还有他这个女儿，更是不同凡响，她会对我有兴趣吗？我还比她矮呢。性和谐？我行吗？刚才我们突然谈到性能力行不行，表面上是我提出的，但真是这样吗？在这个智力层次上，一个有经验的人设计一下，完全有可能让我顺着圈套走到那里，自作聪明地说出她要我说的话的。是不是我太多心？

也许心底里我是个自卑自疑又自作多情的人，像我的小舅一样？

我小舅妈是家里唯一我欢喜跟她谈话的女人。

再拐一个弯，就上山了。芊芊突然叫停车。我说上去才有洗手间。她指着路边说就停这儿，那棵树下，再过去点儿，有树荫。这棵山毛榉枝叶特别浓密，停下后，芊芊在座位上舒服地扭了下身子，长长呼出一口乏气。她从包里拿出雷尼尔雪山国家公园地图，打开，找到一处圈点，眯眼看罢就说，对对对，从这儿拐下去。我说那里不对。她打断我，说她不要上雷尼尔雪峰，要爬边上一座山，好细细看雷尼尔雪峰。还引用了苏东坡的庐山诗："不识庐山真面目，只缘身在此山中。"

"再说，那里那么多人，很讨厌。"

"一路过来没多少车啊？"我不是不知道边上那座山，矮一点，但不是旅游线路，山道险峻，不好爬。

"你还要多少人才算多？"芊芊露出一个顽皮女孩的本色。"再说，如果我们要做些惊世骇俗的事，怎么办？"

"惊世骇俗，要世和俗都在边上才行。没世没俗的，惊谁骇谁去呀？"

芊芊坏笑起来，我有点危机感，大概不知不觉又放出一个小魔鬼。

芊芊收起坏笑，用她甜糯的上海话说，"我饶你一次噢，好小囡。"

理智告诉我不要再多废话，但我那个"独立自主的意志"又开始独立起来了。

我用我八分熟的上海话说，"你不饶我这个好小囡，又好哪能（怎么样）呢？"

"What if we want to make love under a beautiful tree like this？Have you got the guts doing it with people watching all around？（如果我们想在像这样一棵漂亮的树下做爱，怎么办？很多人围着看，你有这个胆量当众做吗？）"

有几秒我的心跳是两三跳并作了一跳。然而最清晰地感觉来自于那个"独立自主的意志"，竟然自说自话蠢蠢欲动：别放过这个机会，老兄，你对不起我的时间，已经太长了！我非常难为情。的确，我对不起它的时间已经太长，由于我的胆怯。一个胆怯的男人，该不该活在这个世界上？

不过，无论芊芊真会跟我做爱还是挑逗我玩儿，惹芊芊这么个女人，是挟泰山超北海，力所不能。我可以接受自己不是天才这个事实，为什么不能接受自己也不是"种马"这个事实呢？难道后者比前者更难吗？显然不是。我突然有了自信：我玩不过她，也绝不再让她逗我作乐。

　　"别担心，"芊芊故作不忍，"I'm not going to deflower you.（我不会采你这朵花。）"她说完曲了一下前臂，好像展示她打排球练出来的爆发力：我有这个能力，但我不会欺负弱者。

　　我忍无可忍。英文里"强奸"这个词，有好几个可用。violate 比较书面语，rape 暴力色彩很浓，但芊芊选择的这个 deflower，专指男性强奸处女，用的是粗暴摧残一朵鲜花的形象。我一个男人，成了任人摧残的花？虽然是玩笑，但我感到自己身上所有的男性因子，都一刹那沸腾起来。我的脸一定涨得绯红，因为我侧脸要对她吼出什么时，她满脸惊异兴奋，好像吓着了，又好像期待什么超过她预期的东西。我突然冷静下来：戳那，这小 X 是引诱我戳伊啊！

　　这是我这辈子第二次用脏话，也许是最后一次，也没出口，感觉不洁，又很畅快，好像自己真的已经干掉她了。然后我做了一桩其蠢无比的事：我伸出右臂，拉起衣袖，小臂一曲，展现我多年来举重不懈练出的肌肉。

　　芊芊观察我的眼神里的确有恐惧，看来她也不是老吃老做，但恐惧的后面，更多的无疑是亢奋。她小心翼翼看着我鼓胀坟起的二头肌，试探地伸出一个手指快速地揪了一下，好像怀疑它的真实性。

　　"听说过有男人整容做胸大肌，还没听说过有做二头肌的。"我说。

　　芊芊微凉的右手掌慢慢移上我大臂，盖住整块肌肉，微微用力捏了一捏，一边观察我的表情。她的手掌很有力。我又把肌肉绷紧一些。她又捏了一捏，然后三根冰凉的指尖滑下我胳膊内侧，轻轻一划，摩擦感极其纤细。我身体内部如遭雷轰电击，人一下就晕了。这是第一次有个人，还是个女人，触摸那一特别敏感的地方。女性手指的柔滑细腻，在胳膊内侧皮肤上更其明显。我眼睛眨了一下，睁开时正好落在她胸前。由于她微微佝偻着，性征曲线全部消失，剩下一片微皱的线衫，但是我脑海里却无比清晰地勾画出下面隐藏的全部惊心动魄，并立刻转化为强烈冲动：伸手过去，拉起线衫，打开搭扣，解放两朵盈手一握的精致。

这时那个独立自主的意志，也独立起来，我不由自主弯下腰去，身子微微侧离芊芊一边，强烈的羞耻感同时如洪水般漫过全身。

芊芊似乎很欢喜指尖摩擦带来的感觉，嘴角又漾出两条弓形笑纹。"As smooth as a baby's butt. （像奶娃儿的屁股一般嫩滑。）"

这句英文成语通常用来描写皮肤的细腻。

我闭上眼睛，用力控制住自己双手。芊芊显然感到什么，手指停止摩擦，然后她小心地移开手指，手掌那一片微凉也跟着挪离我的手臂。她大概意识到刚才玩了火，乖乖地坐在一边，不作声。一会儿她身子靠向车门，翘起一根手指，有一下没一下地拨弄着自己耳后的一弧发丝。

热潮渐渐退去。我坐直身子，开车向芊芊刚刚指示的方向行去。

一时无声。很快到了停车点，熄火，收拾东西，准备下车。

"You've just deflowered me. Not a virgin any more. （你刚才已经采了我这朵花了。童男不再。）"

我语调平静，羞耻感不见了。缺乏性经验？那又怎么样？没必要遮遮掩掩。再说，也遮掩不住了。反正，刚才也以说谎的方式作了坦白，正好，不用再麻烦。

至少在心理上，我已经不再是童男了。

咖米其伤

第十二章

芊芊背上登山包，乖乖地跟着我走出停车场，上了山。我们默默地走了大约十几分钟，在一个风景观察点停留。她又乖乖地坐在一边，不时讨好地瞄我一眼，整个一个做了错事后想拍老师马屁的乖小孩。

"有什么吃的没有？"我想缓和一下气氛。毕竟，我出了大洋相，也不完全怪她。要是我不那么虚荣，不跟她玩那种小儿科游戏，也就不会这样了。

芊芊摸出一个小包，讨好地说："爸爸说你欢喜咖啡豆，不过这外面裹了一层巧克力，我想你会欢喜。杭嘉湖平原的人，好像都爱吃甜食。"

她在暗示这包巧克力都是为我买的。不管是不是，都是一片心。我伸手要接过咖啡豆，她却说，"前面过溪水时你没洗手。张开嘴。"她拈出一枚咖啡豆，作势要喂我。我本能地要张嘴，却没张，从她手上拿过小包，仰头倒了一小半。我要是让她喂我，接着她又会爬到我的头上来。

芊芊乖乖地看着，十分懂事。看来她是知道我让不让她给我喂咖啡豆，会界定今天下午我俩之间的互动方式。

变成正常人后的芊芊，十分好对付，而且惹人怜惜。但问题是，她的正常人状态，并非她的正常状态，是装出来的，装得长吗？果然，开始的半个多钟头，她还有点拘谨，简直像初次跟男同学说话的女孩子。后来见我渐渐放松了，又调皮起来，不过都是小女孩儿的玩意儿，摘摘野花啊，不走山道却爬树上坡啊，跳过相当宽的溪涧啊，没有需要我动脑筋应付的。我提醒她别崴了脚脖子，下山我可背不动她。她指着脚上的登山靴说，这种靴子的设计是专门防止崴脚脖子的。"法国造，三百多美元呢，爸爸给我买的。"看来王教授是小王舅舅还是爸爸，完全看她心情——后来我还渐渐懂得，也看她想暗示什么。过一段特别陡峭的山道时，她蹦蹦跳跳没事人似的飞了上去。我有点怵，却不愿示弱，也摆出运动员架势，三脚两步上去了。刚为自己的潇洒得意呢，不小心一脚踩进泥塘里滑倒了，幸好只湿了一条裤腿，没崴脚。到了下一个溪流，她要我洗洗干净，自己跑到一边，说是给我望风。我脱了长裤，穿着内裤，跳到没膝的溪流里去洗。溪水都是雪山上流下来的，冰凉刺骨，就是八月里也是这样，更何况眼下才五月初。洗好上来，穿上湿裤子，便觉得不对，大腿骨里沁入长长一线凉意。我招呼芊芊上来，找了一个露营地，生了营火，也不管是否得体，叫芊芊帮我烤干裤子靴子，自己穿着内裤在火边揉腿，一直揉到腿骨里的寒意全没了。

芊芊很配合，没说一句不得体的话、做一个不得体的动作。美国上层中产阶级孩子一般都受过野外求生训练，作为意志性格训练的一部分。从芊芊生营火的手法看，她一定很在意地补了这一课，属于有心融入所谓"主流社会"那一类的中国留学生。也许太有心了，便开始批判中产阶级价值观，虽源于自别于众的简单欲望，终究是人类自我升华之一道，无可厚非。

穿好裤子靴子后，重又上路，已经晚了两个多小时。

"挣那么多钱，就买这种破登山靴，怎么会不滑跤？"芊芊嘟哝道。

我这双登山靴才五十多美元，业余的业余。野外活动产品，以法国产品有创造性，质量讲究，设计也时髦。

她要不说这句话，我大概会把前面发生的不快都当作一个白日梦。的确，在我最狂野的浪漫幻想里，都没遇见过芊芊这样的女孩子。我当然听说过这样的女孩子，不过好像都不是工程学博士研究生。

我自顾行去，没接话头。芊芊立刻乖乖地跟上，再没有做类似尝试。我不禁想到，吃点亏，有时也有点好处，叫对方觉得欠你，老想弥补，不知不觉受了控制，还自以为大度善良。当然，前提是对方大度善良。

芊芊是个大度善良的女孩儿吗？这想法让我大摇其头。另外，我这是吃小亏占大便宜还是吃大亏占小便宜？我这些心思当然很小人，不过我又不是天才，作派有点儿小人，对头。

到得山顶，已是下午三点四十多分了。看对面雷尼尔峰上登山人小蚂蚁似的爬动，倒觉得芊芊很有眼光。我们这边，整座大山，就只有我们两个，那种宽大感无可比拟。

四周雪峰环绕，在夕阳沉落西天山峰线那一刹那突然连成一体并开始燃烧蒸腾，色彩变幻不停如同活物，从深黛色调的血红绛紫到泼墨画似的睡莲淡绿，光影衍射到整个天穹，原本美人晞发般随意舒卷的流云，这时被高空的罡风强拉硬扯撕成十几股横贯长空的龙卷云，好似一群身体柔软的长鲸，在色彩的海洋里载沉载浮，耳边呼啸的气流仿佛是它们低沉悠长的歌吟。

我身心坠入一种半眩晕的旋转，有点像醉酒后一步高一步低走路时踩进棉花堆不着力的感觉。背靠着不知哪里吹来的强风，半眯着眼，很想马上一抬腿就被风刮走，流星一般在空中划过一道弧线然后消失。与这摧毁性的陶醉感同来的是孤独，前所未有的孤独，孤独到可以读出身边所有一切的孤独，包括刮擦着脸颊的风和十几步远那堆可能万年都没融化过的雪，还有我视野边缘的芊芊，被晚霞醉成一片酡颜，连下巴尖都红嫣嫣溢出血来。

她孤独吗？

我脚下向她挪出一步，想拍拍她肩膀，问是否能把她搂在怀里，就搂一会儿。她正好也转过脸来，双眼好似伸出两条邀请的臂弯，让我把她搂在怀里。我差不多要开口了，突然想到将来会不会有责任，一瞬间犹豫，马上为这种小人心态感到羞耻，还没来得及改正，芊芊已经挨近我身边，脖子微微转动，摩擦着登山服衣领——一个寻找依偎的孩子。

我伸手揽住芊芊肩膀，脑袋靠上她脸颊，头发摩挲着她耳朵。芊芊不声不响，脖子若有若无地转动，整个人的重量却渐渐压了过来。

我醉里跑马，想芊芊真是个恋爱老手，找这么一个环境，让自然压迫心灵，把两个患爱情狂想症的人赶到一处，化不确定性为确定性，羚羊挂角，了无痕迹。

这只是我的胡思乱想吧？但愿！

余晖收金，天空只剩下一片淡紫灰。这时下山已经很晚，至少三分之二的路程要摸黑野行，对我们并不熟悉这座山的人而言，十分危险。我俩借最后一缕天光快步下山时，我就觉出自己反常：我生性谨慎，少说也爬过二三十次大山，天黑下山一向是个禁忌，除非有照明，而我不是不知道自己没带野营手电。我到底在想什么？是不是怀里搂着个女人就不想放了？还是希望两人在野地里过一晚上，好有机会发生点什么浪漫事儿？想到这里，我差不多可以肯定自己下意识里有某种计划，那就是创造一种条件，增加某类事情发生的概率，很可能是找机会丢掉童贞。

芊芊是不是也在制造一个浪漫的回忆，有意识或无意识地？

我无法回答这个问题，除非直接问她。怎么问？你想不想跟我……那个？

我在什么事情上大概都算胆子大的，可能就除了这事。我知道这种事有时单刀直入最好，也一直相信自己事到临头一定不会怯场。问题是目前是否有"场"可怯？过一处隘道时我伸手让她拉住，过去后我没有放，她也没有松开的意思。于是我俩手拉手一路疾步下山。我边走边内心斗争：今天我是不是怯场？无意中两人越走越快，直到芊芊突然甩掉我的手往地上一坐，跟小孩子耍赖似的。"你是踢足球的啊？比我打排球的耐力还好。"芊芊喘着气，恼火地向我直翻白眼。这时天色已暗了，她面颊轮廓线也揉进了林中幽暗。我突然意识到我的内心斗争实际上是变相逃避。如果我今天怯场，一辈子都会生活在这个阴影下。

现代心理学生物学和精神病学都已经证明并广泛传播，生活的每个时刻的每个决定，都可能影响人的一生。要人们理解这一点并不难，但要他们相信这一点，却几乎不可能，不仅是智力不足，更由于直面某种现实与一般人生存欲望快乐原则相冲突。我的个性加上专业训练从某种意义上注定了我已经一辈子失去了某种快乐，或者永远不会很快乐。

但快乐仍是一种可能性。

我伸手把她拉到一块大石头上。"坐这里吧。还有月亮。"

芊芊很听话地坐下。她脑袋难以描绘地微微动着，像一个赌气赌赢了的小孩正觉得满意。

"芊芊，今晚……也许回不去了。"

我原想说，夜行危险，回不去也没什么不好，两人可以在野外浪漫一夜。说话时脸上还要带出一点儿坏坏的笑，外加一分幽默三分魅惑。不料事到临头，话一出口就自动变调，不要说魅惑，脸不太像铁板一块就上上大吉，声音打几个小颤颤都可以忽略不算。更糟糕的是，说完话，立刻就像囚犯等法官宣布刑期似的，那种恐惧中的期待怎么都掩盖不住。而芊芊偏偏左看右看，也不知道在这林中黑暗里看得出什么。她不讲话，不时吸吸鼻子，大概我的恐惧正如花香一般散发。

也许觉得终于把我的恐惧磨得薄而将破了，她抬起眼斜我一眼，拍拍身边。

"这只大馒头足够坐三个人。你不会站一夜吧？"

我坐下，觉得手脚怎么放都不舒服，就抬头，空中是一个四周树冠围成的一个不规则圆圈，月亮从左下向右上移动。

原来沉寂的森林突然声音丰富起来，小动物蹿过落叶层发出悦耳的嗦嗦嚓嚓声。

"你想吗？"芊芊声音低沉。

我猜想她问我是否想跟她做爱。

"想。"我回答干脆，最多只慢了半秒。

芊芊先没作声。接着扑哧一笑，眼眸略侧抓住我的目光。"可是，不惊世骇俗啦？"

我摇头，苦笑。"我怎么回答都只有一个效果。"

"尴尬。"她代我说完。

"刚才还说我不含蓄。"

"君子非含蓄不可，小人与女子？无可无不可。"

芊芊把手掌放在我背上，轻轻上撸，两个指头拨弄我颈间的发根，痒酥酥的。

我想做一个大动作：把她横抱过来半躺在我腿上；或者干脆手伸到她衬衣下捉住乳房；要不更狂烈一点，就把她按在这块大石头上要了她。山风会滑过身上从未见风的地方，那种尖细的凉意，玩味至白头。

可我什么都没做，就让她手爪细长地在我背上颈间惬意游走。到下半夜我俩背靠背在石上睡去，清晨冻醒过来，觉得抱在一起真暖和。抱着抱着，就越乎礼仪了，这里焐焐嘴，那里暖暖手。我是个童男，对女性毫无经验，这一点她很快就意识到，大概自己偷笑了两回，就不动声色做了老师。不过那晚我们做爱未成。倒不是怕冷。我那个自主的意志，只会自主，还没学会互助。

下山时像老情人一般互相打趣嘲弄，但一阵间歇后，她突然变得不那么调皮了。开车时坐在一边，一本正经谈起她的博士论文。我说你别太淑女，我欢喜你惹是生非，像个顽皮的小 gibbon（长臂猿）。

"你以为我不会给人起绰号是吧？"芊芊乜斜着眼睛。

"Gibbons，很可爱的，特别是刚出生的 baby gibbons。"

芊芊肩膀耸动了几下，好像准备好好回敬我一个绰号。不料她双肩耸了几下以后，停了，然后靠回椅背，整个人都松弛下来。显然，她改变主意，不给我起绰号了。为什么？我当然猜不到，也没猜。几个小时以后，突然胡思乱想道：她不会是怕给我起的绰号会不经意间伤害了我吧？那会是什么样的绰号呢？微软？周易？迟到早退？

不管这个胡思乱想有没有道理，我知道我的男性自尊已经完全捏在她手心里了。我瞥了她一眼。她正若有所思地望着黎明在远方的山脊上幻化出一抹橙色，唇线欲弯未弯，笑意像半圈尚未漾开的涟漪。她觉察出我的偷偷一瞥，唇线拉成弓形，丢给我一个媚眼，带点揶揄，带点调侃。

即使她无法每一刻都这么温婉可人，我也希望她永远心存仁慈，至少对我。

那一天由于从山上下来，破晓的晨曦喷薄而出时变为一个慢动作。也许是什么兆头吧，我有点迷信地想。

第十三章

芊芊将她的假期延长了四天，正好接上一个长周末，一共多待了六天半。我们每天都在一起，但她说没告诉王教授我们的事。这令人疑惑：只要我一回家，她就在我屋里，常常待到深夜，有两次王教授还上来敲门叫她下楼接电话。她说王教授不知道"我们的事"，这"事"是什么"事"？唯一的解释是，她没告诉王教授我们关系的物理层面。要不，就是她随口说了个谎。有这个可能性吗？

一个超级逻辑的大脑，说谎完全不合逻辑，概率多大？

那天我打电话去多米诺比萨店叫外卖，然后两人一起开车去拿。我们不知道这个外卖还加送一包意大利耙蜜绛奶酪蒜粉烤面包条，咸香滚烫，特别合中国人口味。外卖员也忘了，直到我们出门后才想起，手上挥舞着一包热面包条大叫着追到停车场。"忘了给你们这个，加送的。"外卖员说，把热面包条放在我手捧着的比萨盒子上。"你给过我们了。"芊芊说，顺手把热面包条还给外卖员，一个十六七岁满脸雀斑的小伙子。"你肯定吗？"小伙子有点不可思议，左看右看，找不到热面包条在什么地方。芊芊指指比萨盒，说在这里面。

小伙子顿时双眼眯成两条线：一包热面包条至少有二三英寸厚，根本放不进寸半不到的比萨盒，且不说盒子里多余空间只有圆形比萨和方形盒子之间那四个分开的三角地带，连一包面包条的四分之一面积都不到。小伙子很礼貌，说你查查看，我记得没在比萨盒里放过热面包条。芊芊说是我放的，我还不知道？小伙子大概怕错过一个奇迹，坚持要她查证一下。她说，相信我，我特爱吃热面包条，怎么会平白无故不要热面包条呢？老实告诉你，我们就是冲着加送热面包条来的。小伙子想想有道理，把手上那包面包条往比萨盒上一拍，说多送你们一份吧，拿回去老板要骂。走时还瞄了比萨盒几眼，大概是始终想不通那里怎么放得下一包厚两倍的热面包条吧。

上车后我说，你可真有意思，you really messed up the boy's head.（把那小伙子的脑子搅成一盆糨糊。）谁知芊芊手指一伸点着放在后车座的比萨盒说，我没搅他糨糊，里面是有一包热面包条，我放的。我也开始怀疑自己：难道真是我走神没看见她往里面塞了一包热面包条？仔细一想，不可能，整个过程她根本就没插手——实际上她怕烤箱带大蒜味的烟火气沾染衣服，都没走近柜台，在我身后五六步远的地方望野眼。我说芊芊，你是不是也想把我脑子搅成一盆糨糊？她说比萨盒里有没有热面包条，你打开看看就清楚了，争什么争？我更怀疑自己：难道她真相信那里面有包热面包条？我认真看了她几秒，她显得胸有成竹。我想自己一定错了，长身后转，想伸手过去揭比萨盒盖，准备好好嘲笑自己一回。不料她狠狠抽了一下我的手背，顺势往后一拨，说，你这个人真没劲，人家说个小谎，你也非戳穿人家不可。那一刻我相信自己是世界上最不解风情的人。不过我都没顾得上吃惊，光是好奇，问，你真说谎了？你你你你没必要说谎的。她说，非得有必要才能说谎？我说，说谎就那么好玩？也不能呒轻头（没有分寸）。她嘴角一撇说，要讲究有轻头呒轻头，还有什么好玩？这是我第一次看到芊芊性格的这一面，整个一个不可理喻的娇蛮女娃，偏偏还笑嘻嘻做出一副发嗲的姿态。我闭了嘴，觉得自己病态，因为我觉得她娇蛮得性感。她见我没了话，直着眼开车，大概也觉得没劲了，说，其实也没什么好玩，是不是？小王舅舅说，跟你在一起很好玩，哼哼哼。哎，你看那里，那里又开张一家 Starbucks，停车停车，我们去凑凑热闹，好不好？她的注意力似乎已经全转移了，好像并不在装腔作势。

后来好几桩事让我相信，芊芊有随口说谎的习惯，毫无必要地说谎，不过似乎也没什么恶意。可是没有恶意的谎，有时候更麻烦。比方说我要她打电话给她那个奥利什么什么的男朋友，跟他说再见。我是一半暗示一半试探：我对跟她的关系很认真。她立刻心领神会，抱着我又吻又拧，说我就知道你这么老派。老派的浪漫男人最理想，既有老派的忠诚，又有浪漫的自由，我立刻就打电话掼掉那辆A1M1。A1M1是美军埃博拉汉姆重型坦克的代号。那个奥利什么什么的大概体态庞大，所以芊芊给他起了这个绰号。我立即说，你可真了不起芊芊，调调情还顺便给自己加立了一条乱爱权利修正案。她说你坏坏坏坏坏坏……边吻我边呵我痒，打打闹闹结果就又上了床。雨收云散，正闲聊，她突然插道，其实我已经给A1M1打过电话了，一听我说要掼掉他，立刻哈哈大笑啪地挂了电话，他大概也爱上别人了，我也不用跟他说再见了，真省事。我心里怦地一跳：这么信口胡掰，是不是开玩笑？要我戳穿她，好玩？观察了一会儿，好像不是故意开玩笑。细细思量下来，芊芊这信口胡扯，是个问题，谁知道会对我们的关系产生什么恶劣影响？但跟她谈这个问题，要有技巧。我悄悄捏住她一只手，脑袋在她肩头摩挲，温存了一会儿，感觉渐入佳境，才用最柔和的口气说，芊芊，有种事，别开玩笑，好吗？她马上懂了，却还要垂死挣扎说，是真的真的不骗你，我真给A1M1打过电话了。见我不搭茬，就打退堂鼓。"唉，怎么搞的，我的口才，在你这里从来没顺利过。"口气可怜兮兮，像受了委屈似的。

我是第一次听人把说谎叫作口才，荒唐得有趣，看来芊芊永远不会让我产生她爸爸那种"生存厌倦"。但我的新奇感未能使我无视一个事实，就是芊芊可能是我们这个行当称作 compulsive liar（迫于强制性冲动的说谎者）那种人，是一种病理现象。在西方一般的通俗文学和影视作品里，这种人的病因通常根植于幼龄受虐，特别是来自父母师长的性虐待，一些教授专家为读者大众写通俗心理学著作，也常常落此窠臼，不知是知识老化，还是迎合想象中的市场需求。但稍微前沿一些的科学家都知道，病理性说谎者并不一定是由于幼龄受虐，大部分不是。可以肯定的是，这些人大部分就是因为某种很偶然的、不必是负面的遭际，一个心理跳跃，就定型了，绝大部分终身难改。但我们尚未搞通的是，这种偶然遭际跟心理跳跃的相应性及其内在机制，更难的是确定个案病人确切的发病遭际及其当时的心理语境。当然这并不太妨碍治疗——可能因为目前的治疗手段还很原始，治愈可能性极小。在这极小的可能性中，高度的自省能力和自制力、坚定的个人意志、强烈的治愈欲望产生的动力，被认为至关紧要。有趣的是，治愈欲望往往来自于病人渴求至亲至爱的尊敬和关爱，但至亲至爱却必须置身治疗过程之外，最好是根本不知道病人在接受治疗，因为一旦他们置身治疗过程之内，病人往往会在与他们的关系中，将自己视作弱势，将强势视作压迫者，从而寻求自我保护，而逆反心理这种抵抗强势的武器，可能是最简单便捷的自我保护方式。换句话说，如果芊芊是病理性说谎者，我作为男朋友是绝对不能卷入她的治疗的，不做男朋友，那我跟她就是路人了。

到芊芊离去，她都未再提起跟她男朋友断绝关系这事，其原因我到她走前才明白，或者说当时自以为明白了，后来又自以为不明白，到现在也不知应该自以为明白还是不明白。跟芊芊的关系，很多方面都是这样，不明不白，倒也不全是芊芊不肯或不能说明白。芊芊自己大概也是不明不白的。也许人类的自省能力，还没进化到那个阶段。

我一生中最闹猛的就是那几天。回想起来，闹猛中突然会有一个极其短暂的时刻，比方说下楼时在拐角处莫名其妙地止步，或跟芊芊开车出去笑啊疯啊唱啊中间骤然安静下来，或做爱做到高潮时偶尔一瞥窗外正好看见绿树尖挂着一朵白云慢慢游过，那个短暂的时刻脑子里突然一片空白，好像人死了登上天堂的那一刻回首人世。接着我跟芊芊所有一切都平摊在眼前，一个眼神、斗两句嘴、手脚动作、冷嘲热讽明枪暗箭，所有可见不可见的、已经发生的和还没有发生的或可能发生的，前因后果开头结局都在同一刻同一地点平平地摊开在一张广阔无比的画案上，似乎都是为我而摊开，这是一个警告，命令我立即行动不得迟延。但我总是不等到把这个警告看清楚了就匆匆逃也似的将那个短暂的时刻抛在身后。我害怕那个时刻，本能觉得它正确得阴险，专门打着躲避灾难的大旗来摧毁快乐。我知道快乐总很短暂，不可能完美，耽于一时之快常常意味着一生的代价，但我也知道快乐如此难得，如此一去不回。我根本没想也不愿想这一时之快是什么代价。即使想了，恐怕也会在所不惜。太阳神阿波罗的清凉智慧，常常不能代替酒神狄奥尼索斯臭烘烘的温暖。

那几天不时出现的，还有另一种缠绵时刻，通常是两人相处特别快乐时，从某个角度欣赏芊芊：她哆得做作但哆劲十足；她的美绝对到不了弹眼落睛的地步但却妩媚而富于暗示；她欢喜炫耀智力，措辞雅训，说话总好像在机带双敲含沙射影，弄得机锋迭起妙趣横生；她的尖酸刻薄会把我呛得一愣一愣的，但我还是不得不欣赏她尖酸刻薄得讲究，有格调有风致。真是个妙人儿啊！啊啊！这样一个妙人儿会随口说谎么？真应该不动声色帮她去掉这不登大雅之堂的习惯。当然，我只是想想而已。如让她意识到我在做什么，不要说希望她爱我，不谋杀我就上上大吉。天才是自尊心做的原子弹，一旦引爆玉石俱焚，幸好不是谁想引爆就能引爆的。

啊啊！！真他妈的啊啊啊！！！

不过，之所以后来我会觉得一生的快乐大都在那几天花完了，我猜主要还是每天川流不息地做爱，好像不黏在一起就虚度了。告别了，老童男！告别了，没XXX的男人！性经验给了我一种从未意想到的骄傲和……生命自豪？大概是自豪！可笑？不过感觉极妙！美妙微妙呕呕妙，妙而又妙近于道！马路上跟各种男人擦肩而过，没头没脑就有一种冲动突突突地从心底往喉咙口跳，想对他们大喊：我睡过女人啦！我雄赳赳气昂昂啦！我自然没有自我放纵到喊出口来，但这冲动像酒醉后脉搏在脑门上打鼓，咚、咚、咚……一锤比一锤更粗大有力，于是我常常不得不站到一边去自己跟自己呵呵傻笑，借此过渡一下。这傻笑会笑出一种奇异的快感，很自嘲，很忘形。几次下来，芊芊习以为常，路人却不得不视若无睹徜徉而过——西雅图人以见怪不怪为城市传统，认为这是引领二十一世纪多元文化时代的风气之先。

有一次我又在傻笑，芊芊走前两步静静等着，等我笑够了，赶上去，说对不起芊芊，我傻笑，跟你无关。事后回想，大概当时很希望芊芊问我为什么傻笑，那我很可能或者坦白相告或者言辞闪烁故弄玄虚。芊芊跟我一眨眼，一副笑而不语的知情人模样，弄得我极其不爽。我又犯贱了，问芊芊是否又猜到我心里去了。芊芊说还用猜吗？你傻笑时那眼神，跟你说"好吗？"那眼神，一只模子里脱出来的坯子。我似乎很少说"好吗？"这两个字，更多是用普通话说出家乡土话那几个字，"阿是好啊？"不过把阿字改成了可字，"可是好啊？"结尾又没有升调，常常把北方同学搞得一头雾水。我问芊芊，我常说"好吗？"这两个字？芊芊鬼头鬼脑挤眉弄眼不作解释。结果那天下午答案就由我自己给出了。做完爱，四仰八叉往芊芊身边一歪，顺口就问："好吗？"然后我发现芊芊唇线弯成倒弓形，显然是忍俊不禁。我正奇怪自己出了什么洋相，猛然想到刚才说出的两个字，顿时浑身一片冰冷，脑子里空空如也，半天也不知为什么反应这么强烈。

芊芊见我半天不作声，怕我生气，侧身把我拥住，"知道吗，你说那两个字的时候，really cute, just like a little boy saying 'I'm a big man now'（真逗人！那神情真像小男孩说'我是大人了'。）"我想自己的反应完全没逻辑，就干脆装男孩装到底，缠着她问："我还行吗？"她脸上闪过一片阴影。先前她曾旁敲侧击暗示过我，女人很不欢喜比较男人的床上功夫，特别是现任跟前任，说这是小男人的虚荣。这个理论自然难以成立，虽然当时我还不知道，芊芊属于相当注重性生活质量的女人。但我想表现得绅士一点，很想问她自己作为爱侣是否称职，却又熬着不问。可是这一句"我还行吗？"就隐含着一个比较，她可能因此不快。不料那片阴影转瞬即逝，她用劲捏弄着我右臂双头肌说："'我还行吗？'这个问题，除了你自己，谁能回答？"我问为什么？她坏笑道："你背一遍《曹刿论战》。"我顿时笑翻了天。曹刿论战的名言是"一鼓作气，再而衰，三而竭，再衰三竭"；男人在"一鼓作气"以后还"行不行"，就是能不能再来一次，这问题当然只有他自己才能回答。而且照曹刿的逻辑，一鼓作气以后的结果只能是"再衰三竭"，用在现在这个语境里，那形象大大不妙。

我凑近她耳朵说："我还行。"她不作声，眯细着猫眼，不时斜斜丢给我一瞥，我顿时呼吸急促起来，心想不应该啊，这"自主意志"刚死过一次，怎么又毛毛躁躁起来？这复活也太快了点吧。脑子还没找出答案，手脚也自毛躁起来，不顾芊芊的警告，死乞白赖争得个机会证明自己"还行"，结果当然不出芊芊所料，"再而衰"。更糟糕的是还不死心，又继之以"三而竭"，楼上楼下一起垂头丧气，在芊芊眼里一定惨不忍睹。

我避开芊芊的眼睛，装作无所谓的样子，不痛不痒地自嘲两句。这时芊芊先前略似玩笑的警告开始显示意义：别硬撑啊！上海有句俗谚，硬撑小头弯筋——你在给自己制造心理创伤啊！这句俗谚我们家乡也流行，大都是比喻用法，现在却是字面意义了。而且芊芊的玩笑不幸而言中，那一刻我意识到自己的“硬撑”由来源自：芊芊那个奥利什么什么的，以美军主战坦克为绰号，恐怕不仅指他块头大。其加农炮管加长加粗，犟头倔脑怒而前伸，有心理分析学家称之为 ultimate phallus symbol（终极男根之象），也就是一根硬邦邦的大鸡巴。弗洛伊德泛性说治病是不灵的，但对文化心理却时有极准确的把握。当然，我是不能问芊芊，那个绰号是否得自床第之乐。问了，无论答案如何，都对我的心结有所缓解；不问，就是一个永远无法猜破的谜，会产生长期心理伤害。

芊芊很久都没作声。我觉得她完全知道我在想什么。很多男人都怕找聪明女性，认为难弄。我这时觉得，恐怕更主要的原因是，女性如果太聪明，男人的虚荣愚蠢脆弱等所有人类的劣根性，都无处遁形。那天晚上芊芊飞回加州，我跟王教授送她，半路上谈起一本《纽约时报》畅销书翻成中文，里面有些错译颇能发噱，比方说将 coat of arms（表示贵族家世的盾徽）翻作“臂衣”。译者是一个知名度相当高的教授作家，我开玩笑说这个翻译好，这本书是讲形形式式的恐怖主义，这个翻译就够恐怖，是 literary terrorism（文学恐怖主义）。这个词一出来，王教授先是大叫一声，然后就是不可抑制地大笑，直到笑岔了气，剧烈咳嗽起来。芊芊不得不从后座上伸过手来给王教授捶背。

幽默是我的宗教，任何事都想幽它一默，可惜基因里的幽默 DNA 畸变，所以我一幽默，众人就笑，不过是笑我而不是我的幽默。不可思议的是，这个王教授却非常欢喜我的幽默，连我自己都不认为有多幽默的话，他也会笑上半天，不知是由于曲高和寡，还是海上自有逐臭人。

王教授终于止住了咳嗽。我斜眼看他，见他满脸通红，闭着眼，手捧着心，好像防止自己再笑。

“王教授，你笑什么啊？不会是我那句 literary terrorism 吧？”

芊芊横插一脚。“又提那两个字！你要笑死阿爸啊？换个地方寻找崇拜者好不好？”然后伸出手猛拍王教授的背。“别笑！别笑！要笑死你的，小王舅舅！”

这两个字尖刻多于幽默，至少没幽默到让人笑岔气。不过我也没理由怀疑王教授大笑是为了讨好我，但要我相信自己幽默真有那么大力量，我得好好地自我膨胀一番。没法子，我装作用心开车。王教授平静下来后，又把我的幽默感好好夸了一阵。有趣的是，他竟然提起好些我说过的幽默话，连我自己都忘了，重新听自己也不觉得幽默。

"大力的幽默感，"芊芊有点斟词酌句，"有点 off-beat（怪路子），不过很 brainy（要动大脑），不三不四拐七歪八滑溜溜，不容易一下子就抓住。当然，这个 literary terrorism 不算幽默，刻薄而已。"

"你是说我还是说你自己呢？"我回道。

王教授紧跟着来一句："It takes one to know one.（同类方相知。）"

我毫不客气地跟进。"同理，It takes one to BEAT one.（同类方相'克'。）"

芊芊更快。"你看，小王舅舅，你这个小朋友，尖嘴利舌，跟他相处，那动心忍性的功夫，要有超人境界，《如死一般强》，莫泊桑也未见得够格。"

"No pain，no gain.（没有伤痛，就没有收获。）大力的幽默，岂是……"

王教授戛然而止，大概突然觉得这么说，好像在努力向女儿推销我似的。回想起来，旁观者可能会有这种感觉，但我知道，王教授绝对是为女儿幸福着想，认定我最适合芊芊。至于芊芊是否适合我，他大概没想过。或许他的根本预设就是，芊芊等于幸福；那样的话，他也是为我好——他看我时，有种父亲看儿子的神情，不知是不是我下意识里希望有个这样的父亲。

芊芊略事停顿。"你这么夸他，他不得意到把脚塞进嘴里去的地步才怪呢。不过么，话说回来，这个家伙是有这么一点 off-beat 幽默，勾引女孩子，那是手到擒来，一脚去了（到极致了）。大力，you should know how much to ask.（你就知足吧。）过过手瘾，谢谢上帝，别想什么事都天下第一，啊？"这最后一句话，简直是电影里幼儿园阿姨哄孩子的口吻。

这突如其来的一大堆好话，让我有点难以下咽。你说是不好意思也好，说是受宠若惊也好，反正噎住了我。车里突然静了下来，一直到机场都没恢复过来，好像没人想尝试恢复到某种正常的气氛。也许，这几天都不属于正常的人生。

芊芊走进登机口就一直没回头，直到拐弯时，才侧过脸跟我们挥挥手。在最后消失前，她好像笑了一笑，相当勉强。后来她自己说她是想笑得意味深长，叫我闭上眼就看见她，因为她当时以为，我们俩以后再见的可能，几乎等于零。她说她觉得我虽然欢喜她，但没到"以身相许"的地步。"优秀的男人，永远在走开的过程中。"她说，嚼出点沧桑感，嘴角纹便撑开两弯哲人的弧度。

"沧桑哲人"是芊芊的众多面具之一，何时何地戴上，我了如指掌。当然，这跟她热爱"随便说谎"的习惯没关系。我有个同学是业余诗人，最得意的诗句之一就有关面具，大意是面具戴得久了，长进肉里脱不下来，假面具就成了真面目。芊芊的问题是，她的假面具太多，就算都长进肉里去成了真面目，这一大堆真面目，从功用角度看，跟一大堆假面具也没什么区别。曹雪芹说，"假作真时真亦假，无为有时有还无"，那种真假不分是道通为一，不同于芊芊的真真假假。芊芊的真假后面如果有"道"的话，那就是"六合之外，圣人存而不论"之道，是佛祖所说十千大千世界里十千全无关联的道，存在于物理学超弦理论四度空间以外的那八个或六个或十个或二十五个维度里，无法展开，更无法理解。

第十四章

芊芊离开一个星期了，没有电话。

当然啦，我可以主动打电话过去，但我从小就极其"自爱"。在那漫长的七天等待中，我突然琢磨出那天她上飞机前在车里说我的话，是话中有话：她要我满足于自己怪里怪气的幽默感，不要什么事都争第一。实际上她是暗示我不要企图在做爱功夫上跟A1M1别苗头，因为那样我会沮丧一辈子，将我俩相处之乐变成猜疑的地狱。我相信她完全出于善意，想为将来的和谐关系筑基。但一旦回到她的A1M1身边，就骤然意识到他所能给她的，是爱因斯坦的大脑也无法制造的快乐，她沉溺下去，实在是人性之常。她可能对我还有感觉，我若打电话去，会让她彷徨一阵，也许会把她赢回来，至少赢回那么一阵子并不困难。但即使回来了，还是有无限的牵挂留在身后，于是我在她眼里就永远在活体证明"人生自古谁无憾"这句感慨。还是让她毫无干扰地享受鱼水之欢吧！在某种终极意义上，这个欢乐并不比任何其他欢乐低一等。而且，我虽然不知道自己对她有何种魅力，但她欢喜我并非毫无原因，那么A1M1在她的眼里，也始终在活体证明另外一个感慨。相比之下，我情愿做感慨的原因，而不做触发感慨的对象。进化生物学告诉我们，只有人这种动物，才能做这种理性选择，虽然这选择有点小聪明的阴险。

当时我选择阴险时还有点得意。逻辑力量并不意味着幸福，这道理我懂，但当时我在逃避另一种东西。精神病理学告诉我，我的所谓自爱，实际上是一种 over self-conscious，即自我意识过度，意味着自我中心，老觉着人人都盯着自己看，太把自己当回事，又缺乏自信，胆怯退却，自己给自己造一个乌龟壳躲进去，以为可以避免伤害，但实际结果是避免了短期伤害，却带来了长期伤害，而且由于心理创伤始终处于隐蔽状态，既无治疗可能，便加强了恢复难度。我知道这一点，但无法克服。除了胆怯以外，还有一点是隐隐地希望，天涯何处无芳草，我的幸福，也许在别处，也许更好。这点希望，可能还是胆怯的助推剂。

在芊芊走后三个星期左右，我导师打来一个电话，告诉我他所主持的一个学术杂志接受了我的一个研究报告，认为发表后会"引起一场小小的方法论革命"。这个报告是我受王教授启发对本领域引进数学方法问题的一点讨论和尝试，有点新东西，但绝对引不起革命。我导师数学不行，无法判定我研究报告的意义。他还要我陪王教授同去大胖黄纸袋作演讲，并负责在他演讲时作介绍。大胖黄纸袋有一个不成文的规矩，就是介绍演讲者的人必须是学术权威。我说我是不是太轻量级了。我导师说是该你出来扮一个角色的时候了。我知道迟早我会扮演一个角色，但那是在我积累了足够年资发表了足够"可以混混"的研究以后，在我这个年龄就想扮个角色，非得是天才才能服人。但自从知道自己的分量以后，我对扮一个角色已经不感兴趣了：做研究纯属爱好，发表研究报告是生存惯性。但我不想让极端看重我的导师失望，就答应去作介绍，但要我导师别把我捧上台去扮一个角色。

"到时候我会扮一个角色的，拉，"我说，"但现在还不行，还没有踏下我的脚印。"

"拉"是古埃及一个类似太阳神或上帝的神祇，也是我们一批研究生给我导师起的绰号，结果弄得整个学术界都这么叫他。

"拉说行就行。"我导师也开玩笑说。

他接着告诉我他现在担任的要职中有几个将由我接任，他已经跟许多同行商量过了，普遍都看好我。我明白他们是在考虑接班人的问题，可能还在想把我挖回母校。挖回母校通常意味着最高荣誉，但以我目前的处境，挖回母校还太早太早。但这事电话上说不清楚，便说到新英格兰再说。导师说还想给我安排一场报告，是给研究生的，题目就是引进数学工具问题。这个我答应了，说还正好可以利用一下王教授。

"你那个王教授，到底是个什么背景？"我导师问。

看来我导师没有读完我给他写的电子信件，也许根本没读，接受王教授做演讲人完全是由于我的推荐。我简略介绍了一下。我导师听到王教授连终身教授都不是，大吃一惊，不过并没多说什么，除去五六次哼哼似的 simply outrageous！（简直是野蛮！）我不知道这对王教授意味着什么，希望不要导致取消王教授的演讲。虽然这些重量级人物都根本不看重虚名，但如果不在同一领域，要判断一个人的价值，可资依赖的只有虚名，这很可怕，不过更可怕的是同领域的人也以虚名互相判别，让人觉得天地玄黄宇宙洪荒实际上是生命的永恒状态。

我忐忑了几天，终于两人波澜不惊地上了飞机。飞机上我告诉王教授我将给他作介绍，他很高兴，说我就猜到你跟我同行不全是去给研究生作报告。我说我分量不够，想给他另找一个介绍人。他说不不不，我就要你，分量太大的，说许多客气话恭维话，我会不知所措。王教授这个感觉令我惊奇。我还自以为天才时（这实际上是我的蒙昧时代），对他人的帮助从来安之若素，哪怕是我导师那样的大牌学者。英文把这种心态叫作 "Geniuses' prerogative（天才的特权）"。变回普通人后就发觉，不少社会捧出来的天才，接受别人帮助时有种恩赐心态：我让你帮助我，是给你面子，你得感谢我。这种心态一旦成型，对任何人都是如此。（如果对下如此对上不如此，那很可能是势利鬼，不在此论。）王教授是个天才，而且很清楚自己的分量，但他跟这种心态相差十万八千里，如果不是教养好，就是经历过某种刻骨铭心的挫折，将他从天上打回地下。如是后者，那会是什么挫折呢？

我真好奇。

王教授言谈举止优容都雅，纯粹一个逍遥派学者，绝对没有沧桑感。

我的报告安排在第二天。原以为就是在一间大教室跟本校相关领域的研究生座谈座谈，不料场地设在研究生院大礼堂，很多学校都来了研究生和教授，而且对所有系科开放，把我当个大人物对待。我这时才想到，我导师在给我加压，大概认为我毕业后没以前那么刻苦，要赶鸭子上架，不留后路。他大概不知道这个中国谚语，不然一定会推理：鸭子上了架，到时候飞不起来，是要跌死的。当然，也有可能他从来就坚信我是只天鹅，若飞不起来跌死，那不过是意外，比方说撞上了龙卷风，绝不会因为我不过是只企鹅。再说跌死也不错，血祭科学肉身成圣，这传说跟李白追月溺水一样浪漫高格调。

我不得不把自己当作一只天鹅，打起精神作报告，一小点实质性的发现加上几分口才，还相当成功。所没料到的是报告后的答疑部分，许多问题问得相当深，看来真还有人把我当根葱，仔细读了我的报告。我老老实实有一说一有二说二，避免以前那样好像对所有疑问都胸有成竹。但有些问题回答不出还是相当令人难堪。有几个数学问题我毫无概念，灵机一动就请王教授上台。王教授也不客气，上台能回答的就回答，不能回答的就跟大家讨论，会场气氛极其热烈，两个半钟头的报告会拖成了四个钟头，结束后还有人不肯走，抓住我们继续讨论，讨论不久，我就发现我一个人在孤军奋战，王教授不知溜到哪里去了。报告会有网上同传，结束后录像立刻上了专业网站，反馈滚滚而来，不停还有人问，王教授是哪里来的大人物。我在一个回复中答是上海复旦大学来的，现在西雅图华盛顿大学做客座，暗示谁有兴趣想挖他，正当其时。我在旅馆房间里插上电脑应对，王教授却早去了一个他从同名电视剧那里闻名已久的酒吧 Cheers（喝一杯乐乐）喝酒品咖啡，还不停打电话催我过去。"大力啊，怎么还没过来？手脚太慢了，是不是又在洗澡？一个男人，洗那么多澡不好。"我说我还没想到洗澡，给你这么一提醒，浑身怎么就痒起来了？

洗澡过频是种洁癖，算一种轻微的精神病态，但王教授有这个毛病，我没有，不知道怎么他就认为我也有（或应该有）同样的毛病。不可逆料的是，给王教授这么一假设，我渐渐地也发展出了同样的毛病。

这个报告会为王教授第三天的讲演作了广告。那天大胖黄纸袋通常用的讨论班课室人满为患，不得不临时搬到碰巧空着的小礼堂去，礼堂还是太小，走道里都坐满了人。一般讲演是一个半小时，半小时答疑。王教授只讲了一个他设计的范型，二十分钟，大都在讨论这个范型的问题，是半讲解半探讨的方式。王教授没戴领带，打了个领结，穿件很乡气的苏格兰粗呢西便装，墨绿条纹，底子是极细的深红格子，左胁有两个袋盖，看起来像电影里十八世纪的苏格兰土地主。他在台上走来走去，手里拿着遥控器，在大电视屏幕上推演公式，说说笑笑，聊家常一般，毫无讲解重大学术问题的味道。

"那，我就自我放纵到这里吧，下面答疑，大家大拳头甩将上来。"王教授略带风趣地说。

整个会场一片寂静。通常，很多人等着问问题都等得不耐烦了，这时会森林一般举起手来。

这么寂静一般有两种原因，讲得太好，或太糟糕。前者会在静止后响起一片持久的掌声，后者也会响起掌声，应景的，不紧不密，寥落三四下，再跟着一个静场，然后很多人有礼貌地退场。但今天没人鼓掌，也没人退场。我的猜想是，大部分人跟我一样，不懂。不过我是经过王教授面授机宜的，至少懂得他的动机目的。看来我该开个头。先松弛一下气氛。最好说个笑话。要带点刺的，刺得人疼。最好刺到痛处。这些人的"柔软腹部"何在？性低能？对不对都不能说，场合不对。对了，这些人大多是我同类，至少在其生命的某一阶段，被社会捧作天才或自命天才。现在可能大部分都变回了普通人，但下意识里恐怕没变。至少习惯性条件反射还没改，或不愿改，或缺乏改的能力。

一串笑话闪过我眼前，没有适用的。一个叫作"福克斯医生效应"的典故却冒出头来。福克斯医生（Dr. Fox）或狐狸医生，是一个心理学实验。把一大群常春藤大学医学院教授弄在一起，听福克斯医生作报告，讲如何利用最新数学模型培养超级医生。繁复的数学公式、深奥的理论过程和逻辑推演、音像资料，加上福克斯医生极富感染力的口才和幽默感，赢得满场医生雷鸣般的掌声。除了答疑乏善可陈以外，可谓尽善尽美。讲演后举行大型酒会，这批世界医学精英的精英在觥筹交错中极口称赞福克斯医生具有革命性的实验，今后培养人类救死扶伤的白衣天使可以在量和质都飞上一个台阶。除了少数几个人表示自己数学能力不足难以听懂如此高深的理论模式以外，没有人以任何方式质疑福克斯医生。最后，大会主持人告诉大家，这个所谓的福克斯医生是个雇来的"大家不太熟悉的演员"，所讲的都是胡说八道，包括所有的数学公式，一套看似完整的理论体系绝无内在逻辑可言。不难想象与会精英们反应如何：先是沉默，继之以哄堂大笑。对这个笑有各种诠释，我比较欢喜的一种，认为这笑既是自嘲，又是人性自省，由突然看出人类的心理结构性弱点而得到升华。这个研究报告发表后，引起的反响可想而知。这一心理学研究成果，对华尔街未必是好事：有大银行用这个成果，在向大客户推销某种泡沫极大的金融衍生产品时，对顾客进行数学公式轰炸，知道对方肯定不懂但不仅绝对不会承认，而且会赞不绝口全力兜售，最终使这些产品泛滥成灾，成为导致一九二九年大萧条以来最大金融危机的重要因素之一，这又是后话。

我先咳嗽一声，举手，起立，左右看看，等着大家都向我投来疑问的目光，奇怪我为什么不说话，然后清清嗓子，大声开个玩笑。

"福克斯医生效应，我们是否在目击这个效应如何发挥作用？"

有几个人似乎同意我的看法，发出几声大笑。但大多数人一声不吭，大笑的人顿时有某种危机感，立即住口，于是小礼堂好像突然空了，只有我还在笑，回声空落落地从天花板坠下，不见了。

那些贸然大笑的人，相当一部分大约会后悔好一阵子。

这寂静持续了半分钟或一分钟。显然，大部分人不认为王教授是新版福克斯医生，但也似乎说不出什么来。我没马上问问题，觉得再等一会儿效果最好。这时我注意到台上王教授的表情。他右手插在裤袋里，左手中指和无名指拨弄着西便装上那粒不系的扣子，饶有兴致地东望望西看看，无疑在观察人玩，好奇中亦透出几许无聊。

正当我要开口时，一个带东欧犹太人口音的男低音打破了沉寂。我转回头，与后我五六排的一个中年人目光相接。他头发硬如铁刷，厚密直立，顶在头上像一大块乌克兰裸麦面包，跟他灰白的面色恰成对比。他就是曾想让我转系的数学教授阿列克谢·米亚京，东欧犹太人移民后裔，生了一种奇怪的、只有东欧犹太人才会生的血液病，导致了那一种特别苍白灰败的肤色。他曾告诉我，东欧犹太移民，历史上不许跟当地人通婚，被迫近亲婚配，由于人口基数太小，致使几个世纪下来生出了许多特殊疾病。当时我想，近亲通婚产生了许多智障病例，但这些东欧犹太人大概是世界上最聪明的一群人，尤其在数学上，比其他地方来的犹太人强得多，令人费解。

"大力你好，"米亚京教授不知为何先拿我说事，"这个大力，这儿不少人还记得，很欢喜问一些刁钻古怪的问题。所以他把王教授的报告大纲电邮给我时，我印出来瞄了几眼，以为他又在玩什么恶作剧，没看。后来其中的一页，大概是第三页，不知为何偶然跑到了我另外一堆文件中去了，我就多看了几眼，正好是一堆公式，结果就是，我这个数学怪胎（weirdo）今天第一次参加大胖黄纸袋的聚会。真奇怪，今天怎么会有这么多人？这些数学，大家都弄得懂？"这时场上有点嗡嗡的噪声，大概嫌他啰嗦或者小看人。"言归正传吧，我第一次读王教授的大纲，还真没完全读懂。搁在一边冷了几天，也没怎么想它。那天在健身房跑步机上，突然脚崴了一下，不太疼，但脑子里一下闪过王教授刚才谈的那个公式，顿时就懂了他想干什么。他的推论可能不全对，也许全不对，但绝对是革命性的，至少是能引起革命性突破的尝试。所以，王教授不是福克斯医生，而我们是一帮 Ph.D，不是MD。"他稍停顿，等他的笑话生效。"另外，感谢大力的恶作剧。我的话完了，大家讨论。"

不少从事跟医学药学有关研究的科学博士（Ph. D），很爱开医学博士（MD）的玩笑，说他们不懂科学。医学博士是训练来使用科学产品的，根本无法也无必要学那么多科学。医学博士则往往宽宏大量地对科学博士的玩笑一笑置之，至少部分原因是科学博士挣的钱，只是医学博士的一个零头。

米亚京教授说住口就住口。大家都知道他是数学天才，脾气直率而又乖戾，却不轻易说人好话，所以听他这么夸奖王教授，都很吃惊，也不知如何反应。会场上又是一片寂静。

人们对自己不懂的东西，或者轻蔑抛弃，或者敬若神明。由于米亚京教授金口品题，王教授看来即将一跃而入众神殿。

"没人说话，那我就再说几句吧。"米亚京坐下又站立起来。"这次是挑剌。"他指着大屏幕上的某个公式，顺着论证逻辑一步步到了一个地方。"王教授，这里你刚才说有四个可能的走向，但你选了 B，一定有所本，可能是某个研究报告所给的概率，但我看选 A 或者 C 和 D，都有道理。我想说的是，也许还有更多可能的走向，如果我们思路转一转的话。"接着他开谈数学某一门类，我就几乎都听不懂了。只见王教授认真听着，然后回答，接着就你一句我一句争论起来，然后另外几个数学教授和研究生加入论战，气氛开始热烈起来，半小时很快过去了。主持者站起来说，时间已到，有事的人可以自便，想继续讨论的人留下。米亚京教授说，我们换个地方，去我办公室，反正就这么几个人。他的意思是反正就是几个人听得懂他们在讨论什么，不料许多其他专业的，包括我的导师，都大声抗议：我们听听不就懂了嘛！结果继续讨论。反正到结束我也不知道他们争出了什么名堂，就知道他们约定一起写文章公开讨论这个问题。米亚京教授还特地把这个问题命名为"王氏假说"。后来王教授因为这个命名而大出其名，却很遗憾未能活到那一天享受盛名。不过我可能是小人之心，对王教授而言，最享受的就是玩数学的过程，顺便来一点造福人类，副产品而已，一说就俗。

对不少真正的科学家而言，人类福祉是桩好事，并非信念。

第十五章

那天晚上我导师请我们家宴，连从来不近人情的米亚京教授也"屈尊俯就"。席间我导师乘隙问我听懂了多少他们的争论，我说大概一半吧。其实我大概可以听懂百分之七八十，但对最关键的百分之二三十完全没概念。所以我答说听懂一半，不知是谦虚还是夸张。我导师说他一点也没听懂。"大力，看来，我做你们跳板石（stepping-stone）的日子，屈指可数了，要不就会变成绊脚石（tripping-stone）。"感慨之情，闻之令人神伤。我导师向来有玩学术政治多于搞研究的名声，但那一刻我突然理解了他所做的一切：他知道怎样做最能够为他所献身的科学事业服务。同时我也明白，为什么他会不顾一切提拔他所欣赏的几个学生——我以前一直搞不清楚他为什么那么欢喜我。

我有点想哭，因为我一定会辜负他的厚望。怎么样我才可以不让他知道我是徒有虚名呢？

我做回普通人以后，变得婆婆妈妈容易伤感，所以我们普通人不入天才的法眼，良有以也。

家宴后米亚京教授主动提议送我们回旅馆。不料我们一上车，他就擅自把我们带到他的林中别墅去了，连走形式征求我们的同意都没有。我说明天我们还要上飞机。他说真是胡说，明天星期六上什么飞机？掏出手机打电话给他的一个研究生，让他把我们的机票推后一天。大学所有公务机票都是由一家旅行社经办的，所以办起来很容易。王教授说，我们很高兴有机会去你的别墅玩，但换洗衣服没拿。他说，叫我的研究生去旅馆取行李就是了。王教授连说那就别麻烦了别麻烦了。我说幸亏我没做你的研究生，要不也成了你的奴隶了。他说，大力，就这事，你欠我欠大了；你想想，别人想都不敢想当我的研究生，而我请你做我的研究生，你竟敢拒绝我，你想想，世界上还有比这更荒唐的事吗？今天我绑架你们，王教授，都该记在大力账上。王教授问是怎么回事。米亚京教授问，大力没借这事儿自我吹嘘？罪加一等！！！然后开始解释，就把话题转移了。我想这个米亚京，一副不食人间烟火的模样，其实真要世故起来，门槛还是蛮精的。

我是少数几个去过米亚京教授别墅的研究生之一。米亚京教授虽是犹太人，自己生长于新英格兰，但父母祖先均长时期生活在斯拉夫文化圈里，所以很沾染了些斯拉夫人的习性，豪爽好辩，喜饮烈酒，酷爱林间小木屋，在里面洗蒸气浴，埋兽阱陷灰耳大野兔，用弩箭射杀跑到自家林子里来的野鹿，然后用颗粒很粗的海盐腌起来，门廊客厅厨房挂得到处都是，晚上在自家屋后的小林子里烧一堆篝火，放一米高一个大玻璃瓶，里面泡满酸黄瓜酸蘑菇酸青番茄，就着喝酒，空口吃放得微微发臭的极咸极鲜／腥的腌马鲛鱼，哼些很伤感的民谣。那夜我们开了两个多小时车才到他的别墅，在大西洋边的森林里，有九十多英亩山林，是他的祖产，他称之为林间小木屋，实际上是座失修的殖民地风格的三层楼大木头房子，没现代暖气设备，得自己砍柴烧壁炉。幸好那几天不太冷，有现成的木柴，进去就烧了火。

还没坐暖和，他就拉我们出去，在大西洋边上有一个小船房，里面有各种工具，包括龙虾筌，四块三角形铁篱，边长约尺半，上面绑些发臭的火鸡脖子，展开放进水里，龙虾来吃了，一收绳索，四块三角形铁丝网就变成一个笼子，龙虾就在里面。我们弄了两个，找块大礁岩放进水里，就在礁岩上坐下，裹着船房里专为这个目的放着的粗呢大衣，对着瓶口喝伏特加。天上月亮很冷很亮，浪不大，风声时紧时松。风吹久了，脸皮冻得麻麻的，皮下却被烈酒炙得滚烫，那个感觉非常奇怪。当然，若由得我，绝不会坐在这里受罪，但米亚京教授那种享受的模样，显然这就是天堂。看王教授，似乎觉得挺新鲜，而且居然不介意跟米亚京教授用同一瓶酒一人一口对着瓶口喝。虽说是用嘴唇外沿接触瓶口，但接触嘴唇的部分酒液不可能全部喝进去，所以我无论如何不跟人那样喝酒。看来米亚京教授还记得我这个习惯，没忘记给了我一人一大瓶斯密洛夫伏特加，可能一年我也喝不完。

很多中国人不愿意像西方人那样，大家一起对着瓶口喝酒，认为不卫生，但对十几双筷子从一个菜盘子里夹菜都习以为常，惹得西方人对此大皱眉头。

那夜他俩没再谈数学，但似乎变成了无话不谈的好朋友。我听着听着就打起瞌睡来，被米亚京赶回屋里睡觉。在脏兮兮的长沙发上一觉醒来，看表才凌晨四点，他们俩还在海边聊天，真不知有什么好聊的，像刚尝过社交滋味的青少年一样。米亚京教授一直单身，所以关于他是不是同性恋的话题一直没有止息过，不成他真是龙阳君？但王教授绝对不是。我能那么肯定吗？我披上衣服，另拿一瓶酒，悄悄出门，走到林边，停下，听。只有海涛声不紧不慢。再走出去，远远见他们两个人还在那里说话，张牙舞爪很大声，但都被风吹散了。月亮已经落下，满空星光灿烂，偶尔会斜斜掠过一行南行的大海鸟，留下一声声清唳，渐行渐远，终至寂灭。

那大海鸟可能是信天翁，但我不很自信，因为这种世界上最大的白尾海鹰主要见于南半球，新英格兰很少见到。有时见到，也不成群。英国诗人柯勒律治的诗《古舟子咏》中，一个海员杀了一只信天翁，被罚将死鸟吊在脖子上以示赎罪，所以这鸟在英文中又有"沉重负担"之意。现在这种鸟也越来越少，人类的罪过也愈益沉重。然后我无师自通地文学了一下，把并排坐在海岸大礁岩上高谈阔论的两个教授比作信天翁，也是正日益减少的人类，只不过没引起多少人类的罪过感罢了。

他们果然已经喝完了伏特加，边上一只一尺半长的大盘子里，堆着一堆鱼骨和一根剩下两三尺长的俄式灌肠，看来当中曾回去拿过吃食，只是我睡得太死，没察觉。米亚京教授让我尝尝灌血肠，说是他自己做的，用的是新鲜鹿肉鹿血。看来他的娱乐仍然是打猎打鱼腌制肉食，外加国际象棋。

"这灌肠野味太重，大力吃不了——大力大概连新西兰羊排都嫌膻。"王教授说，"大力是根青黄瓜。"

青黄瓜指素食主义者，通常是青年专业人士中最讲"政治正确"

的一伙人，所以这个词有点讽刺意味。

我拿起王教授手边那把匕首，切下厚厚一片，挑战似的咬了一口，满口腥膻直侵心肺，忙吐了出去，惹得他俩大笑，欣赏我趴在礁石上拼命呕吐却什么都吐不出来的狼狈样子。

"你没跟王教授下棋，阿列克谢？"我说，也坏一下，"王教授可厉害了。"

我根本不知道王教授会不会下国际象棋。私下揣度，像他那样的上海人，至少会一点。

米亚京教授立刻拉王教授回屋下棋。王教授也不客气，说很久不下了，不知还行不行，你得给我再讲讲规矩。米亚京教授说，你下棋行不行？我可是国际大师水平。王教授说，那我跟你学学，做一个速成国际大师。有一会儿米亚京教授大概不知该说什么，愣在那里，然后两人就回屋了。临走时米亚京教授没忘了给我任务，天亮时收龙虾筌。

那天我抓到五六个大龙虾，六英寸以内的都扔回海里。法律规定是五英寸（不包括虾螯虾头），但龙虾筌上铁丝拴着的尺子是六英寸，看来米亚京教授对此一定有自以为更科学的理论。回到屋里时，见两人都歪在沙发上睡着了，从棋盘上的残局看，王教授一定输惨了。第二天我问两人谁输谁赢，米亚京说，当然是我赢了。王教授说，再下几盘，我就有可能赢。米亚京说，几盘？你也太自我膨胀了吧？起码十几盘。不，二十几盘。王教授说，跟你打个赌，一千块钱，十盘以后，我五盘中还赢不了你一盘，我输。米亚京说，十盘以后，十盘中你能赢我一盘，我输你两千块钱。两个人说干就干，公然无视我做好的一顿龙虾大餐，下起棋来。我只得自己吃了，坐到海边往后看，红紫绿棕黄，万山秋色从大西洋灰色的波涛上轰轰隆隆向西层层叠叠铺展开去。

我回去时他们正在聊天，一人嘴里叼着一根红肠粗细的大雪茄在那里吞云吐雾，见我进去，都叫我也来一根。"古巴雪茄，给卡斯特罗卷的那种，甜、香、喉头不燥。"我谢绝了，但并不反感雪茄香气。不过也不能让他们太滋润了。

"哼！一闻就是玻利维亚水货，冒充古巴雪茄，那股红糖味，绝不是古巴甘蔗熬的，重、浊，蒸馏技术不到家。"

美国对古巴禁运，所以古巴雪茄都是走私货，贵得离谱。玻利维亚雪茄也不错，但毕竟不是古巴货。

他们俩互相看看，哈哈一笑，就说别的去了。我的小诡计，恐怕还嫩着点。我没问谁打赌打赢了，他们也没提起，反正在米亚京家一整天都没谈数学，后来王教授告诉我，头天晚上也没谈数学。我问都谈了些什么，王教授说天上地下瞎聊，就像大学里关了灯以后同学们胡说八道，居然记不起聊了些什么，但就是很快活。我不知道该不该相信王教授的话。无论如何，米亚京那么殷勤把一个初次相识的人带到家里去胡闹了一宿一天，绝不会是为了瞎聊。后来我把这事告诉我导师，他也双眉高挑了好一阵子。"阿列克谢请你们去他家？不可思议。他就从来没请过我——我也欢喜吃鹿血灌肠。"他问都干了些什么，我照实说了，两人乱猜八猜，也猜不出个名堂来。我想起一个中国典故，"白头如新，倾盖如故"，意思是有的人白头到老还是像初次见面，有的人则道上初逢就停车晤谈如老友相聚。我把这个意思告诉我导师，我导师皱皱眉头。"那个王教授，他是孔式绅士，而那个阿列克谢，他是斯拉夫农民，你就是把伞盖都打翻了，那两个人还是如不了故啊？"我说那个典故的意思就是人和人之间有缘没缘，常常于理不可解。我导师说，我们学科学的，于理不可解之物，统统存疑。"他们俩一定想一起搞点名堂，先在对方身上找感觉，看能不能合作，我这么猜想。"

我耸耸肩，心想这还用说吗？嘴上却说，只要能搞出点名堂，我算没浪费一天一夜的时间。我导师说，时间你是绝对没浪费。这个王教授，也许真有点革命性的东西，我们"大胖帮"里很多人都这么感觉。你回去后，把你们校长的电话给我找来。我说电话我有，你要干什么？他说要说服我们校长给王教授正式教职，不然他们要想办法在这里给王教授找个正式职位。"这样一个大脑，做客座，只挣这么一点钱，可耻啊可耻。"我问如果华盛顿大学还是不给他正式教职，你是否真想帮他在东海岸找个职位。我导师点头说是，又皱起眉头说，你做教授也有好几年了，怎么一点事都不懂？我愣了，问什么不懂了。他说，我给你们校长打电话，他敢不给王教授正式教职吗？我没回嘴，心里想，有什么不敢的？校长比你这个诺贝尔奖得主权力大多了。他看出我心里不服，说如果你们校长不考虑我的建议，我们几张老嘴到处捧王教授，等于暗示你们校长器量小，有眼不识大天才，你想，他那个校长，能当得长吗？还有机会到超一流学校做校长吗？我想你快点回来，就是要教教你这些东西。我这么一大摊子，你这么天真，管得了吗？我真想说那你另找别人好了，但不敢说，怕伤他心，更怕伤他神——他真是垂垂老矣。

在飞回西海岸的路上，快到目的地了，王教授突然问我，你不想知道，我下国际象棋是输了还是赢了？我说你是否特想知道我为什么没问你输赢，是不是？王教授点点头。实际上我挺想知道结果。米亚京是名副其实的国际象棋大师级水平，如果王教授能跟他学下了一天棋就能赢他一盘，那王教授可真是超级天才了。当年IBM搞了计算机"深蓝"跟俄罗斯的国际象棋冠军对阵，结果把他下败了，那全靠的是数学，而米亚京就是"深蓝"的顾问。

我之所以没问，是基于这样一个推理：米亚京是典型的西方知识狂人，可以把一切世俗成就不当回事，但之所以他能做到这一点是因为他唯一当回事的就是对自己智力的绝对优越感，如果他输了，至少会在某种程度或层面上动摇他的智力优越感——他安身立命的基础，那包含有多少痛苦？只有我这种过来人才知道一点，所以最好别当面提起；王教授有江南儒者之风，他输了的话，定会不吝美辞赞扬米亚京，但如果赢了，可能会出于转圜的善意说些"我走了大运"之类的话，好像很照顾米亚京的智力自尊。但结果是米亚京很可能觉得自己不但智力有阙，还要仰仗他人的善意才得保存自尊，那就难以容忍了。他固然不会当场发作，但下意识里会如何影响他将来跟王教授的合作，谁也无法逆料。当时我一时冲动挑唆他俩下棋，是源于我江南里巷带出来的一丝刁滑本性，后来细想因果，所以故意不问谁输谁赢。在这种屁大的事情上花如此大的心思深文周纳，本是江南民风里小气的一面，不足为外人道，当然更不会跟王教授坦白，让人小看——自从我认识到自己不是天才后，在这种小面子上更加斤斤计较了，人们说人穷志短，实际上人"笨"志也短。

我思考了一下，想以尊重下棋双方隐私作答，但侧过脸刚要开口，跟王教授的双眼正好来了个近距离对视。他眼睛不大，绝对说不上清亮，更无深邃透析的厉害，但似乎直接就看到我眼睛后面去了，任何不真实或部分真实都阳痿了。我叹了口气，说王教授，我怎么从来不知道你会那样看人哪？把人心看得太透是很不道德的，你知不知道，王教授？王教授似乎有点吃惊，说跟你对一眼你就知道我在怀疑什么了，有那么神吗？我怀疑得对不对？你不问我是怕阿列克斯伤了自尊，有可能影响跟我的学术合作？我不由吊起眉毛：这也太吓人了，能猜出我大致的动机是什么，已经让人受不了了，怎么还都猜到这种细节里头去了呢？

我这一辈子，还没有人能如此洞若观火地观察我。我跟这个人一定要保持距离，绝不能走得太近，就跟人不能赤身裸体走上讲台一样。大概我的眼神里透露出某种恶狠狠的东西，王教授本能地身子往后一仰，好像躲避从我眼睛里射出的一粒子弹。我立马换上一种温柔的眼神，还带点无辜，好像王教授那往后一仰是对我天大的冤枉。王教授眨了几下眼睛，嘴巴动啊动的好像要说什么，结果什么都没说，掉开眼睛，又想起别的什么，问我为什么不给芊芊打电话。这完全出乎意料，我呆滞的神情很明显地告诉王教授：在我看来，我跟芊芊之间的问题根本不在于我不给她打电话。

我当时只是不停地想：难道我没给芊芊打电话导致了我俩没好下去？或者芊芊仅仅是用这个借口让他爸爸闭嘴？为什么？为什么？

"是芊芊不给你打电话？"王教授最终问，尽管口气还有点犹豫。

"她没有责任给我打电话的。"我说，尽量显得大度，不过结果还是没抵抗住诱惑而加了一句，"她走了以后，我盼她电话盼了一个星期，至少。"

王教授没再说任何话，略略眯细着眼睛，似乎看着左前方，向上，眼神辽远。我以为他看到了某种决心，暗暗希望他会为此做些什么。做些什么呢？让芊芊倒向我这一边？我绝对不想做芊芊的男朋友，绝不。但我不会反对跟芊芊再一起过八个昏天黑地的日子。那一刻我明白自己，实际上我下意识里从来就没有过有朝一日娶她的欲望，我想的只是跟她在一起快乐：斗嘴、较智还有做爱——我很难想象任何其他女人还能给我那种快乐。我有没有思考过是否娶她呢？思考过，但为什么答案是断然否决？我搞不懂，并觉得不搞懂也不错。

第十六章

　　我大概应该后悔多加了那句话，不过我决定不后悔，倒也不是男子汉综合征发作，大丈夫不卖后悔药。因为我那句话，王教授真的开始干涉。也不知道他是怎么跟芊芊说的，我们从新英格兰回西雅图后第三天，芊芊的电话就打过来了，不过并不是我想象的那种，发现一种让人绝望的恋爱关系忽然绝处逢生枯枝发芽，充满爱的愉悦新生的欢乐。她是气势汹汹兴师问罪，一个电话直接打到我的办公室，命令我秘书即刻转我。"大力，你像不像个男人？"她劈头盖脑上来就开骂。"自己不敢给我打电话，还说别人不给你打。非要女人先给你打吗？你知道是什么后果？要抢别人的女朋友，那么容易？真瘫板（差劲）！还要跟人家爸爸诉苦！哀求人家爸爸帮忙！You've got no balls，Man！Shame on you，Man！（耻辱啊耻辱，没卵蛋的男人！）……"

　　芊芊去过我的办公室，就在我的实验室顶端，靠大门，人进人出，办公室门虽设而常开，我的助教、助研、博士生，还有他们带着做实验的硕士生或大学生，大约一天二十四小时，任何时刻总有几十个人，都欢喜进来转一圈，说几句废话或弄一杯咖啡喝。那里根本无法谈私事，当然也更无法跟人发火吵架摔东西。我想后一个原因才是她为什么一个电话打到我那里，这样她就可以尽情发泄，而我绝无回嘴的可能。男人一要面子，那就千万不要跟女人吵架，因为那绝对是一面倒的屠杀。

她打来电话时，正好是差五六分钟我那一大摊子的几个负责人就要开每周例会。她发泄了五六分钟后，我的助教或助研就从各自办公室或实验室陆续走进来。我怕芊芊声音太响让几个离我坐得很近的研究生听见，忙说我马上要开周会，稍后给你打过去。芊芊立刻爆炸，又叫骂出一连串罪名，从说谎者 liar 到胆小鬼 chicken 到爱面子的淑女甲壳虫 face-loving ladybug，别说一点都不像淑女，整个一个泼妇骂街，连用的英文都是黑人饶舌乐队特有的黑人俗语和腔调。

　　我是有点死要面子，但弄不懂为什么叫我淑女甲壳虫。那是一种很漂亮的小虫虫，深紫或黑色的背壳上均匀分布着粉红色的小圆点，趴在绿叶上特别好看。是不是认为我虚荣心特强？我自认为在那方面并不比一般人弱，但也突出不到什么地方去，也许我的虚荣心正好在她面前得到了充分体现？我脑中顿时闪过种种跟芊芊一起做过的事，心里不由一慌：的确，我对女人毫无手段，跟她打交道时，我的一切欲望、恐惧、易猜疑、好表现、不自信，都借由虚荣心一并发作，放电影般展开在芊芊眼前，纤毫毕露，她那么一个头脑，岂有不知之理？也许就是因为这个原因，她才如此放心毫无保留地展示她自己性格中泼妇的这一面，反正泼妇对赖男，绝无装作优雅的必要。

　　我心底深处的某个地方，也模糊意识到，芊芊对我，有一种根子很深的不喜，甚至可称作厌恶，大概是由于我个性中某些难以把握的东西。这些东西，我自己也常琢磨，可从未搞清楚过，每次集中精力想透彻地分析一下，总是没过一会儿就分心别处。开始以为是自己不够专注，可多来了几次，就意识到实际上是那个难以把握的东西，在有意躲避我的审视，难道在我心底深处，还有一个独立自主的意志？

　　似乎别无他解。

　　当"泼妇""赖男"这两个词在我脑海中出现，虽然是天才自视之外又受到个性自视的打击，自我作践算是到了前所未有之低下，但这两个词的视觉喜剧性并未对我失效。我想象着眼前半绕着我的大办公桌正襟危坐的研究生，某一天突然撞见他们"崇拜"的"神童教授"（prodigy professor，是我研究生给的绰号，并非来自于我曾经有点过分、现在又十分变态的自恋）导师跟号称 Lady Tsien 的未来师母又腰瞪眼地骂街，一定会惊奇得嘴巴大张眼皮都眨不拢。我不由偷笑，绝对没有弄出声音。但芊芊竟然突地住口，问，你是不是在笑我？我矢口否认不不不我没笑。芊芊那头沉默了数秒，然后挂断。

我放下电话，还自己跟自己笑呢，抬眼发现我的研究生都一个个瞪大眼睛看着我。难道他们听清芊芊骂些什么了？不可能，我的座机是老式的，厚重笨大，紧贴耳朵，周围的人最多也就是听见叫骂声而已。

"我加州理工的一个朋友，Lady Tsien，她的绰号。"我微笑着说，语调里好像是刚跟女朋友吵了一架。

在芊芊回校后，我曾做过一些信息搜集工作，知道她在加州理工学院的这个戏称，还谈不上绰号。据说这个 Tsien 指钱学森，也算是他母校加州理工学院的一个传奇人物，但毕竟不如他导师——空气流体力学创始人冯卡门有那么大影响。如果这个绰号是由于芊芊的天才，那更应该叫女冯卡门，而不是女钱学森才对。或许"钱""芊"同音，又都是中国人，而给她起这个名字的，恰好也是华裔？（Tsien 是韦氏音标注江南苏锡地区方言，相当于汉语拼音的 Qian。）我到底也没有发掘出为什么她得了这个绰号，意外的发现是她竟然在 A-list 上面：美国第一阶梯高校，各领域都平均有七八个尖子研究生，这个领域的所有权威教授都知道，并给他们创造最佳机遇，许多著名的奖学金对绝大部分研究生都遥不可及，对他们却只要教授一个电话就可以拿到。在这个小圈子里这些尖子就叫作"A-listed 研究生"，隐然是学界未来的主宰。当然这个圈子是非正式的，问起来谁都会否认。里面女性极少，工程领域尤甚，所以芊芊能上 A-list，学业上一定不同凡响。相比较而言，同样师从，芊芊的 A1M1 就只能遗憾地在外圈徘徊。

当然，混进这个小圈子只保证一个高起点，不保证每个人出来都是真正的大天才，因为本人也曾是 A-Listed 研究生。

我不知道王教授到底怎样跟芊芊为我说情的，但肯定是为了满足她的虚荣心而稍微牺牲了一点我的，说我如何如何欢喜她而又不敢期望更高。也许他到现在还不知道或不愿知道他女儿已跟我春风数度。照理王教授这么牺牲我，我的虚荣心也会受损，但自从跟芊芊上过床以后，这个世界似乎变了一个样。我站在王教授的立场上看，完全理解他为什么那样做，所以不但不怪他，反而感谢他，毕竟，这样关心我的人，这世界上没几个。我父母可能更爱我，更愿意为我牺牲一切，但从来都并不关心我，或者说不太敢关心我，因为他们太自爱、太"识相"，知道儿子生活在另一世界，关心不当会给爱子徒增烦恼。我曾为此心存感激，但多年后回过头来一想，看出了不少缺憾：父母啰唆固然烦人，但那种啰唆有个副产品，就是父母特有的不管不顾的呵护。王教授对我的关心，多少补偿了这一缺憾。

感激归感激，是否听王教授的话又是一回事。

我也曾想告诉王教授芊芊给我打电话的事。那是芊芊来电后的两三天吧，我找了个机会早点回家，在酸鲱鱼咖啡店找到王教授，点好咖啡点心跟斯文胡聊了一通，正想告诉王教授这件事，王教授却掏出一张捏得皱皱巴巴的纸来。"正要找你呢，你先看看这个。"他说，挺高兴的样子。这么一来我就忘了跟他提起此事。那张纸是一封信，校长写的，聘他为终身教授，头五年还是瑞弗曼讲座教授。这个讲座教授是数学系最抢手的头衔，除了成就光环以外，还有很多实际好处，包括私人秘书和可供私人用途的科研经费。虽说只有校长才有权聘请任何人做终身教授并无须顾虑掣肘，但把这个讲座教授给王教授却是要大动一番干戈。看来，我导师那帮家伙真是在校长身上加了压力。奇怪的是，王教授似乎不知道是谁帮了他这么大一个忙，因为他一副天上真会掉馅饼的好奇表情！我几乎毫不客气地盯视了王教授一番，想确定他是否真的不知道。我赤裸裸的"打假"审视让他紧张起来，问我是不是出什么事了。我在想他是否说了真话，他却在想我是否出了精神问题。我决定存疑，因为以王教授的聪明和人情练达，用脚趾头都想得出这张馅饼是别人做给他的，而且除了我导师他们以外，他并不认识任何其他有这个能力或愿意给他做这张他们自己连香味都闻不到的馅饼的人。

无论如何，对王教授来说，这张馅饼意味着荣誉和认可，尽管姗姗来迟。

我轻描淡写地把信放在桌上，翘起一根小指头作势抚平信纸。

"祝贺你，王教授。"我力所能及地给了他一个最灿烂的笑容。

大概我表情变幻太快太多，他饶有兴趣地看了我一会儿，笑笑。

"大力，你很有意思。不说这个，你给建议建议，是否要谢绝讲座教授？我不想做众矢之的。"

神经病！我心中暗骂，嘴上却不咸不淡。"可以啊！这帮化外蛮夷，让他们见识一下什么叫恂恂儒者。"

我的嘲讽声气连鬼都骗不过。王教授有点不高兴，不过只是一刹那。

"大力，我不是……不谈这个不谈这个。我……"

"至少你可以多挣几块钱哪！"我打断他，定心要"谈谈这个"。

要是这个家伙真谢绝了讲座教授，那么多人伸手帮忙，岂不浪费一半？再说这里的文化，得到这种荣誉，你要表现得当之无愧，大家都高兴，觉得你配；过分谦虚，好像给你讲座教授是做错了事，是不是谁开后门私相授受啊？那时不管王教授想不想做众矢之的，都非做不可，现在会不会做，倒还未定。

"就是因为这几块钱，所以我还在犹豫——实际上是不少钱啦，我要做多少数学家教，才挣得到那点钱。"王教授叹了口气。

"你还做数学家教？SAT？GRE？"SAT近似中国高考，GRE则是考研。

"是啊，UW做代课老师挣那点钱，能活吗？家教挣的钱，多得多了。哎，你别小看家教，别说大材小用，我'文革'中教过中学数学，那是很有意思的工作。你别嘲笑我，我知道你在想什么，不能一切都用学术成就来衡量，俗气，你不觉得吗？"

我从来就不那么觉得，也从没仔细想过这个问题。不以事功论成败，这种哲学我听过无数遍，一直认定这是失败者的精神胜利法。不过王教授这么一讲，倒让我打个咯噔：不以事功论成败，这个问题我到底是想过才不同意呢，还是不同意才没想过？

我后来知道，王教授在西雅图这么些年，成了当地颇有名气的SAT和GRE的家教，时薪看家境，至少二百，通常三到四百，当然都至少是上层中产阶级的孩子。曾有一个望女成凤心切的富翁，慕名以时薪一千请他，条件是时间安排由他女儿。因为当时王教授有好几个家教，安排不过来，就谢绝了，后来这个富翁竟然愿意时间从权，还把时薪提到两千，这在纽约公园大道亿万富翁圈子里都很少见。这个女孩属于并无数学天分，但智力尚可，如果训练得当，美国高考那些简单的数学就可以考得很好，后来她果然考得不错，进了波特兰著名的里德学院，毕业后又考上哥伦比亚大学的法学院，现在成了王教授的忠实门徒，过年过节一定给他寄个小礼物什么的，业余还学中文。有趣的是，父亲节她也寄礼物，贺卡上歪歪斜斜写几个中国字：爸爸节幸福——初学中文的人不太会用"幸福"和"快乐"这两个词。王教授很欢喜教中学数学，特别是解析几何，说又大众化又好玩，像艺术。他书橱里颇有几本趣味数学书，没事就做几题消遣。酸鲱鱼咖啡店，王教授在那里教数学喝咖啡，是他的"heaven or haven（天堂或避难所）"——照王教授的说法，在西文里这两个词同源。

那天我并未说服王教授接受我的观点。后来好像是他跟校长提出将讲座教授给别人，但校长叫他帮帮忙，别让系里再打一仗，把讲座教授给他是系里几个派系都可以接受的事。所以王教授最终还是做了他的讲座教授。后来我去他的新办公室，见他在一把宽大的安乐椅上半躺半坐，十分舒服的样子。他摇摇铃，叫来秘书。"发发善心给我们做两杯咖啡吧？"态度使人如沐春风，大牌教授的风度淋漓尽致。

第十七章

那天王教授并没有马上告诉我他要找我的主要目的。他问我能不能当晚给他两个小时时间。我那时孤独得想在课堂讲台上引吭高歌，每天在实验室得待到眼皮打架满眼幻象才回家，不累到那个程度就睡不着觉，那脑子里就全是莎士比亚那句著名的哈姆雷特之问："活下去，还是死翘翘？这是一个问题。"实际上这问题对我不是问题而是折磨。自从跟芊芊睡过觉以后，自杀冲动和生命欲望都空前强烈，但两者已经没有精神冲突：该死该活，都是举手之劳，不值得劳神。我知道自己的自杀冲动属于那种极少付诸实施的类型，但更加折磨人。我的对策是把自己累倒，对这个问题完全麻木。当然，还有另一个对策，就是直飞加州，突然出现在芊芊面前说，芊芊，我要跟你困觉。那时芊芊就会笑着骂我：你这个死人！你自家想做阿Q，阿拉不是吴妈。然后阿Q吴妈上床困觉，一起昏天黑地再做八天爱，做完爱哪怕洪水滔天也不管。

我并不是没想过这么做，但心底知道自己也只有这么想象一下的奢侈。

另有一桩不解：我一贯的爱情幻想，对象首先必须是 intellectual equal（同等智性），然后才涉及物理层面，不知道这反映我的反常个性呢，还是隐含对自己性能力的不自信，因为大量研究证明，男性性幻想的主角就是那个独立自主的意志。但自从认识芊芊以来，我的性幻

Café Ami

101

想已经泯然众人矣！这个变化，未知吉凶如何。

虽然我希望每天都给王教授两小时，但还是装模作样查看了一下日程表，嘴里叽叽咕咕好像算了一下时间，说没问题，今天晚上就不去实验室了，给你四个小时也没问题。结果那天晚上我在王教授那里待了将近十二个小时，要不是我实验室里打来电话，说我的一个重要实验恐怕有问题，得马上赶去，恐怕我会强迫王教授让我在那里再待个通宵加个白天。实际上我那个实验不是出问题，而是突破瓶颈，我的一个争议十分大的猜想经过六年多十几个人近四千次失败，终于在一个意外衍生的小枝节上熬成正果，让我意识到不是天才也可以做出超过天才的事情来，我愈益强烈的自杀冲动得以渐趋平缓或者躲到幕后，不过那是另外一个话题。

王教授看来很高兴我能给他两个小时时间，问愿意出去吃饭还是家里吃。我说就在酸鲥鱼要个蛤蜊浓汤外加三明治得了。王教授摇摇头，说太随便了，生年不满百，数数你这辈子还有多少顿饭好吃？要吃好每一顿饭，这是一种精神。我说那好，反正你要挣大钱了，就敲你一记竹杠，去你欢喜的那家意大利鸟人餐馆，叫什么"必考家居"。王教授笑了，你还不错，知道那名字跟鸟有关。然后告诉我说那家饭店不念必考，念柏蔻，是意大利文，那意思也不是鸟人，而是鸟喙，但也是个比喻，指人的鹰钩鼻子，那饭店的标志就是一个非常像鸟嘴的大鼻子，据说饭店的店主家族就是以大鹰钩鼻名世。王教授这一番教导很令我尴尬，虽然我知道他全是好意，想多教我一点东西，毕竟我是他学生辈的，不过我的自尊心还是受不了。我不断对自己说，多学点东西有什么不好？我不也常这样教导别人的吗？别人不受教，我就说别人小气，看来自己也是小气。我努力劝说自己要大气一点大气一点，虽然做到了，但这大器不是好做的，心里难免落下很多阴影和不快，以后在不相干的事情上说不定就会以恶意揣度人。

"王教授，我知道你懂法文，你意大利文也通？"

"哪里！我是用法文念意大利语呢，都是罗曼语系，拉丁同源字邪其（非常）多。实际上英语受诺曼法语影响极大，到处都是法文字，毕竟英国人做了法国人几个世纪的奴隶嘛……"

"你什么时候学的法语？"

王教授支支吾吾说晚上告诉你，如果你有兴趣听我的故事的话。他建议去他家，他做一顿苏浙菜给我吃。他自称颇能做几个家常小菜，今天正好家里有些料，可以下酒。我从不知道王教授还有这一手，尽管上海男人善做家务已成沪上一景。我说那好啊，就让你侍候侍候了。王教授大乐，拉着我的手站起就走，走过斯文吧台时手还没放，弄得斯文一脸迷惑：在美国只有同性恋男人才走路手拉手或勾肩搭背。

"不是你想的那样，斯文。"我对斯文皱皱鼻子，作恶心状。

"我想的那样，美极了。"斯文微笑，滚滚圆一大张弥陀脸，两排大白牙，齿根微露。

王教授忍不住露齿而笑，放开我的手，却顺手拍拍我的脑袋，好像我是个六岁男孩。我抬头跟王教授做个鬼脸，然后意识到自己的行为像小儿撒娇，顿时警惕起来：见鬼了，我？马上收拾心意，防止再做蠢事。但，这算什么蠢事呢？我是不是又自我意识过度？

出门后，王教授略回头丢了一瞥，随意评论道，斯文这样的人，看不出如此开通。

美国各种人群，教育层度越低，工作性质越接近体力劳动，各种各样的歧视越大行其道，其中种族歧视和同性恋歧视最为明显，屡屡发生殴打不同族裔和同性恋致死事件，以致联邦刑法为此专立一项仇恨罪。如此缺乏容忍，在当今西方世界绝无仅有，也算一景。

这是我第二次去王教授房间。上一次我进屋就仔细看这看那，急于从细节上找出一些主人的性格特征。这次进门却没那么好奇，就那么随意一晃眼，却顿时有了个全景感：精致，嗯？！王教授一定对生活十分讲究。但细细看一圈，又想不出讲究在什么地方，反正绝不是由于他淘宝来的那些绝无"古"意的古董。

"王教授，我觉得你生活很讲究，但说不出哪里讲究，is there a theory？亦有说乎？"我个性欢喜藏藏掖掖，讨厌问私事时直截了当，认为那是李逵杀虎直插谷道，弄不好就喷自己一脸"虎后"。那日不知为何突然一改积习，张口就直接野蛮发问。

王教授也不是个以直率为美德的人，所以我的野蛮发问换来他询问的一瞥，但仅此而已，并不足以使他停下想一想问一问。他脱下西便服，抖一抖，挂好，穿上围裙，上下掸了一掸，正正领带，走进厨房打开冰箱，里面一包包一盒盒一瓶瓶各种吃食，生的熟的半加工的，塞得泼泼满。王教授开始往外拿东西，见我在边上看得津津有味，便抬手屈指在我脑袋上轻轻敲了一个毛栗子。我浑身一激灵，僵住了，因为除了再来一次小儿撒娇，我不知道如何反应。

绝对不能撒娇，我暗自决定。

"你敲芊芊一个毛栗子，没后果。敲我一个毛栗子，那就是个 self-fulfilling prophesy（会自动实现的神谕），"我开玩笑说，"责任很大的，王教授。"

这个英文短语在这里的意思是，你把我当儿子对待，我就会成为你的儿子，那你就要承担父亲的责任。当然我开这个玩笑的意思是一个警告：适可而止。

王教授浑不在意，把冰箱里的东西搬到厨房桌上，开始整治晚餐。整着整着，就开始自言自语。仔细听，才知道在跟我说话，不知为何用上了这种自问自答的方式，低嗓门，半带思考，半是自嘲。

"亦有'说'乎？说，亦有亦无，可有可无。生活讲究？生活当然要讲究。多少讲究算讲究？穷有穷讲究，富有富讲究。讲究什么呢？讲究个趣味。*Chacun a son goût*（法谚：人各异其趣）：何谓雅趣何谓俗趣何谓无趣？口之于味，有同嗜焉……哈，看这个。大力，你今天早上起床，有没有食指大动？看看看，染指禁脔会有时！"

王教授突然转变话题，献宝似的捧起一块砖头模样的东西，重重密裹真空包装，隐约可见是一块血红色、寸半厚的肉类，不像牛排。我凑近看，发现肌理中映出细长如大理石纹路般的脂肪线，是大马哈鱼。但我从来没见过殷红如血的大马哈鱼。我唯一没见过的大马哈鱼就是北美第三类最常见的大马哈鱼，sockeye 血玛瑙大马哈鱼。这种大马哈鱼原来在美国临太平洋的西北地区及阿拉斯加很常见，属时鲜，当地人对其有种类似宗教性的喜爱，大概源于本地很多印第安部族以其为图腾的历史，很像江南人对鲥鱼那种感觉。但随着全球化进程，有段时间这种鱼在东京市场上可以卖到五百美元一磅，所以几乎都被日本人买去，只有本地餐馆仍进一部分货供应有钱人，一般平民百姓自然无缘问津，以至于很多孩子都没见过这种本地最著名的出产。

在所有的血玛瑙大马哈鱼中，又以阿拉斯加黄铜河口出产的最为有名。每年七八月，太平洋里的大马哈鱼经过四五年大洋生活，性成熟，便洄游大陆淡水河产卵，于时成群游入黄铜河口。神奇的是，一入河口，这些鱼身体由银灰色转为鲜红，而头部仍保持靓蓝色，对比鲜明。那时去河口看，傍晚一江鲜红的鱼群头尾相接层层叠叠鳍翅奋舞力争上游，在夕照下像一川流动的火焰，极为壮观，是一个旅游热点。鱼一进入淡水就基本停止进食，溯流而上数百上千公里，全凭积累的脂肪。在这些鱼刚进入河口就捕捞，脂肪全未消耗，这时鱼最肥美。大马哈王鱼肉色粉红，脂肪雪白，有大理石美称，而血玛瑙肉色脂肪一般鲜红发亮，像一簇簇密密攒集的血玛瑙，而且这脂肪是心脏科医生所谓的"好脂肪"，能降胆固醇和血脂。

我估计王教授这块鱼有三斤左右，一条中等大小血玛瑙鱼的四分之一片。王教授用洗手液洁手数次，兑了一点高锰酸钾水，仔细给鱼消毒，再用冷开水清洗数遍直到闻不出一点药味。然后用几张厚纸手巾包裹住，吸水，放在开水烫过的熟食砧板上，拿出一把日本人专做鱼生的刀，白花花雪雪亮，用开水烫过，把鱼方方正正放好，然后切豆腐一样用刀轻轻一划，切下一块寸把长、两分厚左右的鱼片，举起对着灯光，示意我看看。只见鱼片殷红闪亮，几乎半透明，鱼肉一簇簇一球球，真像玛瑙。

食品生食时用高锰酸钾溶液消毒，开始于美国二十世纪初，传到上海，为部分讲究现代卫生习惯的上海人所接受。现在很少有美国人还保持这种习惯，王教授这个习惯，显然得自家教。

王教授把鱼片放到我嘴边，示意我尝尝。我皱眉，王教授把鱼片放在一个素白底子浅紫小花的瓷盘里，又切下一片鱼，直接放进自己嘴里，然后闭上眼睛，没有立即咀嚼，好像吃鱼子酱似的，用舌头和下颚轻轻挤压鱼片，品味其鲜美，脸色陶陶然。

"Simply divine（简直是神品）！"他说，"鲜、甜、鱼味浓郁，吃口肥糯，肉笃笃的，但柔滑不粘牙，极像奶味厚重的冰淇淋。Divine！Absolutely divine！A gift from God！（神品！绝对神品！上帝之馈赠！）"

我觉得王教授表现反常，但似乎没有理由认为他在表演，不知这跟芊芊爱好表演是否有关。我向来不喜生食，连黄瓜、西红柿也如此，何况鱼肉？况且我的专业知识告诉我，大马哈鱼属于 bottom feeder（水底进食鱼类，常吃中上层鱼类排泄物），是最佳寄生虫载体。古代中国，特别是江南一带，喜食"鲙"，就是今天日本人所谓的鱼生。晋朝张翰在洛阳做官，秋风一起就想起家乡松江的"鲈鱼堪鲙"，毅然挂冠归南，后人传为美谈。明清后渐渐少食，因为怕生寄生虫病。有趣的是，历史上有记录的第一个食生鱼片而生寄生虫的病例，是三国时广陵（即扬州）太守陈登，第一次犯病被名医华佗治愈，吐虫一升，第二次华佗被曹操杀了，陈登没治，就死了。现代日本人仍嗜食鱼生，但多食海鱼，寄生虫少，做大马哈鱼生时，常代之以熏鱼，以防止寄生虫病，不熏的话，法律规定必须在一定低温下冰冻一段时间。

但不尝一下不礼貌。我用筷子夹起鱼片，眼睛一闭塞进嘴里。我打算嚼两下，做个鬼脸，用一张厚大的餐巾纸裹住嘴吐出来，略作呕吐状，表示无法下咽，请求原谅。但鱼片一入嘴，牙齿切入鱼肉，只觉肌理细腻汁液流溢，淡淡鱼腥味婉转于满口清甜。虽然我因惯性仍做了个鬼脸，但脑子里全忘了做鬼脸的目的，只是连声说，好吃，好吃。我的反应似乎全在王教授意料之中，他微微一笑，扯了一张保鲜纸将鱼包好放回冰箱，重调了温度，说吃时再切，会取得最佳温度和口感。

"这鱼是一个'小朋友'给的。"王教授边说边着手准备别的材料，"说是小朋友，个子可不小，一米九十一条大汉，可是心态年轻，浪漫得无可救药。四十来岁的人，不务正业，不找正经工作，自己开公司三天打鱼两天晒网，成天就是写小说，那种写十天换不回一天饭钱的'纯'小说，还有就是去阿拉斯加打鱼，每年三个多月，做了个小渔船的船长，视作一生最大成就。这鱼就是他给的，不然，这种质量的，有钱无处买。"

"你的这个小朋友，是不是一个叫高大刚的北京哥们儿？"

"你也认识他？"王教授感起兴趣来了，"你们俩可是彻底的南辕北辙。"

我曾经在学校一个同事的家宴上见过这个人，极高的个子，身板挺拔，钢针般的头发黑得发蓝，一望而知有中亚民族的血统。那时他在东亚系教中国文学，据说特别招金发碧眼女孩的欢喜，已经甩了好几个了，甩不掉的还有好几个。

"我大学里念过一本小说，叫《阿拉斯加！阿拉斯加！》，就是他写的，很浪漫。我读的时候以为是收集点资料再胡编乱造，没想到他告诉我那里大部分是他的真实生活。"

"你没跟他成为朋友？"王教授原来聚精会神地切菜，这时掉过眼来仔细看我。

我很不欢喜王教授这个问题的弦外之音，好像我的回答会揭示我的性格或命运什么的。事实是，当时我跟高大刚交换了电话电邮，但太忙，就没联系，后来洗衣服翻出那半张写着他名字的餐巾纸，跟他联系，他已经又去阿拉斯加钓鱼了。

"他大概对学理工的没兴趣。我留了名片给他，他没跟我联系。"

王教授没看我，但我感觉是他在脑子里又狠狠打量了我几眼，想说什么却没说，转过身，将十来块金沙翼（三节鸡翅中最肥厚那一截）放入一小锅滚水中，熄火，盖上盖子。"焖十五分钟，再放进绍兴糟卤，浸一两个钟头，嗯，下酒隽品。"王教授说。

我猜想刚才王教授大概想问，干吗你不给他打电话呢？他没问，大概想起芊芊跟我都怪对方不给自己打电话。我一反省，揣测问题出在何处：我跟芊芊，还有高大刚，大概都习惯于别人来找你，而从不考虑是否自己也应该主动去交朋友。为什么会这样？高大刚极具男性魅力。芊芊是漂亮。我呢？会读书？所以我到现在还是条光棍，而高大刚正在风流倜傥，芊芊则已经把甩掉男朋友进化成了一种人体新陈代谢功能。

进化论生物学有一条金科玉律，就是最成功物种个体，男性撒种最多最广，女性配种选择面最大。

对这类打击我已是虱多不痒，虽然烈度大大降低，但反抗意志渐弱，宿命感则每况愈下。

王教授拿出几根波斯黄瓜，左右端详，欣赏其青绿油亮，又凑近脑袋，鼻翼扇动细咻咻地闻，然后又让我嗅嗅，"还有高锰酸钾气没有？"我摇摇头，他才放心了，开始切黄瓜片。他动作并不慢，但给人感觉是一片一片绣花一样，厚薄大小形状都极其精确，切好后码在盘子成两个半对称弧，煞是好看。

"罪过罪过，"我说，"黄瓜浮雕，岂敢动箸！"

"Visual agreeableness stimulates secretion of saliva, doesn't it？（视觉舒适刺激唾液分泌，不是吗？）"

"Excessive agreeableness may stun the secretion.（过度舒适会吓阻分泌。）"

"It's not excessive for me.（于我并非过度。）"

"Do you mean it'd serve you better if you could have the whole dish all for yourself？（你是说，如果这一盘菜全归你，正中下怀？）"

"I wish.（诚所愿也，未敢请耳。）"

一星火花闪过王教授的眼睛。恶作剧的满足感？

"I didn't know you really have a way with words. *Mots du Mal*！〔我还不知道你那么会说话。（法语）恶之话/花！（波德莱尔的诗集：*Fleurs du Mal*）〕"

"That gave me some small measure of notoriety when I was young.（我年轻时，颇因此小有臭名。）"

"Hmm，how about that？（哼，奈何！）"

"Je ne savais pas tu parle Français.（我不知道你会说法语。）"

"Un peu，un tout petit peu de Français.（就一点儿，非常小一点儿。）"我略紧张，因为我真正只学过一点法语，可不敢跟王教授开讲。

王教授全不在意，一边跟我斗嘴玩儿，一边把葱蒜和一个墨西哥辣椒用机器打成细泥，调匀头次冷榨橄榄油和希腊葡萄籽油，用一种淡琥珀色的醋稀释化开，上面薄薄撒上白糖，盛在一个紫花小碗里，放在黄瓜片中间，用保鲜纸盖上。

"上海式拌黄瓜。用意大利苹果醋，带出点地中海风味。"

他顺手递给我一个十分精致的醋瓶，那种我在超级市场精品柜看见的欧洲舶来品，据说都是饮食讲究的人家用的东西，一般美国人从不问津。我拿在手上转了几圈，问王教授是不是意大利有几十种醋。王教授说可能还多一点，一百五六十种吧。"其实中国醋至少有上千种，都没有好好开发。把每一种都酿造得尽善尽美，都装在艺术品一般的瓶子里，那也是可以卖到这种价钱的。没听说中国人用水果酿醋的。做果子酒酿过头的不算。"

"你的讲究，就是精致。"我说，突然脑子开窍似的，指着黄瓜，

"连这种 highly perishable（高度易腐）的东西，也要讲究。"

"佛教有百年一瞬说，所以人也是 highly perishable；又有红粉骷髅说，眼前是美女，一眨眼就是骷髅，所以看见美女就一眨眼，把她眨成骷髅，就能抵抗诱惑了。不过和尚自己百年后也是骷髅，也没见一个和尚跟骷髅睡觉的，可见一瞬前的短暂美女状态，其诱惑的杀伤力还是具有某种永恒意味。王尔德有句话挺有意思：I can resist anything but temptation.（除了诱惑以外，我什么都能抗拒。）四十不惑。孔子要四十岁才能抗拒诱惑，你离四十还差十来年吧，抗拒个什么诱惑啊？"

王教授洗了几棵青菜，用手随意掰成大片，用离心器甩干。他说他每天都要吃炒青菜，不然就觉得没吃过饭，还说上海以前有些人家雇用厨师，第一道试手菜就是炒青菜，洗好后要晾干，炒时不能像广东人那样放太多油爆蒜，炒得太生，还弄出一屋子油烟，更不能像北方人那样用水煮得稀烂。

"要说讲究，这就是讲究，我们这种穷人也讲究得起，叫作穷讲究，并不一定要是亿万富翁。讲究是一种生活态度，叫作'生趣'，并不是钱砸上去就行了——砸钱就能解决的问题，不是问题，名副其实的'了无生趣'。当然，有些讲究，没有钱是做不到的。"

"比方说？"

王教授抬眼一扫，只见四壁空空，没挂一样东西。"你说，这墙上挂一张塞尚的静物画《瓶花》，装饰效果一定不错，是吧？"

"你在说原画？至少要八百万美元吧，还不一定买得到呢。乖乖隆地咚，蚂蚁子打哈欠，好大口气。"

"所以啊，讲究不起。其实，买张复制品，挂在那里效果也不错。"

"为什么不买呢？"

"碰到机会一定会买。"

"去一趟艺术博物馆，准有。为什么不去？"

"复制品，专门跑一趟？"

"你不是欢喜讲究吗？专门跑一趟，才算讲究——你意思是，复制品就不算讲究了？"

"复制品，大概也有可以讲究的吧？"

王教授口气不肯定。我猜想他是说，有人会讲究复制品，但他不会。他要讲究，就要讲究原作，要么就不讲究，所以四壁光光，雪洞一般，那讲究也在其中了。挂复制品也行，不过那要顺便，不必刻意。

这是我猜测的王教授的心态，觉得准确大概可达百分之八十。如果我猜测得对，那剩下百分之二十，错在何处？我当然不知道。恐怕知道了也无法理解。告诉你你就能理解的，叫知识；告诉你你还要用生命去体"悟"的，叫智慧。就像我对很多纯数学问题，推导或可全对，但对其实世意义（real-world significance）全然懵懂。不过，我"悟"的功夫还不到家，总有种无奈感在心头徘徊不去。

我想起王教授先前说到四十不惑，问他那个"惑"字，不是一直都作疑惑的"惑"讲的吗？

王教授好像有点被搔到痒处了。"呵呵呵呵，'四十不惑，五十而知天命'。四十岁就没有疑惑，还要到五十岁才知天命吗？那孔老二的'二'，是行二，不是二愣子，要花十年才能想通一个本来就不是疑惑的疑惑。学而不厌，不知老之将至，没有疑惑了，还学个什么？一点认识论的常识都没有。"

"我父亲说，这是宋朝朱熹的读法。"

王教授眉目间略有所动，大概是奇怪我父亲一个乡镇数学老师，怎么会懂得这些。实际上我祖上多少辈都是所谓耕读之家，穷的时候就耕田做工匠，偶尔有人读书读好了考上个秀才什么的，就穿上儒衫教书，可惜没见谁考上进士混个功名什么的。不过尽管劳力者的日子多，好歹也是儒学传家。我从小固然受的是反儒学教育，不过井臼炉灶间受祖父母耳濡目染，也会背几句子曰诗云。

"朱熹偶尔犯个小错误，这一千年来 N 个人就犯 N 次错误。都说我们中国人最会吹毛求疵，恐怕是有所吹有所不吹啊。不谈这个，没意思。你说说那个，诱惑，为什么你抗拒诱惑。"

"我抗拒诱惑？是诱惑抗拒我。我寻找诱惑犹恐不及，还抗拒呢。"

王教授笑了，似乎随意地开玩笑说："你身边那么多诱惑，还用寻找吗？别告诉我你从没动过心。"

"哦，看不出，王教授，我那里你没去过几次，都是在 girl watching（看女孩儿）吧？有没有看中的？我的研究生，给你介绍，谁敢拒绝？

一律拿不到博士学位。"

不知是否我过于敏感，我觉得王教授眉尖略蹙，大概不习惯这种俗气的玩笑。实际上我也从不开这种玩笑，这次想开开玩笑跟王教授拉近距离，但分寸感一点也没有。

王教授似乎决定也俗气一下。"大力，你也快三十了吧？不能马上成家，也应该有正常的男女居室。师生恋现在不允许，但毕了业的，不在你班上的，啊，就是另外一回事了，对吧？"

叫我找人睡觉？我的第一个反应是：王教授在暗示！芊芊那里，已经没有希望了！

然后我又想：也许是试探，看我还有没有兴趣？不是不可能。但王教授这样的人，应该不屑于做这种试探。为什么不？也许他是真正的高蹈派，但你高蹈人家不高蹈，怎么办？现实的问题还得现实地解决，或曰俗气地解决，包括试探这类宵小手段？何况为女儿的终身幸福下一回腰，无可指摘。为什么试探是宵小手段呢？我是否跌入了一个自己给自己预设的陷阱里了？

"你说得对。死了张屠夫，不吃混毛猪。"

这句俗语的意思略近"此处不留爷，自有留爷处"，用在这里就是没了芊芊，还有别的女人。

王教授似乎完全不懂这句俚语：他正在打鸡蛋，手一滞，满眼茫然，好像在想，谁是张屠夫？还混毛猪吗？什么瞎七搭八的！

这句俚语是我一个来自湘西的同学爱说的口头禅之一。那小子在美国贩卖中国政治学，混得风生水起，有一次在电视上接受一个访谈，跟一个一同接受访谈的参议员争论，双方用词渐渐粗粝，居然用中文叫对方"你这个鸟人"，然后直译成英文："You're a bird man." 对方搞糊涂了，认真想想，问："Did you mean I'm an flying man, flying in the sense of idealism? Yes, I'm an idealistic man, we Americans are idealistic by nature.（你是说我会飞，飞就是理想主义？对，我是个理想主义者，我们美国人本性就是理想主义。）"如果是我，在这当口一定哑然，但那个湘西佬却笑着说："操！"然后装作用英文重复说，在这方面，你是个理想客体。真是湘西蛮子本色不改。

我把这个故事讲给王教授听。王教授听得眼睛一眨一眨，大概想不通为什么此时此地会讲一个全不相干的故事。

后来我想，王教授不懂这个俚语，是好事，把芊芊比作张屠夫，还有比这更粗糙的吗？即使对我自己，也太焚琴煮鹤了吧？芊芊毕竟是我的第一次啊！还留下那么多美好回忆，如果不考虑后果的话。但我为什么会把芊芊跟屠夫连起来呢？偶然？有可能。不过同样可能的是，下意识里我是做了一回祭品。

无论王教授是不是试探，我因此翻过芊芊这一页书，至少当时我这么以为。

王教授那天做的最后一个菜是炒鸡蛋，里面加了香椿末和用黄酒蒸过的小银鱼干，也是那顿晚餐最简单的菜，却最对我胃口、最下饭。当然，所有的菜都做得很好：炒青菜脆而甜，却没放过糖；糟鸡翅酒味淡淡，余韵悠长；凉拌黄瓜似乎是把多种草木清气锁在一起固体化了，入口有种漫步雨后森林时齿颊噙香之感。还有一个法式樱桃鸭脯，最耗时费力，王教授自夸了好几句，但我不习惯用的几种香料，像中药，尽管用新鲜樱桃做的卤汁有种非常诱人的甜香。晚餐食谱的明星当属血玛瑙大马哈鱼，不过我没多吃，因为我对它的欣赏程度，远非王教授之比，多吃未免暴殄天物。王教授一定觉得我在让他多吃，居然专门去拿了双干净筷子给我夹菜，还说在美国时间长了，连给人夹菜都不会了。一会儿我面前的盘子里堆着三四快，让王教授不知道该不该再给我夹了。

"你快吃呀，"王教授很受挫折地催促我，"这鱼差不多有三磅十盎司，这里才切了一半，怕吃不完，你这样吃法，这一半也吃不了。我这鱼，就省着等你来吃的。"

"大马哈王鱼，十块钱一磅。这个鱼，我吃的话就值二十块钱一磅，你吃呢，至少二百块一磅。物有所值，你吃，划算。"

说完我往王教授盘子里夹了一块鱼片，自觉很幽默，表情上一定体现了出来，因为王教授看着我，原来大概还想说服我的，这时却皱眉苦笑连摇几下头，"稍微爽快一点，不难。"然后起身去房里拿了一本通讯录和一个手机，拨号，边拨边说要打个卫星电话给高大刚。我心想这王教授也太巴结了，还吃着就想到打电话致谢。看着王教授举着小无线电发射器一般厚重的手机，不由想这老家伙倒舍得花钱，一部卫星电话五六千美元呢，他不像赶时髦之类啊。

王教授接通后第一句话就是你这次回来要给我带一整条血玛瑙大马哈鱼，行不行？对方不知说些什么，王教授不说别的就紧逼着问，行不行？一整条十五到二十磅的，行不行？行不行？行不行？我奇怪高大刚一定喝醉酒了或怎么的，不然哪怕以后说话不算话，现在被人这么逼着，想不拉下面子，也早就答应下来了；以王教授的个性，这么紧逼不放，也许对方喝醉了？我没有猜错。王教授把手机递给我，"你跟他说两句。"

我准备边自我介绍边想该说什么，但接过电话还没开口，就听见一片静电噪音背景上，高大刚飘浮云端的诗意，语言声调都像朗诵，大约很受了一点后现代诗的影响，前言不搭后语，措辞优雅哲理强暴比喻粗俗艳丽，而且故意自相矛盾，像"生命肥沃犹如荒漠啊""毫无征兆的北极光颤／少女子宫第一次痉挛"之类，光怪陆离，挺好玩。我听了一阵子，基本搞懂了他在说些什么：他大概正喝酒，独自躺在甲板上，正好看见北极光当空婆娑舞，便进入一种诗境，恍惚玄妙华丽夸张，大意无非是人生本无意义，你给它什么意义，它就有什么意义，你给它北极光，它就是北极光，人生不见北极光，活个白光光。要命的是，他看来喝了不少酒，因为他不停地对我说：王老师，你快来吧，错过了这半个月，又要等一年。看来这北极光还讲个季节性。但不是说，秋冬是看北极光最好的时候吗？我又想到，前面王教授无数个"行不行"，得到的回答全都是这类浑身不搭界的诗情勃起。

我找个机会大叫一声：喂，我是大力！大力！连叫了几次，对方才发觉什么，大着舌头问："Starly？ Is there such a name？"（斯达立？有这个名字吗？）看来他以为我一直在说英文。哭笑不得！不过很显然，说英文有可能把他拉下诗意的云端。我于是大说了一通，终于让他弄懂了我在说些什么。他无疑并不记得我是谁，迟疑地问，你也想来打鱼？力气活。浑身鱼腥味。三个月别碰女人。易奴特女人除外。哦，我们叫自己易奴特人，你们叫我们爱斯基摩人。我们不欢喜别人叫我们爱斯基摩人。香港人叫你们美国人红番，你们也不欢喜，是不是？政治不正确，哈哈。易奴特女人好，世界上最温柔的女人。她们身上的鱼腥味，与生俱来，比咖啡浓郁，闻惯了，上瘾。真的，不开玩笑。得闻闻，得闻闻。不过，这儿性病很厉害。没艾滋病。最厉害的就是梅毒。都不致命。吃几颗抗生素就好。我不那个的，不那个。我怕……抗生素。哎，斯达立，你是法国人还是美国人？怎么说英文不像法国人？说 right 是 hight，red 是 hide。你是中国人？那，你是法国留学的？大力？大力士的大力。呵呵呵，对了对了，我记得你，你就是那个要得诺贝尔奖的天才，对不对？不对？得了吗？得了？没得？无所谓？不对不对？什么不对？噢，你马上就来打鱼。我这船上缺一个打杂的，钱不多，一小时二十块，就三个月的活。医疗保险给一年。什么，你不要钱？那怎么行？我从来不剥削人。就来玩玩？那更不行了。谁陪你玩？来吃血玛瑙大马哈鱼，那行。哦哦哦，又来了。又跳舞了。北极光。深紫绛。蓝。宝蓝。宝蓝的极光。冻疮破了，流出血的秾艳。易奴特人相信极光是他们祖先的灵魂在天空跟他们说话。你听，北极光是有声音的。听见了吧！中国人叫喁喁细语。啊，又跳舞了。我唱一支歌：处女第一次抚摸／恐惧悸动着欢快。歌词忘了，他妈的。啊，跳舞吧，光的精灵。洒向天空的一滩精液。精液白。唐太宗一匹骏马的名字叫照夜白。这个形象要正名……

我挂了电话。"我有五年多没休假了，去玩两个星期。"

王教授仔细打量了我一会儿，然后手一摊，我会意地夹起一块鱼，畅快地大嚼。

"我那条大鱼，就落在你身上了，"他说，"记住，要挑拣一下，不要深度冰冻的，那有组织损坏。要浅冻的，海水做的冰碴，当年七八月入库，卫生程度是寿司级。这种事情上，大刚大大咧咧的，你仔细，不过大刚在爱情上极其细腻。"

后来我知道，王教授去过阿拉斯加，但没上船，因为洁癖。那一年也正好没看见北极光，所以还想去。倒不是没见过北极光。他曾在彼得堡讲学一年，看了几个月北极光。不知什么原因，大刚所在的那部分阿拉斯加，并不是年年都看得见北极光，虽然比彼得堡更近北极。

"大刚说，阿拉斯加的北极光，会跳舞，很性感。哈哈哈。"

"那当然。北极光源于太阳风。雄劲的太阳风戳破地球磁场，那是性感的极致。据说还会 moan（呻吟，叫床），呵呵。"

第十八章

我跟王教授的友谊，大概由于我的性格，从来没有发展到无所不谈的地步，但那天晚上毫无疑问地上了一个台阶。

"爱莓来了，"王教授说，"来看女儿，在北卡。"

我不知道谁是爱莓，只注意到王教授说出"爱莓"这两个字时，声气轻柔，很有些珍爱的意味。

我们饭后坐在小沙发上，窗外远处星光闪烁，湖水和星空难以区分。我俩之间是一张咖啡桌，桌上咖啡壶正在沸腾。王教授通常在厨房里烧咖啡，今天搬到咖啡桌上来，我猜想是方便再续，但不敢肯定。

王教授转动手中的咖啡杯，墨西哥风格，蓝白色调，有突出的玛雅线条和几何图形。王教授欢喜收集 coffee mug（咖啡杯），厨房的壁柜里至少有七八十只。

"爱莓就是阿琪，姓宋，宋幼琪。受洗名字叫 Ami，她父亲特别翻作爱莓。"

我也不知道宋幼琪何许人也。

"芊芊妈妈。宋幼琪，芊芊妈妈。"王教授说话时，眼睛对着我，但看见的显然是别的东西。他嘴角两条笑纹微微漾开，但我觉得撑开这半圈笑纹的是某种幽默感。

我猜想王教授是想跟我说点私事。我不语，怕说话没分寸把他的故事吓跑。王教授没那么脆弱，我是以己度人。看来我早就想窥探王教授的隐私了，大俗人罢咧。

为什么现在每次发现自己不过是个大俗人，竟有种自虐般的轻松呢？

王教授大概也知道他可以跟我讲他的故事。我隐约希望他问一下我是否愿意听他的故事，但他没问，径自开讲。我安慰自己说，做朋友就应该这样，还要问什么问？

"爱莓给我打了个电话，四天前。"他取过沸腾的咖啡壶给自己斟咖啡，发现自己的咖啡还是满满的。又看看我的，才喝了一点，我把杯子放在桌上，好歹斟一点，不让他做无用功。

"爱莓四天前打电话来，要我过去。"

"A big decision？（很重要的决定？）"我想弄懂"过去"这两个字到底意味着什么。

王教授点点头。"A very big one.（非常重大。）"

"Legally？（法律上？）"

王教授的"影星科学家"老婆在复旦有"手条子辣"之名，跟她离婚至少得弄掉半条命。

"Legally。"王教授口气坚定，显然知道这个决定意味着什么。

我长舒一口气。"那，你不是跟我商量什么吧？"

王教授眼睛掉开，望着窗外充裕的水汽，丝丝缕缕，正渐渐浓成絮絮团团的雾。

"法律上讲芊芊不是我女儿。她是宋幼琪跟她丈夫杨宗庆的女儿。杨宗庆个子很高，一米九五朝上，六七十年代是上海男篮的前锋，很出过一阵风头。宋幼琪也很高，一米八一，是上海女篮的，也打过一年国家队。他们也有个女儿，芊芊，个子也很高，有一米八七，也打过篮球。"

"都有体育天分。"

"天分？嗯，人生得高大，大概也算天分之一种吧。那时候那么高大的人少，有一个都拉去打篮球排球跳高跳远什么的。就我这样的，也拉去少体校跑了一阵长跑，说我这种瘦高个，最适合跑中长跑，我还认真跑过几年八百米、一千五百米、五千米呢。刚进大学不久，还挑去参加一个世界大学生运动会的集训队，可是还没去，就'文革'了。"

"芊芊妈妈，也是体育队的吧？"我说完就想起王教授已经说过芊芊妈妈是篮球运动员。我为什么就不能直接问他们是怎么认识的呢？王教授刚才还说，稍微直爽一点，不难。

　　王教授不直接回答我的问题，只是说他想找个人聊聊，如果可能的话，听听他的"咖啡故事"。我记得他曾跟我开过玩笑，说他有个咖啡故事，很长，听故事的代价是牺牲部分生命。看来那不仅仅是个玩笑。但是，为什么跟我讲这个故事？因为看我顺眼？

　　王教授习惯地想给自己续斟咖啡，结果发现自己的咖啡还是一口没喝。不过这次他放下的是咖啡杯，却向我举起咖啡壶，拍拍玻璃球似的壶体。

　　"爱莓跟我，还有七八个人，我们是一帮吃咖啡的朋友，跟体育没关系——应该说，没直接关系。"

　　"老上海都知道，上海早先有个中央商场，还有个淮海路日用品调剂商店，都是买卖旧货的好地方，特别是洋货，对那些欢喜西方生活方式经济又比较拮据的人，那是天堂，几毛钱就能买到很好的东西。英美货，质量顶好，做工邪其崭（非常好），我姆妈四十年代初买的一个美制开瓶器，用到现在，钢火一级（用了最好的钢材）。扯远了。'文革'时抄家，洋货都抄没，包括五金工具。据说北京红卫兵小将属于清纯类型，对封资修的东西深恶痛绝，见了就敲扁，就砸烂，火烧，捣毁。上海很多红卫兵小阿弟、小阿妹、市井小民，对封资修的东西看着眼热（眼红），不砸烂不烧毁，抢走，部分上缴做样子，大部分自己东搬西搬七弄八弄弄回家去了，因此拯救了不少国宝级文物。抄家风头一过，慢慢的，这些东西一部分一部分就卖出来了，洋货很多都卖到中央商场和淮海路旧货店。好东西真多啊！便宜！二百人民币一架美国的斯坦威立式钢琴，你信不信？一个中学音乐老师买下的，叫四个初中小赤佬，吭哧吭哧搬到黄鱼车（三轮运货车）上，绳子捆扎捆扎，一个骑车三个推，就弄回家去了。开始弹《革命不是请客吃饭》《东方红》。那条大弄堂，一到傍晚就是叮叮咚咚的《东方红》。后来控制松了一点，就弹肖邦啊练习曲啊什么的了。不，这个老师谈不上认识。那时还不认识。后来爱莓去中学教体育，恰好跟她一个学校，算个区重点，我儿子后来就考进那个学校念了几天，跟在她们屁股后面打篮球弹钢琴，瞎起劲。

"回想起来，这个中央商场实在是在传播西方生活方式，跟那时的革命环境格格不入，这一点谁都看得出来，但就是没人来查封掉。可能的解释有两种：一是当时上海官方过度愚蠢，看不到这一点；二是这些当官的心里也欢喜这些东西。我比较倾向于这第二种看法。你想想，'文革'初上海所有的咖啡馆都查封了，但两三年后，还在'文革'中，就又重新开门，那是公开拥抱西方生活方式啊！好像全国只有上海这样做。有次外地几个大学老师来复旦开会，我带他们出去办事，正好路过当时南京路上的上海咖啡馆，就带他们进去坐坐，那种排场热闹，看得他们目瞪口呆，以为到了外国。回去后说，上海已经复辟了资本主义，非反复辟不可，不然毛主席打下的红色江山就会变色。为什么？我们才进去坐了一会儿，把咖啡当中药喝，就已经受了腐蚀，那气氛，香风毒雾，令人着迷啊。后来他们自己又偷偷去受了几次腐蚀，那是后话。

"呵呵呵，历史和笑话，有的一比。

"我'文革'初也当过红卫兵贴过大字报。家庭出身？对很多中学生生死攸关，对大学生影响不大，原因之一是大学生里出身好的实在太少。我属于一个激进红卫兵组织，叫红革会，炮打张春桥我们最起劲，可惜没成功，头头儿都进了大牢，我就成了逍遥派，常常逛中央商场，不是买便宜货，是卖便宜货——家里没了定息。定息你懂不懂？

"公私合营时，对民族资本家实行赎买政策，把你的公司合并到公家，但付点钱给你，叫作定息，每月都有。我父亲一人的月息，嘿嘿，当时是很大一笔钱。'文革'开始，定息取消，家里骤然穷了，不过有些习惯还难改，比如说无锡乡下出来的阿奶，以前每天都要去八仙桥啊那些老店买酱鸭、火方枫泾蹄膀什么的，现在买不起了，但一星期一次总要买的吧？爹爹（念 diā）又是大孝子——他虽然是资本家，但有个工程博士学位，所以定了个一级工程师，一直是上海一个工业局的总工，有军工任务，还用得着他，所以虽然工资减了三分之二，但还有一百几十块，在当时上海还是高工资，所以还可以行行孝。难以预料的是，阿奶绝对自我中心，越老越自私，但是一个人独吃这种事，太没教养，总要给这个一点给那个一点。爹爹三兄弟，一个支内去了新疆，但老婆孩子都在上海，等于三房同堂，十几个孩子，都在长身体，东西一买回来，都张着嘴围着阿奶看，于是这个一口那个一口，光了。不够。再买？结果钱当然不够，所以我常常拿些家里抄剩的衣物去当掉——主要是我爹爹的西装，很多是英国货，他自己带回来的或者让人代为定制后邮寄来的。

"1957年以后，党和国家领导人还可以穿西装，但老百姓不许穿西装了。爹爹这一辈子有两个嗜好，一个是卖弄幽默，另一个就是穿漂亮西装，做梦有朝一日还会开禁，不仅党和国家领导人可以穿，普通老百姓也可以穿，所以都留着，口袋里放满樟脑丸，半点虫蛀都没有，一开橱门味道熏得人昏过去。英国曼彻斯特呢子，密、实、光爽，那手感，一脚去啦（没得比）。'文革'一来，国家领导人都改穿军装，爹爹没梦了，说能处理掉就处理掉，偷偷叫了家里原来常用的老裁缝把西装改成中山装。上海抄家有些没抄西装，偷掉几件，好像许多人家西装都没抄走。西装能改中山装，相信我，绝对能改，还可以改得很不错，特别是英国式三粒扣西装，驳领短，改成中山装后，留下的两道印子也短，只从肩膀斜到第二个扣子，像军人戴的绶带一样。如果是意大利双排扣，就要斜到第三甚至第四个扣子，如果师傅不是洪（红）帮裁缝的话。噢，洪帮裁缝就是上海做西装的裁缝，以前都属于青红帮的洪（红）帮，黑社会，就像现在纽约，所有建筑行业都在黑手党控制之下。

"但是爹爹西装太多，每个人改了一件中山装，还剩好多，于是我就趁爹爹上班扫厕所之际，拿去卖掉，补贴家用。后来那里转得熟了，也买到一点好东西，两块八毛钱一块端砚，你相信吗？背后还有张岱的一首七绝题咏，至少是明末的，磨损明显，用了好几百年了嘛，现在还在我手上，估价说至少值五十万人民币。不过买这块端砚没什么传奇色彩。那天我路过一个玻璃器皿柜台，见到这个，"王教授屈指用指节敲敲咖啡壶的玻璃球，"我一看眼熟，像我们家的东西。拿起来仔细一检查，果然，玻璃球的这个部分有'二房'两个字，是我小时候用铅笔刀刻的，歪歪斜斜。我爹爹是老二，住二楼，三房住三楼，老是下来拿东西，拿了就不还。我小时候很顾家，就到处刻字，拿去也留不住，呵呵呵。我又乱扯了。"

王教授起身，走到窗前拉开窗帘，让风吹进来，挥动手掌作扇风状，好像觉得有点热，不料却打了个小寒噤，忙拉上双层窗帘的纱帘。

我耐心等待，心想最精彩的来了。

第十九章

王教授坐回沙发，凝视着咖啡壶，似笑非笑的样子。他重新开始时顺便插上了咖啡壶，把冷咖啡倒掉，重烧一壶。他轻拍着咖啡壶上的玻璃球。

"只卖五毛钱，这个玻璃球。有趣的是，那个年轻的售货员不知道这是什么，一个中年售货员出来说，是以前有钱人家用的咖啡壶。我问怎么就剩下一个玻璃球？他说可以在其他地方觅着相应的部件，还说几天前就在不远处一个五金柜台，看到一个部件，不知道跟这个配不配得上。原来'文革'后有不少人拿些稀奇古怪的东西来出售，都是部件，这使得有些店家决定一改过去一贯不收购部件的习惯，把这些奇奇怪怪的部件用很少的钱买下来，让上海无数欢喜淘旧货的朋友买回去自己重新组装成可用之物。他还说现在玩这个的人不少，挺时髦，反正洋货老货现在都没地方买了，只有自己寻觅旧部件重新组装。这个中年售货员叫阿发，父母原来给什么公馆当差，所以对这一套东西都知道一点。

"我掏钱买下了这个玻璃球，又走到五金柜台去，发现的确有个咖啡壶的底座，但型号小，我也买下了，三毛钱，不知怎么定价的。意外发现一个相配的咖啡壶架，颜色不对，已经变形，但焊一焊整整形，还不错。我也都买下了，一毛七分钱。那天晚上我回家，对着这一堆破烂发呆：我不知道为什么买这些东西。怀旧吧，我根本没那个感觉，再说我实际上没吃过什么咖啡。我们家原来有四个咖啡壶，三层楼一楼一个，还多一个，原来打算是爹爹拿到公司里用。看起来我们一家人都很讲究吃咖啡，实际上没人真正会吃，不过都欢喜闻咖啡香味。我们家只记得我小时候有个娘姨爱吃咖啡，放很多方糖和炼乳，不过我懂事时她已经走了，嫁人做填房，一年还会来看我一两次，一来就会把咖啡烧得满楼香气，她姓乐，我叫她叶妈，不知道是不是音乐的乐，浙江嵊县人，会唱越剧，很好听。

"那，我们家干吗买那么多咖啡壶？当时我觉得是虚荣心。上海人对西方生活方式着迷，来客人，请吃咖啡有面子。这种虚荣心可以厉害到浃心入骨：爹爹说过，现在不会吃咖啡，没关系，多吃吃，总有一天要吃惯的，什么事都有个习惯过程，就跟穿皮鞋一样，哪有穿布鞋舒服？但皮鞋是好东西，非穿惯不可，于是穿着穿着就习惯了。实际上爹爹吃了一辈子咖啡但一辈子都没吃惯咖啡。所以当时我想，这个虚荣心，爹爹那里传下来，不然我没有理由买下这堆毫无用处的破烂。我心里还希望有朝一日满屋咖啡香味，过日脚有讲究，有'趣'。

"虽然看来我自我剖析毫不留情，我还是给自己找了理由继续寻找咖啡壶的其他部件：如果不配齐，那已经买来的不就浪费了吗？正好学校里除了干革命什么事情都没有，我就开始了一辈子最吊儿郎当的岁月，成天在上海大街小巷浪荡，找旧货店，配齐咖啡壶。当然，去的最多的还是中央商场，那里店多、洋货多，实际上我配齐的壶，部件大多数来自那里，连售货员阿发都成了我的好朋友。数学？不上课了，还学什么数学？不过，我自己无聊了还会翻翻书，找些题做做。系阅览室，只有专业杂志没人偷，有些还是外语的，我还是老习惯，无聊了就去翻翻，有趣的就拿走，也没人管。我法语比较好，从小就会讲，英文也凑合，看外语杂志不吃力，'文革'后考研究生，凭的就是这些外语杂志上看来的东西。

"其实我学数学也是偶然。我父亲叫我考工程，说工厂建一家是一家，实实在在的贡献。数学嘛，工具而已，数学能力很重要，但做主修，浪费人才。我进复旦数学系，完全是偶然：我中学班主任是复旦毕业的，看我填志愿，见第一志愿是华东化工学院石油化工系，说我成绩好，应该进复旦，就自作主张，顺手改成复旦光学系——那时复旦有个校工叫蔡祖全，自学成才，工人科学家，做出了小太阳，红得发紫。不料复旦数学系那时候很霸道，看我数学分数高，就自说自话把我拿去了，我只好想，这是党的需要。

"我们家还是有些故事的，你要是有兴趣我以后可以讲给你听。你说笑话吧，我曾高祖的见识跟冯友兰不谋而合！曾高祖没读过书，我们家不是书香门第，八辈子都是无锡城里的小工匠加小商贩，自产自销，做过锁啊家具啊木雕啊什么的，什么挣钱做什么，但做得最好的是锁，那是整个江南都有点名气的，据说有一次苏州一个什么道台还定过货。曾高祖和一个表兄跟一个做小商人的远房亲戚去上海开面粉店，店倒闭了，因为经营不善加上当时上海法租界黑社会巡捕房敲诈勒索，但那个小商人全怪在后者身上。我曾高祖和表兄把店面盘下来，后来就做大了。那个小商人给他们的劝告，一是远离政府，二是搞机器实业。他倒是也勉强算得上书香门第，读书多，见识多，牢骚更多。

"啊，我们家的生意，种类很多。比方说面粉业从来都没离开过，几代加起来在这个行当里混了九十六年，直到一九四九年；毛纺业也是个重头，混了六十五年，但最想做的是机器制造，从容闳一八六四年从新英格兰买机器回上海建江南制造局起，我们家一共搞过十四个机器厂，大部分都活下来，还发展得不错——最后一个厂就是爹爹搞的重华机器厂——重华是舜的字，唐尧虞舜的舜。到一九四九年的时候，重华机器厂论机器设备、工程师、技工水平，都至少跟日本同类公司持平。厂里的主要技术人员都是英美留学生，博士、硕士有十来个，设备都从英美买当时最先进的。一九四九年后又有个大发展，可惜好景不长，到一九五六年公私合营，就完了。一九七九年爹爹去日本访问，回来沮丧得不得了，说设备至少落后别人二十年，工程技术人员落后三十年，技术工人水平五十年，赤脚也赶不上去了。我说从一九五七年到一九七九年，总共就是二十二年，哪里出来个三十年五十年？他说你不懂，满脑子数学艺术，跟你谈工业，是三只癞蛤蟆跳河浜，扑通扑通又扑通（不通不通又不通）。我到现在还不太通，你通吗？

"说开去了。回头说咖啡壶。我大约是在半年后把那把咖啡壶配齐的。那时还没有认识爱莓，或者说刚要认识爱莓。那天阿发见我过去，平时总愁眉苦脸，见我后一下子眉开眼笑起来，我说有什么事那么开心，他神秘兮兮地跑到里面，拿了一个东西出来。我一看，是个华斯（英文 washer 译音，垫圈），咖啡壶的华斯，没它咖啡壶要漏。他说估计正配得上。我忙跑回家拿了其余的东西回到店里，一对，天作之合，一只混装的咖啡壶成了，有三种颜色，黑、奶黄、乳白，样子老戆的，但绝对可以烧咖啡吃。我们俩高兴了一阵子，很快就想到，咖啡壶有了，咖啡呢？那时上海店里到处都有一毛钱一杯的咖啡，就是淡咖啡色的糖水，根本没有货真价实的咖啡卖。不由大发了一阵牢骚，又大谈咖啡经，好像都是老枪一样。对对对，我装咖啡老枪。别眨眼睛，心想这个王教授，蛮有样子一个人，会吹牛冒充会吃咖啡，虚荣心，那也罢了，那么低级的虚荣心，是可忍孰不可忍？是不是，大力？你是不是那么想？你不否认？那，你有进步，供认不讳。这里我要 shock（使休克）你一下，禅宗叫当头棒喝：虚荣心是历史的原动力——本质上，什么样子的虚荣心都一个性质，但就其效果，那讲究就多了，有建设性的虚荣心、破坏性的虚荣心，还有无害的虚荣心。比如你，欢喜觉得自己智力优越，这种虚荣心驱使你投身科研——好好好，不说废话，不说，反正，我也年轻过，有过不少无害有趣的虚荣心——我如果不是因为有一点咖啡的虚荣心，这一辈子大概就不知道女人是怎么回事——我这么说是不是有点那个？没那个，那我继续，不过我不是那种……呃，你知道我说哪一种人。

"话说我跟阿发正交流咖啡心得——后来我知道，阿发连真正的咖啡都没吃过，不过咖啡精神一点不比我弱。当时我跟阿发正大讲咖啡精神，突地一只老虎脚爪戳进来。喏，就像这样：我跟阿发隔着柜台站着，面朝商场大门，身子斜靠，两人肩膀之间大约有一只拳头宽。一只手'嗤'一下擦着我俩肩膀从后面直出来，手掌蒲扇大，平摊开来，掌心托着一只小小巧巧的咖啡用具，把我们吓了一跳。只听一个低沉却有点奶嗞嗞的嗓音说：觅着小奶油壶一只，sterling silver（纯银）。听声音这人在我后面，忙回头，却贴脸看见中山装两只胸袋，头往后一退，只见也是西装改的中山装，两条绶带一样的线从肩膀斜到第三只纽扣。再抬头，只见一张极大的脸露着一口极白极大的牙齿对着我笑，还有就是这人嘴巴咧得从左耳根横贯到右耳根，哗啦一个标准圆切弧。他至少有一米九十，走在街上人人都要回头的那种高度，宽肩细腰，身材匀称，雪白皮肤，人好看得无有闲话说。只是有一点，这男人，那么高大一条汉子，长得过分秀气，两条剑眉，照理说英气勃勃，但有点弯，而且极细极黑，画出来似的，加点吊梢，狐狸气，所以得个绰号白狐狸，加上眼睫毛又长又密，就差没往外翘，扑闪起来，跟风骚女人做媚眼没两样，十分可笑，可又十分耐看。

"当然不是芊芊妈妈，你怎么听的，穿中山装的，是女人？江青还穿中山装？全中国有几个江青。再说，他手那么大，抓篮球的一只手，抓我这么大小的头就像捏起一只大苹果，我跟他谈恋爱？作死呕！不，这人是爱莓的哥哥，宋幼玮，玉字旁加个韦编三绝的韦——他们也是玉字辈；他爸爸要洋派，男女平等，儿子女儿都用一个排行，不然爱莓取名应该有个有凤来仪的仪字。宋幼玮是市男篮中卫，杨宗庆的小兄弟，后来我知道，杨宗庆十三岁跟宋幼玮被选拔进市体校打篮球，就开始欢喜爱莓，九岁的爱莓——爱莓九岁就有一米七十了。宋杨两家个子都特别高，宋家人白而高，杨家人黑而高，都毛发丰厚，据说都有胡人血统，大概正好都是高个子的胡人血统。我们王家据说也有胡人血统。爹爹看了唐传奇《昆仑奴》，就猜测我们是昆仑奴之后，也就是菲律宾那一带来的，是马来或波利尼西亚血统，矮而黑。我小时候听了爹爹的这个猜测，脑子里成天就想象自己是昆仑奴，又瘦又矮一副猴相，脚长手长，浑身墨漆乌黑，在热带雨林里纵跃如飞，那感觉无可比拟。实际上我身高像姆妈，她们家人都是长脚鹭鸶，淡黄皮肤，但我的皮肤多少还是姓王——我两个哥哥更黑，矮小黑瘦，小学里绰号都叫小黑皮，大哥叫阿哥小黑皮，二哥叫阿弟小黑皮，我再进小学，顺理成章，就叫小黑皮的小弟弟。

"又扯开了。今天有点反常。阿发介绍我跟宋幼玮认识，言下颇有得色，好像把我介绍给了一个名人。宋幼玮那时的确也算个小名人，没有杨宗庆名气大，但都是市男篮的主力，常见报。我以前只在卢湾体育馆远远地看过他们在比赛场上跑来跑去，从没近距离接触过，这么近一站，还真有点，嘿嘿，star-struck（被明星魅力击垮）。

"正巧，宋幼玮的篮球队也在搞'文革'。那时整个社会秩序一片混乱，公安系统垮了，流氓阿飞都出来了，被镇压了十几年的上海流氓世家，好多死灰复燃——真是说燃就燃，好像从来没熄灭过一样。令人厌倒！上海运动员有个造反派组织叫上体司，大概是上海体委造反司令部的简称。运动员文斗外行武斗内行，可是上海人武斗没气派，不像四川那些地方，机枪、大炮、坦克车都拿出来玩命——上海人造反的目的，当时叫刮经济妖风，就是要好处，加工资奖金，小劳保换大劳保，临时工转正，抢高知高干资本家的房子好结婚，一心一意要为保卫毛主席流血牺牲的戆大，不是没有，比较少。武斗少，上体司就无用武之地，想大打出手过过念头（过瘾），只有找替代物，最理想的当然就是流氓阿飞了，政治上安全，也不用觉得欺负弱小，那很影响武斗快感的。有一段时间，上体司取代公安局管社会治安，还颇有好评，不过很快就不行了。原来公安都有政府管着，不敢乱来，现在政府靠边，上体司没人管，立马就变丑闻大本营。宋幼玮也是上体司的，拳打脚踢大概也过了几天念头，烦了，就变成了逍遥派，到处逛旧货店买金属器皿。他欢喜银器，家里有瓶英国产的 Hagerty 银器抛光粉。银器极易氧化，几天不擦就长层银锈，黑丝丝的，跟铅器、铝器没差别，但用特制的银器抛光粉一擦，立刻就银亮如新，而且不伤器具。这种银器抛光粉，中国好像不生产，但家里讲究用英国银器的，都多少存了几瓶英国进口货，而且抄家时也大多没抄走，因为看起来像不那么白的去污粉。

"宋家大概过去有不少银器，所以宋幼玮特别欢喜银器。那天他给我们显宝，手上托出一只小奶油壶，表面一层黑锈，看不出是银器，所以我跟阿发颇带疑虑地瞄着他觅着的宝贝。他哪有看不出的道理？笑嘻嘻从一个马桶包里掏出一个小灰瓶子和一块墨绿厚绒布，拧开瓶盖，用绒布从瓶里沾出一层粉状物，用一种夸张的温柔手法，往小瓶子上轻轻一抹，顿时抹出一道银亮色来，那绝对不可能是铅器铝器的光泽。'怎么样？眼睛一眨，老母鸡变鸭。'宋幼玮炫耀了一通他的银器抛光粉，小心盖好瓶塞，放回书包，接着就跟我称兄道弟起来。

"我一般不习惯跟人自来熟，但宋幼玮似乎属于不论做什么都讨人欢喜的那种人。比方说他问我觅着什么宝贝。换了别人我一定给他个白眼——我年轻时很有点像你，看起来平和，心里实际上，哈哈，相当 cocky（小公鸡式的傲慢）。别抗议，算我误解你。没误解？嗯，现在你是有一点不同了，那一天在咖啡馆里，你主动跟我打招呼，我就感到了——以前面对面走过，你都视若无睹的。看来人是要有点挫折——不说你不说你，说宋幼玮。他听说我欢喜吃咖啡，眼睛一亮说：'哈，我有交关（很多）吃咖啡的朋友。'我说：'牛皮！现在啥地方去买咖啡。'他眨眨眼睛说：'杨宗庆你晓得呃，上海男篮前锋？伊拉屋里厢（他家）有罐咖啡，抄家辰光没抄走，相信呃？混在酱油瓶醋瓶一边厢，没抄走。不相信？过两天带你去见识见识。赌点啥么事呃？一块面拖大排加菜底——现在大家都是穷人了！'

　　"照理说我不会跟这些人鬼混。不，倒不是跟搞体育的人不相类属——你大概想问我是否看不起搞体育的人，我们那一代人，这类偏见并不少见。实际上，中国人对体育的价值观，很受西方影响。在欧美直到第二次世界大战前，体育主要是受教育阶层的消遣，劳动大众都忙于填饱肚子。第二次世界大战后大学教育普及，生活水平急剧提高，有闲有钱，体育才大众化，以至于加州伯克利大学有个著名社会学家套用马克思有关宗教的名言说，体育是大众的精神鸦片。

　　"现在中国追星族遍地都是，但'文革'前的体育迷，至少在上海，家境好的人家居多。我不是也练过中长跑吗？我两个哥哥都一本正经练过游泳，因为人长得炭头黑，别人以为是游泳晒出来的，多鼓励几句，'一看就是游泳的'，就以为自己有游泳天才，猛练起来。其实我们家都没有体育天赋。不，我不想跟他们鬼混，是因为有点清高：别以为人人都想拍你们马屁，我以身作则给你们个例外看看！呵呵，那时年轻，多好啊，小公鸡一样，头颈硬翘翘一撅，骄傲！做一点蠢事说两句蠢话，自我感觉，崭！邪其崭！！（好！非常好！！）对对对，说我怎么去跟那帮吃咖啡的朋友鬼混。细想起来，其中原因还真不敢肯定。我有个 tentative explanation（尝试性解释），一是当时极端无聊，二是这个宋幼玮，长得实在太灵光，看起来也很会白相，三么，是不是还是有点虚荣心？你知道，他们是篮球运动员，杨宗庆还打过国家队呢。别挤眉弄眼的，大力，我知道你在想什么。你们小学中学里交朋友，人长得好不好看不是个因素？反正我们那时，谁跟一个难看的男孩子交朋友，是要被人笑话的。不过我们那么要好看，好像也没什么人在性取向上反潮流嘛——也许有，我不晓得。

"大概是两个星期后吧，宋幼玮突然来我家把我拎了出去。后来知道是阿发给他我的地址的，可我究竟也没给过阿发地址啊。那时家里抄家抄得一塌糊涂，不说抢房子进来结婚生孩子的十来对夫妻，自己家里那么多人，三房挤在三间二十来平方米的房子里，阿爷阿奶还有老娘姨，都给挤进了亭子间。那房间里一天二十四小时，都挤得人泼泼满，家具也偷光了，就是没偷光也摆不下，就放得下几把椅子，坐到一把椅子就舍不得离开，要到实在憋不住，非去马桶间不可了，才让给别人，那真是连喘口气都要把人推开才喘得出气来。那天宋幼玮进门正好看见我跟一个上高中的堂妹吵得不可开交，非说我坐着看书的那把椅子刚才是她坐的——谁叫她去马桶间的？宋幼玮一看这情形，就跟我堂妹笑笑说，小妹妹受过正规意大利美声唱法训练是吗？吵骂相像花腔女高音练华彩一样，真崭。我堂妹回头看了宋幼玮几眼，顿时脸涨得血血红，刚才还在泼妇骂街，马上换上一副文雅相，嘴一抿，窈窈窕窕走到一边去，后来就单恋宋幼玮单恋了十一年，一个人在黑龙江建设兵团，死也不肯谈恋爱，又不告诉人为什么，人家宋幼玮却一个接一个谈恋爱，谈一个丢一个，不是他丢别人，是别人丢他：有趣的是，他女孩子上手容易，捏不牢——不说这个，言归正传。"

　　王教授大概说得口渴，端起咖啡，发觉冷了，想也不想就把大半杯子冷咖啡倒入滚着的热咖啡壶里，再给自己倒了一杯，喝了起来。喝了几口才突然想起自己刚才干了什么，抬眼看我说，啊，昏头了。唉，你怎么不阻止我？我说还没见你野蛮过，机会难得啊。他盯着我看了一会儿说，我是不是应该笑笑？你说了句戏话。

第二十章

王教授新煮了一壶咖啡才重新开讲。

"那天宋幼玮把我拉出去，说'吃咖啡去吃咖啡去'，把我从复兴西路一直拉到建国中路瑞金二路那里。一月初冷煞人，正赶上一个西伯利亚寒流尾巴，街面上瘪塘里水都结着冰，黑嚓嚓龌龊兮兮，还没化。为了节约一毛钱车费，步行，身边厢一连过去几部96路，看都不看，咔嚓咔嚓一门心思当步兵。走到那条大弄堂，两只耳朵都冻得红彤彤半透明，手指弹上去好像叮叮叮刮啦松脆，没感觉，全木掉了。一进弄堂走过第三栋新式里弄房子，就闻到一股香味，咖啡香味，浓炽炽的，冷风里透出来，用力嗅，来得个香，还交关（相当）暖热，受冻吹风走那么长路，咖啡香气兜头熏一熏，苦头算没白吃。

"杨宗庆家也是资产阶级，资方代理人，呵呵，老好笑。他爸爸实际上是个高管，老板是交大同学，门槛精，顶会别苗头（看风向），解放不久借口探亲逃到香港去了，让他代管工厂，他就成了资方代理人，也算资产阶级。一公司合营，经理撸掉了，发配去食堂卖饭票，每月代朋友领定息，自己一分拿不出，全存在银行里，所以做资产阶级的好处一点没有，坏处都沾边，厂里一搞阶级斗争，没资本家好斗，就斗资方代理人。他们家住一套三间半的新式里弄房子，中西合璧，大小适中，专给写字间职员这类人造的。'文革'家里房子也抢掉一间半，还保留了两间，据说是因为杨宗庆的关系。杨宗庆有段时间很红，报纸上把他作为出身资产阶级但坚决跟党走的青年榜样，到处现身说法作报告，我们复旦也来过。杨宗庆背叛家庭，总要有间自己的房间的吧？

"说来奇怪，那时上海篮球队，出身资产阶级的一大堆，你想想，资产阶级在整个人口里，百分比是多少？不过那天一起掖（躲）在杨宗庆家吃咖啡的，好像都是资产阶级。对，宋家也是开厂的，好几家，毛巾厂、毛纺厂、羊毛衫厂，都好像跟毛有关系。按理说上海开毛纺厂的，家里都有人去英国念书，英国毛纺业最先进，不去那里学，生意很难做大。但宋家例外，开一家成一家，一九四九年以后还开了两家毛纺厂，一家还开到了青海还是西藏什么地方去了。好像是西藏林芝？反正，是政府让他们去那里开的，说那里羊毛质量特别好，就地取材，国家包购包销，天堂一样。嗯，我那时搞不懂，宋家怎么没人去英国念书。实际上他们家没人留洋，但家里请的有英文先生，小孩子都上教会学校，启明啊中西啊震旦附中啊什么的，都能讲几句上海腔的英文，每个礼拜有一天，礼拜六，家里只准讲英文，连娘姨也要讲英文——这样的娘姨，就是那时的上海，有钱也难觅得着，要从小家里就给英国人做的，两三代下来，一个英文字不识，讲得绝崇。

"几句题外话。现在很多人欢喜写上海资产阶级，其中有几个，好像也跟上海有钞票的人家搭点界，不晓得怎么搞的，写起东西来都像外地人考进上海复旦中文系，读书读成作家，跟上海的'有钞票人家'，完全不搭脉。像茅盾啊周而复啊这些老作家，虽然也是乡下人混到上海来，但真在花园洋房里面混过，懂经的。对对，上海资产阶级分好几个圈子，有靠洋人发家的，像蒋宋孔陈四大家族的查理宋，正好碰上欧美传教士在上层士大夫那里四面碰壁，改变策略，专找穷人家苦出身的聪明小孩，送到西方读神学，原来回来都是要做牧师的，后来不做生意做政治，变成西方买办，这些人挣钱靠洋人，时不时要出卖一下中国，所以工厂开得不大，钱挣得最多，常常干脆是无本买卖，圈子里人都忌他们，要拍他们马屁的，不过马屁拍管拍，心里头是看不起的，为虎作伥嘛，又没什么家学。

"第二类资本家最神气：祖辈士大夫，世家子弟，有家学，有田产，五口通商后转向现代工商业，出国留学，中西贯通，对东方人西方人都可以居高临下斜着眼乌珠看。看过《围城》没有？想象一下，钱钟书摇身一变，学术巨擘加工业大亨，还有什么人看得上眼？上海这类人还真有几个，不过很少生意做大的。爹爹的理论是，世家子弟是文化贵族，骨子里重文轻商，做生意放不下身段，不可能全力以赴，所以想先有文化再挣钱，挣大钱的可能性极小，要先有钱再有文化，成功的可能性大得多。对对对，我们家就是这样，不敢说有文化，总是想要有文化。叔本华还是尼采发明一个概念，叫'向权力意志'，中国有个最好的东西，我称之为'向文化意志'，在中国这好东西不太能看得出来，一出国就鹤立鸡群了。你看看这里美国，家里祖祖辈辈目不识丁的，只要是中国人，小孩子阿狗阿猫都上天才班，很多人到上海连区重点恐怕都考不上——我很教了几年中学的，看小孩子有感觉。

"对的，我'文革'前后赶时髦，乱七八糟念过一些西方哲学，呵呵，还蛮有趣的。

"我们家属于第三类资本家，穷人出身，小本生意起家，苦出来的，本质上是暴发户，共产党叫作民族资本家。这类资本家又分两种：一种发家后送小孩留洋，沾点洋气文气，消掉点粗气俗气小家把气；另一种小孩念书天资不够，留不了学，土包子，但崇洋。我们家属于第一种。宋家也应该属于第一种，但不知为什么家里一直没人留洋，总有种遗憾。后来我知道，他家发家晚，要到二十世纪初了，有几个原来要去留洋的，正好碰上革命抗日，于是去广东上黄埔去山西参加牺盟会去青年军还有去延安的，结果家里没一个人留洋，直到一九七八年以后。

"不用说你也猜得到，哪一种类型最遭人看不起。那天我们聚在杨宗庆家吃咖啡的朋友，大部分都是这一类，土包子，崇洋的土包子。是啊，我年轻时是很崇洋。有人说崇洋是上海文化基因链的第一个因子，不确切，但很到点。上海人迷恋西方文化，是与生俱来。如果鸦片战争打赢了，就没有百年耻辱，也没有上海。也许中国人还留辫子裹小脚，长袍马褂三跪九叩，骑马乘轿指腹为婚。全国没一个城市有下水道。北京皇城大街骡马驴粪厚厚铺一层，从没人扫，晒干成粉，春风一吹就诗意满天飞：大风起兮粪飞扬，威加七窍兮思故乡，安得书斋兮不似茅房。你别笑，这不是我编的。吴江县道光年间，也就是鸦片战争前后吧，出过一个探花郎。去北京赶考，想看看帝京春色，早去了半年，就写了这首诗，一直留在家里算作私家笑谈。民国初年九十高寿，成了遗老，保皇党，很有影响。他一个重孙，留美的，在上海办报办成了革命党，不知从什么地方把他太太老爷年轻时卖弄幽默的打油诗翻了出来，登报，一家伙就把老头子送西天了。为什么？他那些保皇党战友告御状，废帝溥仪褫夺了他的伯爵头衔，孤臣孽子的身份一丢，那活着还有什么意思？只好留取丹心照汗青了，嘻嘻嘻。

"是是是，那个气死老太爷的重孙子，有个孙子跟我同学，初中，徐汇中学。

"我也不说言归正传了——今天就随性吧，出口皆正传。因为鸦片战争打败了，有了百年耻辱——实际上是千年耻辱万年耻辱，因为我们中国人永远不会忘记，也不应该忘记，至于效果是鞭策还是负担，就看水平了——这水平么，至少现在看来不太妙，但还有将来嘛。当然，有了这百年耻辱，也就有了上海，有了江南制造局，有了交通大学，有了法租界英租界，所以就有了工业化现代化，有现代科技教育，有可以骂皇帝的报纸杂志，有阴谋共和的革命党，有妇婴保健医院，有煤气路灯自来水抽水马桶下水道，才有中国今天所谓的万年盛世。所以这百年耻辱，塞翁失马焉知非福，虽然洋人到中国来的目的，并不是要带给我们福气，而是来掠夺来剥削来睡我们的女人，当然，不包括很多传教士。没错，他们是为上帝牺牲而来的，但在做牺牲的同时也为中国人做了好多好事实事。

"不确切？噢，那个，当然不确切。迷恋西方文化不等于崇拜西方文化，像你我这样的，也算半个西方人了，有点头脑，哪里崇拜得起来呢？我这里的崇拜，意思是像崇拜耶稣那样的，不指崇拜贝多芬那种。西方问题一点也不比我们中国少。但这并不妨碍我们像崇拜贝多芬那样迷恋西方文化，不是吗？你不迷恋？你迷恋中国文化？也不？那你迷恋什么文化？阿拉伯文化！为什么？可以娶四个老婆？阿拉伯骏马！哼，那是，谁不崇拜阿拉伯骏马，真是巨马如龙。那你也该崇拜西方文化啊，像希腊雕刻，比不上阿拉伯骏马？你跟我开玩笑的？见鬼了，你什么时候学会这么开玩笑的，无赖一样？哦，芊芊说过，你有无赖气质——不不不，她说你像个 likable rogue（讨人爱的无赖），

likable，是好话。反正我不再啰唆你们那些鸟事——对不起用了粗字，这个鸟字，这样用，很有力气，powerful（强大），嘿嘿。这种鸟事，谁操心也没鸟用。内因是变化的根据，毛泽东也不是没一点哲学头脑的。

"崇拜的前提是无知，当年我很无知，所以崇拜西方文化。这样说起来很逻辑，但究其实，则不尽然：爹爹崇拜西方文化，欢喜自嘲，据说就是跟英国人学的。他年轻时贪玩，想周游列国，但爷爷不让，除非去念书，顺便玩玩，所以爹爹就留学英法美三国，在苏黎世和海牙都住过一个夏天。小时候家里吃夜饭，我们最希望他讲笑话，讲他的西方经历，那种嘲讽，钝刀子割肉不见血，心狠手辣，还有点像自嘲，跟鲁迅自嘲中国文化一个风格，所以对鲁迅，他思想上基本不赞同，精神风格却很欣赏，说他尖刻机智小心眼儿像英国人，而梦想做殉道者那种热情，又有点法兰西——当然，这后一句话鲁迅要是听见，大概会骂他'恶毒妇咧'（英文 old fool 译音，典出鲁迅短篇《肥皂》）。不过爹爹也不讳言鲁迅绍兴师爷睚眦必报的陋习。

"说到当年爹爹挥洒谈吐，我老忘不了他有一种眼神。高中时乱翻书学会两个字，针砭，马上就想起那个眼神：不笑的时候是两把锥子，就是针灸的针，专戳致命穴道；笑起来呢，两只眼睛横度里拉扁拉长，就像原始人手敲出来的石头刮刀的刀锋，看起来不锋利，没有寒光闪闪，不过用来砭人，想象那是种什么疼痛感？哦，砭就是石刀，古代的柳叶刀，动手术用，不会生锈，减少败血病概率，用来切皮放血、刮骨疗毒、剔除痈疽。爹爹欢喜针砭人事，体现在眼神里，藏也藏不牢，不过要看谁观察。据说'反右'时有人要定爹爹右派，局党委一个陈姓书记说，王总工说那么多帝国主义的笑话，怎么会是右派？这是后来'文革'时两人一起蹲牛棚，关系拉近，陈书记告诉他的。再后来改革开放，那时陈书记已经调北京工作，一次爹爹去部里做出国考察报告，又讲美国人笑话，陈书记会后专门请他去家里吃饭，告诫他现在改革开放了，要端正对西方的态度，不要太敌对。

"爹爹最后实在忍不住，告诉陈书记其实他从来就很欢喜西方文化。陈书记不信，说那你怎么老是嘲笑西方呢？爹爹说他什么人都要嘲笑一下的，这是剑桥牛津的传统。陈书记说，那怎么从来没听你说过我的笑话呢？爹爹说，我当面不说背后说呀，也是英国学来的。同桌吃饭的陈书记家人都捂着嘴笑。陈书记还没意识到，说，那你说个我的笑话我听听。爹爹真的就说了几个，把同桌吃饭的书记夫人孩子都给笑得直说，真像！真像！平时我们就不敢说而已。把陈书记弄得老脸通红，说要不得要不得，党的批评跟自我批评的优良作风，保持下去非要靠老婆孩子帮忙才成。呵呵呵，爹爹就是这么个人，对西方文化，越崇拜，越要嘲笑——不不，他不仅是迷恋，是崇拜，就像他吃咖啡，吃不出味道来，还兢兢业业吃了一辈子，不是盲目崇拜，可能吗？我不是强加于人，是爹爹自己说的，他崇拜西方文化。对，他就用这两个字，崇拜，崇拜西方文化。不过不是崇拜西方人。有本质差别。

　　"爹爹说文化面前人人平等，中国人跟希腊文化的关系，跟英国人法国人跟希腊文化的关系，没有本质不同，都是自己窝上去的。爹爹说有一次他跟一个英国朋友一起去卢浮宫看印象派绘画，正好碰上几个英国旅游者，一本正经评论说，画的东西怎么都模模糊糊？是不是画家那时太穷，买不起近视眼镜，看风景都是一片模糊？可能有人以为爹爹的英国朋友会因此发窘。不，那个英国朋友一点没发窘。我是我他是他，就因为他们是英国人，他们说蠢话我就得发窘？爹爹为此加倍钦佩他那个英国朋友。为什么？高山流水，为知音而奏，人类的优秀文化，为谁而作？从来都只是为人类中那'快乐的一小撮'。什么？可以欣赏，但用不着崇拜？知识分子绝不崇拜任何东西？嗯，不敢苟同。孙悟空、曹雪芹、爱因斯坦、耶和华、释迦牟尼、球王贝利、迈克尔·乔丹都能崇拜，为什么不能崇拜西方文化？西方文化带给全人类的好处，还少吗？哪里看不见？坏处也是随处可见，所以也可以嘲笑啊，不矛盾不矛盾。毛泽东还崇拜马克思呢，也是西方文化嘛。其实是说说而已，两人相像之处实在太少，要不，中国会变成什么怪物，那就难说了。

　　"对，爹爹很少嘲笑中国文化，不是癫痫头儿子自家好，而是他没兴趣，当然更谈不上崇拜。不过，他倒不认同胡适陈独秀的'五四运动'，胡乱自我贬低。他认为中国文化价值比谁也不低，就是很乏味。实际上他出国太早，十七岁，才念了多少国学，就乱发议论？我看他不贬低中国文化，也就是怕自己不懂多少，说错了，贻笑大方，是投机取巧机会主义——他很会见风使舵的，不然像他这个背景，就算政府用得着他的技术，解放后这几十年，能那么顺风顺水？只是表面上看不出来而已，狡猾着呢。你笑什么？别故意笑得那么阴险吧，大力，不像你。不错，我是有点崇拜爹爹。很崇拜，好了吧？从小就这样，老是希望得到他认可，说一句'阿四头也蛮聪明的'。爹爹老自恋的，一回忆过去就吹嘘自己，少年时如何如何英才卓发，读博士时把同学甩在屁股后面连五谷尾气都闻不到，却很少夸我们孩子聪明，连跟人夸耀都没兴趣。就是偶尔夸孩子，也是在家里，都是夸我哥哥姐姐。小时候我的心理创伤，太深沉了，耽于幻想，自己是家里的丑小鸭，有朝一日出落成个天鹅，结果发觉自己是个丑小鹅。呵呵呵！你大概不知道，我两个哥哥一个姐姐一个妹妹都很厉害。对，我说的是现在的成就，都比我高，都是搞工程的，都领衔做过超级项目，哪像我，弄几张破纸，在上面七涂八涂鬼画符，吃吃咖啡，弄两只小菜抿二两老酒，小乐胃。我这样讲自己，是讲真实感觉，跟现实恐怕有点距离，也就跟你讲讲，一般人会说我做作啊假谦虚什么的，又没趣又有趣，呵呵。

"我年轻时那个吃咖啡的朋友圈子，崇拜西方理所当然，现在回想起来，为什么会这样？上海基因只是一个基因，套用老毛的文化源流理论，都是流，不是源，源在哪里？在现实生活。哪些源？第一个'源'，文盲，文化之盲，不懂自己文化，优劣都无法判断，优，不产生骄傲，劣，也无法对症下药。文化骄傲，是一柄双刃剑。文化传承的第一要素，不是文化质量，而是文化认同，人要认同一个文化，一定要为之骄傲，所以世界上所有的人都为自己的文化而骄傲，变成了天赋人权，这是多元文化的副作用，使劣等文化因子得以承传，但没有文化骄傲，什么文化都无法维持。文化这东西，脾气怪，精华吧，你费尽心机保存，不一定保得住，糟粕呢，你想丢掉，常常是丢而不掉。所以'文革'那时我们看自己文化，历史也好现实也好，都一无是处。

"偷听敌台，美国之音、莫斯科和平与进步广播电台，听起来都跟我们是云泥之别。不错，那时偷听敌台被抓住，弄不好是要吃官司的，可是上海那时八段短波收音机那么畅销，都给谁买去了？超短波的唯一作用，就是听敌台，难怪外地有些地方不许拥有短波收音机，当时上海知青带着短波去上山下乡，被没收，觉得那些乡巴佬没头脑到了不可思议的地步，现在想想，这些乡巴佬最有逻辑头脑，多花那么多钱买短波，不就是为了偷听敌台吗？回想起来，上海因为偷听敌台进牢监的，相对较少，大概因为偷听的人太多，那些处理偷听敌台的官员，想到将来万一自己偷听敌台也被抓住，要进牢监，还是现在对别人仁慈一点好。不是我瞎猜，复旦大学'文革'后，坦白承认偷听过敌台的，教师里至少有百分之六七十，剩下的都是出身好留校的，一是比较稠头（脑袋不灵活），二是一个月才五十八块钱，一个短波要七八十上百块，肉痛，不如寄回农村老家给父母贴补家用。

"第二个'源'更重要，就是欲望。人的第一欲望，就是过好日子，实际上就是物竞天择适者生存的生存法则。新政府要改变人，那时叫造就一代社会主义新人，新在何处？要吃苦，要禁欲，掐死了人类之所以生存至今的两大动力，个体生存欲望和类的延续欲望。还有人类第三种基本欲望，也是文明发展的第一必要条件，self-assertion，自我张扬，这欲望更加压抑得变态，要变成革命机器上的螺丝钉。我们这些人，'文革'开始就变成了所谓'可以教育好的子女'，意思是我们本质不好，经过教育有可能变好，具体含义就是变成一颗小螺丝钉，不是大螺丝钉，换句话说，就是社会上一切好事，参军上大学做干部，都轮不到我们——我们家四个都是'文革'前考上的大学，我那些堂弟堂妹，没出过一个工农兵大学生。

"对任何一个想活得有点尊严的人来说，唯一的选择就是反抗。不过反抗要付代价：积极反抗就是做反革命，坐牢，甚至杀头，代价太大，要勇气，我当年还没碰过女人，绝对没有勇气。剩下的只有消极反抗。我们这批朋友，聚在一起吃咖啡，就是反抗，既有 carnal pleasure（肉体快乐），咖啡是食，男女交往是色；也有文化向往，交流对西方生活方式的认知让我们觉得有别于芸芸众生。这种自我张扬，现在看起来极其可怜可笑，当时却让我们多少获得一点尊严感。哪怕是自欺欺人吧，有没有尊严感大不一样，至少有助于抑制自杀倾向。你别笑，我也有过自杀倾向，时常幻想有朝一日跟女朋友一起自杀，当然是做爱以后：青春鲜洁的肉体，雪白手腕上割开了青色脉管，流出的血像红绸带一样秾艳，有几点溅上乳房，一弯弧线像一声优美的叹息。你笑吧，大概在想：哦，廉价的香艳。

"当时我的感觉是崇高，感伤的崇高，大概归功于歌德的那本小书《少年维特之烦恼》，呵呵。年轻多好，想象越狂野，越享受。现在不行了，怎么想象，都不享受。不相信了哇。青春，应该叫青蠢，麦苗青青，不成熟，所以蠢，青青的愚蠢。很多享受，愚蠢是前提。享受与愚蠢一起消逝，焦虑随智慧生长。也许有人会引用庄子说，你那个智慧是小智慧，大智慧超越焦虑。最近我没事时，倒是好好翻了一遍庄子，从心理学角度看，整个庄子都可以看作作者进行自我心理治疗，主要手段是自我暗示，企图超越常人都难以体会的焦虑，那焦虑的种类之多、之强烈，有史以来罕有其匹，可以说是焦虑的集大成者，相近的大概还有李白。当然，也有可能庄子写了这些以后，真的超越了焦虑，也未可知。也许庄子是真正的 superior intellect（最优心智），你我都无法望其项背，所以不知其几千里也。

"不不不，那天我没有立刻陷进去，虽然爱莓第一眼留给我的印象，可以说刻骨铭心。你别笑，我知道这个成语是描写仇恨的。我原想用那个英文字 indelible，不可刊灭，意思相类，但没有烈度。就像我要一瓶用来杀人放火的伏特加，你给我一杯做醉虾用的女儿红。我当时的感觉，是咬牙切齿，真的，真是咬牙切齿。我一看到她进来，刚刚暖和过来的手脚又冷得发抖起来，牙齿格格格上下打架，不得不狠狠咬住牙齿，才不至于出洋相。描写一下她的出场？我还真没什么文学细胞。高中文学课也讲过什么《红楼梦》里贾宝玉、王熙凤出场如何如何艺术，也许依样画葫芦，照搬一下？不，不行。倒不是面子问题。跟在曹雪芹屁股后面，能跟得有点样子，是风雅韵事。我没那个水平。我还是给你白描一下吧，你用你自己的想象补足。要补不足，也没办法，好事情不是每样你都有份儿，对不对？"

第二十一章

咖啡滚了半天，也没人喝。王教授切断了电源。

"我跟宋幼玮进门时，爱莓不在房间里。杨宗庆是跟我第一次碰面，介绍寒暄了一歇歇，杨宗庆突然问，阿玮，琪琪呢？我当时还不知道宋幼玮有个妹妹叫宋幼琪，只觉得杨宗庆叫琪琪两个字，跟他的形象很不配。杨宗庆是个伟男子，不仅由于他个子高大。他面部轮廓是硬线条，骨骼瘦而宽大，是个门神胚子，两只脚长得像人工装上去的一样，眼睛不大，但很长，看人时表面亲和，但很给人压力。不过他吐出琪琪两个字时，我有种说不出来的感觉，好像他极其宝贝这两个字，像穷孩子第一次吃大白兔奶糖一样，含在嘴里舍不得咀嚼，从左腮含到右腮，又在舌头上下翻来滚去，弄得香甜气软汤汤地，把人都给化了。细细回想起来，其实杨宗庆说琪琪这两个字时，声音表情都没什么变化。怎么会给我那种感觉呢？只有一种解释，这两个字对他来说，已经具有咒语的魔力。当然，这一刻对杨宗庆，有点宿命的味道：他把琪琪这两个字种在我的心里，也开始失去爱莓——那时虽然他俩还没正式谈恋爱，但在大家眼里，这已是一个既定事实。不过，杨宗庆可能不认为他失去了爱莓，毕竟，最后爱莓还是嫁给了他，我的女儿还跟他姓。爱莓到底那不那个……爱……他？哼，我倒没细想过，也许，不是没有一点感情的吧。不过我可以肯定，她爱我——也许确切一点说，'更爱我'？嗯，有什么地方不对头！对，我一直叫她爱莓，我从不叫她琪琪——琪琪这个名字，是杨宗庆专有的。别人都叫她阿琪。

"宋幼玮说他以为爱莓早就来了，要不就是去玩什么'更好玩'的事情。有几个人显然对宋幼玮的用词不满。'更好玩？还有什么更好玩的？再去抄家？'宋幼玮装作没听到这些话。后来我知道，爱莓有点烦这些'吃咖啡朋友'，常跑到另外一个欢喜念俄苏文学的圈子里去玩，大多是些文艺界和落难干部子弟，而后者在'文革'开始时曾非常起劲地抄这些'吃咖啡朋友'的家，顺便也拓了不少便宜，字画啊、首饰啊、洋货啊什么的。所以这些吃咖啡朋友，对那个圈子是很有敌意的，连带他们对俄苏文化情有独钟，也成了藐视的理由。是是，吃咖啡朋友眼里只有英美德法，也是留学生带回国的偏见，东欧俄国日本都是乡下人。

"杨宗庆显然很在意爱莓的缺席，但他却仪态从容，端了咖啡壶依次给大家倒咖啡端方糖。当时买不到咖啡，却依然有方糖卖，有一部分人买来吃牛奶红茶用，但吃牛奶红茶的人很少，更多人愿意多花几角钱买方糖当砂糖用，大概是希望人们把他们跟吃咖啡这种西方生活方式联系在一起吧。

"那是我第一次吃黑咖啡——上海人叫'清咖'。老枪吃咖啡，不能加方糖，这类事上海法租界的'老克拉'很讲究，也算一种无害有趣的小虚荣心吧。'老克拉'知道吧？'克拉'据说是 classy 的译音，有派。那时老克拉很讲究谁会谁不会吃咖啡，会不会拿刀叉，会不会做土豆沙拉油，蛋清打得浓浓的，筷子插上去也不倒。这些老克拉还欢喜一帮人躲在阁楼里鬼鬼祟祟比赛打领带，看谁能把领带打成一个硬扎扎的正三角形。总之，很 frivolous（庸细琐碎）的一伙人，胆小，有点势利眼，应该说很势利眼，但绝对无害。我当时就跟这么一帮人混，暗地里叫他们'有教养的势利眼'。呵呵，a contradiction in terms.（用语自相矛盾。）

"他们给我特别大的一杯咖啡，热气腾腾。我一端起杯子，就觉得很多人虽然各忙各的事情，眼睛看哪个方向都有，但都似乎很注意我。我以为是自己新来，宋幼玮又介绍我是'复旦高才生'兼'吃咖啡老鬼（念'居'）得要命'，所以引人注目。那时大学生少，胸前别个复旦校徽在街上走，回头率很高。当时我不知道，这帮所谓的'咖啡老鬼'实际上应该叫'咖啡阿Q'，都是精神胜利法，精神上吃过很多咖啡，所以特别希望见到一个货真价实的老枪。

"我当时直觉到大家都在注意我，本能地就模仿爹爹吃咖啡那副腔势。其实我根本就没吃过真正的咖啡，可是因为冒充咖啡老枪跟人谈咖啡经谈得多了，好像自己真的会吃咖啡了，所以端起咖啡来，鼻尖下绕了几圈，深呼吸，屏住，那个香啊，肺叶都像广玉兰的大白花骨朵伸懒腰一样，宽宽地舒展开来。这时听见门锁咔哒一响，有人进来，接着听见一个女孩叫：'长脚阿大，长脚阿大，阿琪！阿琪来哉！阿琪来哉！'压低了嗓子叫，好像怕惊扰了什么，大概把我吃咖啡当钢琴独奏，看西洋景。后来我知道大家都叫杨宗庆'长脚阿大'，因为他给人第一印象不是个子高而是两条钢筋一样瘦长有力的腿，家里又叫他阿大——那时他又不跟家庭划清界限了，好白相呕？

"我当时咖啡已经端到下巴尖尖了，非吃不可。啜饮第一口前，还好奇地往门的方向瞄了一眼，隐隐约约，来人的脸是白白的一小片，高浮在周围人的脑袋上。我脑子里想这女小囡人哪能介长（那么高），小时候吃错药过？这时人突然浑身发冷，冷得要发抖，眼睛里全是那白白的一小片，心里奇怪：我吓（he，入声）啥事体（我怕什么）？一分心，手一抖，小半杯滚烫滚烫的咖啡泼进喉咙。那是一股铁水往下流啊。忙屏气对抗。实际上应该吐出来，但怕丢脸，就硬撑着，几乎都撑过去了，这时咖啡的苦味从滚烫背后透出来，又蔓延开去。那种苦味，厚、重，像浸透泥水的稻草垫，慢慢压到你身上，然后一条条一丝丝四面八方无孔不入地渗透开去，整个身心都被它缠绕住了，沉甸甸的，一层一层包裹起来，最后，轰隆，爆炸——那是我一辈子最惨痛的一次咳嗽，原因当然是我一点小小的虚荣心，但回想起来——不不，哪来那么多哲理教训好发掘的？应该说，十分有趣。

"热咖啡呛进气管里的味道，不知道你尝过没有。你第一个本能反应是不能咳嗽，你强忍着不咳出来。忍着，忍着，好像真能忍住。然后嘴唇这最后一道防线失守，扑哧一下滋出一股小喷泉，像汽车轮胎扎进一根细铁钉，往外一抽，高压气体从一个小针眼里飘出来，撕出一个裂口。咳嗽的另一个结果就是把许多咖啡咳得深入气管，导致更厉害的咳嗽，而更厉害的咳嗽又把咖啡咳得更加深入，带来更厉害的咳嗽，于是形成一个恶性循环。雪上加霜的是，我还企图压制咳嗽：我知道已经出洋相了，但还希望洋相不要出得太大。越压制，越咳得厉害，洋相也出得越大。这时我听见一个细细的、懒洋洋的女孩子声音：压不牢的，越压越咳，越咳越结棍（厉害），好白相！老好白相噢！然后细细地笑，大概看到我出洋相的样子很开心。

"也是鬼使神差，我竟然就听信了她的话，忘了嘴里还含着半口咖啡，放开喉咙就咳了出来，哗啦，井喷一样喷得个一天是介（到处都是），余沥滴滴答答淌落胸口，刚上身的一件做了新布面子的旧丝棉袄，完结了。恍惚间听见有人小猫一样一声喵呜，大概被我喷了一身，接着又是细细的连续不断的笑声，边笑边说，好白相噢！老好白相噢！老老好白相噢！看他这副吞头势（模样），阿吃过咖啡呀？

"哈，原来我这洋相，一半是她逗弄出来的！尽管我咳得死去活来，这时还忍不住瞟了她一眼，见她前襟一片咖啡迹龊，一只手筋骨里瘦，捉着一方青底白花的手帕在那里乱抹乱擦，一边还枉自在那里笑，笑得身子直晃，声音却还是细细的。看来这女孩子属于促狭（ke入声）类型，为找乐子可以在所不惜。这时我咳嗽猛烈得眼泪直流，可是舍不得闭上眼，隔着泪眼打量她。她个子大概比我稍矮一点，穿一件男式的米色滑雪衫——那时候刚开始流行滑雪衫，都是原来出口的，后来外贸不能正常交货，很多转了内销，特别贵，要一个青工三个多月的工资，难道她家有人工资没减？后来知道，这件滑雪衫是她另外一个圈子的朋友，搭上专做出口服装的上海服装工业公司一个造反派小头头，带他们去仓库玩，每人都'拿'了这么一件衣服。还都挑的时髦猎装式样，左袖管上缝有装大号猎枪子弹的袋子，感觉邪其崇（特别好）。滑雪衫有雪帽，但她把雪帽往后一披，一条超长紫红围巾在脖子脑袋上绕了好几圈，进屋也不解开，露出两只又长又细的眼睛，分得很开，像两个圆圈切掉了下面的三分之二，有点倒挂地弯在一个极宽极大的额头下部，颇有喜剧效果。

"我有点小小的报复欲望，但我，呵呵，虽然在傲慢方面有点天资，对叔嫂斗法姑妇勃豀之类的手段，却有点轻蔑，何况做起来还是一窍不通的。不晓得哪根筋搭错了，我盯着她可笑的眉毛看了

两秒，莫名其妙就开了口，'八字眉，吊煞鬼，踏杀你介只小乌龟'。（'鬼''龟'二字均念'居'）

"她面孔顿时结冰，大概绝对想不到我会来这么一手，当然我自家也没想到，再说，根本就不知道自家脑子里还藏着这么一首上海弄堂里的儿歌。后来她说我当时尴尬得一副'赤乌面孔'（大解困难时用力的表情），我却只记得她一脸冰霜瞬即融化，两条八字眉中间一塌，跟两只弯弯的眼睛平行，看起来像两个并排的、中间空得很开的数学符号约等于'≈≈'。看来她是假八字眉，开心时欢喜把眉毛竖起来，她是两条长眉，额头特别宽大特别白，一竖起八字来，那个夸张啊，嗨，没有闲话好讲哉。我刚琢磨清爽，看见她又用手帕抹抹衣襟上的咖啡迹龊，然后三根手指瘦兢兢拈起，变换角度扫描两下，右嘴角瘪出个浅坑，食指轻轻一弹，手帕弹落到我腿上，说，湿嗒嗒，揩也揩勿清爽哉，就走开了。我注意到她走路步姿有点一跳一跳，上海人叫长脚鹭鸶。

"我捡起手帕，想她最后那句话是什么意思：是叫我也擦擦呢，还是把手帕扔掉，不要了。前者可以夸张为抛绣球，后者怎么解释也带点侮辱意味。我想不出个所以然，看看手帕，捏捏，半湿，没点暖意，大概她是那种手脚一直冰冰凉的人。再一想，怎么也是花钱买来的吧，洗干净还给宋幼玮吧，那件滑雪衫是赔不起的。后来想想，其实当时我对爱莓，已经有点来电了，因为照我当时的小公鸡脾气，哼哼，拿手帕掇（丢）在我身上？

"宋幼玮开始说一个笑话，大家合谋好那样的，起劲地听着笑着，好像刚才什么都没发生。我猜想大家是不想我太窘，就站起来东走走西站站，好像一点不窘，这场戏大家都演得到位。其实我还有个目的，从房间各个角度、在各种光线条件下观察爱莓，看有没有一个情况，她长了个'刮三'面孔。是真的，我是找缺点，是审丑，不是寻美。也许是找个理由讨厌她？也许下意识里我知道自己已经欢喜她了，但又有点怕？那时我还是只童子鸡，梦中情人是一个古典气质的女孩，会写诗填词，床头靠窗有张古琴，下雨时弹弹《风入松》。可这个爱莓，一切都正好相反，洋里洋气但又不到家，还是个打篮球的，就算有点文化素养，也不会高。我的爱情，难道就这么交代了？我猜想下意识里我害怕，怕自己真会爱上她。为什么这么猜想？心口潮汴汴的——爹爹曾告诉我们三兄弟，悄悄的，表情严肃，说要男人的那个地方有'动感'，才能肯定你是否陷入爱情。我没有动感，就是心里潮汴汴的。那是一种从来没有过的感觉，所以想这一定跟爱情有关。

"那天我没再跟她说过话。不不，没有审到丑，但也没有寻到美。那天吃咖啡的有四五个女孩，都长得不瘫板，其中有一个混血儿，母亲是个姨太太，就是小老婆，号称白俄公主，其实是'十月革命'后逃来中国的俄国犹太人，大部分是小业主，有点浮财，花光了，只好操持贱业，女的有点自然优势，混血多的，金发碧眼，就去百乐门啊这些地方货腰，做舞女，属于半公开的高级妓女，这些人最好的出路，就是被哪个小开看中，娶回家做小。这个混血儿大家都叫她咪咪，不是真名，大概因为她学过一点歌剧，会唱《波西米亚人》里咪咪的几个唱段。不，我不知道她的真名，不是忘了，从来就不知道，没问过。但她真属于漂亮得弹眼落睛的那种，到哪里都刷刷刷一片注目礼。我曾经在马路上撞见过她几次，也'刷刷刷'过，原来以为她也住在我们那个地区，后来知道不是，是虹口公园那里过来的，好像是谁的高中同学，师大一附中的——'文革'前一附中好像比二附中名气更响。

"在那个圈子里，爱莓来之前，咪咪是中心，爱莓来了以后，她就立刻成了中心，连咪咪也围着她转。男的呢，当然是杨宗庆啦，别看他长得墨澈乌黑，穿上印度服装绝对就是个阿三，但他有块头有风度，为人还很大度，说话不多也不够风趣，却充满，怎么说呢，俗世智慧，嗓音很亲切，低低厚厚的，老使人想起胶木唱片旋转时，背景上那种轻微的嗡嗡声，极富磁性，而且从来没有废话大话，为人低调，却使人不自觉就要听他的。我后来跟他成了情敌，对他也从来没买过账，但一到他面前就瘪掉了。为什么？愧对朋友？大概也有一点吧，但主要恐怕不是这个。这是个谜，谜底连我这个数学头脑都完全分析不出来。我有个猜想，他举止中似乎总有种暗示：把我当你大哥吧，我会容忍你理解你照顾你的。大概是这种心理暗示在起作用吧。我想他不懂心理分析学，不知道 patronizing（上位者对下位者的亲切保护态度）为何物。他是天生的，天生一个好人。

"本来我们应该是好朋友，可是……唉，不谈。

"你大概没注意，我前面说过爱莓在这群人里，长得太一般了，甚至可以说是最不够漂亮的一个。也不是爱莓比咪咪耐看。咪咪很耐看。她姆妈是绿眼睛——不，咪咪不是。遗传学是你本行之一，再纯种的Nordic，北欧人，金发碧眼比率最高，跟亚洲人配种，生出来的孩子绝不可能是金发，最多是淡一点的褐发，碧眼根本不可能。不，咪咪是黑眼睛。你曾经说过，东亚人都自称黑眼睛，其实是深褐色或偏深的褐色，真正的黑眼睛，在地中海沿岸某些族裔里有，也不多，所以发现一个，都很当回事，要编成歌来唱。咪咪眼睛当然没那么黑，但仔细看，眼睛里时时闪出一片深墨绿，绝对耐看。嗨，别乱猜，不欢喜这对眼睛是不可能的，但这不等于那个，是吧？这么说吧，如果这对眼睛长在爱莓脸上，那就是我的福气了。

"我们这批吃咖啡朋友，虚荣心有一个特点，讲究卖相（长相），卖相面前一律平等。卖相不行，进不来这个圈子。是是是，这批人，一群三等公民，摆出一副人人都要拍他们马屁的样子，自我感觉太好，实际上他们就是靠这个自我感觉活命的，非常 pathetic（可怜到可笑的地步）。可他们就这样，也算一种对社会的 defiance（不买账）。其实这样说很，嗯，皮相，不过今天不说这个。嗯，上海人说的卖相，不等于长相。甲长得比乙好一点，不等于卖相一定比乙好，还要看是否有特点、举止风度、气质谈吐、有没有诱惑力，等等。比如说那天有个女孩，叫七七，长得算不错，但放在咪咪边上就没看头了。可是她照样引人注目，因为她肤色眼神举止都给人一种清淡的感觉，书卷气，一看就想起苏州的书香人家，种一丛紫竹，投影在影壁上，瘦灵灵摇曳。还有个女孩，叫阿苏苏，五官单独看，没一个抢眼的，但搭配在一起，就是看得舒服，上海人叫'适意相'。

"还有个叫慕向羚的，昵称响羚羊，五官皮肤都还过得去，就是身材极有特点，不很高，一个细长的圆柱体，像那种一碰就会碎的长颈花瓶，男男女女见了她都想呵护一番。实际上这个看来弱不禁风的女孩，是这个圈子里最 tough（经得起摔打）的，而且有心计，那个圈子里的男的，没有一个没追过她，对，就我除外。杨宗庆？他大概也除外吧？不晓得。不，不是我不欢喜她——我很欢喜她。她是天生来诱惑男人的，不仅是男人，也诱惑女人——我想她不是双性恋。如果是，她现在应该有一个妻子。对，她在美国，旧金山，嫁给太阳微电子元件公司的一个 VP（副总）。你大概以为是女攀高亲，是不是？我错了？错了就错了。她嫁给她的下级；她是公司的 Managing Director（总管，下属包括各部门 VP）。她的故事可长了。

"响羚羊先嫁了一个比利时人，去日本，到日本半年左右就改嫁了一个意大利美男。这个美男智力平平，仅有的一点都用来追女人，所以她很快就改嫁了一个德国人，从那不勒斯搬到索尔斯堡，住了半年，就跟到加州伯克利念博士，生了个孩子，男的有外遇，又改嫁给德国人的博士导师，呵呵，生了两个孩子。突然想念书，教授丈夫说她不顾家，要念书就要离婚，不想离婚就不要念书。其实这个教授是不放心。加州有钱人多了，放这么性感的女人出去混，不被人抢走，那是奇迹。教授太舍不得她了，所以要拿她一把。不料响羚羊出国日久，英文过了关——实际上她的英文非常好，大概因为看了很多很多courtroom dramas（打官司的电视剧），也懂点法律，就打了离婚，得到的赡养费是她教授丈夫工资的一半，她读书期间的学费生活费都不成问题，孩子也是共同监护，但跟她住。响羚羊是初中生，基础太差，SAT 考分不高，进不了加州大学系统，只好进加州州立大学系统，都是四五流学校，苦念五年，才拿了一个副学士学位（相当于中国的专科文凭）。进公司从最低级文员做起，同时念 MBA 夜校，没拿到学位，VP 却拿到了手。追她的人多了，她丈夫说全公司的人都在追她，就被他得手，自豪得快要死了。对，我跟她有联系，一两个月通个电话，出差顺便一块吃吃咖啡。她家庭背景？好像也是资产阶级吧？记得当年那伙人聊天，最欢喜回忆——创作成分很大的回忆——过去的好时光，很没出息的。她从来没'回忆'过。据爱莓说，响羚羊爹爹还是资本家的时候就没什么钱，不做资本家了就更穷，晚上睡觉裤子要折好放在床板上压裤缝。上海有不少这样的资产阶级，穷得要命的资产阶级，那种多样性，可惜没什么人研究，很快就会湮没无闻。

"她出国后就没回去过。她说她是死也不回去的。有一段时间公司叫她回上海主管中国分部，逼得紧了，她威胁说非要她回去，她就跳槽。不过所有关于上海的文章，她都要看的。她后来评上过一次《商业周刊》的'本月主管'，出了名，使领馆国庆招待会请她，她不去。

不过中国学生会请她，她都去。噢，国内水灾地震什么的，捐钱都少不了，除了私人捐的，还让公司捐助，那就是大款了。我有一次问她这么死不回去，是不是太过分了？她斜眼看了我半天，没回答一个字。我想她大概心里把我骂得很厉害。嗨，中国把她伤得太狠了。

"我们这批吃咖啡朋友，她应该说混得最好，其他的么，大都差强人意吧，像我这样的，也有几个。杨宗庆成了体育官员，退休时大概会是个副局级还是局级，不知道算不算混得很好。他家海外亲戚多，资产雄厚，兄弟姐妹都出来了，跟亲戚混，都混了几个铜板，最欢喜回去探亲，买很多名牌到处送人。就他不肯出来，要为国争光。当然也有混得很惨的，像宋幼玮，原来也当上了个小官，要是不出错，跟着杨宗庆，大概也可以混个正处啊副局啊什么的。可他婚姻不顺利，把一个重点培养的运动员肚子睡大了，发配到下面去做教练，不知怎么就染上了一个癖好，专跟自己的运动员谈恋爱，一个老婆都没捞上，肚子睡大了好多。开始也就是批评批评、写写检讨，后来立法保护未成年人，他好像根本拎不清楚，睡了个十六岁的，结果被判了三年刑，还好大家都知道他不是玩弄女性，是真想找个老婆，大家帮忙，就弄了个监外执行，教练自然也做不成了，又没有一技之长，想想自己曾经收集过银器，搞搞收藏吧，还真赚了点钱，可是好景不长，受了骗，钱都赔光不说，还欠了一屁股债，现在年纪大了，都是靠家里亲戚接济，前几年据说想借钱自己开咖啡馆，现烤现做，后来就没再说起。

"响羚羊为什么对男人那么有吸引力？这可以做你的研究课题，呵呵。当年就有人奇怪，都讲不出所以然，宋幼玮甚至还怀疑她是不是有什么秘方，因为他追她的时候，说每次跟她耳鬓厮磨，都觉得她特别好闻。不是香味，也不是中药——有人把一些中药炮制好，放在衣橱里，据说又防虫又好闻。我当时觉得他胡说八道。别以为我暗示是天然体香，我没那么科盲。不知道宋幼玮跟她亲热到什么程度。反正，她不是一个 sleep-up（靠跟人睡觉往上爬的人）。

"等等，让我想想。好像科狄司，响羚羊丈夫，开过一个玩笑，说他们公司有个人追她追得神叨叨，观察更是精细入微。他说响羚羊的性感，主要在她的举止。他问，你们有谁看见过一次响羚羊伸手出去，是笔笔直伸出去的？有谁见过一次响羚羊看人，是身体眼睛手脚都正面对着对方的？从来没有过。有人跟他打赌，找各种由头递东西过去让她接手，每一次响羚羊伸手出去，都不知怎么的会这里弯一弯那里屈一屈，或者是肘部，或者是腕部，或者是手臂跟身体的某个部位形成一个微妙的角度，一双手手掌略宽于手腕，说不出的纤长柔婉，不露骨相，肌肤细洁，指掌舒展间犹如水波流动。她看人也是一样，眼球、眼睛、脸、脖子、肩膀、上身、下身永远不会处于一条直线或一个平面上直直对着你，永远有个角度。文学一下，角度出心跳，角度出品位，角度出媚惑，角度出艺术。

"响羚羊的那个崇拜者十分肯定地说，他查过《大英百科全书》，说响羚羊受过最严格的举止优美的训练，那种训练只有中国才有，而且只有中国最有文化的贵族女儿才有机会学到，而响羚羊是这些女儿中的佼佼者。这无疑是把好莱坞创造出来的中国女人最性感、最懂诱惑艺术的神话发挥到了极致。不过响羚羊肯定充分意识到了自己对男人的诱惑力，甚至可能本能地将自己举止的诱惑力发展到了极致，也可能自觉不自觉地充分利用它来达到自己的目的。我觉得她除了读书不太行——这也是怪事，绝顶聪明一个人，英文很好，发音比我还好，就是一个学士学位也读不出来。除此以外，可以说是上海女人最优秀的一种，而且人很正派：不能说善于利用女人的天然优势就是不正派。智力、体力、魅力、美丽都是上帝的赐予，为什么充分利用智力体力魅力都行，充分利用美丽就不行呢？照女权主义说法，应该又是男人的偏见，因为自己追求美丽的欲望受挫，便从道德上贬低它，呵呵。

"怎么扯出去那么远？也好，给你个天下大势，看爱莓在这些女人中，凭什么立足？凭什么成为中心？我没有答案，只有猜想。也许，因为她人长得长。她说小学中学她最有办法叫男孩子听她话。什么办法呢？就是哪个男孩子不听话，她就当全班学生面，跟他比高矮。通常她至少要高人一个头。怎么办？比人矮一头，只有听人话。当然那时还是小孩子。不过有个心理学研究说，高个子在人群中有自然优势，就像一盘石头，随意搅弄，怎么搅都是最大的石头跑到最上层，居于中心地位。我欢喜她人长得长？也许，但最多是部分原因。最直接的，大概是她一见面就捉弄了我一回？不知道。反正我就欢喜她了，也不想刨根究底——能理性分析清楚的感情，是否可以叫爱情？而人，总想尝尝爱情是什么滋味。这个欲望，也许是人之所以为人，也是人的诅咒。她到底怎么个迷人法？有趣，谈她谈到现在，还没有谈到她怎么迷倒我的，其他女人怎么迷倒其他男人，倒是说了一大堆，大概也说得有点层次，哼，奈何。

"喏，这么说吧，芊芊就是爱莓的青春版，芊芊怎么迷倒你的？我猜想开始芊芊一定想压你一头，你反抗，这么一来一去，这关系就越拉越近越拉越紧，然后就……到了那一步。这是征服强者的游戏：她先企图征服你，你反征服，然后她让自己被征服，你一旦觉得自己征服了她，陷入爱情，她也征服了你，这时你才知道，你从来不曾真正征服过她，至少不是你想象的那种征服。不过，征服这个字眼，不准确。征服是主人跟奴隶的游戏。我相信你和我，我们寻找爱情，不是寻找奴隶，当然更不是寻找主人。应该说是寻找同类，更准确点，是在别人身上寻找自己，站在同一层次，欣赏你尊敬你，更重要的是，还愿意让你侵入她的内心世界以及这种侵入可能带来的一切灾难，你寻找的是别人，满足的是自己。这个游戏内在的理想主义，决定了它跟现实的距离，不可逾越的距离。由于其不可逾越，所以才有很多自命不凡的笨蛋，舍命地想去逾越，因为不去逾越，你一点机会都没有，你去逾越，就有机会，虽然是失败的机会。这大概是上帝玩弄凡人的一个游戏，你知道是个陷阱，但你不得不跳，因为你忍不住要跳。跳是个欲望，上帝造你的时候，就写入了你的基因。

"我实际上没听起来那么悲观。我天性快乐，有很强的生活欲望，刚才那些悲观主义，也不知道怎么来的——大概 got carried away to this point by the logic of an incidental thought.（被某个随想的逻辑力量推得跑题跑到这个地步。）咦，我怎么突然哲学起来了？这不是我的强项，但忍不住，这也写入了我的基因，呵呵。不谈不谈，谈爱莓。爱莓。嗯，这个名字，你发音时啮啮嘴，对，啮嘴，品尝这两个字，就跟品尝鱼子酱一样，要用舌苔底部压碎鱼子啮出汁液来。试试，试试，是不是有点甜味？你知道，Ami 这个名字，常用译名是艾米，她爸爸特地改作爱莓，让人想起初夏清晨，一个小姑娘，赤脚，踏着青草上的露水，去河边采莓子，蓝莓、黑莓、红莓、草莓、鹅莓、覆盆子莓，采两个，吃一个，又甜又酸，满口生津，嘴唇染上了颜色，紫、红、蓝、黑，用手背左一擦右一擦，再往身上一抹，抹在雪白的连衣裙上，噢，这些联想，我大概就是被自己这些美丽的想象迷惑了几十年。往大里说，所谓爱情，大概就是爱上自己的美丽想象？这个想象，可能有事实根据，也可能没有。爱莓！爱莓！是你要爱莓，还是莓很可爱？呵呵。

"爱莓跟芊芊，这母女俩很像，个性很像，长得也很像，不过芊芊大概稍微漂亮一点，爱莓皮肤更好一点，细洁密致，丰泽光爽。对了，爱莓唯一称得上漂亮的地方，就是她的下巴，比一般人略长一点，是尖下巴，但尖而不刻，下巴颏上有点圆润。芊芊也是尖下巴，但稍短一点，不过更翘得厉害一些，下巴上还有个小酒窝。小时候大家都说她下巴像三角刮刀。芊芊跟爱莓，都有点促狭，欢喜捉弄人，欢喜幸灾乐祸，也欢喜打抱不平，play God（扮演上帝）。不同的是，芊芊外露，咄咄逼人，把人捉弄完了或帮助完了，拍拍手，扬长而去——对她来说捉弄人帮助人没什么区别，所以她没什么朋友，也不欢喜交朋友，除了她那一个篮球排。爱莓就不同，她捉弄人也就是好玩，过后还会想办法弥补，就是跟人做朋友，所以她朋友极多，好像她打你一拳，你很疼，她再撸你一把，你很舒服，希望她再打你一拳，为的是打完后她再撸你一把，有点受虐倾向。咦，我是不是在说她们坏话？这两个女人，是我生命中最重要的女人。噢，不不不，大力，你别乱想。芊芊跟你完全是两回事，绝对不是扬长而去，不是。真的，那次她问起你，我觉得她有点怕你，怕你比她聪明，更怕你扬长而去。以己度人，活报应。毕竟，她们跟我们一样 vulnerable（易受伤害）。我们的恐惧，也是她们的恐惧。她们也是明知是陷阱也忍不住要跳。她们……啊，咖啡都冷了。东方既白。"

第二十二章

从王教授的反应看，我的脸色一定非常不好。我虽然不至于真的认为芊芊捉弄了我一场然后扬长而去，但王教授哲学才能的大发挥给了我一种全新的眼光看芊芊——还有自己。模糊中有一种感觉，好像王教授的昨天，就是我的今天甚至明天。更令人困惑的是，如果芊芊是个陷阱，我是否已经跳到底了呢？如果没有，我是否要继续跳？我隐约感觉到我也许还会跳，为什么？因为跟她做爱像食髓知味？还是希望她再打我一拳？

我起身把窗帘全部拉开，让晨光和草木清香从纱窗里透入，又是大自然欣欣向荣的一天。

王教授一脸倦怠，斜睨着天边逐渐浓重的朝霞，眼里慢慢凝结出一种遥远的灰暗。

王教授这么一讲故事，是否也突然发现，可以从一个全新的角度来看他跟芊芊母亲的故事呢？我猜想这故事虽然已流入其血管，但他恐怕几十年都没对人讲过了，今天这么一讲，一定发现这故事的内涵，远远超过他以前的理解。

我不想就这么离开。这一夜，将来会越回忆越丰富，应该有一个更好的结束。但王教授无论如何也不肯继续讲故事，推脱说你该去实验室工作，都打过几个电话了，我的故事过两天再说，精彩的才刚开始呢。我却无端地感到王教授好像不想讲下去了。

离开时王教授说，还有个把星期芃芃就要开始夏季学期了，他正好去北卡陪爱莓在美国到处跑跑。我问芃芃跟他关系如何。他说芃芃跟他比跟杨宗庆还亲。芊芊好像也说过，王教授有很多女学生为他疯狂，包括她妹妹这样的准学生——他辅导过她高考英文和数学。芃芃甚至幻想过，她也是王教授的女儿。我心说，芃芃欢喜你是一回事，是否会看着自己母亲离开父亲而不作一声又是一回事，何况杨宗庆恐怕虽然个性不如王教授有魅力，却是个很慈爱的父亲。这话当然不能说的，但我觉得作为朋友，至少应该做点什么。

"你跟芊芊讲过你的打算吗？"

王教授说他希望芊芊置身事外，因为杨宗庆一直视芊芊如己出，比对芃芃还宠。我又问爱莓是否跟他一个想法。他顿时警惕起来，直视着我，这时我发现王教授的眼睛还是有点"凶"的。他说他刚才都不想再讲他的"乏味"故事了，怕浪费我时间，但现在看来非讲不可。"我离开之前，你非得再给我两个钟头。你要知道，当年我跟爱莓，虽说是儿女情长，屈于各种压力，也没成功，但没有丢份儿。Yes，we failed in style.（我们败得有格调。）"

这是我第一次看见王教授略显激动。我说那我尽量挤时间，不过你还能做顿好饭菜吗？要 in style（有格调）。王教授知道我在撸他顺毛，拍拍我脑袋，说看不出你还会乖巧乖巧，芊芊没福气。

这最后一句话当然又让我咀嚼了半天而毫无结果，令人觉得一旦陷入爱情泥潭，人就变得极其琐屑狭隘。不过王教授最后关头两次改变主意，好像不是好兆头。先是决定不把故事讲完，是否意味着对故事原有的理解开始崩溃？后来因为我问起爱莓的想法，却引起他的剧烈反应，是否想证明什么？而且不是向我证明，是向他自己证明。证明什么呢？难道几十年前未及演完的戏码，还会有一个姗姗来迟的结剧？是大团圆吗？希望不是悲剧。最可怕的当然是笑剧，不过对王教授的数学，笑剧恐怕最好，因为无论太幸福太悲惨都会影响王教授玩数学玩出大花样来。

无论如何，多吃几回王教授做的菜，家常菜，却让我窥入了一个世界。

我私下里把我野心最大的科研项目叫作"拉工程"，用的是我导师的绰号，因为想做出大成果报答他。这工程失败后有个"不意之果"：当时半是为了面子半是出于好奇，就重新界定"拉工程"，针对实验过程中一些有趣的发现做研究。其中有一个猛地就跳到了突破瓶颈的临界点，比我预想的早了至少两年。当然，并不是我又变回天才了——我认为人的努力如果是一个给定的话，天资决定一切；"勤奋出天才"是自欺欺人，或是天才忽悠人——大概出于社会良心吧：大家都去勤奋，那造反犯罪的最大人口资源就会去掉一大半。

我的成功纯粹是由于屡败屡战的犟劲和运气。我没日没夜奋斗了两个多星期，又撞上大运（预算是六个星期打底），终于做了出来。同事和学校当局都兴奋得不得了，到处通知专业和大众媒体报道访谈，还组织律师立即申请专利。如果不出意外的话，领衔的我和五个主要助手（都是我的博士生），这一辈子就不用担心钱不够花了。我把所有出风头的事都推给我的助手，自己借口身心俱疲、要休息，躲到了幕后，不料校长真以为我健康有虞，找了一大堆医生上门服务。我从没想到美国医生会送医上门，护士上门倒常见，大概都是自己医学院的，卖校长个面子——医学院的预算独立于学校。

我私下里告诉医生们真相，为了堵嘴，请他们吃了一顿头枪有俄国波路加鱼子酱的法式大餐，送他们回家。当然，出诊费照付，加起来总有好几千吧，都是保险公司买单。我叫五个全部出生于美西北平常人家的助手都去开洋荤陪吃，算是我私人给他们的奖励，同时叫他们买单，回来找我报销，不料他们偷懒，把账直接记在了学校的户头上。这在新英格兰的私立名校只是小屁事一桩，但在西海岸的公立名校，那简直是丑闻他娘，生殖率存活率都极高。我忙叫助手去学校有关部门补交钱，回来报告说已经报到校长那里去了，看来是有人想找我岔子。但校长二话不说，从他的校长特支里开支了。这事让我的助手大为感慨，说他们一直穷到现在，从来没人给他们付钱买三明治，谁知刚成了百万富翁钱还没到手，连法国大餐都有人买单，现在知道什么叫良性循环恶性循环了：你越富就越有人给你送钱，越穷就越被人诈钱，这应该叫作富循环和穷循环。

我说，我请你们吃过那么多次牛排，怎么都不算了？他们嘟嘟哝哝说那不算那不算，你是穷帮穷，我们嘴里吃着痛快，心头却是酸酸的呀！我哑然。

我的这些博士生助手，大部分并非由于热爱而投身科学，而是考不进头挑院校学医学法学商挣大钱，被有可能堕入"恶循环"的恐惧驱赶进科学领域来的。以科学谋生固然无可厚非，但他们成长为理想科学人才的概率，并不太高。我让他们略发泄了一通，告诉他们作为科学家你不可能相信人民这个词跟道德理想有任何关系，但无论人类多么令人恶心，你必须为人类服务。虽然我们做的有助于医学进步，但恐怕并不符合优胜劣汰的进化论法则，不过将来更多的科学突破也许会创造奇迹，使人类不再那么善于丑陋肮脏。这几个博士生助手都有些莫名其妙，不知我这些话从何说起。一个助手说，不知道教授那么憎恨人类。我说也许我憎恨人类，但我很爱你们，这样的人道主义者比较可靠。弄得他们面面相觑不知所措。我说我是叫你们不论看到人类有多坏多可恨，都要坚持做个人道主义者。我没有告诉他们这是没有办法的办法：不懂的告诉他们也不懂，会懂的将来自会懂得，不用我多嘴。其实我已经多嘴了。我不知道自己如何有了这些"类救世者"的奇怪念头，好像跟王教授有关。

那天晚上回家一开门，摊开手脚四仰八叉地往地上一躺，那个轻松感，使我忽发奇想，我导师对我的青眼有加实在是在我背上放了一座大山，而这一点我直到今天把山从背上卸下来才意识到。可是，我真把这座大山给卸了下来吗？就算卸了下来，又怎么样？从根本上改变我的生命？也许还是自己再挑座山背上去，才知道明天该做什么，呵呵呵呵。犬儒管犬儒，我不愿错过生命中不多的几个快乐时刻。我想给我导师打电话报喜，一转念，让他从媒体上得知，惊喜是否更大？不料学校当局不但给我送来了一大堆医生，还直接通知了我的老师，无视东西海岸时差有三小时，弄得我年迈的导师半夜里接了电话马上给我打，说马上飞过来看我。他得知真相后，把我狠狠地骂了一顿，问我是不是阴谋引爆他的心脏起搏器。当然，他是高兴，要我马上准备回母校。我推脱说要在西北把婚结了再说，他马上问对象是不是也是科学家。我说还是个博士生，他说叫她转学过去，想要跟谁做博士，他帮忙说去。我支支吾吾蒙混过关。

是个博士生？我想什么呢？芊芊？

我还在忙实验时，王教授来实验室找过我一次，见我累得双目充血，因喝咖啡过多而轻微脱水以致嘴唇干裂起泡，竟当着我那么多学生面，好似试图抚平我的眼袋似的，翘起一根食指在我左眼下端来来回回摩擦着，弄得我的学生面面相觑。他却若无其事地教训我的学生说：

"If you still hope he signs off your dissertation, you'd better tie him up to a bed for at least two hours a day. You should know, men from Shanghai are not like you beef-and-milk-fed guys, stronger than a bull. They grow up on rice and veggies, and they are very delicately built. （如果你们还想他签名通过你们博士论文的话，你们最好把他绑在床上，至少每天两小时。你们应该知道，上海男人跟你们这些牛肉牛奶喂大的家伙不一样，你们比牛还壮。他们吃米饭蔬菜长大，身板子单薄着呢。）"

美国人对中国地理没概念，所以中原数省的北方人都说自己来自于北京，江南几省就自然来自于上海了。

我的学生们给了王教授一阵大笑。他们有人修过王教授的课，知道他很会上课，但不知道还如此善于搞笑。那天他们真把我硬拖到沙发上睡了几个小时。我的实验室由于经费充足，大家都有饭吃，学生之间关系比较和谐，但我知道一旦毕业走入社会，残酷的竞争会在这些年轻的脸上刻下很多我不愿看到的伤疤。我努力不去想这些，只记得他们现在给我的爱和温情。我为他们做的，就是努力把他们训练得尽可能优秀，因为对我们这个社会的科学家，整体而言，他的优秀程度跟他见到社会阴暗面的多少成反比，越优秀，见到人类丑恶嘴脸的机会就越少——很多人对这句话可能会嗤之以鼻。科学需要理想主义，而理想主义的产生需要一个干净的环境，至于它的成长壮大，则取决于是否能在社会的污泥浊水里生存下去。

王教授临走时告诉我，他又写了一些东西，还没完，想让我看看，会留在我住处的信箱里。所以那天我在地板上赖到浑身骨架子都一节一节地松散开来，泡个澡，就开门在门前放邮件的小壁桌上找到了王教授留给我的十来张纸，手写的，草草用皮筋箍成一卷，不能再漫不经心了。我瞄了一眼，见稀稀疏疏几个公式推演，心想又不知要花多少时间才能琢磨透，便收在一边，打算四五天后就去阿拉斯加玩个把星期，回来再用功学习王教授的著作。

当时我还不知道这几张纸的价值。

我在阿拉斯加玩了五天，跟高大刚在一起只有不到十个小时。正值鱼汛，他的小渔船必须日夜运转，根本离不开，那近十个小时还是因为回港卸货维修，算是意外幸运。我想跟他出海，但由于各种法律及保险规定，我除非跟他签合同打三个月工，否则不能出海，最多只能在近海转转。但他给我介绍了个易奴特姑娘做导游，吃喝玩乐都照顾得很周到，翻花样把血玛瑙大马哈鱼吃了个够，还尝了当地的各种海鲜山珍，值得一提的是鲸鱼肉排和熊肉，前者是合法的，联邦政府允许易奴特人每年捕杀一条鲸鱼（虽然从来没有只杀一条鲸鱼）。后者是非法的，可是这些美洲土著，理论上是独立国家，而包括易奴特人在内的美洲土著部落思想上从来不承认美国政府对自己有任何权力，所以该猎什么照样猎，不过稍微藏藏掖掖一点。不是害怕，而是免得麻烦。在目前"政治正确"气氛下，要在这种事情上将一个美国土著绳之以法，是非常困难的。

据高大刚说，熊肉和鲸鱼肉都是极品美味，我体会不出。高度发达的味蕾也是一种天赋，跟智商和艺术天分一样，可惜汉语只有"馋鬼"没有"馋才"，像英文里的 culinary talent，虽然英国大概是世界上最不会做菜的国家了。

我没跟这个姑娘上床。她倒是提议了，直接提议。对易奴特人来说，性是生命中最重要的享受，从来没产生过"性是肮脏的"价值观念。我说谢谢，走着瞧吧。这个姑娘才十九岁。她十四岁结婚（按法律是非法婚姻，但没人管，当地人承认就行），十七岁守寡，没有再婚，想找一个不喝酒的（丈夫喝酒醉死的），而这需要 get to know more men（有机会知晓更多男人）。我不是怕性病，也不对别人寻欢作乐作道德审判。在芊芊离去后，我放松了很多。约会过几个，其中就有我过去的学生和现在的同事。有两个很认真，但我认真不起来，连性"趣"都保持不长。更讨厌的是，跟人睡觉以后对人开口说"我还不想现在就找女朋友"，对我而言是很要命的事。我想我没必要也很难去掉这些老派的性观念，把性与爱分开。老想起一个美国同学有关其泛爱艺术的名言，The trick is not how to get a girl but how to get rid of a girl.［爱情把戏的难处不在如何把一个姑娘弄上手，而是（事后）如何丢开手。〕他所说的"丢开手"是指在不伤害对方的前提下。我自问绝无这等神通，何况据我的观察，他丢手的姑娘，除了把他当工具使的，好像没有谁真没受伤害，虽然刚丢手时还自觉挺异类拔俗。

最令人裹足不前的是，跟这些女人上床，享受感太低。也许是曾经沧海难为水，也许是有了创伤形成心理障碍。无论如何，我都不想再随便跟人睡觉。泄"火"的快感，远远压不住痛感其平庸性所带出的乏味（也许我从来就不该想得太美），何况还有那么多与人有关的麻烦，用王教授的话说，不格算（划算），资不抵债。

阿拉斯加之行的一个意外收获是听高大刚讲王教授的恋爱故事，颇有点轰轰烈烈的味道，这是我没想到的。高大刚的来源是王教授一个大学时代的密友，也是王教授弄到华大来的访问学者之一。高大刚很欢喜王教授，说他萧散而不孤僻，和而不同，还有最难修养的一种优容意态，无可无不可，既非刻意鹤立鸡群，也不竭力陆沉于土狗瓦鸡之间。我俩喝酒，至半醺，王教授的话题一出现就没法止住。显然，高大刚跟王教授是密友也是酒友，不知不觉就把王教授跟爱莓的恋爱故事整个儿告诉了我，甚至还可能得了一点他的文学点化。据高大刚的印象，在这个朋友嘴里，恋爱中的王教授，虽然当时场面上颇灰头土脸，私下里却是不少人的艳羡对象，特别是女性，都说生命中如果有个男人这么不顾一切地爱你，那你别的东西有或没有都无所谓了。当然，高大刚说，这是王教授密友个人的看法，可能有偏颇，因为这个密友来自皖北农村，出身贫苦，上大学有两个理想，一是广交朋友，二是谈一个恋爱，都不成功，交上王教授这个密友对他很重要，所以对王教授的感情里有感激的成分。

我没有告诉高大刚我跟芊芊的关系。谈着谈着高大刚不知怎么就猜到了，问你跟芊芊是不是在谈恋爱？我通常很忌讳跟人谈私事，但那天高大刚一问我就全倒了出来，不知是最终没憋住倾诉的渴望，还是想请教他的经验之谈。高大刚最后问我，你是不是怕爱不上别人？我犹豫一下说，可能吧。他颇意味深长地叹口气，说，其实这种心理障碍，说有就有，说没有就没有，全看你要它有还是要它没有。我没接茬儿。我想他说的是曾经沧海难为水这种情况。我可能有这个原因，但最主要的恐怕不是。到底是什么，我也不知道。我甚至猜想，芊芊是不是我童年时代"上海姐姐"的成年版？如是，那就是精神病学里所谓的 fixation（心理锁定，通常是病理性的）问题了。我曾碰到过不少人，包括嘴上欢喜损上海女人的男人，对上海女人有特别的心理锁定，现在似乎连美国人也染上了这个毛病，不知是文化还是心理原因（好莱坞固然难辞其咎）。美国一个有关配偶问卷调查显示，所有种族男女中，亚洲女性高居榜首，按地区细分，上海又高居榜首，香港台北继之。亚洲男性排倒数第一，甚至低于在教育收入身高诸项目上都相形见绌的南美裔。

高大刚大概觉得我不太直爽，未便交浅言深，话头转了。后来不知怎的谈到他自己的婚姻。他说没有一个女人能接受他一年有三四个月的时间"非去打鱼不可"，所以他的情事都结束得很干净。"要是一年到头都在打鱼或不打鱼，就没麻烦了。"高大刚说，颇有点美式幽默。我乐了，说这完全是你的选择问题。他说不错不错是我的选择问题，不过在打鱼或不打鱼之上，还有个更高的选择，形而上的选择，快乐。我不怀好意地盯了他几眼，说凡是选择快乐的人都注定不快乐。他对着我眨眼，又眨眨眼，终于忍不住幸灾乐祸的诱惑，说凡是选择不快乐的人连选择的快乐都没有，哈哈哈。我知道他在笑我，还想回嘴，这时我们突然相视一笑，同时意识到对方想到了什么：我们又走回了大学时代，为一个概念连续斗嘴几天几夜是多么的快乐。那时我们都自信自己有魄力有能力有智力解决一切问题。现在那种自信早已离去，那么我们比大学时代，更聪明更成熟了吗？连仅有的快乐都聪明成熟掉了？

"不过，"高大刚最后说，好像无可无不可地，再给瘸腿新娘重抹口红加一点胭脂，"你还有科学，这个世界上唯有科学，你可以毫无疑虑地全身心投入，不用质疑其是否正义、是否贡献人类甚至是否 cosmically justified（其存在是宇宙结构不可或缺之一部）。"

那我们都要像太史公那样去蚕室里走一遭才行，我想，不过没说。

在没有找到路之前，路还是要走的。相对而言，如果我想"过好日子"，投身科学这条路是最佳选择，虽然并非没有疑虑。

如果体育是大众的鸦片，科学会是什么人的鸦片？

第二十三章

　　回西雅图后第一桩事就是去敲王教授的门，谁知他逾期未归。有美同行乐山乐水不知归期之已至？我为王教授高兴，同时期待他归来讲他的恋爱故事，老的新的一起讲。我发现自己的期待很急切，自嘲自己大概只能生活在别人的爱情中，不过细想一下，以代入心理解释自己的期待，似乎有以偏概全之嫌，那么，我这种急切又自何而来呢？

　　我并未花很多时间自我拷问——实际上我现在尽量不进行自我拷问。虽然自省的深广除了能标志一个人的智商和修养以外，还能揭示一个文明的内向发展高度，就像一个国家能向外太空飞多远能标志其科技或外向发展高度一样——目前科学家的共识似乎是人类的内向发展远远落后于其外向发展。我以前之所以耽于自省，既是个性使然，也有自命天才者的虚荣心这一动因。但现在我渐渐觉得自我拷问像是一个逻辑游戏，玩得再好对我个人也不见得有多大实际意义，因为逻辑推演并不保证其前提的真确性，而所有关于人性的假设，都在方兴未艾的科学重审过程中显得地基不稳摇摇欲坠。另外我也没有时间作自我拷问。新研究计划马上要上交，不然拿不到研究基金就养不活我那么多研究生，就没有高质量的助手，什么杂事都得自己做，那就什么研究都做不出来，几年下来，立马堕入科研最底层，那还不如趁早自杀干净。

　　巧得很，刚花了两个星期完成新计划，正在抛光修辞，就接到芊芊一个电话留言，问我是否有王教授的信息。从留言口气看，不但没有上回通话的盛气凌人和敌对口吻，言语中竟然还有点有求于人的味道。难道她跟A1M1崩了？那跟我又有什么关系？我是否下意识里还想跟她——？跟她怎么？重归于好？她曾经属于我吗？我跟她一起，能好好地过几天？或问得更准确一些，能过几天好日子？我想自己哪怕今天跟她结婚，骨子里是准备明天就离婚的。那么，我是觉得自己有可能跟她今天就结婚的？为什么？还是不能忘情跟她一起度过的那八个激情日夜？是八个还是十一个？

我应该给她打电话，问她是否跟A1M1吹了。如果没有，那不管我有什么想法，都无所谓了。可我没打，第二天买了机票就飞加利福尼亚，在路上才问自己到底是不是太想见她一面。然后我发现自己竟然到现在还没有想过，芊芊打电话问我王教授现在何处，是否意味着王教授可能出意外了？因为芊芊如果要打电话给谁问这个问题，我很可能是她最后考虑的一个。

难道我竟超脱不了这种最低级的自私吗？

一个专事进化论生物学的同行曾告诉我，人的利己利他两种本能，均筑基于社会性动物的根性，而且人私下里承认自私，对大多数人不构成严重的心理抑郁问题，相反，承认以及之后所感到的内疚或从道德上予以理性认可（rationalization）是生存的必须，这就是为什么世界所有主要文明的统治意识形态（宗教或道德规范）里都有类似忏悔的或以天道名义美化杀戮抢劫奴役敌人的集体精神净化仪式。虽说内疚不是我的问题，但超脱动物性自私的能力却是人类有别于其他社会性动物的主要标志之一。孟子说，"有恒产者有恒心""无恒产者无恒心，无恒产而有恒心，惟士为能"，因为士志于道。撇开等级偏见不谈，孟子这个天才的猜测，遥领后世德国哲人康德有关"身外星空与身内之道"的名言，点出了人之为人在于其精神升华的潜能，当然也隐含人类脱离其动物性之难，包括我这样自以为"士"却望"士"莫及的现代科学家。具有讽刺意味的是，正是我这样的科学家，用科学证明了人类的超动物性，而又用自身证明了人类的动物性。

我知道对自己太严酷了些，但自己已经不是天才，再在别的方面对自己降低要求，何处可安身立命？何据以了此残生？不当人子啊，这《西游记》中的经典詈语！

希望王教授不要出什么事情，我祈祷。但王教授会出什么事情呢？大不了跟芃芃闹翻？被他"影星教授"的妻子狠拿一把？但王教授又不在国内，再狠也狠不到哪里去。原来她可以利用的政治暴力道德压力家庭势力，现在都鞭长莫及，王教授难道不就是充分理解这一点而选择在这个时候动作的吗？王教授是君子报仇数十年不晚啊！我可以想象王教授意气风发左右睥睨，满心痛快地准备出它一口"鸟气"。

我意识的某个层次里反复出现一个疑问：当年我旁听过倪翠葆教授的课啊，对她印象极好的，现在怎么……也许是被她的优雅风度所惑？

那么，如果王教授出事，会是什么？

显然，除了栽飞机出车祸遭雷打罹恶疾这类天灾，唯一的可能性，就是人祸。

什么人？我不敢想下去。起身走到机舱后部，等在上洗手间的队列里跟人瞎聊，但脑子里时不时飘过一张女人的脸，长眉广额，细洁肌肤上印下逝水流痕，带笑意的眼睛里不时闪过一丝不安分，折射出与年龄不相称的快乐骚动，青春遥远的遗迹。这当然是王教授在我心里描画出来的爱芃，只不过没那么瘦，我想即使尚未中年发福，炽烈的新陈代谢也会遵循自然之道一张一弛吧。

见她一面，会不会失望？想象中的美丽，只有在想象中才永远美丽？

不见，是人道主义，据某位有哲人癖的同学说。

加州理工有几个跟我合作过项目的同行，我便先找他们聊了一下，觉得此行应该算出差，便直接找去芃芃的实验室。到门口时突然想到，什么出差不出差，是骗她还是骗自己？另外，谁在乎这些？所以见到芃芃大吃一惊看着我时，我一点掩饰的欲望都没了。

芃芃带我去接待室。"你接到我的电话就来了？"她先问，然后又加问道："你也不知道他在哪里吧？"

我对芃芃的口吻声气及其可能隐含的动机都没兴趣分析，对她的两个问题，我先点头后摇头。

"我找了个由头来看看你。"我说，做出一副坦白交代的样子。

我以为会看到芊芊吃惊的样子，但没有，她只是闪了我一眼，就低头看地板，看了也许是十五六秒，便说："小王舅舅不见了。宋幼……姆妈也不见了。"

说完又低了头，不再说话。这时我才仔细打量她，发现她面色憔悴，心想是不是忧虑所致。她会为父母忧虑伤性？我意识到自己以前有意无意把她看作一个无情的人，如果我错了，她是否也有可能做个好妻子呢？

"什么叫不见了？"我问。

"Disappeared！ Gone！ Without a trace！（失踪了！没了！了无遗痕！）"

我问一句她答一句，完全没有她以前那种居高临下白眼人世的气概，倒像一个寻求男人坚强臂膀的弱女子，让我胸臆间豪气顿生。她这种状态，曾以一种不那么显眼的方式，在雷尼尔雪山上予我惊鸿一瞥，回想起来，还会给我一种难以言明的愉悦。于是我几句话以后就带上了"别怕，有我呢"的口气。很快，这口气照见到我下意识里传统的男性期待，希望女性"小鸟依人"，这与我意识中寻找同等智力的现代知识女性的愿望，恰相违背。我还从来没意识到自己简单的爱情欲望是由这么大的一对矛盾组成。还有什么自己不知道的东西躲在那里，随时准备将我的一切爱情行为引向失败？

我是晚上跟芊芊一起吃饭时才对王教授失踪事件有了一个概念。王教授大约跟芊芊同期抵达小山寺北卡大学，跟爱莓芊芊一起在北卡海岸租了一所小房子度了一周假。据芊芊说，除了芊芊有时似乎有点为难，那一周非常快乐。芊芊回来前，王教授突然提出要带爱莓在北美到处转转。从爱莓的表现看，她是"同谋"，但芊芊显然不是。不过芊芊似乎出人意料地没制造麻烦，只是说不要让她父亲知道，看来王教授对她的魅力已经"几近蛊惑"。王教授和爱莓唯一没料到的麻烦是芊芊，她问他们到底想干什么。她对爱莓说，要是你要跟爹爹离婚跟小王舅舅结婚，那你就跟他去"转转"，反正转昏头也无所谓，我做女儿的一律"死人不管"。爹爹还年轻，欢喜他的年轻运动名星"十只手节头也不够数"，只怕他心脏不太好，受不了那么多美丽年轻的刺激。爱莓说我快退休的老太婆，还离婚结婚，热昏喽。王教授闻言一震，却被爱莓底下手背上掐了一下，疼得几乎要跳起来，不过也接了"令子"，不言语了。芊芊不高兴了，嘲讽爱莓说，姆妈你要掐小王舅舅的手馒头，掖（躲）到旁边去掐，没人看见的话，老太婆小姑娘都一律平等。不过姆妈你要去买点凡士林，防止你那只脑子齿轮生锈转动不灵想不清爽，假使你还要跟爹爹过日脚，你就帮帮忙不要跟小王舅舅去转，两转三转转昏头，到辰光想回屋里厢也回不去哉，就算爹爹还要你回去，我也不要你回来。芊芊说她话一摊开讲爱莓就面孔一板，说芊芊你当你是啥人啊，阿拉大人的事体跟你不搭界，离婚结婚全是阿拉的权利，你无权干涉。

"一转脸就变成了人权卫士，你讲好白相吪。"芊芊一脸愤怒，弄得我不知该吃惊还是好笑。

芊芊说最后四人不欢而散。王教授企图说服她支持他们"圆梦"，芊芊泼了他一头冷水，说你们早就梦醒巫山雨散高唐，过去式了，不要以为梦是悲剧，就是梦还没做完，还有得好做，不要忘记你告诉我过某个大人物说过，世界上所有的事都可以说发生过两次，不过他忘记补充说第一次是悲剧，第二次是笑剧。王教授很伤心，摇头说你不懂我们。芊芊说我是不懂你，但我懂姆妈，我是爱你才不想看你到老了再心口头吃一刀。我说芊芊你也太霸道了吧，你怎么知道他们一定会是笑剧？那个梦，也许是个回头觉呢，都说回头觉香嘛。芊芊睁大眼睛看着我像看一个智障残废，半天无语。最后说，大力，他们那个爱情悲剧，拿来写小说拍电影给小孩子吹吹牛都是好东西，再要把它变成喜剧，恐怕只能做成笑剧吧。想象你去红杉树国家公园玩，那么大一个森林好像就你一个人，转过小路突然看见两个年轻人在林间小道边的长椅上做爱，青春血气滋润的身体，姣好面目，女性婉转男性挺拔，大概很赏心悦目吧。要是你转过弯看见两个老头老太在那里做爱，会不会倒胃口？会不会影响你的性幻想？

我讲不过芊芊，就不再言语，但毫无疑问芊芊知道我跟她看法不一样。芊芊狠狠地哼了我几声，说你就是被小王舅舅迷了魂灵头，他做什么戆事体你都当作智慧之光，真不知道你是聪明过头还是假聪明。我无语。

据芊芊讲，王教授爱莓二人离开后的最初七八天，开始每天都给芤芤打电话，后来两三天一次，到一个新地方再打电话。他们乘灰狗旅行。再后来就没音信了。他们没跟芊芊联系，芊芊也不愿意跟他们联系。但后来芤芤来电话问芊芊是否知道他们的行踪，两姐妹开始担心。但到现在还没有报警，怕一旦作为失踪例子上了电视，很多未及预料的后果会失控。我说只要知道他们还好好地在外面转，就不用担心。我建议她想办法查证王教授的信用卡记录。芊芊说她可不会玩黑客游戏，问我会不会玩。我说我也不会，但有同学会，不过如果能够找到王教授的信用卡号码，也许用不着找同学。芊芊说回去找找，也许有办法。

芊芊是带着她的 A1M1 一起来吃饭的，这意思很明显。他自我介绍是奥利，芊芊当面叫他 Nerd，意思是书牍头，我没问他姓什么。他举止得当谈吐文雅，两眼灼灼如明星闪烁，很惹眼，个子不但不是我想象的那样高大巨胖，反而算得上清秀，只是鼻子尖尖长长有点过分，一看就有很重的苏格兰血统。我觉得他很讨人欢喜。他似乎也欢喜谈政治，对西藏问题很关心。我告诉他达赖喇嘛是西藏最大或第三大农奴主，他一脸不信，好像我被洗了脑，不过不屑跟我争论的样子。我微笑说，Lady Tsien 爸爸有句名言，无知、偏见加上自以为真理的化身是毁灭世界的最佳药方。他见我没兴趣说服他，倒反而把我说的当回事，问我哪里得到这些看法。我建议他去修修大一西藏文化传统课。他说他不可能去北京上课。我说谁要你离开美国了，就在你的校园里上课，就行了。他一脸不可思议的样子。我说最有效的宣传洗脑是通过新闻自由和言论自由进行的。他竟然很兴奋地说，马上去旁听西藏文化史 101。

芊芊撇撇嘴说 A1M1 有 mild Masochism（轻度被虐狂）。我有点幸灾乐祸，但并未表示出来，不过这对芊芊不管用，她掉过头来对我多少有一点调情味道地眨眨眼，讽刺我 Sadistic nationalism（类虐待狂民族主义）。美国英文"民族主义"是个贬义词，涵义超过中文里"狭隘民族主义"或"极端排外"。我笑回道，我是 patriotic Sadism（爱国主义虐待狂）。A1M1 这时体现出他的 nerd 本性，对我们这个斗嘴插曲大为欣赏，连连说 a very smart play of words！Lady Tsien told everybody you are a witty guy, lot wittier than she could ever wish for.（这玩弄字眼真好玩，钱淑女到处说你很会说俏皮话，俏皮得她做梦也赶不上。）芊芊还不忘继续挑我的刺，一扬眉毛说，nationalism or patriotism, is there a difference？（民族主义也好，爱国主义也好，有什么不同吗？）A1M1没意识到芊芊口气里的嘲讽意味，认真地说，of course there is.（当然有啦。）芊芊回嘴快过剃刀，Oh yeah, we Americans call other peoples' patriotism nationalism, but call our own nationalism patriotism.（噢，那可不是，我们美国人把别人的爱国主义叫作民族主义，把自己的民族主义叫作爱国主义。）

"爱国主义"这个词在美国大众和政治活动或媒体宣传里，都是个好词，但在欧洲却不是，特别在思想开放的以人类利益为己任的知识阶层里，根本是民族利益至上者的自我粉饰，更可能被军事——工业集团用作发动战争的理由，这使相当一部分美国知识精英在欧洲人面前觉得无地自容。

芊芊这句话相当犀利，但在A1M1心目中那岂止是犀利。他夸张地张大嘴然后定住口型，Oh, I'm awe-struck, totally, Lady Tsien！（啊，我被你震了，整个儿震了，钱淑女！）然后站起身没头没脑抱住芊芊，噼里啪啦在芊芊头发上额头上鼻子上脸颊上耳朵上嘴唇上脖子上印下一大串热吻，边吻边大舌头似的说，you're a genius, you know that, Babe？ You just said some really deep shit, Babe, really, really deep, profound, philosophical shit.（你真是天才，知道吗，宝贝儿？你刚才放了一通真正深刻的臭屁，宝贝儿，是真真正正的深的、刻的、哲学的臭屁。）

芊芊这时似乎已经变回了我所认识的那个女人，泰然自若女王般地接受着她的仰慕者爱的礼拜，享用着被人娇惯的快乐。她丝毫未因我坐在餐桌对面看着她而受窘，她一只手轻抚他的背，手指弹琵琶似的敲击着他的脊梁骨，好像在检查他有几节脊椎盘突出。直到发现A1M1在她脖子上留下两个吻印带着意大利海鲜面里的红酒茄汁沙司的淡猩红色，她才推开他，顺便用白麻布餐巾抹掉肯定还带着温湿感的印痕。她只在擦最后一下时疾快地瞥了我一眼，而我早早已摆好了一脸宽容温和的微笑，就等她这眼风一掠，还顺便还她一个别有意味的眼色。

她知道我看得出她在想什么干什么，也许也猜得出我会干什么。

我会干什么呢？我自己也不知道。从某种意义上说，我到底会干什么取决于她会干什么，而她会干什么呢？是不是也在未定之天？也许我刚才给她那一个眼色的长短具有决定意义。

我第二天没有回家。芊芊打电话到我旅馆说，她找到了王教授的一张信用卡号码，不知道是不是他常用的那张。这是张 American Express（美国运通）号码，不属于用途最广的那种，但在一些高档饭店旅馆等处，有不少优惠。王教授不是好摆阔的那种，这从他乘灰狗旅行就可以看出（灰狗上大部分是劳动人民和学生）。我抄下号码，问了王教授的出生年月日什么的，就冒充王教授给美国快车打电话，谎称有一个骗子公司可能会在我信用卡上乱要钱。在过程中我就查证了最近几笔用款，最近的一笔是昨天晚上在一家高档旅馆的房间服务，有五六百块钱，都是酒水食品，包括极贵的鱼子酱和法国葡萄酒，地点就在加州长滩。我告诉芊芊放心，王教授还活得好好的，恐怕现在还是宿醉未醒呢。芊芊纳闷说，为什么他们突然停止跟芃芃联系呢？不怕芃芃着急吗？再说，姆妈并不爱喝酒，倒爱吃带果酸味的甜点，像柠檬蛋挞啊佛罗里达外海"钥匙群沙"出产的绿柠檬做的派啊什么的，但看叫的菜单，这样的甜点一个都没有，全是小王舅舅爱吃的东西，他们还在一起吗？

我笑芊芊胡思乱想：不在一起，那爱莓还能去哪里？她那点破英文只能找到警察局，其他地方兜不转。不料芊芊不以为忤，竟沉入冥思状态，大概真的在想各种可能性。她最后开口说出来的，却不知该吓人一跳呢，还是该令人解颐。她自说自话地问，会不会姆妈改变主意了，不跟小王舅舅好了，小王舅舅受了刺激，跟姆妈吵架，吵来吵去就你推我我推你的，不小心把姆妈推倒了，脑袋撞在桌角啊什么不巧的地方，就过去了？

我实在忍不住，就打断芊芊道，照你这么说，王教授还要毁尸灭迹，才能一人独自在旅馆房间里就着俄国鱼子酱吃法国老酒啊。芊芊冷笑了两声，回道，大力你嘲笑我，不过你对这两个人有多少了解？我说我对王教授了解是不多，不过我知道就算他有杀人的心，也没杀人的胆，就算借给他一个杀人的胆，他那两个膀子也没杀人的力气，就算把我这两膀力气借给他，他的脑子也太聪明，没法不知道这世界上就没有一个完美的谋杀，而他那个过分逻辑的头脑，绝对不会做一点点没把握的事，而杀人，一定要有点藐视逻辑的勇气。芊芊又冷笑了几声，不说话。我问你怎么没话啦？她说大部分人都需要更多智慧的点化才能解读世界，而你这样的却需要几分愚蠢才能在世界上生活，为什么？ The wisdom to dismiss stupidity is the highest form of human stupidity.（企图无视愚蠢的智慧是人类愚蠢的最高形态。）人类之所以渴望智慧，是因为这个行动着的世界是基于愚蠢，包括你我，当然也包括你我都那么崇拜的王教授。对，你可能不相信，我也崇拜他，不过没到你那种盲目的地步。我出于惯性脸上继续挂着不屑，但芊芊根本不屑我的不屑，连看都不看我一眼，彻底剥夺了我表达不屑的权利。她最后说你要知道为什么，让我给你讲一些这两个人的故事。

　　我在加州理工的最后一夜是在芊芊讲述的王教授的故事里度过的，就我们两人，在我的旅馆里。飞来加州之际我就意识到一个朦胧的愿望并一直故意将之保持在朦胧状态，因为我自己都不愿对自己承认这个愿望，就是跟芊芊再度激情，不知是怕被拒绝还是怕导致两人关系的彻底失控。理性地想一想，就算失控，又能怎样？我的个人生活不可能更糟糕。不过我之所以没有尝试实现这个隐秘愿望，并非出于理性决定，而是自然而然的无为。心脑科学近年来有不少科学实验证明，人的行为常常付诸实行早于其任何理性决定，也就是说我之所以无为根本就是本性所致。至于有哲学家伦理学家用这些还很初级的实验来证明自由意志的不存在，当然过早，不过用在我身上可是一点不错。

　　我没有想到的，是这次跟芊芊单独相处播下了后来难以逆料的因果种子。

第二十四章

芊芊讲的王教授跟爱莓的故事，除了当事人之一难免的偏颇，还包含太多下一代对王教授他们的青年时代的隔膜。这一点我也难免，但我似乎比芊芊更自觉自己这个弱点，同时努力弥补，这在芊芊看来恐怕绝对是做无用功。这当中除了价值观念差距，大概还有尊敬：芊芊这一代人，大部分对那逝去的时代缺乏兴趣，遑论尊敬。

我听了芊芊的故事后，与高大刚转述的王教授大学同屋兼密友的故事比较，对这事有了个大概的感觉，然而还是对其准确性缺乏信心。正好回程要在旧金山停留，便想起王教授讲起过的咖米之一，爱称叫响羚羊的慕向羚，就问芊芊是否有她的电话号码。芊芊奇怪我为什么要找"羚羊小孃孃"。从她称呼慕向羚为"小孃孃"看，她跟芊芊父母应该情同手足，但不知这父亲是王教授还是杨宗庆。我打电话给慕向羚，称自己为王教授的年轻同事兼朋友，说有急事找王教授，有关学术出版事宜，因为王教授逾期未归，所以到处找人问问。我的电话对慕向羚似乎并非意外。她派了一辆商务车把我接到她办公室"一起喝晚午茶"。

我第一次听说美国人在自己公司里请人喝午茶。

西方基督教文明里，天主教各国文化中享乐主义最厉害，讲究生活情趣，会有三四个小时的午餐休憩和每天吃五六个钟头的晚餐，所以都是西欧的穷人。相比之下，新教各国非常自豪自己的工作伦理，所以最富有强大，但生活情趣相对苍白。英国人还讲究下午茶，美国人连下午茶也没有，喝咖啡不为享乐而是提神，在纽约等大城市里，大多数愿意周末花大钱去喝晚午茶的人，恐怕以附庸风雅之辈见多。

而慕向羚竟然请我去她公司喝晚午茶！

她的公司加州总部在圣何塞市中心商业区，外表相当简约，没有一般跨国公司的牛气，也不像时下流行的高科技公司故作异类，把公司弄得像儿童乐园。进门就发现室内装潢极端前卫，到处是各类现代派超现代派后现代派原创艺术品，看来公司雇有专家把室内装潢当作一项长期投资来做，每个作品前还有个小铭牌告诉你该作品的作者、买价、未来卖价的可能涨幅以及所得款项将被捐给哪个慈善基金作何项目用途等。这是一个立足于天才崇拜的高科技公司，然而办公大楼里充满了艺术创新欲望、金钱霸气、道德高地优越感和人道主义政治正确气氛的灿烂阳光，从一楼一直进到十六楼慕向羚的帘幕低垂、光线故意吊得暗而暧昧的办公室，好像骤然踏到上海衡山路黄昏秋雨时湿湿地贴住柏油路面的梧桐叶，有一个小小的休克，恍惚时间文化都一下子倒退了一个世纪，就像看着看着一个超薄液晶计算机屏幕突然变成了一张从图书馆翻出来的二十世纪三十年代上海法租界的旧报纸，灰尘气和脏脏的黄色变幻出一种沧桑感和没落贵族带点温馨的困窘气。

慕向羚的办公室是一个三间的套间，秘书室非常大，由于正在拐角上，有两个窗，一个大窗面对东北，可以看见远处小山上旱季金黄的长草海浪般起伏。另一个小一些的窗是所谓的 bay window（倾角凸窗），突出外墙平面很大，几乎自成一室，三面玻璃，可以遥见旧金山湾区景色和金门大桥未被云雾遮住的一段。那里两长一短三张长藤椅，放着麻纱椅垫靠背，定制的茶几呈不规则三角形，铺着蜡染桌布，上面非常上海地覆盖着一面厚厚的玻璃，显出下面用西汉帛画线条作动机的饕餮图案。这图案风格跟三面窗上的帘幕相配，都是蜡染西汉帛画线条图案，大概都是《楚辞》里的神话风物，而色调是典型的上海松江地区的土布蓝。这时我注意到整个套间的帘幕都是一类风格，但家具却都是红木的，中西合璧，典型的上海二十世纪三四十年代半殖民地风格，混杂着明式家具的简约灵气和路易十五时代法式家具的繁复雕饰，本土文化通过压倒性的西方文化顽强地体现出来。显然，这整屋的家具都是直接从上海运过来的，而且很新。

新红木是很多自诩品位的人要幽它一默的，不过显然主人对此毫不在乎。

我进去的时候，慕向羚正在跟人谈事，司机把我交给她的PR秘书，一个叫佩妮的四十来岁的中年妇女，她长相平平，但开口是英国口音，cockney（原指伦敦东头穷人英文，现泛指非精英阶层说的方言口音重的英文）声气未尽，显然不是贵族传统的公校出身，但已经非常接近现在BBC的政治正确的英文口音了——英国政治大概逐渐美国化，连首相议员在公开场合为了塑造平民形象都不再操牛津腔的贵族英文了。而美国某些阶层从金本位的势利眼发展出一种文化本位的势利眼，偏爱做的一件事就是雇用英国佣人或秘书，她／他们的口音似乎就是教养，令人想起老英伦的贵族气。难道慕向羚也欢喜这一套？

套间隔离都是落地玻璃，透明不透明可以控制的那种。我可以透过玻璃看见慕向羚，正隔着她那巨型书桌跟一个人谈话。从那人直背前倾的坐姿看，可能是她的下级，正在挨训也说不定，虽然慕向羚的表情相当平和。我的第一印象是慕向羚并非我期待的那种，虽然读不出学士，但很有俗世智慧，英文所谓street smart，很知道怎样在丛林规则统治的大街上讨生活。相反，慕向羚沉静自持，指顾之间意态从容，更像典型的美国名校毕业、事业有成的女高管，脸上挂着拒人一臂之外的随和。

我想起王教授描写她的两个有点自相矛盾的关键词：读书不行，绝顶聪明。

佩妮又出现了，一托盘的茶具和银器随着她的脚步叮叮当当，很悦耳。很明显，佩妮是英国绅士所谓的"午茶秘书"，而慕向羚这么做一定跟听了某些老上海故事有关。

第一次去导师家喝晚午茶，我就对这一很英国的习惯略翻了翻书。美国人把比较讲究的午茶叫作high tea（高午茶）。但在其原产地英国，这个词指劳动阶级整个下午都要工作没时间坐在低矮咖啡桌边享受low tea（低午茶），只好在高一些的餐桌上跟晚饭一起吃了，所以叫"高午茶"或"肉茶"，因为晚饭吃肉的关系。美国人望文生义，把稍带戏谑意味但又有阶级优越感的"高"读成"high society（高等／上流社会）"

的高或"high price（高价格）"的高，于是一个误读衍生出一个全新的、很有喜剧意味的次生文化：全美的高档旅馆饭店都标榜自己"most authentic（最正宗）"英式高午茶，连茶叶大王 Lipton 的推销广告都如出一辙，可以翻作"离谱吨"而毫无愧色。当然，他们是否故意误读就见仁见智了。英国人作了很多努力企图改正这一误读但毫无效果，不知是英国文化难以力敌美国文化，还是美国人的某种需要在有意无意中发挥作用。反正，现在在全世界，这个次生文化已经成了"主流文化"。

"A very 'high' high tea，（非常'高'的高午茶），"我说，略带点儿恶作剧的意思，"authentically English，I presume.（正宗英国茶，我猜）？"

佩妮原本一脸公事公办，这时眉眼之间突然有了动感。她一边侧目观察我，一边把茶具从托盘里一样一样放在咖啡桌上，官样微笑渐渐漾出几许顽皮来，以至于她那张像高速公路上的公里路牌一般平平的脸生出了几分妩媚。

"To me it IS low tea——you see, the coffee table is so low.（对我来说这是低茶——你瞧，这咖啡桌那么低矮。）"她的口气带着一种自嘲式的幽默感。"But you might be right calling it high tea because all the savories on this table have high, high price tags！For a small-town English girl like me, the only authentically English high tea I know of is my father's, served on a higher dinner table. He likes to call it 'Meat Tea' though, because he likes meat to go with his tea. Oh, poor English working class, having no time for tea in the afternoon！（可你叫这高午茶也许是对的，看这桌上所有的细点心都标价很高很高啊！像我这样出身英国小镇的姑娘，见过的唯一高午茶就是我老爸的，坐在高一点儿的晚餐桌上吃的。不过他欢喜叫作肉茶，因为他喝茶时爱吃肉。啊，可怜的英国工人阶级，下午没时间喝午茶！）"

佩妮这一番话真是专业 PR 人士说的，刀切豆腐两面光，谁听着都舒服。不懂高午茶原意的，以为她是用自己的卑微出身开玩笑，也庆幸自己出身不那么卑微，属于有时间喝下午茶阶级之列，完全不知道她在嘲讽自己。懂得原意的，听得出她话中有话，会为她不失优雅的嘲讽措辞莞尔一笑。听时不懂原意而后来又搞懂了的，会发现她虽然语带嘲讽但不失温柔敦厚，而且说的没一句假话，是用一种不令人发窘的方式教你一些东西，让你以后可避免闹同样的笑话，用心可嘉。碰到我这样试探她的人，当然会欣赏她的心机奇巧，八面受敌仍举措得当应对有理有趣有节。

在整套英式茶点里，有苏州采芝斋样式的松子糖、奶油话梅和玫瑰卤汁豆腐干，那是上海人对英式茶点的再定义。

我拈起一片玫瑰卤汁豆腐干。"This is not authentically English savory for tea, is it?（这可不是正宗英国茶用细点，是吗？）"

"This is authentically Springbok's savory for tea—I guess you know my boss' given name means some kind of gazelle in Chinese.（这是正宗跳羚的茶用细点——我想你知道我老板的中文名字意指某种羚羊。）"佩妮的下一句话完全没有微嘲的口吻。"It's her contribution to English tea—English tea is no longer English anymore：it's part of the world tea culture. Tea started in China, and then there were many tea cultures, and now they all come together to become one again. I seem to remember a Chinese belief that the myriad beings originate from one and one they will become again in the end—I wish my memory didn't fail me this time?（那是她对英国茶作的贡献——英国茶已不再仅仅属于英国，而是世界茶文化之一部。茶出于中国，然后出现很多茶文化，现在又都合流为一。我好像记得中国人相信，世上万物始于一而最终复归于一，我希望我的记忆力这次没有让我失望。）"

我觉得她这回稍微有点装作，略影响我对她的欣赏。

"Are you sure？ You 'seem to remember' or you know you remember？（你肯定吗？你是'好像记得'呢，还是毫无疑问你记得？）"

佩妮眉头略略扬起，好像不大不小吃了一惊，随即掉过眼来，对我饶有兴致地熟视数秒，嘴唇抿开，无声地笑起来，像是在说，哦，我这才明白你在干什么。

"Springbok only told me you ARE 'highly intelligent', but didn't say how.（跳羚只告诉我你智力极高，却是没说你如何高法。）"

她话里有话，讽刺我高智力都高在玩小心眼儿了。

"Many of Churchill's remarks are witty only if interpreted wittily, like this one : America and Britain are two nations separated by a common language. A professor of mine believes Churchill was talking about the way Americans like to use overstatement and Brits' preference for understatement. （丘吉尔说过的不少话只有经过机智的解读才显得机智，比如这句话：美国和英国是被一种共同语言分割而成的两个国家。我一个教授认为丘吉尔是说美国人说话欢喜说话过满，而英国人则偏好别把话说满。）"

我告诉她我听懂了她话中的讽刺内涵，但很欣赏，算一种不失品位的变相恭维。

"And today you've found a good example in me？（然后你今天在我身上找到了一个好例子？）"

她表示对我的恭维却之不恭、受之有愧。这样我们算达到了某种互相理解。

"Don't you think you're a little Americanized as well？ Not a bad thing, of course（你不认为自己也多少美国化了？不是桩坏事，当然。）"

我多少又有点顽皮，暗示她也许把我的批评当作恭维了。

"It's a matter of course since I've lived here for years. How many years did you spend in UK？（那自然，我已居此有年了嘛。你在联合王国住过几年？）"

她反过来恭维我也多少懂得一点英国人的幽默。这在英国人那里算是很大的恭维。

"Now you're more than a 'good' example—you're an impeccable example. （现在你这个例子岂止一个'好'字了得——无可挑剔。）"

然后我俩会心地笑了起来，挺畅快，直到她说，"It's not too bad to indulge yourself once in a while, is it？（时不时自我骄纵一下也不坏，对不对？）"我斗够了嘴，举手作投降状，"Guilty as charged—self-indulgence is the eighth sin of mine（认罪——自我骄纵是我第八宗原罪）。"

然后我意识到这句玩笑话有几分真实在里头，当然也不那么好笑。佩妮也不为己甚，开始给我倒茶，介绍哪几个点心是本地特色，谈笑风生又不显得过度热情。作为秘书，佩妮的言谈举止处世待人几臻完美。如果不知道她是秘书，大多数人会把她当作公司高管，但知道她身份以后，会觉得秘书就应该这样。

我喝第二杯茶时，慕向羚送人出门，然后过来跟我打招呼——她果然未走直线，感觉是四十五度角（为什么四十五度角就不是直线？不合逻辑！），走到跟我面对面的藤椅，侧过身子，手不知怎么在空中做了个动作——我从未见过的动作，但我却觉得这是她的见面礼，比握手更尊重更亲热。她坐下后，身子一半斜倚藤椅扶手，一半略显慵懒瘫在靠背上，长长地舒了一口气。

她一句话还没有说，我却觉得已经跟她心有戚戚焉，心下暗暗叫好：果不其然。

她穿着像典型的美国职业妇女，看得出是中年但看不出具体年龄，只有一个泛泛的"她看起来真年轻"的印象，这大部应归功于她的身材保护极好，从背影看，几乎是个尚未生育的年轻女孩，臀部一点都没下塌。转过脸来，虽说岁月无情，但留在她脸上的皱纹却呈现一种精雅的流线型，固然标识了年纪，也给她的气质中添了一种被风雨澄净过的妩媚，而且妩媚中透出一丝柔弱，这对雄强自诩的男性最具吸引力。

王教授曾为我特别讲述过慕向羚柔弱的魅力，所以我在欣赏之余，更多了一点警惕。倒不是怕爱上她，而是觉得即使被她利用，也要利用得清醒一些——我对她愿意见我是想利用我这一点毫无疑问，而且也没有反感，只要目的不恶，就行。而且见到她以后，还觉得被这样的女人利用一下也不错，至少不乏风格情调。她的皮肤似乎特别好看，质地细密干净，滋润有水意，像一种叫"象牙芒"的芒果，微微泛出淡黄的色泽。

佩妮告诉慕向羚我们刚刚正在谈她的英国午茶上海版，还说我很欣赏。慕向羚微笑着说她一点也不奇怪。佩妮问为什么？慕向羚微笑不语，佩妮知趣地说还有几个电话要打，就要离开，但慕向羚叫住了她。

"Cancel my next appointment, Penny, with Mr. Jennkens.（取消我下一个约会，佩妮，跟简肯思先生的）。"

"But Mr. Jennkens is here already, in the waiting room, for about half an hour now.（但是简肯思先生已经来了，在接待室里，等了差不多半小时了。）"

慕向羚继续着她的思路。"Let him wait for another ten minutes and then tell him that I have learned they have already finished the job nearly three weeks ahead of time and if they can turn it in now, they will have my gratitude.（让他再等十分钟，然后告诉他，我已经知道那个单子他们已经提前差不多三个星期就做完了，如果他们现在就交货，他们会得到我的感激。）"

"I think they want more money, your gratitude, of course, they would also appreciate.（我以为他们想要更多的钱，你的感激，当然，他们也会欣赏。）"

慕向羚没接话茬。"The last thing you will do is to whisper a secret to his ear, a secret from you, to be sure. Here is the exact wording you will use : my boss thinks you are a software genius, but she said the other day that a genius has better ways to ask for more money, not making a false claim that the job needs more time to finish. She said you have been pushing her for more money many times, forgetting your favorite Eienstein quote : doing the same thing again and again but hoping for a different result is the definition of …（最后你要做的是跟他耳语一个秘密，是你偷偷告诉他的，这要传达清楚。你的具体措辞是这样：我老板认为你是软件天才，但是那一天她说，一个天才应该有更好的方法提高要价，而不是谎称那个订单需要更多时间才能完成。她说你已经多次压她提价，忘了你老爱引用的爱因斯坦名言：一而再再而三地做同样的事情但期待不同的结果，那是……的定义。）"

"Of what?（什么……的定义？）"

"Of 'stupidity'. But of course you should not utter the word, that would be too rude.（'愚蠢'的定义。当然你不会说出这个字来，那太粗暴了。）"

"I don't think he would take it very well.（我觉得这样他会不高兴。）"

"That is the idea.（这就是目的。）"

"Yes，Mamm（得令，夫人。）"

佩妮一脸公事公办地做完记录，跟我略领首，离开。

慕向羚转过脸说了声对不起，解释说她已经给了那个简肯思先生的小公司最高标价，为的是帮助他生存下来，但这个 thirty-eight years old young boy（三十八岁的小男孩）天才得完全没有分寸感，过两天就来骚扰她一次。

"Geniuses always think everybody owes them big.（天才总认为全世界都欠他们太多。）"

然后她直视我说，你没想过开这种小公司吧？湾区现在到处都是。

我摇摇头。

"佩妮，她的英国口音，效果好吗？"我掉开话头。

我问这话用了点小心计：很多公司欢喜用英国人做上层公关，因为他们的口音让公关对象觉得自己是个人物，说白了就是利用他们绝不承认但十分享受的虚荣心。实际上我并不知道慕向羚雇用佩妮是什么目的，但我假设她是这个目的并在这个假设下问她问题，若她不质疑问题本身的真伪而为了礼貌的原因顺着问题做了回答，就等于承认这个假设为真。这在西方心理学里叫"假设陷阱"策略，在侦查、审讯、销售学、法庭问证里都广泛应用。慕向羚读过 MBA，对这种销售策略应该很熟悉。

慕向羚原来十分雍容的神态霎时笑容可掬，竟然带出一点戏谑味道，一味地盯着我的双眼，好像大人看穿了一个小孩的心计，既好笑又多少带点欣赏的态度：嗯，玩得不错。

我尴尬得怕自己恼羞成怒，便掉开眼，装作喝茶烫着了，拼命吹茶，几下一吹，脑子里顿然出现对方眼中的自己，出了洋相还要装得若无其事，很像一个卖弄聪明的小男孩。

闭眼略作思考，我便下了个决心，睁眼直视慕向羚。"据说人类一思考，上帝就发笑。但愿上帝仁慈一些，不要笑得时间太长。"

慕向羚夸张地做了个美国人表示怜悯的手势。"不过，据说人类都是会思考的动物，如果每个人都要求上帝发笑，那岂不更无仁慈可言？你别瞪眼睛，这话不算太弯弯绕，仅仅多打了一个弯而已。"

这多出来的一个弯对我来说还是不容易转过去的。

"所以，我是 The Chosen（上帝的选民），尽管是选作嘲弄对象，"我对慕向羚作祈祷状，"Thanks，Your Grace（谢主隆恩）。"

慕向羚发出小女孩一般的笑声，跟她的一切都不协调。我只有一点很肯定，她很高兴。也许，生活给她戴上的面具，还没长到肉里去。

"实际上，世界上到处都是'假设陷阱'，关键在于你如何用它，是作恶呢，还是作乐——你是作乐派，I assume（我假设）？"

"我是被作乐派。你才是作乐派——刚才是你在作乐，用我作乐。"

慕向羚又像小姑娘那样大笑了一阵，但不发出声音，笑完摇摇头。

"表面现象。实际上任何作乐过程都是一台戏，所有演员通力合作，演好了戏，才能作乐。可惜的是，不是每个人都有演员意识。我假设阿王跟你讲过他那个著名的理论，the happy few？"

我想王教授的咖米们都叫他阿王。

上海话里"阿王"亦可指狗，是昵称。

"没有。是不是莎士比亚《亨利五世》里他战前动员用的那句话，'We few，we happy few，we band of brothers'？（哦，我们几个、我们快乐的一小撮、我们一班袍泽弟兄'？）"

"这我倒没考证过——没那么多学问。只记得阿王当年讲这个理论时，提到过两个法国作家，一个是巴尔扎克，另一个记不得了，好像什么红什么黑的。"

"《红与黑》，一部小说，作者叫司汤达。"

"大概是吧。反正是一个作家把自己的书题献给另一个。"

"如果我没记错的话，是司汤达把《红与黑》题献给'快乐的一小撮'，意思是只有很少人有幸能理解他的书。这作者臭屁得很。"

慕向羚着实笑了一番，说"臭屁得很"这句话，她们年轻时没用过，很有表现力。我没想到慕向羚还有这类闲情逸致。从心理学上说，对这类时髦还有兴趣，说明心态仍相当年轻，生活欲望依然强烈。慕向羚还说，当年王教授给她们那帮吃咖啡的朋友起过很多名字，其中一个叫作"海必无"，说是 happy few 的谐音，还隐含"上海必定灭亡"的意思，他们是这个城市曾经繁华的最后见证，一起寻欢作乐，唱一首送葬的挽歌。

恐怕这是慕向羚特地翻找了有关典故并背下了这句莎翁的名句。

正如其自我感觉，她的文学细胞并不发达。

"呵呵，你大概想不到，阿王青年时代是一个（背诵）……romantic spirit, roaming alone the tree-lined streets and disserted back alleys in Shanghai's French Quarters, reciting aloud poems about crimson sunset after a summer storm and rustling autumn leaves at pitch-dark night.（浪漫的精灵，独自徜徉于上海法租界浓荫匝地的马路和荒寂的后街小弄，高声吟诵夏季豪雨后绯红的落日和秋叶在如墨夜色里萧萧瑟瑟。）"

我凝神想象一下王教授独自游吟的样子，颇有意味，心想即使这一段是哪里抄来后改了一改，这个慕向羚还算有点诗意，但这诗意的背后，一定故事多多，我不由见猎心喜。

"王教授独自游荡吟咏在上海的大街小巷，这个形象，嗯，很有visual impact（视觉冲击力），看来，你的想象力以视觉性见长。"

"我的想象力？唔！嘿！呃呃！只有这一种可能性？"慕向羚问，眼光却告诉我她知道我在旁敲侧击。"那时，我们那班小姑娘，都被他迷得神魂颠倒，一起偷偷盯梢过他几次，结果都爱上他了。对，也包括我。他一定没告诉你我也是他的崇拜者吧？到现在我对他还有意见，就是他没给我一个机会——不过他不知道。当然，我意见也不大，因为除去仁慈行为不算，什么人他都没给机会，就除了阿琪——我到现在还跟阿琪说，到底她有什么本事，弄得阿王连我都瞄不一眼。"

我不全信慕向羚的话。"夸张了点吧？"

慕向羚根本不接话头。"这一套晚午茶，你还欢喜吗？"

"唔，我的生活趣味，跟高雅两个字有点绝缘。"

"我原来生活也不讲究，因为没什么文化。后来，阿王起头作指导，大家一角两角凑份子，做了一次英国茶，整整一下午，做茶点花了两三个小时，喝茶大约半个小时，但喝完了大家都不肯放下茶杯，握在手里，像救命稻草一样。那以后，大家都很服阿王。他成了我们的精神领袖，虽然他常常嘲笑我们不懂精神。我不知道别人的具体感受，但我是从那一次午茶之后才开始热爱生活的，再没想过自杀——那以前我也谈不上有自杀倾向，不过常常会想，如果自杀可以不那么痛，我是不是已经不在了？呵呵，有趣。很长时间，我不敢告诉别人我这种感受，怕别人笑我，一是不可信，二是那么俗气，一杯茶一碟点心就等于生活的全部意义。到美国学好了英文，眼界一下开阔了，才知道最能够激发人的生命欲望的，最具宗教所谓 redeeming power（救赎力）的，是生活中 smallest, pettiest pleasures（最小、最琐屑的快乐）。"

我大概听得有点感动，但是，为什么她跟我说这些？我的感觉是，慕向羚这个人，不会为我浪费她一星半点的时间，哪怕我也算在美华人中颇给大家长脸的科学家。

"我相信王教授对人有这种影响力，不过……"我没说完，看着她。

慕向羚的回答直指人心。"阿王跟阿琪，玩得动吃得下睡得着，你和'Miss Tiger'都不用担心。"

我后来知道，她们那个圈子里都叫芊芊 Miss Tiger。芊芊属虎，可能是起因。

我立刻追问他们是否在她家。慕向羚不置可否，只说你别担心，别打岔，话头又转了回去。

"你之所以拨冗光临，是你的兴趣，更广泛一点，对不对？不然的话，叫你专门来一次，浪费你时间了。"

我的本能是否认自己还有别的兴趣。"王教授跟我讲了些他和你们那伙吃咖啡朋友的事，还没讲完，所以，呵呵呵。另外，我希望他跟芊芊妈妈，能够那个……顺利一点。"

慕向羚神色认真起来，眼睛望着窗外，思考。"你大概会奇怪，我们那帮 Café Ami（吃咖啡的朋友），大多并不希望他们两个，嗯，那个……走那么远。不，不是因为同情长脚阿大——我指杨宗庆，芊芊爹爹——至少主要不是。"

略停顿，她转眼看我，说她叫我来喝晚午茶，是想给我说点王教授的事。

"当然，我也很想见见你，阿王极少夸别人聪明的。"

我弯了弯唇线，对慕向羚如此照顾我的男人虚荣心表示感谢。

第二十五章

下面的故事，是我听了慕向羚的故事以后，结合高大刚和芊芊的故事，加上自己从王教授那里听来的零碎片段，整理而成。其中矛盾之处，应以美学眼光视之，而不是逻辑剖析。

据慕向羚说，王教授第一次在杨宗庆家吃咖啡出洋相那次，她不在，没有女性参加，因为咖啡剩下的太少，杨宗庆宋幼玮他们舍不得让她们这些不会吃咖啡的人浪费，所以有时会偷偷自己聚会吃咖啡，把她们排除在外，小家把气。她说这是上海男人的特性，常常实际到没有风度的地步，虽说这两个人都不是钱上小气的人——实际上在他们那伙人里是唯一拿工资的两个，花钱时只好当仁不让。饭店请客请不起，就请大家去他们体育队吃饭，那里食堂有补贴，伙食好，弄到后来体育队规定一人一个月只能请三次客，她们一去就是大部队冲锋，洪水猛兽一般汹涌而过，还闹出很大的声音，现在回想起来，都奇怪当时怎么就没有不好意思，一个个看起来都是地地道道的淑女呀。

照芊芊的说法，王教授自认识爱莓后就一力猛追，大概芊芊是听她母亲说的，这跟王教授自己的说法也一样——王教授这样的性格，总是要自己追来的，才满意。不过慕向羚的版本，却正相反，是爱莓第一次听哥哥宋幼玮讲到"今天认识了一个咖啡老枪，复旦高才生"，还没见到，就决定要把他追到手——阿琪欢喜追男人胜过男人追她，一旦追上就渐觉没趣，只是没想到这次没轮到她失去兴趣。慕向羚还说王教授和爱莓第一次见面时发生的冲突，是爱莓跟她们几个小姑娘精心设计的，当时并未决定谁出演女主角，只是爱莓胆子最大也最会"花"男人，到时候抢前一步，自然而然就排除了其他可能性。她说事后她还为自己太羞怯而很沮丧了一阵子，虽然自己也知道没法跟爱莓竞争。"不知道什么原因，我们几个小姑娘，背后都不服气阿琪，但一见到她，就没话了，一门心思拍她马屁，戆得来要死！"

高大刚的故事却稍有不同，说王教授并未一见钟情，而是经过相当一段犹豫期，原因之一是王教授在做了一段时间逍遥派后，又被卷入了"文革"，这回是学术政治："中央文革"要找一批人写文章办杂志，宣扬马克思主义哲学源于科学高于科学，同时介绍批判形形色色的西方现代科学理论，巩固毛泽东思想对科学的领导地位。主要找的是老师，但也找了几个学生，王教授就是其中之一——据说那时流行又红又专，王教授专而不红，所以不能大红大紫，只是校方暗中把握，属于不能流失的人才之列，后来造反派掌权，说王教授因敢于思想而被校方压制，现在是把颠倒的历史颠倒过来，所以王教授又有点"红"了起来，被一个复旦发家而成为上海造反派的大人物钦点调进一个写作组。王教授被关在康平路一栋小洋楼里军训一般洗脑了好几个月，自然无法去跟他的咖米们鬼混，但因缘认识了也挑在培训班里的光学系倪翠葆，即后来他的"影星科学家"妻子。

倪翠葆来自苏北农村，一直以为是贫下中农出身，直到结婚填表发现成分栏里填的是开明士绅。原来她祖父是一大地主，前清举人，因与共产党有"长期肝胆相照"的历史（据说是建党之初给过某元老两万银元以资敷用），成为全国政协里二三十个"钦定"不受冲击的民主人士之一（结果是"文革"中略受冲击）。由于她父亲在抗战胜利后得到土改风声，先期把土地都过户给大部分是本家族支系的佃户，定成分时因没有几寸土地竟变成贫农（当时土改政策还不完善），而她家原来那些佃户，有几个因为家大人多，土地占有超过平均水平太多，在定成分时成了中农甚至富裕中农。她著名的祖父第一次在报纸上以贫农身份出现成了一个大笑话，共产党就作了个特例，定为"开明士绅"，又因为后来共产党正式成分分类里没有这一类，所以每到一个新地方她填稍微重要一点的表格，都要被弄到统战部去，搞个特批，倒成了个麻烦。倪翠葆是又红又专的典型，学生党员，校学生会干部，直到"文革"开始变成保皇派，才风头稍杀，但是一遇机会就重新站队，很快又卷土重来。被选入写作组在很多人眼里是搭上进步的快车，上可接触权力中心，下可留校，不用上山下乡或支援三线。

如果当时选校花的话，倪翠葆大概至少能进前三名。苏北人在上海很受歧视，但倪翠葆一口地道的苏北盐城话和喜食生葱生蒜的习惯并未吓退众多的追求者。不过倪翠葆眼界高，很多白马王子铩羽而归，都说她非中央委员的公子不嫁。这句话表面恭维，实则大贬，很有点诛心之论的味道，至少王教授当时听到后很不以为然。

王教授跟爱莓她们认识以后，这个小团体才正式变成了一伙人，好像王教授是个粘合剂一样。几个版本都把这归功于王教授的个人魅力，虽然对他魅力的解读不尽相同。芊芊版认为王教授就是讨女人欢喜，特别讨比他年轻得多的女人欢喜，这跟我的感觉近似。高大刚版则把王教授彻底理想化：大家子弟，风度翩翩，才华横溢，对人还和气平等，不跟人为任何原因争斗。高大刚认为这个版本属于"非人化描写"，近似《三国演义》里描写刘备诸葛亮"仁近于伪，智而类妖"之类。慕向羚版则大相径庭，还有点社会学的味道，大概跟她大学里数学科学不行只能主修社会学有关。她说王教授当时对他们而言，往好里说，是刺激他们的生存意志，往坏里说，是给他们展示一种更精细、更高级的虚荣心：基督教把虚荣心当作一种原罪，对一批本来就是靠虚荣心活着的人，王教授不仅把他们的原罪哲学化艺术化，而且带给他们一种道德解脱，这种解脱很快还变成了一种道德优越感。

"你想想，我们这批人，从资质到教养，都有可能为社会做点事情，但被人为地压到社会底层，又不彻底抛弃，为什么不彻底抛弃呢？唯一原因，就是有人好压迫压迫，好做思想改造的小白鼠，好随时随地有人羞辱——那个时代，谈到人格侮辱，恐怕空前绝后无与伦比，真是'怎一个恶字了得'。当时我们对人生，四个字，彻底绝望。阿王来了，教我们吃咖啡不能用调羹舀着吃；吃英国茶只能用三根手指捏住杯子柄，不能穿过去勾住，为了平衡还要做个京戏里的兰花指，小手指高高翘起来，不然吃茶时容易泼到身上。那次他路过第二食品商店，看见有卖计司——就是 cheese（奶酪）——开心得来，想也不想就花了他一个星期的饭菜钱，买了计司、牛奶、黄油——也就是苏联式的白脱，有肉膻气——红肠，还去菜场买了番茄洋葱洋山芋，临时把我们都招到杨宗庆家里去——他们家老旧的美式煤气炉带着的烤箱还能用——说做大菜给我们吃（上海人叫西餐'大菜'）。我们都记得小时候好像吃过大菜，'文革'来了连想都不敢想，更别说自己动手做了。至于计司，大多数人更是不知其为何物，也不晓得竟然有得卖。

"那天我们真是快乐的一小撮啊，忙了半个下半日，然后大家一起吃了一顿大菜：乡下浓汤、土豆沙拉、烤计司面包夹红肠，还有牛奶红茶。现在看来，那是一顿穷人的夜饭，可是当年我们围着四张方凳拼起来的桌子，刹啦静，坐着等'长脚阿大'宣布夜饭开吃，当时觉着，不夸张地说，是一种宗教虔诚。至少我是这么觉着：我觉着身体发冷，甚至觉着忍不住发抖，浑身就要垮掉的那种预感，恨不得找个地方泼手泼脚躺下来全身放松。后来我晓得自己为什么那么激动，因为我突然发觉，哪怕这个世界上什么好事我都没份儿，我还是可以做一顿大菜吃吃，找点生活乐趣。里面的品位，那些迫害我们的粗胚理解不了，也享受不了：精致、风雅、优越、高尚，等等等等。

"这些想法当然好笑，不说层次之低吧，至少难免势利眼之嫌——实际上阿王当时还开玩笑，说我们自己是'简·奥斯汀的门徒'。你知道是什么意思？阿王说英国人最势利眼，所以发掘人性中的势利，英国作家最精彩，而在奥斯汀笔下，英国人的势利变成一种艺术，所以我们这些小势利眼要把自己提高到艺术层次，就要看《傲慢与偏见》，结果大家都看了这本书，是七七一个同学从徐家汇藏书楼里偷出来的，传看得太多，前后都掉了十几页——几年后这本书又辗转到了我们一个朋友的弟弟手中，只剩下半部了，可见上海人对这本书有多么欢喜。

"应该说，上海人也把势利当作了一种艺术。你学过点社会心理学吧？不不，不是自我辩护。不过你这么认为也不要紧——为什么不要紧？唔，要紧，还是不要紧，to be or not to be？ Is this a question？（活下去，还是死翘翘，这是个问题吗？）这么说吧，你可以拒绝一个人加入快乐的一小撮，但你无法把一个人踢出受苦的大多数，因为他一生下来就身在其中。对，大多数人都会认为我在作自我辩护，另外，我这类冲动也不是没有。但你晓得，我们当时吃的，是一顿穷人的大菜，就有一种优越感，很莫名其妙的，不过实际上我们这些人在为生存挣扎，被人踩踏到社会底层，没有一点阿 Q 精神，要活下去，难。从社会学角度，别人看不起我们，是为了更优越地生存；而我们看不起别人，是捞救命稻草，要靠优越感而活下去，说到底，是自我保护，所谓 weapon of the weak（弱者的武器）。"

三种版本都提到一桩趣事：由王教授加入而成形的这个朋友圈子，几次就吃完了杨宗庆家劫后余生的咖啡。有趣的是，所有煮过一遍的咖啡渣，杨宗庆都没有倒掉，而是晒干后保存了起来，这时他就拿出咖啡渣来说，再烧一次吃吃，意思意思，于是他们开始煮咖啡渣，一遍又一遍，直到煮出来的"咖啡"无色无味，连咖啡粒子都白了，有点晶莹莹的感觉，还在煮，还在吃，边吃边回忆咖啡还未失去味道的时候，用作笑料。

几年后有一天，一份上海地方报纸报道说，因为某个南美总统来访（好像是哥伦比亚总统），国家进口了哥伦比亚咖啡，第二天会在淮海路第二食品商店卖。那天上海一定有很多人都觉得像过节似的。那天晚上，咖米们不约而同聚在杨宗庆家，计划"咖啡战役"，即设法买到更多的咖啡储存起来，因为这次进口明显是一次性行为。第二天全体出动，一大早在淮海路上排队等商店开门。有人清晨三四点钟就来了，所以他们这些六七点钟来的排队排得并不靠前，很怕因此买不到。不料事情有变。开门时营业员说咖啡还没有到，最早也要等到下午，第二天也说不定。很多人失望而去。但咖米们大多数是高中初中毕业生，那时有少数几个在上海工厂工作，大多数应该上山下乡但拒绝服从，在家里成了"社会青年"（"失业青年"的官方称谓，因为失业现象是资本主义才有的罪恶），或在里弄生产组做点糊火柴盒子之类的手工活，一个月只有十一二块钱收入，去不去上班都不要紧。所以大部分人留下排队，随着下午到来，当天供应咖啡的希望越来越小，排的队也越来越短，咖米们竟然排到了前十来名。

下午三点多种，咖啡来了，是一辆小黄鱼车载来的，约莫三四十公斤，拿到柜台上开卖前至少从后门流失了一半。四点半开卖时，大约只有头三十来个人买到，还规定每人最多买一斤。据慕向羚说，这又是上海人的怪事：开后门是违反规矩，但违反规矩之后，做事又极端中规中矩。"后来我知道，这就是一切社会分配制度的本质，"慕向羚说，"叫作权力公平，或曰文明分配。"

咖米们原来想通过反复排队的方法多买一点储藏起来，这时也无法可施，但总算买到了七八斤咖啡，一伙人高兴得不得了，立即就去煮咖啡吃。那天很奢侈，吃黑咖啡，绝浓，不过没点心，因为钱都买了咖啡。当时大家互相间没交流，实际上很多人都是花掉了当月的伙食费。慕向羚当年每月只挣十来块钱生活费，但毫不犹豫买了一斤高级咖啡，那个月她或者借钱吃青菜萝卜，或者就干脆饿一两顿饭。别人看她身材苗条衣着时髦，还以为是上海好人家出身，却不知道都是穷得清汤寡水饿出来的。

据说买到新鲜咖啡后，杨宗庆还偷偷把用过的咖啡收起来晒干藏着，以备不时之需。但王教授就显然不同，他换着法子"吃"咖啡。据芊芊说，王教授引以为豪的一件事是他到了美国后，发现有卖巧克力裹烤咖啡豆的，便十分得意，说他自己也发明了类似的吃法。但慕向羚说，他们买的是磨好的咖啡，没有咖啡豆卖，所以王教授宋幼玮费尽心机走遍上海旧货店"淘"来的手工咖啡研磨机也没能用上，真是大遗憾。大概王教授曾经听说过烤咖啡豆可以直接食用，便想出个直接食用咖啡粉的办法来。因为很少有卖纯巧克力的，他化开红糖，加上买来的可可粉，想用它裹起咖啡粉。但咖啡粉拒不黏合，加水捏成一个小球放进浓厚的糖液里，立刻就散了，结果只好把三样东西混合在一起，烧得滚烫，用个大勺子，一大滴一大滴地滴进冷开水里去，变成一个一个水滴状、深咖啡色的球体，都带个小尖尾巴，很像刚孵出来的小蝌蚪在水里游泳。王教授说，看，看，像不像拿摩温？上海人叫蝌蚪拿摩温，叫工头也是拿摩温，英文 Number One 的译音，美国人叫 foreman（工头），也是头头的意思。后来咖米们就叫这咖啡糖豆"咖啡拿摩温"，既象形，又寓意"最好吃的咖啡"。不过刚开始尝味道的时候，却并不习惯，因为一咬像满口沙子似的，得狠狠地咀嚼一阵子，习惯了口感，才能感觉到咖啡的苦香味和蔗糖的清甜彼此散发相得益彰。后来不少人竟然都吃得上瘾，过一阵子就叫王教授做一点，大家分食，有的还拿回家飨客送人，煞有介事。慕向羚说她有一阵子很反感这种做法，认为不该给外人吃，像叛徒一样，后来自己也奇怪怎么会较真到荒唐的地步。

慕向羚还说，第一次做咖啡拿摩温很顺利，但以后几乎没有成功过，都是糖液滴到水里就散掉，不能成形，所以后来大部分都是等糖液半冷却后用手搏成糖豆，但不知为何口感没有那么好。据王教授后来的猜测，是糖液跟水的温度比没掌握好，因为水应该是冰水。

我想起芊芊曾经为我准备过巧克力裹咖啡豆，大概这个爱好会遗传。

咖米们过了一段好日子，一周总要聚在一起吃两次咖啡。但咖啡总有吃完之日，于是又开始煮咖啡渣，好在现在有十来斤咖啡渣可轮流重复用（咖啡渣越煮越重），日子比以前只有不到一斤咖啡渣的时候幸福到天上去了。实在馋咖啡了，偶尔也会去买一角钱一杯的咖啡吃，边吃边骂这是"汰镬子水"（洗锅水），半是发泄，半是骂给旁人听。那些正把这淡咖啡色的糖精水当资产阶级生活方式享用的人，会对咖米们侧目而视，不论是忿懑的咖米们出言不逊还是因自己喜喝这"汰镬子水"而自惭形秽，都给咖米们以某种满足，至于这种病态心理后面隐藏的不堪，大家都心照不宣了。

不过这样的时候不多。毕竟，这"汰镬子水"也要一角钱一杯，不如省下来，将来买咖啡吃。对于将来，咖米们无奈归无奈，但还是不愿放弃希望的。他们开始注意报纸，希望哪个出咖啡的国家总统来访，又有咖啡卖。后来埃塞俄比亚皇帝海尔·塞拉西来访，提前两星期出公报，他们就足足盼了十四天，天天看报听广播，希望国家进口了埃塞俄比亚带果味的咖啡卖。塞拉西三字在上海话里发音跟"塞垃圾"一模一样，咖米们都说，希望塞拉西这回来不塞垃圾塞咖啡。结果听人说是塞了咖啡，不过是塞给毛主席的，是国礼。

那天王教授跟几个咖米正在静安公园一个小亭子里闲坐看秋色，从广播里听到这则消息，王教授自言自语：伟大领袖也吃咖啡啊？爱莓说，咖啡的香味没人不欢喜闻的，再讲又不要铜钿（钞票）。杨宗庆说，公共场合，不要瞎讲"刮三闲话"。七七开玩笑说，长脚阿大，你是不是要去告发？假使公检法问你，祝福他老人家闻闻咖啡香味，有啥反动的？你不要想歪掉，希望咖啡香味有毒啊？捉你进去坐班房喔。

女孩子都起劲哄叫：长脚阿大捉进去！长脚阿大捉进去！闹了一会儿，有人走进凉亭，不能再放肆地胡说八道。阿苏苏好像不甘心就这么交代了一个说戏话的好题目，说，曩（你们）晓得呃，听我大爹爹讲，印度尼西亚有种咖啡，贵得要命，是让一种叫"陆娃客"的猴子把生咖啡豆吃下去，再拉出来，然后挑出来加工，据说咖啡豆经过猴子肠胃后已经一半发酵了，会产生一种特殊香味。不过这种猴子看起来像猫，大小也像猫，当地人一直把它当作一种野猫，叫这种咖啡"猫污（屎）咖啡"。

阿苏苏说完，大家面面相觑，不知她用意何在。咪咪想了一会儿，突然问，"塞垃圾"皇帝塞的咖啡，加工过没有？大家又面面相觑，然后慕向羚大笑起来，大家也笑了。杨宗庆直皱眉头，但最后也忍俊不禁。笑了一会儿，大概想出一个恶作剧，欲不说而又无法抗拒其诱惑，忐忑许久，突然诗兴爆发，高吟几句诗词："金猴奋起千钧棒，玉宇澄清万里埃。今日欢呼孙大圣，只缘妖雾又重来。"弄得大家莫名其妙。然后爱莓说，改一改吧：金猴奋起千钧棒，海尔携豆万里来。今夜送与孙大圣，明朝磨出咖啡哉。咪咪说，那孙悟空就一只猢狲，产量会有多少啊？宋幼玮说，抓革命，促生产，革命抓一抓，产量翻三番。阿苏苏说，人家孙大圣是只公猢狲，你要人家单性繁殖啊？众人开始不解，然后爆发般大笑起来，把新进来的三个人笑走了，大概以为是笑他们。只有王教授没加入"恶攻"行列，大概他觉得这类玩笑趣味不高吧，更何况这杀头之险冒得毫无意义。据响羚羊说，王教授常常要表示或表演他能够背诵伟大领袖所有的诗词，这让他所有的朋友都搞不懂。

闹完了，杨宗庆说，"猫污咖啡"这几个字，绝对不要拿出去讲，要吃官司的。听说前两个月复兴中路岳阳路那边一条大弄堂，有两个小广东吃猫，被抓了起来，恶攻罪，一个枪毙，一个无期。大家一下子都没听懂，最后王教授说了"谐音"两个字，大家才猜了出来，顿时噤口，各自垂下眼睑，好像互相间眼神接触很凶险。稍静，转开话题，以后再没提起这种咖啡。不知道王教授来美后有没有尝过这种猫屎咖啡。慕向羚是尝过的，说好像没什么特别，不过也许是她不够老枪。

第二十六章

那以后不久，上海咖啡馆重新开张，这在咖米们心中具有历史意义："文革"中关闭所有的咖啡馆西餐馆，意味着经过十七年的反复，西方生活方式终于在其中国大本营上海寿终正寝，而上咖的重新开门，却标志着这种生活方式又悄悄死灰复燃，也许接下去就是西餐馆开门，跳舞厅开门，好莱坞大片上映，大家都穿西装打领带，互相称呼小姐先生女士，彬彬有礼风度翩翩，再接下去……一个时代结束，允许重新开公司出国留学也说不定。

慕向羚二十多年以后回忆当时的情绪，复述王教授对此的感慨时，眼里的钦佩之光亮透了眼睑。"想不通！当年我们复旦那帮瘪三，号称精英中的精英，私下里预计以后最极端的变化，就是到苏联修正主义。相比一看，我们这帮头脑简单的家伙，一次市井小民的虚荣心爆发，其预见性把这批精英中的精英一脚踢到太平洋里去了。不可解啊不可解！中国的文化人类学，一句闲话概括，还处于史前期。"复述完，慕向羚充满幸福感地加了一句：阿拉的阿王，哼哼哼，你有得闲话讲呃？我这一辈子顶开心的事体，就是认得了阿王。当然，顶遗憾的事，就不用讲了。这不单是我，阿拉那批人里的小姑娘，我敢向你保证，一个比一个更"吃"阿王。

当年上海人欢喜用"吃"字表示桑濮之念。

上咖开门也上了报，一时上海滩上的时髦人奔走相告吹头熨衣省下中饭钱好在上咖复兴那天摆点派头。咖米们也戮力备战，还开了战前会议以便能在复兴之日占有两张相邻的台面，甚至还讨论了怎样说服或诱使服务员允许他们拼台面，包括托人找关系以及利用咪咪的美丽和杨宗庆的名气让服务员觉得帮他们一个忙意味着开始一场意味深远的友情。王教授甚至准备了可能的对话台词让大家都背下来，以备不时之需。可惜所有这一切都是白做功。他们去了十一个人，提前两个小时去排队还是太晚——前面还剩下上百人时位子就没有了，于是咖米们开始了他们一辈子最长的一次"等位"体验：一共是四小时四十三分钟，在下午四点差二十六分占到了第一张小圆台面，五位女士挤坐下并迫不及待地开始了她们的蛋糕或馅饼午餐。五个男士加一个女士——响羚羊，在十来分钟以后坐到了一小方台面，跟小圆台面隔三张半桌子，又奋斗了半天才换到一起，拼了一个天圆地方，围坐下来大家你看我我看你，都出一口长气，无声地笑了足有三十几秒。王教授建议尚未午饭者试试看空着肚子吃黑咖啡，是否更过瘾一些。已经吃完"午饭"或正在吃的都抗议说王教授不公平，不先告诉她们这种吃法。王教授说他也是临时起意。五个女士都摇头不信，坚决要求下回一起尝试。杨宗庆说好吧好吧，今天不准空肚子吃咖啡，于是一场争论釜底抽薪。结果蛋糕没上咖啡已经来了，大家都不吃，边等点心边心痛地用手捂着咖啡防止散热太快。然后响羚羊说咖啡热量都热到手上去了，我等不及了，拿起杯子就是一大口。男士们左看右看，见没人再抗议，也都拿起杯子做饕餮饮。

空腹喝咖啡果然味道大不一样，滚烫烫流过口腔喉头，胸腹间顿时一股暖香气氤氲蒸腾，惬意啊。于是一口接一口，一杯下去了点心还没上来。一问，原来点心卖得快，大大超过预计。服务员说大部分人不会吃咖啡，靠甜点送下去，所以好多人都一杯咖啡要吃两三块点心。"你们几个人，一看就是会吃咖啡的，"服务员说，"你滑滑眼乌珠（四下溜一眼），有几何（多少）人是拿着调羹一调羹一调羹往嘴巴里塞呢，嘿嘿嘿。"大家四周一张，果然，好多人都食指拇指长长地伸出，小拇指翘得老高，颤巍巍拈着调羹，一小勺一小勺撮进嘴唇抿着，斯文得不得了。大家于是互相交换一眼，会心一笑，心里暗暗感激王教授给他们细细讲过吃咖啡的规矩，不然今天也要成了这个服务员的笑柄。

悲剧在吃第二杯咖啡时发生。因为空腹饮咖啡，响羚羊首先觉得反胃，打了两个嗝。宋幼玮说多吃点蛋糕压压。响羚羊吃了爱莓盘子里省下的半块咖啡布朗尼，似乎觉得好受一点。宋幼玮说响羚羊"咖龄"太短，"像阿拉这种老枪，啥辰光吃咖啡都乐胃。"说罢潇洒一仰头，半杯咖啡倒下去，抿嘴咂舌一连串"嗯嗯嗯"，一副享受之至的模样。岂料几分钟以后，宋幼玮胃里造反，先是努力堵住，没事人一般，接着压不住了，抢过阿苏苏正要往嘴里送的最后一口苹果派，填进嘴里，当它个塞子用，同时"摆骠劲"（为吸引异性做出的姿态）给阿苏苏来了个英国绅士式的道歉，拉开架子来了个屈膝礼，全是《傲慢与偏见》插画里看来的，大概在自家大橱镜子前练熟了，终于有机会用一下。一定是行屈膝礼弯腰太过，胃里撑不住，顿时"井喷"，还好手脚快，掏出手帕捂牢嘴，跨过七七膝盖就往卫生间冲。还没冲进去，就发出紧紧捂住的一声惨叫。半天后回来，胸前膝上全用手帕揩得湿汤汤的，一张漂亮面孔摆出一副"今朝出洋相了，你们随便笑"的表情，无可奈何得令人心疼。不知怎的，慕向羚看着看着就也去了卫生间。她没有跑，手帕似乎捂住了井喷，到了卫生间却还是没能避免发出戳人心经的一声尖嘶，全咖啡馆的人都听到了，不过没等到慕向羚出来对她致以注目礼——慕向羚已经悄悄从后门走了，后来她扎扎实实倒了一星期左右的胃口。宋幼玮却晚上就去朋友家混了一顿好饭：他总有地方混饭吃，也欢喜到处混饭吃，人们好像也欢喜他去混饭。

上咖成了咖米们最欢喜去但最少提及的地方，因为那里消费太高，就是几个高工资，包括后来名义上复旦留校的王教授，一星期一次也有些吃不消，至于慕向羚她们，一个月一次也得平时束紧裤腰带拼命省钱。她们争取一个月去一次，每一次都弄成一次完美经历。那时上咖有两种餐具：一种是老上咖留下来的，英式白瓷加不锈钢刀叉调羹，很有风格；一种新的，玻璃杯碟塑料调羹不带刀叉，咖啡满杯时还过得去，但一喝完，杯壁上留下痕迹，旧而且脏，有悲凉感。几乎所有的顾客都希望用老餐具，进门坐下就对服务员说，阿拉要用老底子的吃饭家生（餐具）。服务员通常会说，那要碰运道的，并不特别在意他们的要求。但碰见已成相识的咖米们，就会尽量满足。不过老餐具有损耗无补充，加上有咖米总爱忘了不应该把漂亮餐具揣在兜里带回家去，于是越用越少，所以有时也会对他们说，老餐具要等些辰光噢。不论花多少"辰光"，咖米们总是心甘情愿地等，谁敢说一次咖啡没吃好，绝无抱憾一生的可能？

慕向羚回忆这段时光时，不由自主坐直身子，低首打量自己无论就品位还是就价位都无懈可击的衣饰，嘴角漾出一丝无奈。她说她这一身衣服，价值是她出国前所有穿过的衣服加在一起的几倍，材料做工就更无可比拟，但女人穿衣服，要的是感觉漂亮，那就完全是另一回事。

"每次去上咖，我都穿得水清山绿。"慕向羚斜睨着天花板上长颈鹿饮水般垂下的水晶吊灯，好像那里无数亮晶晶的反射面里也许藏着自己少女时代的身影。"那辰光我买不起衣服，都是淘边角料自己裁自己做。四五月，去衡山路走走。两边梧桐树差不多长成了一片，太阳光落不下来多少，走在里面不怕晒。大家都欢喜去衡山路走走，叫兜风，看人家穿些什么，也让人看，说不定就看出些像小说里写的浪漫事体来。"

慕向羚一口上海普通话，且越说越蹩脚，插入的上海方言见长。

"我去上咖，都是两只脚走得去。外面一件仿华达呢咔叽布两用衫，淡米灰，侧胸裥，暗收腰，狭长西装领，低开胸，只要三粒纽扣，light Burgundy（淡勃艮第）红府绸衬衫，从里向外，马蹄莲开花一样翻出来，小尖角驳领，前襟加一层薄衬垫，立得起，挺括，两条弧形线像焰火放上天去那样，急速升起然后慢慢落下，刚好露出两截锁骨，各三分之一，一粒黑有机玻璃纽扣，衬着白皮肤，黑的墨黑，白的煞白，抢眼啊，弹眼落睛；下头一条深墨绿长裤，隐条，料作是顶薄的薄花呢，小掐裆，有点包屁股，不能太包，不然就会像屁股后袋里摆两只洋山芋；直脚裤管，裤缝从腰裥笔直到底，不打一丝格愣；裤脚五寸三分，刚刚遮住皮鞋横攀，巧巧露出一点小圆头里的黑丝袜，老娇小的。有几只梦我常做的，其中一只就是穿得山清水绿在衡山路上走，微微挺胸，收腹。屁股，嘿嘿，屁股也要翘一翘；不好太翘；走路辰光，屁股感到裤子的gentle tension（柔和的张力），那就翘得正正好。嘿嘿，五月天落花风，法国梧桐一片新绿，叶子长到小毛头（婴儿）手掌大小，那里这么走一走，走到上咖去，一路走一路人家看，你装得旁若无人，嘿嘿，那种感觉，真青春。"

后来芊芊告诉我，响羚羊从家里去上咖，走衡山路要绕道二十分钟。她之所以那么走，是觉得自己属于那条穿越法租界高级住宅区的林荫道。来美后虽然拒绝回国，但趁房价尚未成天文数字时就花钱为其寡居的母亲买下了一栋两层楼的小洋房，并说这是她的 ultimate revenge（终极复仇），也不知道是跟谁复仇——"文革"时她家无房可资没收。我后来路过那一街区时特地多走了几步去看了一下这栋洋房。很小，弄得跟她人一样清爽，花木齐整门窗紧闭，好像极少有人住的样子。我隔着房子围栅向里窥视了相当一段时间，揣度这个形象跟慕向羚当年和如今的关系，着实满足了一下我自命思想者的虚荣心。不过这房子实际上位于跟衡山路交界的一条小马路，出门还要走几十步才是衡山路。

大约响羚羊这么走了一年半上咖，跟几个咖米分分合合谈了几次恋爱，王教授跟爱莓开始了他们的爱情。这个爱情，在响羚羊看来，在那个时代普通之极，最多算个小人物小小的悲喜剧，但对我这个后来人，却很有点轰轰烈烈的味道。不过高大刚的版本里，这个小小的悲喜剧堪称浪漫，而按芊芊的说法，不过是一个男人一个女人的荷尔蒙在一个错误的地点错误的时间用一种错误的方式发作了，把一个错误的生命带入了一个错误的世界，就是她。当时我随口就说，负负得正，至少你长得还算"正"点。芊芊当时就白了我一眼，我竟然觉得有点幽怨的味道，想自己又自作多情了，稍后又想，老是自以为自作多情，是否属于另一种自作多情？生怕自己虚荣心发作而不自知？尽管不时骄纵一下自己的虚荣心，我并不以此为耻，当然最好有点格调。

高大刚的版本里，王教授跟爱莓第一次约会是在他们相识后两三年。那时王教授已经从红极一时的上海市委写作班子里下放到一所中学里去教数学——他参与了上海批判爱因斯坦文章的写作；他并不认为爱因斯坦批不得，只是有些事无法忍受。有几个才华横溢的科学家同学同事他很佩服的，后来看到他们跟在几个"工人理论家"屁股后面胡说八道，以至于跟湖南醴陵那个批爱因斯坦始作俑的中学物理老师愚蠢得不相上下。他想了很多办法找了很多借口才被允许"暂时"

下基层体验"教育革命"，工作关系却没变。当时他已经跟倪翠葆谈了近两年恋爱了，不小心偷尝禁果，一发而不可收，一时间全校哄传加创作，给正在农村整顿思想兼准备发配基层内地的学生们一点可资谈笑分忧的风流韵事。照高大刚的版本，王教授跟倪翠葆开始恋爱的时候，引来无数艳羡的目光，不仅由于倪翠葆长得漂亮，更由于她是复旦校园公认的"六个半"才女之首——当时大学生里还是"才女崇拜"，才女"恐龙化"是经过几十年的文化持续退化才发生的。王教授下中学之后，跟倪翠葆浪漫热情依旧，直到王教授跟爱莓邂逅近一个周四的午后。

芊芊和慕向羚的版本则相当不同。芊芊说她母亲爱莓一开始就欢喜上了王教授，虽然可能一开始猎奇心更多一些。不过爱莓认为王教授是个智力至上主义者，非才女不娶，也没有先谈几个恋爱玩玩的想法，所以她没戏，倒是七七这个南模高才生有可能，是王教授另眼相看的唯一女性咖米。由于没了想头，对王教授就全无拘束，所以咖米中只有她敢捉弄王教授，后来听说王教授跟倪翠葆好了，虽然因为倪翠葆拒绝与咖米们为伍而很讨厌她，心底里却认为才子才女很般配。

（芊芊母亲难道跟女儿讲过这些事，谈得还相当有深度？什么语境？是想获得女儿谅解，还是传授人生经验？）

慕向羚却认为倪翠葆跟她们这些女性咖米相比，有两个优势，一是身段风流，细腰长颈丰胸柔荑，眉目如画倒在其次。不过她认为光凭这些性感优势还远不足以把王教授这样的 intellectual man（智性男人）勾上手。倪翠葆还有她第二个优势，最大的优势：她是个土包子，一个有心计有手段的土包子。慕向羚说，上海姑娘做人的讲究可以用一个英文词来表达，sophistication，并问我这个英文词如何翻译好。我回答说想过很多回，找不到好译名。她说她也没找到，不过能够大致意会，就是内在讲究知性精密复杂、外在讲究举止优雅有教养，世事通明人情练达却又能超拔世俗。但这个标准太高，一般上海姑娘鲜能勉为其难，等而下之就形成一些上海姑娘的特点，比如说委婉包裹着精细、心机深又不无优雅、追逐时尚却要显得超越时尚、时时警觉自己骨子里的市井气并努力显示教养，等等。这些东西，对大多数男人，特别对外地男人，很有吸引力，物以稀为贵嘛，不过对看够看穿了这一切的上海男人像王教授这样的，反而不够异类不够新鲜。加上受了一些回归自然返璞归真之类思潮的影响，璞玉无暇未经雕饰就更具魅力。

慕向羚说，上海人造孽很多，其中最恶劣也最不可解的是歧视苏北人，特别是盐城那一带的人，叫他们"江北猪猡"，而倪翠葆就是根正苗红的苏北盐城人。慕向羚认为，倪翠葆纯正的苏北血统，对藐视世俗的王教授而言，提供了一个最佳触媒。

"记得长脚阿大有一次不知哪里搞来一本英国小说，书名不记得了，好像是什么伯伯家的女孩子，家里很穷，她爸爸突然发现自己家跟一个贵族是亲戚，硬要自家女儿过去认亲，结果羊入虎口，毁了她一生——什么？对对对，作者是姓哈什么，当时阿苏苏还说原来英国人也有姓哈的，跟满人一样。《德伯伯家的苔丝》？对对对，就是这本书，原来你也看过。什么？是德伯，不是德伯伯？北方人叫伯伯是常用一个'伯'字的——江南人是一定要叫德伯伯，不能叫德伯的。别皱眉毛，我提起这本书自有道理。这本德伯小说，我们都看了——实际上我只随便翻了一下：我对文学没什么兴趣，他们偷偷摸摸弄来的那些外国书，我都没仔细看过，不过那时不作兴说我不欢喜看，人家要笑话的。做啥记得这本书呢？因为有一次阿王提到书中那个牧师的儿子，因为发现这个女孩子已经失身，就离开了她，结果造成她的悲剧。阿王非常感叹，讲这个牧师的儿子太戆了，哪里去找这个纯净得像一滴清水一样的小姑娘啊？长脚阿大讲，被人家困也困脱了（被人睡了），还一滴清水呢。这时候阿王非常夸张地'仰天长叹'，真的，我想不出更加确切的形容词，只好用这个很北京人的词汇——用上海话怎么讲？好像讲不出来。'眼乌珠朝天翻嘴巴里哈出一口老长老长咯气'，嘿嘿嘿，戆！戆！戆！戆死掉喽，像上海小市民唱的滑稽戏一样。"

我的印象中，慕向羚这样的上海人心目中，北京是否存在都很可疑，而她竟然赞赏一个"很北京的"成语，可见她在咀嚼王教授那声长叹的涵义上花了多少心思。照她的看法，王教授那声长叹是"cry of loneliness（孤独的呼唤）"。这个词原意指耶稣基督上十字架前大声呼唤，问上帝为什么抛弃他。但慕向羚认为王教授觉得世人皆醉我独醒，不懂天真人格的可贵。她说一听见王教授的长叹，她就知道她们那伙人都没戏，都是"反天真派"，而倪翠葆是苔丝，虽然不是"一滴清水"，"但不像我们，一滴滴都是黄浦江水，太阳光照过去全都反射掉。当然，我们那辰光也都不晓得，倪翠葆的家乡苏北盐城那地方，专门出盐碱水。"

哈代小说里，有个小酒／旅馆叫 The Pure Drop Inn（清水滴小酒店），表面上有宗教涵义，实际上指酒，从作者用心看，虽然旨在哀叹一个纯净少女最终被社会变成妓女，终极旨归还是哈代那点亵渎上帝的用心。看来慕向羚不知道这个典故。如果知道，不知会怎样解读王教授的那声长叹。

第二十七章

慕向羚版本里,王教授跟倪翠葆好了没几个月就被爱莓"轧(挤)进一只脚"。那是个早春天气,慕向羚说,她从生产组出来,在弄堂里一个水龙头上洗手,因为糊了一天火柴盒,手上的胶水湿了干又干了湿,要搓净洗清而不弄破手上皮肤,耐心怎么多也不嫌够的。正洗得两只手白溻溻冰冰阴,一支长臂就从右后肩伸过来绕一圈在她左脸颊轻轻"拍"了一下。世界上肯定只有爱莓欢喜这么跟人打招呼的。用慕向羚的说法,表面上是显示跟你亲热的小姊妹关系,实际上是表现她"轻舒猿臂"之美,更有"压你一头"的涵义。慕向羚没洗干净手就黏嗒嗒地被拖走去街角一家食棚里吃一角钱一碗的小馄饨顺便分享分享流言蜚语。这种小馄饨上海人又叫"碰肉馄饨",意为所谓肉馅不过是跟肉馅表面"轻碰"一下,每个馄饨里最多只能"碰着"一粒肉米,所以一碗馄饨满泼满十二粒肉米,绝对吃不饱的,但饱餐一顿流言蜚语却是有保证的。

那天小馄饨是爱莓请客。

据慕向羚说,爱莓开始就不停地说"我今朝碰着大头鬼了",不过脸上找不到一细条"我今朝倒霉透顶"的皱纹。

慕向羚大概发觉我能听懂上海话,讲着讲着就完全是上海话了,可能自己都未意识到。她普通话实在太糟糕,上海话却染了一抹姑苏水色,柔媚,还微微荡出一丝市井气。

"她第三次讲'大头鬼'，我就晓得阿琪一定做了一桩她觉着特别刺激的事体：讲不清爽是她倒霉了，还是她额骨头碰着天花板（走运）。阿琪这辰光正好想掼脱一个男小囡，四眼，五十一中的红卫兵小头头，屋里厢出身也不好，好像老爹是京剧院一个编剧，过去专门帮周信芳写戏的，还关在牛棚里——这种人，老底子（以前）上海滩上头混天蟾舞台兰心大戏院的，屁股不可能清爽的。四眼这只赤佬，就是靠揭发他阿爸混进红卫兵的。男小囡人不错的，卖相邪其崭，看到他就像看到树林里立着（学北京腔）'一棵挺拔的白桦树'，人真挺括啊。两只头顶心，一只靠左，一撮头发，随便怎么弄也弄不服帖，翘在额骨头上面，阿拉叫他'怒发冲冠'。怎么讲到他身上去了？反正这个男小囡吃阿琪是吃得来不得了，跟在她屁股后头像只跟屁虫，一分钟也不肯走开的——阿琪的眼乌珠像滑丝，总归在空中滑，东滑滑西滑滑，哪个男小囡被她滑牢，就逃不脱哉。这个阿琪被四眼盯牢，这眼乌珠怎么滑丝啦？人身自由没唻！有辰光阿拉撮到一堆吃咖啡，四眼也要跟得来。阿拉思想全老反动的，讲闲话刮三（犯忌），把（被）人家听到要坐班房的。他一个红卫兵小头头，哪能来参加呢？阿拉就叫阿琪来的辰光尾巴要一刀斩。啥人晓得这条尾巴来得个聪明，斩来斩去就是斩不脱，弄得阿琪吃咖啡也吃勿着唻。

"阿琪本来就拿他当小阿弟，挑挑他，白相相呀，这辰光就想掼脱他了。阿琪虽然讲是老吃老做，真要掼脱一个男朋友，也没有那么简单。碰着四眼，那就有的戏好唱了。你晓得呃，对阿琪来讲，掼男朋友，老有讲究的，是种艺术：不好伤人自尊的；不好讲龌龊闲话的；也不好一句闲话不讲就不理睬人家的；顶顶难的，还要跟人家做朋友做下去。你想想看，要掼脱人家，还要人家认你做朋友，这赛过（好比）女小囡打相打不许掐人拉头发，难啊！唉，阿琪就有这个花头。不过碰到四眼，什么花头全摆过了，没有用。四眼油盐不进，也不哀求苦恼，就是阿琪一出门，他就立了弄堂口，等你。你到啥地方去，他也去，一句闲话不讲，两只眼睛像井水里泡着的两颗黑葡萄，伤心千古看牢你，弄得阿琪跟他也不晓得抱头痛哭了多少次，哭过么就滚眠床。你讲可有得办法呃？

"我晓得你在想啥。那个辰光，没结婚就滚眠床，公检法要请你进庙吃生活（挨打），叫流氓罪。阿琪么，那辰光没啥人逃得过去的。噢噢噢，阿琪没那么严重，她没坐过啥班房。她不是瞎来来的人呀，就是多谈两个朋友，后来么她的生活方式没啥秘密唻，她也横竖横（不在乎）唻，胆子越来越大。具体么，具体就不讲唻。对对对，阿琪老早就 lost her virginity（失去童贞）了。十五六岁，跟她篮球队教练。不是教练主动的，你相信吗？是阿琪主动。阿琪就是吃她教练。她教练那个辰光也不过廿七廿八岁，结果被阿琪十五六岁一只小花猫，弄得是昏头昏脑，老婆丢脱了，教练开除脱了，儿子三四岁，叫他'老流氓爸爸'，后来因为他死也不肯放手阿琪，党组织怕他被公检法抓去判他强奸少女罪，就把他送到苏北大丰农场去锻炼思想了。不算劳改。后来他又做女篮教练了，还蛮有名的，选上过上海劳动模范、十一大党代表。噢，他顶瘫痪的事体，还不是被送去农场，而是被阿琪阿哥玮玮跟长脚阿大两个老兄，冲到女篮训练场，现开销，把他结结棍棍打了一顿。他倒蛮有风度的，就坐在地板上面，听你打，不还手。打得个鼻青眼肿，鲜鲜黄的球衫，胸口血血红一大摊。打好了，问，还要打吗？回答讲，今朝就打到这搭，明朝你再盯牢阿琪，明朝打，后日盯，后日打，盯一天，打一天。阿琪教练讲，曩（你们）帮帮忙好吗，明朝后日大后日全部一道打掉算数，不要每天来跑一趟，影响阿拉训练计划的，马上要全国青年赛唻。玮玮跟长脚阿大一句闲话也讲不出来唻，滑脚走人。阿琪教练揩揩鼻头，立起来讲，继续训练，我身上这点血迹疵，第一眼看像玫瑰花，多看两眼就不像了。据讲弄得一帮小姑娘，全部眼泪汪汪。阿琪当天不在，隔离了，假使她在，肯定扑到她教练身上去。对！你猜着了，阿琪的教练，是阿琪唯一没有掼脱过的男人。后来两个人到底怎么分手的，阿琪从来没讲过。我只记得，我认得阿琪的辰光，她已经廿岁廿一岁了，还请她教练吃过小馄饨。

　　"刚刚讲到哪里搭？四眼！四眼不肯放手。讲起来也算个 conundrum（谜），阿琪讲起来么，谈朋友总归是白相相，不过也不是没有感情投入的。不管跟啥人，开始么总归是欢喜得要死要活，后来疲沓了，掼脱了，有辰光还会突然冒出一句闲话来：噢，四眼穷归穷，四分洋钿帮我买一张 15 路电车票乘两站路，自己走到三角花园去。

噢，来来碰到这桩事体，肯定要写一首小夜曲的——来来是上音附中的学生，后来在密西根大学读作曲，拿了个博士，作曲教授职位太少，混得老不开心，现在在纽约教人弹钢琴过日脚，铜钿讲起来比做教授还赚得多，不过心里厢醲塞（堵得慌）啊，就是有钞票人家的高级佣人那样。不谈不谈。"

略停，仍然抵抗不住诱惑。

"加一句：据阿琪讲，来来屋里厢四个小囡，名字都是乐谱：多多、来来、咪咪、发发，都是音乐天才，实际上是家庭影响，都欢喜音乐吧。回来讲阿琪。反正，阿琪碰着四眼，弹眼落睛。阿琪跟我讲：今朝跟四眼滚眠床滚得被单烫也烫不平，过一歇再用两个钟头摆花头，花得四眼同意分手，明朝出门他又立了弄堂口，两只眼睛墨墨黑潮沮沮，看得我心里别别跳，嘴巴里像黄梅天还没到就吃杨梅，酸得唻！没办法，只好两个人又去滚眠床。咳！随便你怎么心狠，你熬不过他两只眼睛哭兮兮。碰着别的女人，一个你想掼脱的男朋友，哭兮兮立了弄堂口，你本来就剩下一点点同情心，这辰光马上变成腻心（恶心）。碰着阿琪，不一样，每个男人家为她落下来的每一滴眼泪，都是金子，都是收藏品。

"阿拉都跟阿琪讲，不要跟他滚眠床，越滚他越要立弄堂。私底里阿琪跟我讲，我也不想跟他滚眠床，不晓得怎么搞的，这只四眼，人看上去筋骨瘦，一副书牍头吃相，不是雄赳赳的男人家。不过他几根手节头一搭到我身体上厢，我人就酥脱哉，脑子里想法全变了，好像跟他两个人轧朋友（谈恋爱）也蛮好。"

慕向羚说到这里，跟我有一个眼光接触，嘴角微微一抿。"现在阿拉都晓得，四眼可能跟阿琪是最佳 sex partners（性伴侣），不过那辰光，阿拉就觉着好白相，嗒，怎么会有这种事体的。"

"那天是礼拜二，下半日，阿琪刚刚滚好眠床出来，心情马上变得坏得不得了，晓得明朝又是老一套，这日脚怎么过得下去啊？这辰光正好看到阿王从对过弄堂口斜穿过来。平常阿琪看到阿王只想逃，不要看她好像老欢喜捉弄阿王。阿琪总归觉着阿王太高才生，不大看得起她这种没啥头脑也没读过啥书的女小囡。不晓得啥道理，这次阿琪走上去拍拍阿王的肩胛：哎，阿王，你帮我想只办法好哦，掼脱四眼。

据阿琪讲，阿王吓了一大跳，大概正好在想他的数学方程式。阿王讲，哎，你是不是想吓出我心脏病来啊？阿琪真是天才，她什么闲话也不讲，眼泪水汩汩汩汩就落下来唻。阿王慌了，问她啥事体要哭啊？阿琪讲，四眼扒牢我不放手呀！我一点点办法也想不出来。阿王讲，四眼？啥地方钻出来个四眼？

“阿王平常对阿琪跟啥人轧朋友根本没有兴趣的。阿琪讲，呶，就是五十一中钻出来的四眼呀，外滩冲市委大楼的辰光，第一个冲进去跑到二楼摇红旗的小赤佬，后来他那张照片都贴到北京哈尔滨去唻，还有名字的，叫啥的‘一月革命的红旗’。阿王想了一想，讲，噢，有印象有印象，男小囡，额骨头一撮头发翘起来，冲天炮那样的。阿琪讲，对对对，就是他，一副戆腔，两条肋排骨像汰衣裳的搓板。阿王讲，什么戆腔？看起来是只书蹝头，门槛精来兮的。阿琪讲，是哦？大概我人太戆了。你帮帮我忙噢，你复旦高才生唻，想只办法掼脱伊，掼得伊七荤八素。阿王讲，我想得出什么办法？我又不懂你这种瞎七八搭的事体。阿琪讲，噢，你是不是只有读书聪明啊？碰着这种事体，你一只脑子就不灵光哉？算啦算啦，还是寻长脚阿大去，他拳头大，把四眼一顿生活吃吃（打四眼一顿）。

“这句闲话一讲出来么，阿王就被阿琪手铐铐牢唻，一铐一辈子。阿王这个人，认为自家天生一只逻辑大脑，世界上不管啥事体，他都可以像做解析几何题一样解脱，不晓得世界上面无数事体，是不讲逻辑的。阿琪一提长脚阿大，阿王大概觉着受挑战唻，跟阿琪讲，今朝他有事体，明朝请阿琪一道吃小馄饨，想办法。我问阿琪，阿王想得出什么办法来啊？阿琪这辰光两只眼睛卜落卜落乱翻，不晓得在想啥。我推推她：喂，你发啥的呆？阿琪讲：阿王这个人，有劲哦？我一记头（一下子）敏感起来：阿琪，你想跟阿王轧朋友啊？要我帮忙哦？实际上我并不想鼓励阿琪轧阿王——我自家老欢喜阿王的——不过我觉着阿琪跟阿王根本没戏唱。自作聪明啊。你猜阿琪怎么反应啊？她自说自话：不晓得阿王碰过女人哦？我紧张起来：你想花（勾引）阿王啊？他是大学生呢！这辰光我虽然轧过两次朋友，人还是蛮胆小的，不敢跟人家滚眠床的。阿琪毒（丢）给我一只白眼加一句闲话：轧朋友不滚眠床，你怎么晓得轧得下去轧不下去啊？我被她丢得一句闲话也讲不出来了。

"阿琪叫我第二天跟她一道去吃小馄饨。我讲，人家又没有请我啊！阿琪讲，我请你呀！假使阿王请你，阿是变成你在花阿王噢！你也欢喜阿王啊？阿琪这么一问，我就出局唻，不好跟她抢阿王哉。当时辰光年龄太小呀，不懂事体，不晓得是阿琪用这句闲话吃牢我，要我不好意思跟她抢阿王呀。她又不是不晓得我也欢喜阿王的。阿琪门槛绝绝精的。我讲，好的呀，我帮你去花阿王，一副小姊妹讲义气的派头。真是被人家卖脱了还帮人家数钞票。

"当然啰，那辰光就是让我去花阿王，我是不是敢花他，还蛮难讲的。啥道理呢？我在生产组呀，不算正式工作的，没有工佃，也没有劳保，就算人家看得起你，你自家底气足呒？

"你不要当我在讲阿琪坏闲话噢。我跟阿琪这种几十年的好朋友，这种关系还是人际关系呀，少不了一点鸡鸡狗狗的，假使少了，就没啥人气味噢，那有啥劲啦！这两日阿琪阿王住在我房子里厢，阿琪还要防我一脚的，好像我跟阿王还有可能要去滚眠床那样的。唉，阿琪这种女人家啊，顶欢喜作（无事生非）呀，不作就骨头痒呀！碰着阿王这种男人家，她还要作，不肯好好珍惜。假使碰着我，不管水里火里，我往里厢跳唻，一门心思帮阿王烧饭养小囡唻！阿王这种男人家，跟他碰着的缘分，你要修几百年才能修得到啊。结果被阿琪小花头一花，机会我错过唻，错过这种机会要受天罚的呀：离了四次婚，现在这个男人，好人啊，自由民主世界大势讲得头头是道，不过么心理年龄大概只有五岁，忠实啊，笑起来比阿拉屋里厢一只哈巴狗还真诚。唉，我这个男人，倒更像我的儿子。

"大力，你在想啥啊？是不是想到我屋里厢去看看阿王阿琪啊？阿王是讲要你过去的，阿琪不肯，讲那个做教授的小囡，假使他来白相一趟，不晓得他肯不肯做我女婿呒？大力，你是不是拎不清爽她在讲啥啦？我也拎不清爽。猜猜么，大概阿王芊芊两家头，把你讲得太聪明太可怕唻，阿琪怕你一去，她白相的花头，白相不下去唻。不过她倒是跟芊芊讲，那个做教授的男小囡，要攥得牢牢（抓紧不放）的。阿琪这个人，有几个男人家是一定要攥老的，长脚阿大是一个，阿王是一个，四眼还是一个，还有两三个男人，全被伊攥得牢牢的。

唉，阿琪这个人，太欢喜白相花头喋，人倒不错的，老讲义气的。大力，你不是在想，阿琪想勾引你哦！勿要瞎猜。伊勿会的！她老早收道（上海黑帮切口：金盆洗手）喋！噢，不是不是！她就是想，也不敢的。Miss Tiger，就是她女儿芊芊，阿琪吓这个女儿的。别苗头别不过她的。大力，你真的对芊芊是一帖药吗（能制得住芊芊）？我看你不像呀。

"回头讲吃小馄饨。第二天我就跟阿琪一道去跟阿王碰头。我还在想自家莫名其妙挤一只脚进去，不要让阿王当我来揩油水噢。没想着阿王看到我讲，啊呀，响羚羊，你是不是变螃蟹啦，肉都长到骨头里厢去喋？走走走，一碗小馄饨打不倒你的，吃一点油水足的去，做螃蟹也要做秋螃蟹，肉头厚一点，卖相好很多。我当时辰光身体老虚的，营养不良啊。里弄生产组糊洋火盒子，轻劳力，就是做不动，一个月只赚得到十来块铜钿，我姆妈也是糊洋火盒子，赚得比我还少，所以阿拉两个人，一日几分洋钿青菜萝卜，眼睛越长越大，眼皮从单眼皮变成双眼皮又变成三眼皮喋，面孔发绿发青，生产组两个老太太叫我'青山绿水'——里弄里高音喇叭一播送毛主席诗词《送瘟神》，'绿水青山枉自多'，老太太就笑，跟着朗诵，对了我左看右看。不是夸张，真的，我皮肤表面上格拉丝白（洋泾浜英文：glass white），里厢一层青绿气透出来，面皮发紧，眨眨眼睛，就觉着面皮摩擦颧骨，嚓啦嚓啦轻轻响。

"顺便讲讲，那个时候，给我留下的唯一的快乐记忆，就是这四个字，青山绿水，想想就要笑，怎么'面有菜色'，面孔真的会山青水绿的。

"阿王那辰光已经是复旦老师喋，月工钿五十八块五角，对我来讲是小开。我当时想客气两句，就是客气不出来呀，肚皮太瘪喋。阿王带阿拉走了几条马路，到陕西南路淮海路一家珠江餐厅，做上海味道的广东菜的，当时对我来讲是老高级的饭店。我记得他叫了几只菜，都是家常菜，有蚝油牛肉跟东江盐焗鸡。鸡顶先上桌，饭还没来，不好意思动筷子，不过肚皮里厢不争气，叫起来喋！我开始觉着，肚皮叫么，人家又听不着的。没想到伊拉两个人讲闲话讲了老起劲的，讲了讲了，突然停下来。阿王讲：响羚羊，你开始吃呀，我跟爱莓先拿要紧闲话讲完。我还不好意思。阿琪一筷子夹起三四块鸡摆到一只空碗里面再推到我面前——那辰光饭店吃饭不作兴每人面前一只空盘子的，都是盛饭的空碗。阿琪讲：啊哟，快吃快吃，你肚皮里厢在造反咾，阿拉听得着的。我当时辰光老不好意思啊，随便怎样我十八九岁一个小姑娘呀，要面子的。

"我第一个反应是把鸡夹回去。还好，我先看到阿王笑眯眯看了我。我不晓得如何形容阿王的表情，你讲是理解，也不像；你讲是同情，好像太简单着一点。我只觉着被阿王两只眼乌珠那么一看，我浑身的不自在全部跑脱咾，拿起筷子就吃起来。那个鸡肉嫩呀！牙齿不是切进肉头里厢去的，是像刀切白脱油那样，滑进去的。没有嚼两口，肉自家咕噜咚滚进喉咙口去咾。第二块！第三块！吃第四块辰光，眼乌珠不晓得怎么一滑，又看到阿王阿琪两家头，像笑不是笑看牢我，我眼泪水汩汩沽沽就下来哉，一点点声音也没有，就是眼泪水，不要钞票那样，汩汩沽沽往下头落，两用衫胸口头呀，湿透湿透。

"不论我怎么落眼泪水，我一直在吃：这不仅是吃菜呀，是吃一种生命精华。当时我就晓得，我这一辈子，只要他们两个人对我提要求，我只好想也不想就点头的——你讲讲这有多么悲惨世界啦。后来回想阿王阿琪两个人的眼光，觉着可以用两个英文字形容：plain kindness，一种极其原始、简单、直接的（用普通话）善意。好像跟你心灵之间一毫米距离也没有，好像是你自家眼乌珠里发出来的。阿王么还好理解，天性善良。阿琪呢，人不坏的，不过绝对不是善良之辈，为人应该讲相当促狭，还有一种可能她自家都意识不到的绝对自我中心，因为她主观上面可能还是要为他人着想的。不过那天中饭辰光，阿琪的眼光里，跟阿王一样，满泼泼都是 plain kindness。

"那天阿王几乎没吃什么菜，叫了一碗面，讲是这家店做的八分洋钿一碗的阳春面，很长时间没有吃了，来了就不能错过。阿琪也叫了一碗面，雪菜肉丝浇头加一块素鸡，一角两分洋钿。菜大都是我吃的。剩下来的么，阿王去隔壁一家小店买了一只大搪瓷杯，水龙头那里汰清爽，揩干，都装好给我带回去了。他们是想我带给我姆妈吃的，不过不讲出来，怕我不好意思。我是不好意思的。不过我不能讲我不要带剩菜回去——我姆妈穷归穷，人家筷子动过的菜，死也不碰的。做啥不能讲呢？一讲，一种人生顶顶美好的一瞬间，很多人可能一辈子也碰不着一次的一瞬间，就会只剩一半唻。大力，你是高智商，我假设你自省能力也很高，假使我讲为了这个美好一瞬间我也做出了巨大牺牲，你不会笑我吧。你晓得的，为了成全他们两个人的善意，我付出的是尊严，一个要强到了病态的女人的个人尊严。

"我不记得他俩想出了啥个办法，来掼脱四眼——或者我根本就不晓得，根本就没有听他们在讲啥事体。反正那顿饭吃过不久，四眼就不立弄堂口了。阿琪讲，四眼一看到阿王这个'复旦高才生'就'缩货'唻！其他人好像没有阿琪那么尊敬阿王是复旦高才生，七七跟我几个小姑娘都觉着，阿琪一旦不跟四眼滚眠床，四眼立弄堂就没有动力哉。不过据说四眼跟阿王也有过两次'现开销'：动手大概不至于，吵相骂？可能吧。不过我想象不出阿王跟人家吵相骂是啥样子。假使看到阿王跟人吵相骂，阿会得（是否可能）我这纠缠了一辈子的阿王情结，也就解脱哉？天晓得啊天晓得！"

第二十八章

在高大刚版本里，根本没有四眼这个人，似乎王教授跟爱莓的街头重逢立即触发了某种基因突变，释放出两人间早已蠢蠢欲动的浪漫动能。而王教授的爱莓跟慕向羚版本里的阿琪，似乎很少相似之处，不仅仅个性差别极大，而且故事里的"事实"都很不一样，连时间都对不起来。我不禁想到，问问王教授，看他怎么说。倒是芊芊嘴里的爱莓，更接近慕向羚的阿琪，不过负面得多。我有时想，是不是芊芊跟她妈太像，都是"一肚子坏水"，所以特别相知。

我决定插一句嘴。"听王教授一个朋友说，王教授是在一个星期四下午在街上碰见爱莓的，不是星期二。"

慕向羚立刻笑了起来。"新锦江饭店，你晓得唲？他们的海派盐焗鸡，虽然比上海瘫板很多，在旧金山也好算算的，我现在礼拜几去吃这只菜，你猜猜看？"

我故意猜错。"也是礼拜二？"

慕向羚瞟了我一眼，似乎怀疑我的真诚。"阿王请吃小馄饨是第二天，礼拜三。你做啥装佯啊？"

慕向羚的质疑很带些不满，虽为她嗓音所软化，但我五官仍皆有所感，也不知道她是怎么做到的。好像她的不满倒也不一定是因为我对她的故事有所存疑。不过，似乎她的 elegant fragility（优雅的柔弱），一旦染上一丝不满，就格外有威胁性，比膀大腰圆的张牙舞爪更令人不安。

我觉得安抚慕向羚的最好策略绝不是撸顺毛，而是触逆鳞。

"据说王教授无意间一回头，正好看见路边衣着单薄的爱莓，可怜兮兮的样子，就细细看了她一眼说：你很多时候没有吃咖啡了。然后两人就去吃咖啡，于是生命的火花，碰撞飞溅，照亮了原本灰扑扑毫无色彩的生命。"

这个版本充满廉价的浪漫想象，慕向羚一定非常感冒，但修养好的，一定会置之不理，就像大学数学教授绝不会放下身份去跟小学生辩论 $1+1=2$ 是否正确。

慕向羚目光一闪，似乎诧异什么，随即避开我的对视，望向左下方茶具上约一寸左右的空间，不过显然那只是随机注目之处，因为她眼神空空。稍后，一弯笑纹隐隐显现嘴角，开始是个短弧，渐渐撑大、延展、漫入两颊，随后笑意也笑弯了双眼。我松了口气，"触逆鳞"策略，行之有效。

这一刻的慕向羚，气度迷人，倒不是女人的媚态，但我完全可以想象，即使她无意勾引男人，男人却很难不被"勾引"，所谓"花开无意蝶自来"。这令我想起自己还是天才时，不少人总想帮我这个帮我那个，大多数并无图谋，但时常热情难挡，不得不想出一点事情让人帮忙，以免拂人善意。有几次我注意到，得到帮忙机会的人，有的会很感激。这令人尴尬：我的江南小镇老师的家教，不付出而获得，不义不祥。当然，几次下来，也就习惯了。

我想，慕向羚也大概习惯"蝶自来"了，对我显然带着男人欣赏女人的眼光，丝毫不以为意。我暗自想：难道王教授就从来没有多看慕向羚几眼吗？

我原来下意识里对慕向羚并非没有一点恶意：万一她对我那番话里所包含的廉价浪漫蒂克深恶痛绝，忍不住要辩白说"不，那故事没那么俗气"呢？

我为什么总想在人身上找出一点隐藏的俗气来呢？证明自己明智？还是对英国人的反讽机智迷恋过头？这也是一种俗气吧？就算俗气一点，只要自己开心，无妨吧？

还好，慕向羚没提版本问题，甚至没显出不屑争论版本谁对谁错。慕向羚这么些年没有白混，知道怎么做显得大气。

"后来阿王跟阿琪好了，大家好像也没什么奇怪，帮阿王攒脱倪翠葆，大家都很卖力，好像下意识里是夺回一样被人家抢掉的宝贝。后来倪翠葆攒勿脱，阿琪又跟长脚阿大结婚了，大家好像也觉着正常。到阿王阿琪又偷偷好起来，大家倒觉得好白相了：怎么他们两个人，弄得像真的那样？讲老实话，阿拉没人觉着他们两个人是一对生死恋。风流风流，白相相，好唻，没必要弄死弄活的呀！

"芊芊两三岁辰光，他们两个人闹了老结棍（厉害）哦，长脚阿大单位里面介了，弄到公检法里去，阿王进庙唻，差一点点以流氓罪判刑。还好长脚阿大要他单位退后一步，阿琪坚持讲是她主动追阿王的，加上阿王有个同学，'四人帮'写作班子里厢的，当时辰光红得发紫，帮阿王讲闲话，坐了几个礼拜班房就放出来了。后来总算相安无事这许多年，小囡都大学毕业了。啥人想得着，到今朝唻，两个人又浪漫起来唻。阿王还要离婚结婚。阿琪呢，不肯离婚，长脚阿大也是她的男人呀，两个人在美国一道白相相么，就好唻。这不是搞不清爽了吗？"

慕向羚长叹一口气。我觉得她言犹未尽，问她为什么不劝劝他们，这么多年了，少折腾为妙。慕向羚微微一笑，不言。先前我自作聪明，把她的叙述热情全部打湿了，她已经不想再讲这个故事了，留给我多少惆怅。难道以后去问王教授？

慕向羚不着痕迹，两人坐而论道，倒也其乐融融。一旦空气中仅剩的一点不和谐都没了，慕向羚起身说，去吃饭吧。我谢绝了，倒不是不想去，而是觉得她已经没兴趣了。我问她是否可以见见王教授。她把家里的地址电话都给了我，说你自己问他吧，我并不觉得阿琪想见你。她说这话时没看我，以免我尴尬。我并不是真想见王教授，而是好奇爱莓到底是怎么一个人。当然，这个好奇，主要还是因为王教授，不然爱莓是不足以引起我兴趣的——至少我主观上这么想。

我正不知道该说什么，慕向羚又说，见了芊芊就等于见了阿琪，青春版，差别是阿琪让人觉得自家很聪明，芊芊让人觉得自家很笨，不过这截然相反的结果，都出于同一个性的算计。

我这时才问自己，我对爱莓的好奇，除了王教授，是否也有芊芊的原因？我不肯定。倾向于否定，但不敢：万一我是想在爱莓身上找出些什么，好决定怎样处理跟芊芊的关系呢？

第二十九章

跟慕向羚分手还算愉快。她请我有空再来喝茶，跟她秘书斗斗嘴，听起来倒也不完全是客套。

慕向羚没送我出门。我告别转身时，发觉她又上下打量了我一眼，跟先前的眼光似有不同，但具体说不上来，就是觉得这种眼光，会让人动作不自在。当时我不知道，她见我至少部分原因是宋幼琪要她帮忙"看看那个小赤佬，是不是配得上阿拉芊芊"。宋幼琪对王教授的眼光是要打折扣的。

我忍住没跟王教授打电话，但没忍住去慕向羚家外边转了几圈。我开车离去时正好碰到王教授跟爱莓午后散步。从远处看，这一对男女很般配。没怎么思考，就跟芊芊拨了电话，告诉她我现在正看着她父母散步，要不要上前打招呼。芊芊似乎立刻知道我在干什么（实际上我自己还不知道），说：我只要知道这一男一女没撞车撞死游泳淹死，就行了。你要是敢上前打招呼，就上前，可以自我介绍是我的男朋友。顺便说一下，我又蹬掉了 A1M1，至少一个星期以后才会决定是否重新收容他。然后砰地挂了电话。

如果芊芊说，"我知道你没胆子上前，却要让我不许你上前"，那我是非上前不可，哪怕结果再糟糕，总还有一桩好处，就是证明芊芊没到料事如神的地步。但芊芊这么说，我左右不是人。上前，就中了芊芊的算计：想猜测我心理？那就挖个陷阱让你跳跳。不上前，等于按芊芊吩咐行事，加上不敢承认自己是芊芊男朋友，暴露自己对跟芊芊关系的千般犹豫万般无奈，加上各种不上台面的小心思，十足坐定了自己的"小男人"嘴脸。

但芊芊对王教授这一对怨偶毫不掩饰的愤懑，却耐人寻味，难道是她性格某种层面的折射？还是杨宗庆爱她如同己出的边际效应？这当然不是一个概率问题，唯其如此，才有鸡肋之趣。

远处的两个顾长身影，转过一片小树林，影影绰绰地反射在金山湾略带白色调的水面上，远处是金门大桥下一艘缓缓行过的葡萄牙四桅高帆海军练习舰，这如画的情景，几年后两个散步者，会如何回忆？

有没有可能上前自我介绍，但结果与芊芊的算计风马牛不相及？如果能做到这一点，对我是否有某种解放的意义？从芊芊的阴影里解放出来？芊芊是我的阴影吗？凭什么？我对她的欲望，是这个阴影的原因，还是结果？

那两个顾长身影绕出那片小树林，伫立观景，似乎没说话，就是沉浸在天水山色和滑过脸颊撩起发梢的微风里，带有加州阳光的干燥和从大海那边不知何处搏动着的生命欲望。那两个身影，从远处看，很入画。

在那两个身影散步回来时，我下了车，迎上去。

我没有做任何决定：最新心脑科学已经证明，人类很多行动，在大脑做出理性决定之前，身体的某一部分已经开始动作，而后出现的理性决定过程，似乎只是证明该行动的必要。我既然自己无法做任何理性决定，还不如让身体中那未知之物自行其是。

远远的爱莓先发现了我，嘴唇动了几下，然后王教授向我看来，立刻笑了，招招手，并未加快步伐，但看得出很高兴，似乎他认为我会来，现在证明了他的预见。

"在慕向羚那里玩得不错，大力，她秘书已经第十一次问起你来了，到昨天晚上为止。"这是王教授的第一番话。然后跟我介绍了宋幼琪。

"该叫你芊芊妈妈还是阿琪姐姐？"我说了一句恭维话。

"Miss Tiger 没教你该怎么叫？这倒是第一次啊！"

我愣了一下，才发现宋幼琪嘴角上淡淡的笑纹：她是在说戏话。那一刻，她的眉目之间，芊芊的影子，头角峥嵘地浮现出来。

我也没怎么想，就说："芊芊叫我自我介绍是她的男朋友。"

王教授看人的眼光立刻变得饶有趣味，但没说话。宋幼琪却两眼闪烁，上下打量了我几圈。她个子本来就比我高，再被她这么一打量，我觉得又矮了一截。

王教授踱到一边，似乎不愿听到下面的谈话。

宋幼琪略抬下巴，想象中用下巴线量了我身高，然后突兀发问："Miss Tiger 是不是老欺负你？"

她欺负得了我吗？这是我的本能反应，但我没说出来，怕男人的虚荣心表现得太赤裸裸。我微微一笑，好像不愿暴露出内心对这个问题的不屑。然后我发现宋幼琪长长的眼睛弯了起来，看来她问这个问题的目的就是观察我的反应，而我的心理过程没逃过她的眼睛。

嗯，这一对母女，打交道非得全力以赴，累啊！不知道王教授是否乐此不疲。

宋幼琪却似乎确证了什么，点点头，自言自语说："那个美国小图，大块头，不过太书牍头了，我看 Miss Tiger 现在连欺负他都没兴趣了。"

难道她意思是说，芊芊的男朋友应该是个她有兴趣欺负的人？

宋幼琪似乎猜到我在想什么，摇摇头。"Miss Tiger 的脾气，横冲直撞，智力冲撞，个性冲撞，一撞就倒的人，你讲讲看，撞起来，那有啥味道啦？"

听起来芊芊好像是在找人练大相扑，而且为了维持兴趣，对方应该难以扑倒，也就是说永远有做靶子的价值。

宋幼琪很快就转移了话题。"阿王，"她招呼我走近王教授，"你给大力买的那个小礼物，现在就给他吧。"

这个小礼物是王教授在逛一个中西部小镇的街头集市时买的，是个黑人面具，仿撒哈拉某原始部落的风格，嘴唇嘟起，厚而大，占面部近二分之一，有一种动物性的夸张性感。不过细部处理带后现代风格，一看就知道出于某个疲于现代商业文化的城市艺术家之手，典型的伪原始艺术。我后来把它挂在办公室墙上，进来的亚洲人都会猜测这样做是否有某种象征意义，而不少非亚裔都会说，嗯，big lips, very kissable.（厚嘴唇，接吻非常有劲。）

我回去后，没有给芊芊打电话。几天后，她打来了，第一句话就问：为什么不打电话来？我没回答。沉默了十几二十秒，她说，My mother said she would like to see me marry somebody like you. You let me know.（我妈说她希望见到我嫁给像你这么一个人，让我知道你怎么想。）然后她就挂了电话。

我不知道该怎么感觉。接着无师自通地想：芊芊是否延迟了做要不要再次收容A1M1的决定？无解！然后突然，人轻松下来了：大概我解放了。

那一天整个下午晚上，我下意识的某处，始终都在质疑这个解放的感觉。不过那夜睡觉很好。很久没睡过好觉了。

第三十章

那以后有一个多月似乎一切安静，我也能集中精力搞我的科研。我有个意识，虽然自己未能如愿，以科学重新定义人类在宇宙中的地位，但为社会福祉有所贡献，甚至做出一些具有革命性意义的事，完全有可能。这时才意识到从小弥漫家中的、我曾对之充满不屑的儒家价值观，不仅是改良社会的必须，也有帮助个人安身立命的功用，让人平静充实地度过一生，有机会长时间凝望身外的星空灿烂，偶尔一瞥心中的绝对律令。

秋季开学后大约两个多礼拜，数学系主任骤然到访，于是旋风骤起，两个多月后一切才似乎回复正轨。原来王教授新开一门课，很前沿，周边不少大学的教授都闻风而至，但王教授开学两个星期了都不见人影。王教授是讲座教授，现在算学校有数的几个大牌，所以接连两个星期都没人抱怨，直到第三个星期才觉出事有不谐，怕是出了什么事，反映到系主任处，上上下下问了一遍，都说很久没见王教授了。

王教授颇有勤奋负责之誉，系主任这时无法可想，想到当时我在王教授传奇中扮演的角色，便找上了我，我也才想起开学那么多天都没见到王教授，立刻给芊芊打电话，说不知道，于是两人一起打电话。我第二个电话打给慕向羚，也说不知道，于是三人分头打。想来所有想得到的人都打过了，包括上海的咖米老友，依然事如春梦了无痕。眼看除了报警别无他法，王教授施施然走进系办公室，问系主任，怎么我教室里空空如也？系主任虽有不满，但见王教授活囫囵站在那里，也放了一颗心，耐着性子说，学生们都在等通知。王教授说，尊师之道，老师不来，也要到的。系主任幽了他一默，虚拟了一个贴额头试体温的手势，便上网通知王教授的学生来上课。

事后系主任给我打个电话，说他担心王教授有什么问题，因为举止行为全然变了，让我关心一下。我的一个实验正在紧要关头，便说明天就找他。系主任说，不行，你今天就得找他，万一今晚就出事呢。我想一定有什么迹象使得系主任如此紧张，于是当天就去了他的办公室，见满满一屋人，都在听他高谈阔论，投入得不得了。见我进门，开玩笑说："To whom do I owe the honor？（大驾光临，我得谢谁？）"见大部分人并不知道我是谁，王教授又把我大大介绍了一番，令我惊奇的是，他竟然对我的研究项目所知甚多，但他对我的介绍有太多溢美之词，这不是他的性格。

王教授似乎一点没变，除了对他在做的题目很亢奋，看来突破在即。他本来脸色稍暗，现在涂上了一层发亮的深褐色，一看就知道是上了一层厚厚的防晒霜在海滩上做了长时间日光浴的结果，那种容光焕发的健康，让人妒忌。看一屋子修他课的学生教授，眼光热烈仰慕，怎么看都不像是被王教授干晾了两三个星期。

晚上我特地安排人代替我在实验室值班，回家还没进自己房间，王教授就咚咚咚跑上楼来说，来我这吃，就等你呢。王教授并非一人在家，柔伊·巴克林也在。她是我的博士生，毕业好几年了，倒是常回家看看，说是她的公司跟学校有合作项目，她负责联络，每次公差之余就顺便回来看看老师同学。虽说她是我的学生，但年龄大我五六岁，跟两三个博士同学谈过恋爱，都没成，至于原因是什么，我的学生从不跟我说这类事，大概都认为我对这类事没兴趣。而在我眼里，这个柔伊渐渐有了点怨妇的味道。

吃饭时言笑晏晏，没人解释为什么柔伊会在王教授这里。前菜有beef tartar（剁碎生牛肉），一般美国家庭不太习惯，柔伊吃了一半，就把剩下的一半用刀叉送到王教授盘子里。美国人极少这样做，中国人夫妻之间较常见。晚上该离去时，我见柔伊毫无先告别之态，便先告退，而柔伊却与王教授一起送我出门，在楼梯上看着我上到三楼才关门进去，俨然一对，不知他们是否有意用这种方法宣告他们的关系。第二天柔伊又来学校联系工作，接着便来了我的办公室，关上门，告诉我她现在跟王教授正在热恋中。

我看得出柔伊是个热恋中的女人，目光如水粉腮灼灼，说到她钦慕王教授时眼神闪烁，让人怀疑她是否脑中此时闪过了跟王教授亲热的镜头。王教授是否也在热恋中？我不敢肯定，只知道他有点亢奋。据柔伊说，是她主动的。她以前上过王教授的课，那时就有"感觉"，但不敢想象自己平凡的头脑会引起一个超级大脑的兴趣。但前不久在一家咖啡馆见到王教授一人独坐，既不似等人也不看书，便上去打招呼，由喝咖啡而共进晚餐，然后王教授毫不犹豫应邀去了柔伊的住处。随后柔伊立即休假，两人去了美国领地处女岛，由原计划两个星期而延长至三个星期又四个星期，用柔伊的话说，两人像"two puppies in love，hot and heavy（两小狗初恋，情热火重）"。

我猜想不出柔伊为什么告诉我这些。无论如何，不可能是征得我的首肯。柔伊言说间，说她炫耀太过分，大概希望有人分享快乐。柔伊父母都在小学教科学，从小就给女儿灌输了科学高于一切的价值观念。她高中时参加过几乎所有科学竞赛，曾入围西屋天才奖的决赛名单，并凭此进了斯坦福主修心脑科学——当时正引人注目的未来学科。但毕业时却无法在本校读研，降格以求来了华大，也算不上头挑。但她的挫折感可能反而刺激了她对科学的热情。她谈恋爱的几个博士同学，都是头挑。据说每谈崩一个，她都会消失两天，回来后却十分淡定。念理工的，情商低的概率较高，所以会有人不知轻重地问她，你感觉如何？她通常一笑置之，一脸不屑。偶尔也会开玩笑说，He knows I can do better, a lot better.（他知道我能找到更棒的、棒得多的。）背地里有几个调皮到不知道别人也有自尊心的研究生，就给她一个绰号，Do Betterer，意思是投身于找更棒对象的人，脱胎于英文成语 Do Gooder，指雷锋那样以做好人好事为生活目的的人。我曾经自我高估地把这几个调皮鬼叫到办公室，严正警告他们不许这么叫她，他们当面满口应承，No more Betterer！No more Betterer！（不再叫她这个绰号），背后就叫我 No Bettererer，表面意思之下，是指柔伊想找更棒的对象中，没有比我更棒的了。我的师道尊严大受伤害，不想引起就我的性取向的流言，只好吃进——有些同事见我有很少雄性动物的行为，便私下里问我的学生，是否别有所好。

"你想知道王教授的故事吗？"我问。

柔伊嘴唇微微一撇，好像等着我这个问题。"爱莓的事，他告诉我了。"停了一下，她又加道："我绝不会像爱莓那样，如果这是你所担心的。"

实际上我所担心的正相反。"王教授跟爱莓，那么多年激情燃烧，不容易。"

柔伊听出我的言外之意。"我知道你担心我，教授。不过，谈到激情，我想，我知道。"

柔伊嘴角现出两个涡儿。我猜她还有半句话没说：可惜我不能告诉你我们曾如何疯狂地做爱。

她大概没有想过，疯狂做爱的起因，可以是情，也可以是情欲。

我自然希望王教授跟柔伊两者都有。像很多人，我曾经以超越传统自傲，结果却发现自己还未及感受超越，就掉回传统去了，虽然这传统已非那传统了。

王教授超越传统吗？好像无法做结论。

柔伊离去后，我好像什么也没想，大概下意识里知道自己想不出个名堂。晚秋将近时，柔伊又来了，这回一脸淡定下隐现一层灰白。她先聊了些学术上的事，然后随随便便地提及她跟王教授的"whirlwind romance（旋风情事）"，暗示她俩恋人不再。我不好说什么，更不能安慰她塞翁失马，以免引起关于她绰号的联想。临走时她说，颇有点哲理意味：I think I might have contracted some kind of disease that I call love fatigue. Problem is I am not sure if it is me tired of love, or love tired of me.（我想我大概染上了一种病，我叫它爱情厌烦症。问题是我不肯定，到底是我厌烦爱情还是爱情厌烦我。）

这是伤心人之语。我无言以对，只是给了她一个拥抱，紧紧的拥抱，外加一个长长的额吻。我不习惯西方人拥拥吻吻的习俗，更从未拥吻过我的学生，为此我的几个女学生曾当面抱怨过，说毕业典礼上也不给个拥吻什么的。柔伊大概相当感动，当时伏在我的肩头就流了泪，好一会儿，擦干泪，转身告辞，大概不愿我看到她哭的样子。她的自我尊严感是一只充气过度的气球。我未能逆料的是，以后她把我当作可托腹心的好朋友，不仅仅是她的 kid prof（小孩教授）。

实际上，我给她长长的拥吻，不仅是为她，也是为自己，以及所有意识到"弄人的进化把戏"的魅力和残忍。

那天晚上我突发奇想：我大概是王教授现在最好的朋友了，那么大概王教授也需要倾诉对象吧？会不会有侵人隐私之嫌呢？我反复思考，觉得还是先咨询一下芊芊为好。

第三十一章

先前为王教授失踪给她打电话那次，未及谈到我们两人之间的事，后来事情告一段落，最后通话挂断前她说：别以为我忘了跟你算账。我想她是指我没有回答她的问题，即她妈妈希望她嫁一个像我这样的人。她妈宋幼琪并不欢喜我，但却希望她女儿嫁给我，而芊芊似乎竟然听从了她妈的建议？我不敢肯定，但却非面对这个建议不可，如果我还想保持我男人的自尊的话。虽然"男人的自尊"这种概念在我看来非常可笑，然而我从来没考虑过是否要丢掉这个自尊。

也许我看似矛盾的行为准则，受支配于某种隐秘的欲望。我仍然不愿放弃芊芊？还是跟她在一起的快乐，在下意识里跟我玩把戏？

电话里芊芊非常冷淡，一声不响地听我叙述了王教授最近的故事，看来她对此毫不知情。我提及她爸妈关系的最新进展是否是他现在行为变化的原因，芊芊说我爸的一切灾难都是宋幼琪造成的。她用的是"宋幼琪"而不是"我妈"。我说你爸最美好的回忆，也是你妈给的。她反唇相讥说，你也给了我最美好的回忆，我是否也应该为此受一辈子罪？我愣了一下说，这句话该我说的，怎么给你说去了？电话里有一阵短暂的沉默。然后芊芊问，响羚羊小孃孃是不是告诉你，我就是宋幼琪的翻版？我忙否认，但是慢了一拍，于是听到那里恨恨地说，she is every bit true to the word witch, not just all the men she met, all the women are under her vicious spell as well, including me.（她身上每个细胞都印证了女巫这个词，不仅仅碰上她的所有男人，连女人都全数受制于她的恶咒，包括我。）她用英文，说明她意识到她用语有多厉害。我说，我的印象是，you love her（你很爱她）。她说，Yes！I love that witch as well.（对！我还爱那个女巫呢。）

实际上，王教授也说过芊芊是宋幼琪的青春版，跟慕向羚用语一模一样，不过芊芊用语是翻版，有不同吗？

这回轮到我沉默了，心想，真是有其母必有其女。要命的是，她读出了我沉默的涵义，说，宋幼琪是要 all the people she meets love her（所有她遇见的人都爱她），我只想找到 a man I love（一个我爱的男人）。我不知怎么变得尖嘴利舌起来，说，"a man I love"，accurate？（准确吗？）她顿了一下，改口说，a man who can bear the weight of my love（能够承受我爱的重负的男人）。看来，芊芊把一切都想得很清楚了。接下是一阵稍长的沉默，至少有一两分钟。然后她挂了电话。我忙又拨过去，问，Is there such a man？（存在这样一个人吗？）她说，我希望存在。我突然勇气倍增，问，Am I such a man（我是这样一个男人吗）？她掉文，引用她学院引为座右铭的笛卡尔名言 Cogito, ergo sum（拉丁文：我思故我在），意思稍变通一下，就是：你认为你是，你就是。我说，I think I am, but I don't know if I am（我认为我是，但不知道我是不是）。她说她也这么想。稍后又添道，你的问题不是你怎么认为或知不知道，而是你想不想。我说，很想。她说，I know what you want from me and what you don't want with me, but I want you to want both.（我知道我这里你想要什么不想要什么，但我要你两者都要。）我问，By "both" you mean sexually and intellectually？（你是指性和智性两方面吗？）她忍俊不禁，说，Do we have to spell it out？（我们有必要说得那么直白吗？）我想，你我之间，用得着"白茅包之"吗？不过我的生理反应是笑出声来，因为芊芊的轻笑好像一阵微风，瞬时驱走了空气中的所有沉重感。我说，中国人有你这么直白的吗？你已经是美国人了。她说，Something is better left understood but not said.（有些事最好别说出来，心里明白就行。）我呵呵笑道，与君共勉！与君共勉！她说，我是不是又在谆谆教诲你怎么做人行事了？我爸说我这一点最讨厌呢。

我说，不是，你最讨厌的是欢喜纠正别人的英文语法。她说，你是在说你自己吧？你无时无刻不在期待我犯英文错误好给你一个纠正我的机会。我小吃一惊，因为高中时老师就说我有这个毛病，但我是到美国念博士后才开始改正，大家都说我改得很"彻底"，但看来这个"彻底"还只是一节竹子的底。

我说，你爸说我们俩是 it takes one to know one（同类方相知），真不错啊。她立即反驳说，你给改过了，改成 it takes one to "BEAT" one（同类方相"克"）。你就是我的克星啊。我心里说，彼此彼此。

放下电话，我沉浮在一种前所未有的清晰之中：芊芊是人性重负，我只要搞清自己是否承受得起。那整个下午我的工作效率都很高，晚上查电邮，见到她一封短信，大意是并非忘了告诉我，她现在又和 A1M1 在一起了。她的解释简单得没心没肺。她说她最大的恐惧就是孤独，尤其是 intellectual loneliness（智性孤独）。这孤独一到晚上就wraps me up tight like an icy blanket -283.5 Fahrenheit（紧裹着我像一床 -283.5℉ 的冰毯），所以她需要 a warm body to cling to（抓住一个温热的肉体）。遗憾的是，一个温热的肉体仅仅驱赶了某种孤独，但智性孤独反而由此加深，令她质疑是否面对一种孤独总比面对两种好。

原来我的心火和那个"自主意志"都已蠢蠢欲动，这时兜头一盆冷水浇下，心火顿熄，连那个"自主意志"也垂头丧气起来。于是我第一次体会了所谓"男人之痛"，并不刀扎针戳，而是一种下坠感，像一个重锤，系在链接心脏的大血管上，往下坠，好像要坠断血管，把心脏拉出你的身体。你想往下蹲，但怎么蹲你的心还是不停下坠、下坠，永远坠不到底。

我同情芊芊对"温热的肉体"的渴望，但想到再过几个钟头她又被孤独感推向那个"温热的肉体"，我意识到芊芊的这个"智性重负"压到我身上，同时也是个"肉体重负"。沮丧了一阵子，突然感觉到那个"自主意志"不知何时又开始蠢蠢欲动，竟连熄灭的心火也似乎要死灰复燃。心情渐转，想起美国那个臭名昭著的导演，要跟自己亲手养大的韩裔养女结婚，面对举世汹汹的声讨，他自辩说他并非蓄意如此，但是 the heart wants what it wants（心必欲其所欲），奈何！当时都认为这是最无耻也最有力的辩护，现在看来，他所说的"心"，就是那个"自主意志",既是创造灿烂人类文明的主角,也是千百次荼毒生灵的元凶。

"自主意志"从来想要的就不止是"温热的肉体"。芊芊知不知道,她为恐惧驱使伸手想抓的,是一个下锚地,好锚住一整个人生?

芊芊的短信还有更令人不安的。她说她发觉 A1M1 increasingly annoying(越来越惹厌):她初进研究班时,觉得班上人人都 unearthly smart(聪明得不像地球人),但现在呢?

I find their stupidity more and more unbearable. Of course,I am not saying the extra attention they afford me is any less enjoyable.(我发现他们的愚蠢一天比一天难以容忍。当然,我并不是说,他们给我的额外关注不再那么令人享受。)

这个芊芊,self-serving(一切以服务自己所需为准)除外,自视也太过高了吧!她那个班二十三个人,A-listed 老兄就我所知至少有三个半。哪怕芊芊超拔侪类,落差绝不至如斯之大。如果我不认识芊芊,读了这个句子的第一反应一定是这个人在说蠢话。实际上这个班的惊才绝艳,根本不是后来我相当欢喜的肥皂剧、以该校青年科学家为背景的 *Big Bang Theory*(《大爆炸》《大噼啪原理》,有译《生活大爆炸》)的作者所能够想象的。这群家伙,人人以超天才自居,认为普通人愚蠢得不可容忍相当普遍,但互相之间觉得愚不可及到这个地步,我还没见过。显然,芊芊所谓的难以容忍的愚蠢,跟智商没什么关系,而是——什么呢?当中一定有缺失的关节。

我这么全力琢磨着,竟然就忘了咀嚼我的男人之痛,同时决定绝不让 A1M1 影响我对此事的思考决定。是我理性胜出,还是自主意志要的把戏高妙?

我思考多时,最后决定拒绝思考这个问题。

芊芊拒绝给我任何关于王教授的建议。她认为他活该:小王舅舅又不是 math imbecile(数学白痴),明晓得伊拉(他的)宋幼琪白相啥花样,还要真诚几十年,自作孽,不可活。

芊芊对她的母亲暗藏的憎恶如此之深,或者说对她父亲的爱更像一个溺爱弟弟的姐姐。我不应对此惊异,但还是颇惊异了一下,也许我也属于最易受宋幼琪类的女人蛊惑之人?

无论哪种原因，都不正常。就我而言，爱的重负包括包容她的不正常，而且不知道这种不正常会在我俩关系中以何种形式出现。

　　反过来想，她也一定认为我有什么不正常，她也要忍受。

　　我有不正常么？我觉得没有，但心脑科学的概率是，我至少也有一点，问题是怎么发现。至于是否要改，又是一个问题。

第三十二章

让我自己决定，除了去跟王教授谈，别无选择。

哪怕自己不愿承认，我下意识里明白自己相当 nosy（欢喜听别人的隐私）。我知道这很没有品位，但不愿抗拒，怕把生命中最后一点乐趣抗掉。我出生市井，骨子里就是市井趣味，迷恋古典音乐念法语版的普鲁斯特都不足以消除我的市井根底。而且，为什么要根除呢？生之乐趣千金不易，可惜我知之也晚。

曾经有个搞比较文化学的朋友问我，四大古典名著，你欢喜哪个？我说都不欢喜，相对而言，《三国》不那么讨厌。他说，你一定出生市井。我说是，但跟《三国》有什么关系？他神叨叨笑而不答。他那种居高临下的笑容，是我最不欢喜的东西，所以就一笑置之。（我始终把这位想做我密友的朋友拒之门外，现在有点后悔，因为有勇气当我密友的人太少了。）我当时的解读是，大概《三国》来自于市井，但其他几本又何尝不是？后来读到这个朋友的一篇文章谈及《三国》，说该书是市井小民对政治的想象，跟中国历史上的实际政治没什么关系。我猜想我的市井根底不仅是出身，而且是文化基因。

后来芊芊告诉我说，不论她说什么，我都会去见王教授，不过她的理由太骇人听闻。"Had I not slept with you, I would have thought you two were lovers.（如果我没睡过你，我会把你俩当作同性恋人。）"

我找个周末给自己放了一天假。一整天我都神不守舍，坐在计算机旁，却尖着耳朵隔着楼板听动静。我的印象是王教授昨晚就没回家。可是直到晚上他也没回家。十点钟时我去敲门，怕自己错过了什么，而他已经回家。还是没人，灯全黑着。我正准备回房，听到楼下有车回来，马达声像"破鞋"车那种柔和的猫叫，难道是那个已经搬走一年多的骚包又回来了？我踟蹰着，想看看是不是他找到钱了，又想搬回来。但开门走进来的是王教授，见我在他房门前，眉头一挑，这在他不表示吃惊而是想找句幽默话。我抢问道，你学会开车了？他边上楼边脱下短风衣。我完全不懂时装，但好坏总分得出来。这件短风衣一定巨贵。王教授喜穿西便装，极少穿套装，说像个"公司人"，但他的西便装大多在二百到五百块之间，有两件最欢喜的只有七八十块，是降价时买的。像所有我认识的上海人一样，王教授欢喜"淘好么事（买降价的上等货）"，并津津乐道而不以为掉价。这件短风衣至少七八百块，穿在身上有点"弹眼落睛"，像以追模特儿为毕生事业的"trust fund kids（靠信托基金为生的富家子弟）"，而王教授偏好低调风格。

王教授上了楼梯，把短风衣挈领垂直对折，搭在手臂上，掏出钥匙开门。

"上一次有人在暗暗的楼道里等我回家，是将近三十年前了吧。"王教授进门，让我跟进，打开壁橱挂短风衣，掸平，"那次我很感动啊。那一感动，就有了倪怀恩，followed by years of misery（随后就是无尽的苦难岁月）。"

这个感叹颇引人遐思。

这是他第二次跟我提及他儿子。有趣的是，他从来都是连名带姓一起称呼他儿子。跟母亲姓，怀也是倪家排行，很老派的名字。我以为怀恩是怀父母之恩，但王教授说不是，是怀毛主席之恩。很难想象有人在他出生那个年月还这样起名字，而王教授似乎无所谓。

王教授随手关壁橱门，见我还在打量风衣，说："也欢喜？下个月感恩节大减价开始，不过不知道会不会有半价。我这件七百五，半价，forehead hitting the ceiling（额骨头碰到天花板）。"

硬译上海方言成语，常有匪夷所思的喜剧效果。王教授称之为bad-taste humor（恶趣味幽默），显然给了他很大乐趣。

我想，还能享受这个恶趣味，说明生命欲望依然强盛，但愿我是杞人忧天。

王教授问我喝什么，红酒还是咖啡，我说随便，知道结果总是一样，红酒加咖啡。可这次不同，王教授开冰箱拿了两瓶冰啤。英美讲究的人啤酒不待客，法国人鹤立"国"群的策略之一是拒绝喝啤酒。有意或无意，王教授从来没请我喝过啤酒。

王教授还告诉我他买了辆车，奥黛尔现在开着，因为他还在学，刚才就是奥黛尔送他回来。我说这车马达听着熟悉，很像搬走的二楼房客的车。王教授说，你耳朵真不错，还能听出不同马达，可以做侦探了。王教授买了一辆"破鞋"车？现在这车，一般型号也要十来万，且不说教授大多买三四万的车，学术圈买"破鞋"车，很多人会斜眼看你，更别说有悖于王教授的性格。

我脑子里出现了画面：王教授穿着亮眼的风衣，开着敞篷"破鞋"车，旁边坐着个奥黛尔，我想象中是个三十五六岁的知性美女，蓬蓬蓬地开过洒满阳光的大街，惹来路旁行人一片注目礼。这个王教授，像个二十来岁的花花公子！还是王教授父亲三四十年代优游欧陆的风流故事在我想象中的余响？

"明天叫奥黛尔开来，我们开出去兜风，顺便教教我开车——Adel is a terrible driving instructor.（奥黛尔教车太差劲了。）"王教授兴致勃勃，充满初学驾驶者的热情。"我们往东开，开车在山里面乱转，每个转弯后面都是一片 uncertainty（不确定），有意思。"

王教授来美十来年了，从没想过学车，但学过车，没学会。

东聊西聊了一阵，都言不及义，我意识到都在等对方开口。我觉得王教授差不多长我一辈，小辈问长辈的爱情牵扯，不合适。既然他不开口，就谈别的吧。把话题牵扯到学术上，慢慢就有了气氛。王教授在做的一个前沿课题，似乎最近进展顺利，正在跟我导师联系，再去大胖黄纸袋做个演讲，希望跟同等层次的人交流能有所助益。顺便再去米亚京教授大西洋岸边的"森林小屋"住几天，因为他对王教授的课题想法最多、最尖锐，电话上讲不透。他说米亚京是数学界最可能带来革命性进展的一个角色，尽管是在一个相当狭窄的领域里。我不知道王教授和米亚京保持着这么密切的联系。我问他们有没有在网上下国际象棋。王教授说下过几回，不下了。我问谁先不想下的。王教授笑而不语，知道我在问输赢如何。过了一会儿，已经扯开了，王教授突然回插一刀，说他输得越来越少，但要达到输少赢多，很艰难，耗时费力，恐怕两人别的事都不要干了。王教授是皮里阳秋的大师，倒不是蓄意阴刻，而是深恐伤害他人自尊这种心态，已经深入骨髓。但这句话他原来不想讲的，最终讲了出来，说明他的自我控制有所松弛。

王教授曾说过年轻时有点像我，小公鸡一样，从我对他的印象看，很难想象，不知是年龄修养了脾气，还是生活给了他一个严厉的教训。

送我出门时，他说明天去开车兜风，你会见到奥黛尔。我其实并未答应明天教他开车，这时也不用答应了，回家马上做了安排，又给自己放了一天假。暗中祈祷我的一个实验的关键时刻，不要在那时到来。对我的学生，我从来没有放心过，是江南人所谓的劳碌命。

第三十三章

第二天开出去的时候还下着雨，但不久就停了。西雅图正开始雨季，下半个钟头雨停半个钟头，但极少出太阳，有时薄云透亮，于是天宇间就会氤氲着一种明亮的青灰色调。这一天太阳竟探出头来，有二十来分钟，一年难得几次。打开敞篷，湿润而带着阳光些微暖意的风掠起头顶的几绺发丝，顺势溜下脖颈，钻进衬衫，冷意会在背上快乐地打抖。我第一次开敞篷车，第一次开"破鞋"车，很享受。

后座的奥黛尔站起身来，两手按住我的头发乱揉乱搓，一边大叫：开"破鞋"车是不是很享受，啊？非常享受？享受得超过性高潮？超过 LSD（一种毒品）？这车还没去买，莱瑞就说，大力肯定会欢喜开这车。你也买一辆"破鞋"吧，大力，你又不是买不起。

我还不知道王教授的英文新名字叫莱瑞。他所有的美国同事都叫他丹尼尔，虽然他自己从不如此自己介绍自己。我猜丹尼尔是他出生受洗时上海教堂的牧师给起的。王教授说他爸爸不信教，但很欢喜基督教一些仪式，所以每个孩子都受洗起个洋名字。

下面个把小时他们俩孜孜不倦地劝我买"破鞋"车。我开始就发大话说我买买买，辛苦工作是干什么吃的。我粗话都出来了，他俩依然孜孜不倦，大概心底里认为我不会花那么多钱买个"破鞋"车。

奥黛尔是个二十二三岁的女孩儿，高高壮壮的，身材笔直，绿眼睛，头发浓厚，干草黄，风吹得成九十度向后飞起，像八月待收割的麦田，不过有点红色调。据说她有七种血脉，包括苏族血统。这个印第安部族曾遭受联邦军队的残酷屠杀，成为民权运动算历史账的象征之一，这大概也是让奥黛尔很顺溜地诅咒美国政府为"the fucking US of A（娘卖 X 的美利坚合众国）"的原因，因为印第安人一直自以为是独立国家。奥黛尔皮肤雪白，典型的当地北欧人后代，不过的确透出隐隐的一层暗红。如果她真有苏族人血统，最多不会超过 1/32。

奥黛尔不太像在享受联邦政府给苏族人的特殊待遇，不知道她为何这么认同苏族。也许是看我们都是少数族裔，换个身份更觉得融洽？美国人对肤色的敏感令人惊讶。曾有另一个教授的博士生问我，我的一个东北籍的博士生是否来自 under-privileged class，这是指称下层阶级的雅语，直译是"特权不足的阶级"，好像阶级差别就是特权多少的不同。我告诉她这个学生出身于西方人所谓的红色贵族，她吐了一下舌头，说，那——他肤色好像很暗，比你暗得多。我是淡黄皮肤，从未意识到淡得会让人认为我出身上层阶级。我告诉她我出身 no-privilege class（无特权阶级）——中国人欢喜皮肤白是要漂亮，跟阶级种族没关系。过了几天这个女博士特地跑过来告诉我，她跟我的学生有了一个约会，特别谈得来，唯一的遗憾是音乐上谈不拢，不知道一个中国人怎么会疯狂地迷贝多芬李斯特还有那个叫拉什么夫的俄国佬。当然，这样的美国博士生还是比较少的，哪怕来自美西北小镇。

奥黛尔没上过大学，在亲戚开的专营哥伦比亚咖啡的店里站柜台。这家店颇有点名声，王教授是那里的常客，认识时她还是店里打夏季短工的高中生。她开玩笑说，从来没想到有朝一日会"fuck an old Jap（操一个老日本鬼子）"。她开始以为王教授是日本人（西雅图地区日裔多），所以常开玩笑叫他 Old Jap。我听到这句粗话时瞥了一眼王教授，只见他安之若素。什么时候王教授变成了美国通俗文化的一部分了？

奥黛尔显然对王教授很着迷，叽叽喳喳不停地问许多全然不相关的问题，每次得到回答，就会给王教授飞一个吻或在他背上重重印上一掌，hi, my unbelievable walking encyclopedia（哈，我的难以置信的、行走的百科全书）。奥黛尔是典型的美西北的姑娘，率真，天性快乐，不知心机为何物，把性关系跟所有其他人际关系平等对待。

我们送她去咖啡店上班，看她走进门转过身来飞吻，心里想象她跟王教授手牵手走在一起的情景。这到底是不是般配？

有一点可以肯定，有奥黛尔在场，王教授的言谈举止都年轻了二十岁。

教王教授开车是精神和肉体的双重折磨。他身体协调性惊人地低下，一边犯错一边嘴里重复书里背下的动作要领，没一个字错，就是手脚跟不上。我不能骂他笨，忍得很辛苦，边忍边心里想：他妈的我现在懂了，芊芊为什么说她的同学们愚不可及忍无可忍了。幸好我们是在一个废弃超市前面的巨大停车场上学车，没灯杆，要不至少也撞了十几次车了，谁给这辆"破鞋"车上的保险，准赔不赚。

王教授却是兴致勃勃玩了个把小时——我生命中最长的一个小时。我觉得他毫无进步，但他夸我说是最好的驾驶教员，他觉得学到了很多——奥黛尔教了他至少有十来个小时了，没一点进步，还挨了无数"you fucking moron（你这该操的夯货）"。我说，奥黛尔耐性不错啊，教了你那么长时间。王教授说，你什么意思？我学不会开车？我想了一下说，我学了半个小时就上高速公路了，第二天就开到佛罗里达去玩迪士尼乐园了。你就算能学会，开车也不安全的，可能你年轻时眼睛和肢体之间的协调性，没有得到充分发展。他说不会啊，我大学里是长跑队的，羽毛球也打得不错，参加过区少年队集训。我无话可讲：一般体育好的，学车轻而易举，不知道王教授什么地方出了问题。

开车去山里乱转确是赏心乐事。美西北的海边，冬天很多树都不落叶，有四五个月长的雨季，像一个无限延长的深秋，阴湿，但不冷。往东开等于爬山，随着海拔变高，不多久雪峰密林迎面压来，岭上公路蜿蜒雾霭，"破鞋"车优越的性能这时充分体现，转急弯时几乎不用减速，抓地牢，悬浮好，王教授被离心力压得脸贴着玻璃，我却舒舒服服半躺半坐，一手搭方向盘一手支颐，感受弹簧钢板一时左下倾斜带坚性的软，一时又右上复衡柔顺的韧，上蹿下跳像一只小老鼠穿过宾客满堂的大厅地板。

"真行啊大力，时速七十转限速三十五的弯，我心脏都甩出来了。试试八十，this car can do it（这车吃得消）。"王教授一边快乐一边哼哼，脸色有点苍白。

一英里等于一点六八公里。

"你心脏没问题吧？"

"有。刺激加倍。别别别，别减速，你飙车比奥黛尔有水平，快、稳——前面一辆车蛮大的，超过去！超！这车加到一百八车身都不抖，放心，我看过书的。"

路正在两山之间，直下直上，弯度不大。我压下油门，车速飞上了一百六，风一样刮过前面那辆路虎，吃了几声短促而规则的喇叭，是友好提醒：不要玩得过分。王教授一手拉着扶手，背紧贴椅背，屏气，脸色越发白了。我觉得玩够了，降下速度。王教授发觉了，指着前面说，还有一辆蛮大的车，再超一次。我说来不及了，要下高速了。王教授说，下去干什么？我说下去弯道多，超车更刺激。王教授更兴奋了，支起身子乱敲手套箱叫道：Let's go all the way！ All the way！（咱飙车飙个极限！飙个极限！）

王教授大概为了买车看过一点书，但不认识任何车的型号，凡是看得顺眼的车都叫大车，而这些车大部分都比较贵。他买的"破鞋"车例外，恐怕这也是他买这车的缘故，小车嘛，低调。

他不知道，在学院里开"破鞋"车是要成话柄的——嘲笑美式炫富文化是学院精英文化引以为傲的习俗之一。

接下去的半分钟，王教授像一个刚放暑假的高中生，大概他念高中时也没这么放肆过。

我在前面的第二个出口下了高速。意犹未尽的王教授问我去哪儿。我信口说这里有个风景点。下去后乱开了一阵我又说大概搞错了。王教授说，上山，上山，这大山里越高的地方越好看。于是看见一条有陡峭标识的路就上了山。七拐八拐，两边林木似乎压得越来越低，路边一条小溪水潺潺而流，溪流那边悬崖壁立，奇松怪石颇有点黄山的味道。小溪渐渐变成涧流，白波跳珠哗哗作响，对面的悬崖消失，视野转而阔大，远处群山如巨墙耸起，雪线上松树白绿相间，风涛缓缓涌动，像电影里的没有声音的慢动作——"破鞋"敞篷车的隔音效果令人吃惊。山道顺着山脊微微下行，然后如蛇盘缘而上，颈部挂着一条白练，是一个瀑布，尚未冻结，水从悬挂的冰凌中溜下，天光反射雪光，银鳞闪闪清晰。

王教授支起身子，用目光指路。那边！那边！他说。

我沿道而下，几个蜿蜒，瀑布次第躲进森林又从山体后闪出。开始上行不远碰到一个岔道，没有指示牌，凭感觉选了靠右的一条，开了一段上坡又开始下坡，很陡，然后就是一段石子黄泥路，渐渐没了路肩，然后路沿消失，又一个转弯，眼前是一片浑浑然光秃秃的巨大山体，干净，好像一根枯枝都没留下，入眼恰如宇宙洪荒。显然，我们开到了一片刚刚采伐过的林区，复植工作尚未开始，至于我们想去的瀑布，在哪个方向都不知道了，真是海市蜃楼，吝啬地给了我们惊鸿一瞥。

"走到伐木道上来了。"我停车说，"回到正道去呢，还是探索新道？"

"探索新道吧。"王教授说，"Always go with the devil you don't know.（永远选择你不认识的恶魔同行。）"

"那恐怕就看不到瀑布了。"

"也许会碰上新景点啊？再说，那个瀑布，可能远看好，近看令人失望呢？"

"哪个概率大呢？"

"If all were games of statistics, would humans have been out of Africa?（如果都打概率的话，人类走得出非洲吗？）"

"Perhaps humans did not come out of Africa willingly：rather, they were kicked out, and most got killed in the Great Wild, we are but offsprings of a handful lucky ones.（人类恐怕不是走出非洲，而是被赶出非洲的，大部分死于洪荒，我们是一小部分幸运者的后代。）"

"都死于洪荒，would the universe be worse off？（宇宙会不会更糟糕？）"

"Perhaps not.（也许不会。）不过，what about coffee？（咖啡呢？）你我——斗嘴之乐呢？"

"Who would feel sorry for that？（有谁会为此遗憾？）"

"Is it one of our duties as scientists to reduce what is possible but might fail to be?（科学家的责任之一，难道不是减少所有可然而未然的东西吗？）"

"To share God's worries！（为上帝分忧啊！）这种想法，属于想扮演上帝的科学家们。再说，by definition, God cannot worry.（从定

义上说，上帝是不可能遗憾的。)"

"Unless he wants to, or why make so many scientists？（除非他想要遗憾。不然，为什么制造那么多科学家？）"

"Why？（为什么？）"王教授很有兴味。

"Greatest disrespect！（大不敬啊！）指手画脚，要取而代之吗？"

"God might not regret to have made you.（上帝可能不会遗憾创造了你。）"

"That in itself is a regret！（那本身就是一个遗憾啊！）"

我俩一边斗嘴，一边沿着伐木道往下开。伐木道越开越窄，我得非常小心。我原来想问王教授跟宋幼琪、柔伊还有现在这个奥黛尔是怎么回事，但不知道如何开口，因为我发问的理由，上得了台面的就是我对柔伊的关心，因为她是我的学生——这当然是个中国人的理由。我担心王教授行为方式的突变会有负面效果，但这说不出口，不仅由于隐私顾虑，更由于我比他年轻得多。更不上台面的理由则是我想知道他的突变后面隐藏的心理过程。换句话说，我把他当作了一个研究案例。不过我没意识到的是，我对这一案例的兴趣，远远超过了专业兴趣。

开着开着，我突然意识到王教授实际上已经回答了我所有的问题，我可能永远也弄不清楚的是，他是有意作答，还是无意。

石子路为泥路取代。王教授视若无睹，我尝试着又开了一段，路况愈益糟糕，终于出现塌方了，看来是这段伐木道无人照看已有相当长的时间了。我停车倒头，倒完往回开，王教授叫停，下车看风景。

我想起途穷而哭的故事：曹魏末年，竹林七贤之一阮籍欢喜驾车，让辕马自行择路，结果必然是走到前面无路可走时而停下。这时阮籍便下车痛哭一场，然后掉头回家。后人常作的哲理解读是阮籍的怪癖象征人生无路可走的生命困境。

"拟效阮公否？"我开玩笑说，说完就觉得不对。我原想问他是否想学阮籍途穷之哭，出口之前一刹那又把自己加了进去，好显得不那么冲，不料这么一说，倒折射出我们都面临的人生窘境。

王教授斜瞥了我一眼，说，enjoy the view（看风景）。

这里约略是这一片伐木区的终点，相接的前一片伐木区已经复植数年，美西北特有的连理松，大多只有十几米高，郁郁葱葱，顺山脊向上铺开，迁延横展，蜿蜒而入一深谷，隐约可见一落差甚大的高山涧溪，不知从何处挂下，一点儿冰雪全无。

"望之蔚然深秀者，琅琊也。"我又掉文一句。

王教授左右看看，找了一块干净的山岩坐下，拍拍边上，示意我也坐下。

这里是卡斯开茨山脉，属落基山余脉，到处是大块的花岗岩，荦确峥嵘。王教授找到的这块巨岩，正好在坍塌的伐木道边沿，看他坐在大石顶端的身影，背靠初复植被的泥路，那里大自然正重申主权。这半自然、半人工的景色，颇能引出环境保护主义者的圣哲情怀。

我们俩坐着，左看看、右看看，凝目半空虚无。这是本地再平凡不过的景致，难道凝视久了，就能发现意外么？

上车往回开的时候，王教授问我是否记得一个对子，"行到水穷处，坐看云起时"。我说我们中学课文里有，是王维的一首五律，后面是结句，"偶然值林叟，谈笑无归期"。王教授点点头，就没了下文。我试探着开个玩笑说，你跟我谈禅打机锋，怎么有始无终啊？难道你"悟"了，"个中有深意，欲辨已忘言"，就"忘我"了？要"陶然共忘机"才对啊。王教授笑了，伸手在我脑袋上狠打一掌。

那是真打，很疼。

我当然知道他在示范禅宗的"当头棒喝"，不过，我小心眼儿地总觉得挨了一下，不还手打回，很吃亏，再说我又没有什么禅骨。稍后我意识到他在告诉我，或者假定我知道，王维的那个对子，跟阮籍的途穷之哭是对文，暗讽阮籍虽鼓吹老庄之"达"，实际上未谙"达"意，途穷时只知哭泣，不知还可以坐看云起云落。在我们这个上下文里，我岂不成了阮籍，他是王维，一个"悟"了一个未"悟"？我固然不会认为他在指导我参禅，但至少他知道我有很多问题，而他在作间接回答。

我还有想问的问题吗？没有了。不过如果王教授的"林叟"是柔伊奥黛尔之类，希望他能沉浸其中乐而忘归吧。

柔伊呢？她是未得所欲，还是成了牺牲品？抑或求仁得仁？我可以想象，她对智性力量的崇拜，对王教授而言，不说难以忍受，至少非其所需。那么，当初是什么使王教授跟她走到一起呢？奥黛尔我可以看出，也只是跟王教授玩玩，图个新鲜，两人一起开着"破鞋"车到处飞奔，等到玩够了，就分手，王教授去喝咖啡时互致问候，像好朋友，甚或逢年过节一起过一夜，重温一下曾经的快乐。也许，这就是王教授所需要的，一个年轻鲜洁的肉体。

我需要一个年轻鲜洁的肉体吗？或者不止于一个肉体。但这是不是王教授跟宋幼琪的戏眼所在呢？

我体味到王教授背负的"宋幼琪之重"，是不是可变作"'活'之不可承受之轻"，就要看他的参禅功夫了吧。

回程路过一个小山镇，远远见到一家饭店，建在一块突入深涧的巨石上，颇具"有亭翼然"之态，就进去吃饭。临窗而坐，下临百丈深渊，一斜头就是落差有上百米的细长瀑布，虽然在本地不算一景，但进餐氛围却大大加分。头枪是野味，马鹿梅花鹿野猪肋眼，三小块，厚薄适中，配时鲜园蔬，加一小杯雪梨酒；主菜高山冷水虹鳟，用本地青枫木烤的，肉肥嫩细白如雪花；配菜是橄榄油焗野松菌，配上本地白葡萄酒，深度冰镇，好像喝了酒鱼肉味道倍增；甜食是本镇土产苹果派，洒上厚厚一层肉桂粉，过甜了一点，然后就是一大缸咖啡，牙买加产的浓厚重味。我的菜也是王教授点的，我就知道好吃，但有多好吃，没概念，只见王教授点点滴滴细细地吃，估计这对他也是值得回忆的一顿晚餐。

第三十四章

回来后就直接去了实验室。我等待的那个实验突破，就在我出游之时来到，值班的研究生很负责，但素质训练有缺，致使我又得多花四十多天重新来过，后来证明这是个致命的迟滞，我的结果比别人晚了二十多天，也丢了一篇重量级的研究报告，就更别提丢掉的一个大专利和附生的数个小专利了，这使整个团队跟千万富翁失之交臂，他们一生中是否还有这么个机会，就很难说了。

由于我上一个专利又带出了七八个技术性专利，成为制药工业的必需品，而且是消耗性的，所以产出已经把我和几个在专利上挂名的学生变成了富家翁。他们几个都已经毕业，买大房子，玩十几万一架的家用飞机，有两个连工作都辞了，说没想到搞个博士还能玩富人的游戏，没因为丢掉科学而感到一丝丝遗憾。我也没有因此失望。他们家都是数代伐木，献身科学这一西方文化最优秀的传统，从小对他们影响不大。只有一个人，也是伐木世家，叫杰孟，开了公司，买了一架 company jet（公司用喷气机），那是上千万的投资，要按月付贷，不开公司继续挣大钱，就难以为继，但开了公司，也有可能赔光——他专业履历不强，还没找到金主，都是自己的钱砸上去。他私下里对我说，他买飞机是逼自己不放弃科学，因为丢下一切去喝美酒吃鱼子酱追漂亮女人，诱惑太大了。他说这话时两眼紧盯着我，很希望得到我的首肯，大约他意识到在这几个学生中，我对他做出成就的期望值最低。

我对他说，美国之所以成为超级大国，就是因为有你这样的人，但作为一个科学家兼商人，你得想清楚你首先是科学家还是首先是商人。如果是科学家，你可能做出一些好项目；如果是商人，你可以用科学挣大钱。我希望你挣大钱，再投资我的研发。

他连连点头说，科学第一！科学第一！我当年不这么想，就不会来跟你念博士，也挣不到这些钱了。我说，我后悔对你说这些话，不知道会不会直接导致你公司破产。我更希望你挣很多钱，投资科学，这样你对科学的贡献更大。他颇沮丧，说我知道自己智商不高。我说我不是那个意思，我想说因为只有科学家才知道怎样投资科学。如果你不反对，我将来也在你公司里投一份资，反正我那些钱知道该怎么用，但不敢给只知道用科学挣钱的商人，我希望碰到一个又有科学眼光又会挣钱的人，像比尔·盖茨。科学进步挣的钱，跟卖房子挣的钱，且不说成就感完全不同，对人类社会的意义也是完全不同的。当然，如果收益都投入科学，经济学意义上的差别就不大了。

杰孟那天还是沮丧。我没多劝他，觉得让他知道自己的短处和长处会让他真正做出大事业来。后来，他真朝着那个方向努力了，当然，我的钱也大部投入，成败就不可知了。反正，随便怎样，我终身教授的工资足够享受生活了。我也欢喜钱，不过是花钱，而不是挣钱。我暴富以后，颇自得了一阵子，不过也就是一阵子，过后就陷入了无可救药的沮丧。我知道，自从那个大研究项目被别人用简单得多的方式做出来以后，我就自认失败者，这种心态大概永难改变，不论我今后得什么科学大奖。投资科学，大概能多少缓解这种五内如焚的失败感。我暗下决心，如果我将来有后，哪怕是个天才，也要叫他从小就经历挫折，那他一辈子就会比我幸福。如果平庸，又能日子小康，那是福气。我这时才知道为什么我的家族祖祖辈辈大多是平庸的读书人，而弥漫家族的小康幸福感却一如春酒，温软绵长。

当然，如果让我选择，我绝不会选择平庸。也许我已经被一种文化偏见渗透，对平庸深恶痛绝？科学告诉我们，聪明，就像漂亮或超级发达的味蕾，是自然的随机赐予，无所谓高下的。为自己的智商自豪，寻根究源，跟为自己漂亮或精于美食自豪一样浅薄，虽然用王教授的话来说，前者有可能是种建设性的虚荣心。但那是社会学的定义，从心理学和伦理学角度看，虚荣心就是虚荣心，都是 evolutionary trick（进化的诡计）。

我打算买个房子，但总有这样那样的杂事未能付诸实施。后来我意识到自己并不想搬家，除了怕麻烦以外，王教授是个原因。我甚至问过他是否也一块买个房子，好做邻居。他吃惊地看着我，好像我说了什么冒天下之大不韪的话。王顾左右而言他，他嘟嘟哝哝敷衍了过去。上海人，不可能彻底弄懂。

我打听了一下王教授上课的情况。他的课一如既往地受欢迎，而且名气越来越大，因为来上课的有两个相当有野心的数学家，在专业网上大唱赞歌，竟有学校慕名而来，听课，请去讲课，学校不得不弄了个秘书专理他的讲课事务，好像影视明星一样有个专业经纪人。我多少放了点心。

这种讲课是很挣钱的。

王教授第二次去大胖黄纸袋讲演，想邀我一起去。我觉得一次陪衬已经达到目的，就没去，但网上看了实况。讲演非常顺利，似乎王教授已经获得了足够进展，可以尝试突破了。通场都只有四五个人真正能跟他进行有意义的对话，主角自然是米亚京。有趣的是，米亚京是唯一唱反调者，其他几个都站在王教授一边。看来这几个都是受了王教授影响，把自己的主要研究方向或者转向这个领域，或者包括进这个领域。米亚京似乎也在这上面花了很多精力。在他这个年龄上作这种改变，或者是已在自己领域里有大成就，又自觉有余力再创新路，或者就是自己领域未能大成，转变方向寻找新目标。米亚京毫无疑问是前者，而另外几个在自己领域似乎都跟我地位相像。王教授在那里待了三四天，多数时候是在米亚京的森林小屋里度过的。王教授说，他俩争论很厉害，似乎没有调和的余地，看来只好各写各的，写成两篇针锋相对的论文一起发表，以期更多的一流大脑加入。王教授还要求米亚京请了我的导师去他森林小屋吃鹿血肠。据说米亚京很不情愿，最后同意时还说，you owe me big（你欠我一个大人情）。王教授很不解：这么大气的一个人，怎么在这种屁事上斤斤计较？

一天，我发现过去一向由奥黛尔开着的"破鞋"车停在我们门前，雨刷上落满枝枝叶叶，一看就知道好久没开了，而我竟很多天视而不见。我知道奥黛尔也是过去式了。王教授肯定没学会驾驶，而且可能已经停止学习驾驶。无端地我有点担心，好像一种改变一定会有连锁反应，而且一定是负面反应。我细细回想，不记得最近有女人上门找王教授，不过这似乎更令人担忧。可是不久后，走廊里邂逅一个邻居，开玩笑问我怎么王教授现在突然那么讨喜年轻姑娘了，过两天就换一个，我才知道王教授又"进化"了。

隔天我去校学术委员会开会，顺便去了王教授办公室，又见他办公室外站了一溜人等着见他，以为他又新带了很多研究生。敲门进去，见他正跟一个跟他年龄差不多的人谈话，经介绍才知道是北欧来的一个访问学者，跟他讨论合作研究项目。我敷衍了几句就走了，心想王教授大概一切正常吧。

晚上刚回家王教授就来敲门，没进屋，就递给我一把车钥匙，说要我有空开开他那辆车。我说好啊，等你学会了再还给你。他说，我是学不会了，但也许会有一个 significant other（重要的另一个，通常指女／男友）会开。我说，难道我不是你的 significant other？他笑笑说，你也是，但 not significant enough（不足够重要）。我说，重色轻友啊。他说，我是重"婿"轻友，你要是做我的女婿，你也是我的 significant other——你跟芊芊怎么样啦？她说你还在犹豫啊。

这句话猝不及防，打得我不轻。

我说，芊芊跟你说什么啦？怎么变成我在犹豫呢？他说，难道是她在犹豫？我告诉你，大力，她很欢喜你啊，就等你做决定呢。我给打闷了，说不出话。王教授有点认真起来，问：芊芊告诉我说，the ball is in your court（球在你那半场），不对吗？我支支吾吾说，她是提起过，她妈妈说她应该嫁给我，但她妈能决定她嫁给谁吗？王教授说，大力，你不觉得有点 evasive（躲避正题）吗？难道要叫一个女孩儿跟你求婚啊？害羞不害羞啊！

害羞的女孩儿？！这形象跟芊芊差得有点太远吧！不能因为芊芊漂亮聪明，家人对她的感觉就完全失去客观性了吧？

我问，她最近跟你谈过这事吗？他说没有，最近她又不理我了，都是她妹妹和妈妈在催她，加上响羚羊，噢，连杨宗庆也加入了啦啦队。我说，很无语啊，芃芃跟杨宗庆都没见过我。他说，是啊，那不更说明问题啦。见我很迷惑的样子，又加道，因为芊芊欢喜说你坏话，没完没了，大家都嫌她话多。我更不解了：难道他们不想听她说我坏话，把她嫁给我就解决问题了吗？王教授当然没读错我的脸色，循循善诱道：芊芊的绰号叫什么？掼男高手呀！以前的男朋友，掼掉以后绝对不许人提及，就算提及，都一律说人家好话，为什么？

我尝试解读说，是隐形内疚吧。王教授说，也许是吧，也有可能出于品位考虑——关键是她的行为方式出现了明显不同啊。我说，也许我的反抗强烈一点啊。他说，那就对了，她就欢喜反抗她的人——你以后可千万不要什么都顺着她啊，那样你也要成为统计数字的。我说，我觉得已经是个统计数字了。王教授说，她要真把你也变成了统计数字，那她的"掼男高手"就名副其实了，哈哈。王教授不知为何觉得这很好笑，竟然笑得前仰后合，弄得我都皱起眉头来了，怕邻居出来看笑话。

王教授笑完了，正色说，大力，I'm not trying to be pushy（我并不想强人所难），实在是大家都认为你跟她最配——也许我们都太把她当宝贝，但所有她交的那些男朋友，我们没有人觉得是适合她的——倒不一定是觉得男方智商不够，而是，你想想，就算是男方心甘情愿一直被她欺负，她欺负人的兴趣，能维持多久？支撑得起一个婚姻吗？再说，老听男方诉苦，我们也吃不消是不是？芃芃说芊芊的男朋友都应该有个绰号，苦海——苦海无边，回头是岸。顿了一下，王教授又想起件乐事，说芃芃开玩笑用一句诗词描写王教授发现了我，"蓦然回首，那人却在，灯火阑珊处"，不过改作"爹爹回首，苦海却在，淫雨霏霏处"。

西雅图多雨。

我从未幻想过王教授会说这么匪夷所思的话。我除了怀疑是否真有所谓的 temporary insanity（短暂精神失常），只有苦笑。换个人，我早就发作了，因为我知道，王教授看得出我的纠结，也真诚地相信我们俩相配。

王教授突然发现我的沉默，讪讪止口。告别时又欲解释什么，结果也没开口。看王教授走下楼梯，我说，王教授，我是苦海，你就不是吗？你为什么想推我下去呢？

王教授脸上掠过一丝表情，说不出是什么。"她们也不想跳——没办法。"

王教授走进房门的那一刹那，他身子佝偻了一下，又挺起来，莫名地有点悲壮感。

王教授讲究风格品位，我欢喜绕圈子说话，而这场谈话，彻底出轨。是什么把我们推出轨的？事后回味，无端地想起家乡一句戏话：一杯假碧螺春，多喝几道，就像真碧螺春了。

真碧螺春都去干革命了，在产地也喝不到了。

我想得更多的是王教授的一句话：芊芊又不理我了。也没多思考，我无可救药的好奇心就让我拨通了芊芊的电话。当然，头几次拨号芊芊通常故意不接的。

我们下面的对话几乎都用英文，大概很多话用第二语言说出来，不那么刺耳吧。

第三十五章

"Done thinking？（你想通了？）"芊芊上来没头没脑就是一个问题，听起来像最后通牒。

难道她真是在等我求婚？我没那么好的自我感觉。

"You think it would work，you and me，assuming we both try our best？（你认为我俩搞得好吗，假定我俩都尽力而为？）"

"We both know there are a lot of variables，uncontrollable variables，（你我都知道这里有很多可变函数，不可控可变函数，）"芊芊说，然后又加道："You just asked me a question you know the answer to have you forgotten the sky is blue？（你刚才问我一个你已经知道答案的问题——你还记得天是蓝的吗？）"

这个指责相当于问一个数学家 1-1=？，暗指我逃避问题，顺便嘲弄一下我心胸狭窄——据她说常抬头看天容易使人心胸宽广。

"Not everybody has to do sky-gazing to keep a broad mind，（并非所有人都必须靠凝视苍穹来保持心胸宽广的，）"我反唇相讥，"I think I am a constant.（我认为我是个恒常函数。）"

"I think I am a constant，too，but what we think of ourselves is irrelevant，isn't it？（我也认为我是个恒常函数，但是我们如何自视跟这没关系，不是吗？）"

她仍然在暗批我，明知任何事跟人有关，人类只可能是可变函数，为什么还要偷换概念？但是，这是芊芊在说话吗，那么婉转？

我忍不住又开了个不合时宜的玩笑。"You are a constant variable to me.（于我而言，你是个恒常变数。）"

我等于在讽刺她换男朋友太勤快，像一种生理需要一样。

芊芊大概愣了一下：这也可以开玩笑吗？不过她是绝不会在这上面露怯的。

"Well，you started it；I think you are a very variable constant.（哈，你开始开玩笑的噢，我认为你是个非常可变的常数。）"

她等于在讽刺我唯一不变的就是爱的欲望，至于怎么爱、爱什么，根本没底，所以永远在自由摇摆。她说得对，我想，我的常数就是无法克制自己对她的欲望，但完全不知道怎么才能保护、实现、升华这个欲望。说到底，在这方面，我跟 IQ 最低的男人没有两样，非常脆弱。大部分男人采取的策略是变动物或流氓，很多人因此很快乐，但从行为科学角度看，两者都需要天赋，我一样也没有。

"If I am an constant，and you are a variable，put together we can make a constant variable.（如果我是个恒常，你是个变数，加在一起我俩正好做成一个恒常变数。）"

"Constant variable？You've just defined the nature of love，inadvertently，I might add.（恒常变数？就在刚才你定义了爱情的本质——无心插柳的结果，我也许应该加一句。）"

顿了一下，她又添道："Do you know you might have made a joke with possibly the most serious consequence in our lives.（知道吗，你也许刚开了个对我们生活具有最严重后果的笑话。）"

"We are quite compatible in this regard，making jokes of the most serious matters。Ironic，isn't it？（我们俩这方面可称绝配，把最严肃的搞成最可笑的。很有讽刺意味，不是吗？）"

"You're quite talented doing this，and this is part of your charm.（你在这方面才华横溢啊，也是你魅力的一部分吧。）"

"You mean that is what you like about me.（你是说这就是你欢喜我的地方。）"

"Are you trying to fish more compliments out of me？（你在钓鱼，

从我这儿钓出更多的恭维话？）"芊芊乐了。"My father's portrayal of you is you are living under constant bombardment of compliments.（我父亲对你的描写是你生活在不断的恭维话轰炸之下。）"

"But none from you.（但没有一个炸弹是你投的啊。）"

"Now you are paying me compliments.（现在是你在说我恭维话。）"芊芊更乐了，"Mind you，not paying me compliments is part of your charm，too！（记住了，不恭维我是你的魅力之一啊！）"

"Can you make a list of all my charms？（你能把我所有的魅力列个表吗？）"

"And include it in our prenup：it is the wife's daily duty to pay compliments to one of the husband's charms.（把它包括在婚前协议里：妻子的日常责任是选择丈夫的一种魅力并恭维之。）"

"Now we are talking.（哈，谈婚论嫁终于走上正轨。）"

我突然有一种幸福感：用英语斗嘴，特别在两个中国人间，真好玩啊，英文没白学，寻欢作乐的资源翻倍。

那天我们斗了好一会儿嘴，感觉很不错，好像真是协议结婚了，直到我提及王教授，问她为什么不理睬他了。我问话的最后一个音节尚未落地就几乎可以从话筒里听见她全身神经末梢都噌地一下耸立起来，然后我全神贯注盯着我办公室天花板上的一个黑点。几乎每天在这个巨大空旷的办公室我都要把脚高高翘上书桌，身子半埋在这把年纪绝对在七十岁以上，但仍然异常结实的大皮椅里，可我好像从没想过这个黑点是个干死的蚊子还是一痕煤烟。同时我意识的另外一半处于绝对静音状态，像等待判决的死刑犯一样，恐惧中又有"一切都完了"这类想法所带来的终极解脱感。同时在这两种分裂却又同体的意识之上，又有一道颇具自我嘲讽意味的意识反观：ha，that's what terror is（哈，这就是所谓的恐怖）。而这道意识反观似乎还有一个微薄的回音：Well，how many people on earth are there who have the chance to experience the terror of this kind，from a rare specimen of beauty and intellect？（这么说吧，世界上到底有多少人能有机会体验这种恐怖，来自美与智的罕世范本？）当然，这个微薄的回音折射出一个更为微薄的散音：都落到这个地步了，还要 make distinction（标榜与众不同），阿洒惰哦（累不累啊）！

这是我第一次内观自己的意识在几个层次上同时展开。我博士论文委员会有一个心理学导师，她曾要我看几章法国作家普鲁斯特的小说，意思是让我懂得人的意识可以细分到不可思议的层次和深度，过后还问我是否看懂了。她用的借口是我并非生长于西方文化，所以阅读中可能有障碍。她固然用心良苦，还兼顾到我的文化自尊心和智力自视。但从她语气中我觉出她有一个预设：能够把意识解剖到七八层深度还在每一层再片成七八面固然不易，能够读懂这种解析本身也是一种不凡的成就。我当时很礼貌地告诉她我理解没有问题。她不放心，装作"奇文共欣赏"考了我一回，直到肯定我确实很扎实地理解了她所认为的难点后，还让我做个示范：她两眼直直瞪了我五秒，对我说"我不知道是否欢喜你"，然后要我对这句话作出反应，并尝试分析自己反应的意识层次和方面。

这对我并不是一个挑战。见我轻松地把自己的意识挖到五六层似乎还能继续挖进时，她叫停，无意地夸了我几句，其中有大约我一个学科学的，又来自于异文化，竟然能颇有深度地解读普鲁斯特，还十分具有 multi-layered self-introspection（多层次内省）能力，是不是孔家文化也很强调自省。我用"吾日三省吾身"敷衍了她一下（出于文化虚荣心我把"三省"作了双关解读，既是频率又是度向），但心里奇怪她为什么把这个没多大难度的阅读那么当回事。我当时认为大概中国读过大学的人都能做得到。当然，我当时没意识到自己虽然能完美完成教授的考问，但实际上从未在自己意识多层次运行时进行有意识的实时自我观察，连事后追忆式的自我分析都很少做，更别提进行多度向深析了。

问题是，为什么今天突然发生了同步自我意识反观，还是多层次的？而且好像反观并未对意识运行产生影响，而这是最难自我训练的。是不是由于芊芊？由于恐怖？由于反抗欲望？普鲁斯特能写出那本书，是否因为自己是个苦大仇深的同性恋？有一点我很肯定：没有芊芊，我这个能力大概一辈子都不会发现。"苦海"是很锻炼人的。

还有，为什么思维过程用了英文和中文，却没用法文和日文？说明这两种语言我不行？还有，为什么我的第一语言吴地方言，我的家乡话，却唯一体现在一句多少有点骂人意味的话？难道文化浸润真能洗掉那几乎是先天的语言印迹？跟芊芊结婚的话，我还有多少自己的东西能够留下？

芊芊的声音很轻，好像自言自语一般。

"I would like to make it clear beforehand, the marriage we are talking about is between you and me, not between you and my father.（我想事先说清楚，我们在讨论的婚姻，是你和我，不是你和我爸爸。）"

说完，她挂了电话。

芊芊到底有没有发火？说话那么轻声轻气，什么意思？我脑子短路了两秒，然后又接通了：得赶快拨回去，不然后果堪虞。手指搭上重拨键，欲按又止：如果两人的关系就这样结束了，多干净！？

结束不结束？

一瞬间，我似乎进入了另一个空间，两个人以一种极抽象的方式在一起，好像就是"在一起"这一概念的具象化，可以触摸，可以看见，但无法形容，连是否面对面还是并排坐都不能确定。有趣的是，我可以体会一种强烈的想跟她在一起的欲望，不是做爱，不是斗嘴，不是开车，什么都不是，就是单纯地想跟她在一起。

我对自己说：跟芊芊在一起，任何可能都有，但不可能乏味，而人生最大的恐惧，不就是乏味吗？

这时我没有想起王教授曾经说出过的一个词，一个被我恶意嘲弄了一番的词：existential boredom（生存厌倦）。

我按了回拨键。那边立马接了起来。

"九秒半，再过半秒，我就永远不会再接你的电话了。"

芊芊的声音像四月的碧螺春，一杯新沏、袅袅茶烟、如雾的茶毫，透出一抹青意。

我不知道自己那么多纠结才花了九秒半。

"你是说，差半秒，我们的人生就会完全不同？"

"Fate is like that, arbitrary.（命运就是这样，任性／专横／武断。）"

"It's fate or you？（是命运还是你啊？）"

"Fate is what we make of it that consequential half of a second is the fruit of my determination and your hesitation.（命运是我们如何用它——

那个决定性的半秒，是我的果决和你的犹豫的结果。）"

"Very existentialist are you always this good at deep-talking？（真存在主义啊——你一直都如此善于说话深刻？）"

"You are good at intellectual polemics，not at being slick-tongued.（你善于智性质疑，不是油嘴滑舌。）"

这又是指责我躲避正题。我当然要躲避正题，问题是怎么躲避。

芊芊最大的天才可能就是咄咄逼人。

"你要先想清楚，爸爸和我，你更爱谁？不要搪塞我！我知道你们都不是 gays（男同）；男人之间有一种 affection（心仪），beyond carnal love and intellectual affinity，and I have no problem with that.（超越肉欲和智性的惺惺相惜，我对此并无反感。）"

"你是说，你不想跟你父亲分享我的 affection（心仪）？"

边说边觉得有一阵阵不真实感。

"I did not say that.（我没这么说。）"

"那你说什么？"

"I do not want you to marry me for my father's sake.（我不想你为了我父亲而娶我。）"

大概这就是所谓"多心得可笑"，不过我忍住没笑，因为想到要想把这事情解释清楚，几乎是不可能的。实际上，我自己清楚吗？不是跟王教授的关系，我跟芊芊连一次约会都很不可能。我们分属两个世界。

我应该问而没有问自己的是：没有王教授，以我跟她的关系现状，我还会考虑跟她结婚吗？

"你能出来玩两天吗？我想去红杉树国家公园。看过一个电视片，很不错。"

芊芊半天没话。大概她想起曾经说起的那句关于该公园的话，跟她父母有关。

最后她说安排一下，大概没问题。临挂电话时，她问我："Are we going to have sex？（我们会做爱吗？）"我说："Animal，or less than animal，which one do you want me to be？（禽兽，或禽兽不如，你想我做哪一个？）"她想了一下，大概开始没想到这是硬译中文典故，竟扑哧一声笑了出来，笑骂一句 Chinglish（中式英文），就挂了。

硬译中文典故，本来是王教授的"恶"趣。

我起先并没有想到邀她出去，反过来细细分析自己，我是想让她断绝跟A1M1的关系，只有那样我才可能考虑跟她是否进一步。我并不在乎她曾经有过多少男人，但我不能跟任何人同时分享一个女人。生物社会学的研究也证明，两性关系的排他本能，根植于很多种群的基因之中，一如人类乱交的本性。人类成功的 open marriage（开放式婚姻，指双方允许对方有婚外情），大多基于其他共同利益。

两天后，芊芊送给我一个电邮，告诉我她跟A1M1已经断了，但说会跟他继续做好朋友。后来我知道，没有芊芊，他独自要完成他那篇野心很大的博士论文，不太可能。

绰号A1M1的奥利，一个可爱的大男孩，芊芊的崇拜者。我心里并没有对不起他的感觉，当然更没有胜利者的快感。

我走之前去见了王教授，他没有多问什么，叫我开他的"破鞋"车去。他有一种奇怪的忧郁表情，难道是不看好我和芊芊的前景？我问他有什么忠告没有，他做了个咧嘴微笑的样子，嘴唇都没分开。我想他是说，你我之间客气什么？谁的话你听得进？我告别时他顺便问起，上次他给我的那几张纸，还在不在。我问什么纸？他说，我的公式啊。我想起来了，说，在，只是要找一找。他说不必找了，米亚京说得对，我研究方向没完全找对，你什么时候看见那几张破纸，丢了就是。我开玩笑说，留着，也许将来可以拍卖几个钱呢。

我突然有种冲动，从门边走回去说，有邻居跟我提起你最近有很多 female visitors（女性访客）。王教授说，哦？他们反感？我说，大概眼馋，那些姑娘美丽又年轻。王教授苦笑说，太美丽太年轻。顿了一下，又添道，我年轻时很有自制力，多年轻多漂亮都不动心，到这把年纪了，很难 say No to a pair of thirsty young eyes（对一双充满渴望的年轻眼睛说不）。我不敢相信在这些多少有点廉价色彩的浪漫故事里，王教授竟然都扮演被动角色，虽然我早就听说王教授有许多对他特别关爱的女学生。然后我说出了最关键的带话：房东让我告诉你，美国人二十五岁前，每四个人就有一个人得过性病。王教授抬起眼睛，微微眯了一下，瞳仁活泼泼闪动，让我想起他年轻时，有多少女孩为之倾倒。他说，这句话，是不是你也想说？我很窘。我的确有此担心，但房东不叫我带话，我是不会开口的。我摊摊手，不作答。王教授掉开眼睛，沉默有顷，说，无须担心，不会再有女孩子来了。

我后来知道，王教授在大胖黄纸袋讲演时，在某教授的家宴上认识了他夫人的大学室友，叫蓝妮，一个生物人类学家，三十四五岁，未婚，领养了一个非洲孩子，自己据说有十来种血统，包括广东血统。长得有人说是无比惊艳，有的说在所有种族里她都会是丑小鸭。我后来在她们学校的网页上看了照片，衣服穿得很好看，长相不敢恭维。但无疑，她点燃了王教授的青春火，或青春余烬。

看蓝妮的自我介绍，可知她属于纯种美国上层中产阶级出身、头挑大学自由派价值观熏陶出来的产品。这类人最显眼的特点，一是对一切正义事业的献身热情，二是绝对地自以为道德化身，三是永远都在寻找 a cause to fight for（找个事业好打斗），像猎狗寻找猎物——如果找到希特勒，他们就会成为英雄；如果找到穆加哈迪，他们就会制造很多本·拉登。虽然人的自我牺牲精神永远值得敬佩，自以为"是"却倒人胃口。我对他们一般都敬而远之。然而大学是这些人的殖民地，在他们当中生活久了，有时候会忘记该怎么跟他们打交道，直到他们惊愕地望着你，你才意识到：怎么，我的话刺到你的痛处了？噢，政治不正确啊，哈哈，对不起！

不过，这些人真是好人，你的钱让他们做投资代理，被骗概率极低。

很想知道王教授怎么跟道德化身"谈"恋爱。

也许他们只是做爱？不会吧！只是做爱，那么多小姑娘岂不更符合要求？

第三十六章

红杉树国家森林公园在加州北部，毗邻俄勒冈。芊芊先飞到旧金山，让一个朋友用小飞机送她到邻近一个小机场。我去接她，然后她一路上不停计划什么时候两人一起去学飞行，以后出去玩多方便啊！最便宜的只要两万多，我们可以一人买一架啊！飞机摔死，也比撞车撞死好，多浪漫啊！还干净，也没有残而不死的可能，不用面对鼓勇自杀的困境，连最后一点尊严都没有了。

芊芊肯定仔细思考过死亡，这似乎太早了点，也出乎我意料。

都说女人啰唆，但我想至少芊芊是没有这个毛病的，她只是欢喜说话而已。她叽叽咕咕一直到进入公园，就被公园近乎洪荒时代的景象给镇住了。哇欧，巨树哎，有二十五六层楼高吧，那么多，都是五千年以上树龄！她两眼一眨不眨，沿着路边的林子好像在不停地寻找。我想大概在找胸径最大的一棵树。我带她去的第一个景点是 Big Tree（大树）。一个人家，院子里一棵树掏了一个方形的洞，可以开卡车通过。自从二十世纪三十年代被生活杂志作了封面，这家人家就坐拥财源：铺条路，弄个小房间，一辆车三块钱，去树洞里面转一圈，不超过半分钟。我们跟着一长列车穿过树洞后，芊芊看着这家人家的漂亮房子说：真是懒人的天堂啊！

口吻有点艳羡啊，我想。

十一月游人很少。白昼是江南五月天，向晚就变深秋，半夜是腊月。空气潮润，山上一阵阵飘下绶带一样的岚气，降到树腰就不再往下，蓝郁郁的。原计划先去旅馆，被芊芊否决了，说那么早就知道晚上住哪里，一点随意性都没了，多没劲！于是随便找了个停车场，就钻进林子里乱走。基本没人，整个世界就我们俩。

芊芊找到一棵二十多人合抱的大树，一边树皮脱落很多，像一堵藕白色的墙，摸上去还有点温暖感。我们有点怀旧，靠着大树，仰头凝视树冠，只见空中五六棵树冠围成一圈，天空是一个很小的不规则梨形，随着高空的风方向错乱地摇动，像电影特技做出来的，超现实感很强。看着看着，就晕眩起来。我伸手拉住芊芊，靠上去，她脸凑过来，就这样大约持续了二十来分钟，感觉像坐船，头晕得厉害。我说要睡过去了。她说我冷，就拉开我的皮夹克，钻进来裹住自己，呼出的气息上腾，下巴都温热的。她个子比我高。我怕她弯着不舒服，就站上旁边高一点的树根，拖了她一把。她打了我一下说，我要告诉爸爸，你欺负我。我说，芊芊也会撒娇？很不适应啊！她又打我一下说，你还骂我。我说，这下我适应了。她又打我一下说，你还讽刺我。我说，还要打你呢。她说，你打呀你打呀，不打你就 less than animal（禽兽不如）。我轻轻扇了她的脸几下。她脸上泛出桃花来，然后法式接吻就开始了，大约吻了二十来分钟。到后来像比赛似的，看谁先撤退。

我以前一直觉得这类接吻很不卫生，也从来不觉得有享受感。曾读到有人描写说，这类接吻如有香甜感，就是极致了，我还嗤笑过：不科学啊。这一次的感觉，就知道以前自己着相了。

那棵大树不幸蒙羞，见证了我们此行的第一次欢爱，也是我第一次正式的幕天席地。开始我还担心人来，不时四处看看。事后她说，你刚刚乱看什么呀，做爱要专心。我说你就不怕人看见？她说，我们年轻漂亮，现在不给人看，老了再给人看呀！我说，看不出你还有 3X 影星的素质啊。她兴奋起来，说我们给自己拍电影好不好？精心设计一下，把自己拍得漂亮一点，raw but with good taste（生猛但有品位），以后人到中年自己看，better than Viagra，you are on board？（比伟哥管用，你上不上？）我说好啊，买一本印度爱经，一个一个姿势摆过来。她说，你说 Kamasutra 啊，我有，我来做导演。我说，have you done some already？（你拍过几部了吧？）她说，还没有，就等你呀——

哎，我是认真的，不开玩笑，just between you and me（就你知我知）。

"就等你"这类哆话，我固然一笑置之，但她想传达的信息，是她话后的心态，很认真，已经假设我俩会待在一起。这心态以前是没有的。那时她只是在享受人生，感官盛宴，调情小憩，征服快感，发丝掠过乳头微带刺痒，夜窗漫入的小风抚过血气充盈的肌肤……芊芊这次的行为，似乎很不芊芊啊！

这次出行目的是理清我俩的关系，但出来以后，谁都没心思讨论任何事情。享受大自然，互相享受，比任何欲望都强烈。芊芊一进森林就蹦啊跳啊的，连我这个从上海姐姐离开后就再不蹦蹦跳跳的人，也跟在后面依样画葫芦，唯恐蹦跳得不够水准，或太生硬。芊芊用不知什么灌木枝扎了两个环冒充桂冠，你一个我一个戴着，一人捡一根粗树枝，说用来防身，因为前一段时间有报道说这里曾出现大山猫伤人事件。山猫未曾见，就追着松鼠野兔啊什么乱跑，说抓了做烧烤，当然什么也没抓着，把我跑得气喘吁吁，她却没事人一样。她看我跑不动了，就找个地方坐下休息。没带水，芊芊摘了一张什么灌木的叶子，厚大灰绿，去小溪里托了一泓水来，还没到我那里就没剩几滴了，还要喂我喝下。那水看起来干净之极，尽管知道这并不意味着没有致病的细菌，我照喝不误。入喉清甜，像条冰线直贯入胃，整个前胸后背都被这寒意激得一抖一抖的。

她说，你怎么都喝完了，我还没喝呢。我说，你刚去取水，没喝？她说，我们练练怎么喝"交杯酒"嘛。说完就拖着我去了溪边，舀满水，你一口我一口喝得浑身冰凉。我说水好喝，就怕腹泻。她说腹泻怕什么，往树林里一钻就行了，我保证不偷看。我忍俊不禁，说我怕是你腹泻啊。她说我允许你偷看。我说不能偷看，怕 impotent（阳痿）。她说没关系，我治得好你。我说，那东西会传染。她说，真的？我做出一副严肃相，点点头。她歪着头细细想，大概不相信，又不肯定我在开玩笑。那模样很逗人。我几次想笑都忍住了，不巧她瞥过一眼，顿时发现我的怪模样，捡起树枝就敲我脑袋。虽说是玩闹，可那一棍子势大力沉，我忙用手一挡，疼得我龇牙咧嘴，捡起树枝就打回去。她兴奋起来，跳起身说，来来来，跟你斗剑，我学过两天半击剑，教教你还有资格。于是两人就拿着树枝斗起来，手背刮擦了几下，留下好几条血印子，最后落荒而逃。她穷寇猛追，我跑不动栽倒在一片厚湿的针叶上，她还跳将上来照我屁股打了几下，还好没太用力。见我趴着喘气，她就扑倒在我身上，在我脖子上呵气，我脖根子痒得要命，忍不住就拼命地笑，用力翻过身来，两人大眼对小眼，然后又玩起交换唾液的勾当。

翻身躺下，枕头朝天，看雾岚漫过林子，枝叶树干隐去又现身，像水草一样。芊芊不停地说着什么，令我想起小学里那些唧唧喳喳小麻雀般的女同学。芊芊也是那样长大的吗？

"芊芊。"我轻唤。

"大力。"她学我的声气，好像小学男生学女孩子说话。

"你说，are we trying a little too hard to be happy.（我们努力快乐，但是否太使劲了。）"

"Nothing wrong trying to be happy.（努力快乐，有什么错。）"

我不作声。她等了一会儿，改说上海话。"人家就是要你晓得，跟你白相，人家老开心的，有啥不对啦。"

我还是不说话。她见前言无效，又改说英文。

"Yes, admittedly I am a tiny bit over theatric, but I absolutely have no idea where to draw the line.（算你对，我有一点点一点点演过头了，但是怎么才算不过头，我根本没一点概念在哪里画线。）"

我第一次意识到，我不知道怎么对付芊芊，芊芊也可能一样不知道怎么对付我。我却一直下意识里假定，芊芊说的每一句话做的每一件事，都是周密计划好的，或者对她而言，对付我这样的人，根本就是小菜一碟。

我好像不应该犯这种错误！？

她见我依然不响，就撑起身子，腾出一只手，用食指拇指撑开我皱起的眉头，可怜兮兮地嘟起嘴。"You wouldn't hold it against me, would you? Men are supposed to be big-minded, are they not?（你不会因为这个对我不满，是不是？男人应该心胸宽大，是不是？）"然后又换了上海话，"爸爸讲，大力顶讨厌为一点鸡毛蒜皮吵相骂，每次碰到，他总归斜了一只眼睛讲，（学我的吴语普通话）'屁大的事，吵什么吵！再吵再吵，通通捉牢头发拎起来掼到窗子外头去'。"

头四个字，我可能偶尔说过，其他肯定都是芊芊的创意了。

我捧住芊芊的脸跟她做了个额头贴额头，两人都成了斗鸡眼。芊芊大叫头晕，推开我。"一定是爸爸讲给你听的，我小辰光是斗鸡眼。哼，我要真的不睬他了，破坏女儿的婚姻大计——实际上我只有一点点斗鸡眼。"

"下次你凶我，我就做斗鸡眼，唤醒你 extraocular muscles（眼外控制眼球相谐性的肌肉）的斗鸡眼记忆。"

于是我挨了一堆粉拳，还好不太重。

"What I meant to say is this : we both are very happy now, so we don't have to PRETEND to be happy—we can save pretending for the future, when we are not happy.（我先前想说的是，我俩现在确实很快乐，所以没必要'装作'快乐——我们把'装作'存下来，将来不快乐的时候用。）"

"好吧。"芊芊把头埋在我胸前，很温柔。

"我以为你要说，stop lecturing me（停止对我说教），没想到得了个小鸟依人。"

"Don't predict about me—I hate to be predictable.（不要预测我。我最讨厌可被预测。）"大概觉得有点跟今天的芊芊形象不符，又加道："I would stop loving you if you become predictable——take it as a fair warning.（我会不再爱你，如果你变得可预测。你就当这是个公平警告。）"

"How about this : I will be unpredictably predictable.（这样好不好，我将会不可预测地可预测。）"

"好的。"然后芊芊发现我在看表，两秒后她意识到了我在讽刺她，于是又给了我一堆粉拳。

"How about this : predictably unpredictable ? Fair warning : don't jump to conclusion（那换一个：可预测地不可预测，好不好？公平警告：不要过早下结论。）"

芊芊给了我一个白眼。"人家智商也没这么低呀！"然后坏笑说，"你能预测我下一句话讲什么吗？我先写在地上。"

没容她付诸行动，我就凑近她耳朵，"Let's make love（让我们做爱吧）。对吗？"

"That's about the only thing between us I like to be predictable.（这大概是我们之间唯一的一桩事我欢喜是可预测的。）"

"我们去沙滩上做爱，好不好？A seven-mile long beach，just for two of us our bodies will be all covered by the fine silver-grey sand，very hard to wash off.（七英里长的海滩，就为我俩而存在。细细的、银灰色的沙子将沾满我们的身体，非常难洗掉。）"

芊芊作陶醉状闭了一会儿眼睛。"Oh，what a sexy idea！Let's run.（啊，这主意真性感！我们起跑。）"然后她对我眨了一下眼睛，怕我没看出她在故意演戏。

在海滩上做爱是我从网上读到的，写得很诱人，但结果并不像读到的那样美好。沙子太软太细，粘到身子上根本抹不下来，再沾上敏感部位，极细极柔软的沙子也是不可忍受的。而且这沙子也不知是湿是干，沾满身子就冷得不行。这次做爱无法完成，两人失望之余，就抱着乱滚，滚得身子沾满沙子像衣服一样，然后两人公然在沙滩散步，滚滚海浪在前，左右是无垠的银灰色沙滩，脚底踩出一个一个精致的脚印，连脚底板的纹路都清晰可见。往后看，则是小山上亘古屹立的大树，每一棵都像冰冻的深绿，站在云间，苍然默然冷冷然，透出一种造物不言的漠然，俯视众生如蚁。

大概感到这种压力吧，我俩不知什么时候手臂勾在一起，呆望着这重重叠叠高高在上的树群。

无声中芊芊突然伸手前指：somebody is there？（那里有个人，是吗？）我花了半天才发现那一个小点。的确，是个人，像童年夏天粘知了时发现的一个小虫。它在离树冠不远的一个树杈上，好像正向我们挥手招呼。出于礼貌我也挥手，然后我渐渐看得更清了一点，这个人手里好像还拿着个什么东西，不时放在眼前乱晃，大概想告诉我们什么吧。还有一个动作不太看得懂，我问芊芊，那人老是手伸啊伸的，是在向我们竖大拇指吗？芊芊仔细看了一下，立刻十分肯定地说，是的，我们再做爱好不好？反正都给别人看去了。我说我做不到。她说，那人家会很失望的。我说，很多人都想跟你做爱，你不同意他们都会很失望的。我原来以为这句话有点不合时宜，不料芊芊立刻说，对对对，我不能跟宋幼琪一样。我说你说什么呢？她忙王顾左右而言他，叽里咕噜不知所云说了一大通。我听懂的大概只有她的猜想：树上那个人是加州大学的一个大树保护者协会的，听说政府因为什么原因要砍掉一些树，这个协会立刻兴奋起来，组织了不知多少抗议、签名、游说、电视访谈、静坐、绝食活动，都无效后，出了最后一着，一个女孩子爬上即将被砍的大树，把自己用铁链锁在上面，弄了全世界头条新闻。这个女孩子最后在树上待了两年左右时间，终于获胜。

不知这个树人是不是那个著名的环保主义者。我虽然支持环保，但对环保主义者们没什么感觉，暗地里叫他们环保红卫兵。看到这个树人，觉得似乎以前的看法颇值得商榷。

我们走进没脚踝的海水里，用冰凉的海水抹去沙子，然后瑟瑟发抖地走回沙滩穿上衣服。事后想想，不穿衣服光天化日之下走在沙滩上，碰上警察，有可能轻则罚款，重则逮捕，罪名是 indecent exposure（不正当暴露身体），传到学校，都会导致一场不大不小的风波，当然也会让一些人邀你去参加一些不三不四的聚会。

但那种解放感，无与伦比。

那天到下午三点钟去旅馆前，我们做爱三次，最后一次最有意思。

离开海滩，浑身皮肤发紧发黏，摩擦衣服感觉粗涩，这就是海水浴后未用淡水清洗的结果。我问芊芊是否有同样感觉，她说是。我说先回旅馆洗洗吧。她嘻嘻鬼笑道，又想啦？我说这话不对，好像我有的时候不想一样。她说，你一直想的啊？我说我倒是想不想，没办法啊，入魔了。她说，入魔好入魔好，"何意百炼钢，化为绕指柔"：不入魔是百炼钢，一入魔就化为绕指柔。我说，跟你除了做爱没想别的，也好？她说只要想我，都好。说完抱着我头脸脖子乱吻，故意弄得我一脸口水，然后看着我拿出纸巾拼命擦，笑得乐不可支。我说，回旅馆洗澡去，拉着她往停车场走。她却说，好山好水的，还回旅馆洗澡，is that romantic bone of yours missing？（你那根浪漫之骨丢了）我说，那水你也喝过，敢下去洗澡？她作老僧谈禅状说，爱之为物，在心则激情，赋形则温泉，心即温泉，温泉即心。我说，那是冰水，一瓢水，什么百炼钢都变成绕指柔了。她更乐了，又在我刚擦干的脸上留下许多口水印，说放心放心，有我呢，叫它钢就钢，叫它柔就柔，没商量。

说着一把抓住，说钢钢钢，然后那个自主意志就舒展开来了。

我们向森林更深处走去，寻找我们先前喝水的地方，没找到。她说，我们快跑，跑到第一个溪流，就洗澡，不管旁边有没有人。说完也不管我怎么回答，拉着我就跑。奇怪的是，先前觉得到处都是的溪涧，不知都到哪儿去了，跑了半天，除了树还是树，只得停下。芊芊说，不跑了，走，换个方向，一直走到有水的地方为止。

走了大约都有一个钟头了，还是没有水的影子，先前汗出如浆，衣服湿透了，这时冰冰凉贴着身子，冷。我说回旅馆吧，太不舒服了。她说，你走不动了？来，我们玩"背背新娘子"，轮流背。我说你背得动吗。她说我打排球的，来，试试。我想捉弄她一下，就让她背了，没想到她走了两步，轻轻松松的，得意地说，先练练，现在背大儿子，将来背小儿子。我用上海话骂了她一句"痴姑娘"，就是疯丫头的意思。她腾出一只手，把我的手放进她衣服里，按在乳房上，说你一激就动，一动就不冷。触手温软，我就有了反应，她咯咯笑着说，别呵我痒兮兮啊，那么快，不冷了吧。我说，太小了。她拆解夫子"财不患寡"说，不患小，患不利。我轻捏一把说，不准偷换概念。她说，是我这个啊，小的好啊，精致，我想练马拉松呢，太大了，跑不动的。我说，那，你以后就叫精致。她说，你说的噢，以后每年母亲节，对精致顶礼膜拜，不然只许你君子动口不动手。我说你真想做我妈啊，母亲节和精致有什么关系。她说我有一个搞人工智能的同学，学了点语言学，他说大部分语言里母亲这个词都跟精致有关——上海郊县有的方言里，妈妈这个词，又是母亲，又是精致。我说还是精致这个词好。她说大力，你想要儿子呢，还是要女儿。我说随便。她说我欢喜生个小大力，长得像你，性格像我。我说，要是生个小芊芊呢？她说，长得像我，性格像你，哎，我们生一大堆孩子好哦，七男八女，一起到这林子来洗野澡，跟希腊神话里画的那样，光着屁股，跟自然在一起。

就这样，两人胡说八道，竟然走了四五十分钟，相比之下，似乎她背我更轻松一点。先前"努力"快乐的感觉，一点也没有了，只剩下一种平静。渐渐地就有个念头：我俩现在的形状，在任何价值体系里都是一种凡人男女的庸常琐屑，为什么就这么快乐呢？

一条小溪突兀地出现，七八米宽，左侧一个一人略高的落差，七八十米的水道都很平缓。水色是一块青一块蓝，青的像碧玉，蓝的像晴好天气子夜的天空。蓝色青色哗哗流下，之间却没有色彩的转换，水流到蓝色块就是蓝水，流到青色块立刻变青水，连过渡都没有。那时我正好背着芊芊，两人呆呆地看了一会儿流水，芊芊发出一声尖叫，跳下来唰溜唰溜就脱了精光，忙不迭地跳入水中，钻进一人高的落差下面，让水像淋浴水龙头一样哗哗落在身上。大概几秒，就浑身乱抖，叉手叉脚大概想调动身上热量，才蹦跶了几下，就跑回岸上，一把搂住我，说暖和暖和我，冷死了。把我衣服全弄湿了。我掏出一块做手帕用的小毛巾，擦了几下，根本不顶事。她绕下我的围巾，就擦起身来。我说这是你爸送的圣诞礼物，开司米，三百多块钱呢。她说我一看就知道是爸爸的上海小市民趣味，小气，我给你带了一条好看的来，这条正好当浴巾用了，啊，真柔软啊，开司米——哎，你帮我把衣服抖抖，里面沾着沙子。我就抖，抖出不少沙子，心想她穿上时没抖过啊，还有那么多？还走了那么长路？

她擦着擦着，突然叫道，哎呀，屁股弄不干净，那么多沙子。叫我下水帮她打湿围巾透清沙子。我接过湿得差不多了的围巾，脱鞋下水，才打湿围巾在清水里透了几圈，就听她叫：过来过来，帮我再洗一洗。我一回头，立刻浑身血气翻涌。芊芊趿拉着鞋，跳到水里一块圆滚滚的大石头上，蹲着，半穿毛衣，两只乳房压在膝上，一个乳头从墨绿色的毛衣里探出头来，冻得缩头缩脑的，屁股也冻得青青白白，撅出石沿一大截，口中说，帮我洗洗，帮我洗洗。

芊芊很善于摆性感姿态，大约她对我的吸引力，相当一部分得归功于这种性感。这个撅屁股的姿态绝对不属于芊芊心目中的性感姿态，实际上相当粗野。但我却前所未有地震撼了。我走过去，打湿围巾，给她细细洗了。芊芊双腿发抖，牙齿咯咯打架，还口齿不清地乱叫：刺激唻！老刺激喔！老老刺激欧！洗完擦干，她站起来要去穿裤子。我抱住她说，洗干净了，还没用呢。她打着抖说，就在这石头上啊，冷死了。我这时一点也不觉得冷了，脱下带防雨功能的登山皮夹克和毛衣垫在石头上，让她斜躺下，就在石头上要了她。开始她裹着穿了一半的毛衣簌簌发抖，渐渐地身子暖和了，两臂舒展开来，坐起身子，抱住我，加入了这个人类百做不厌的运动。她手臂力量很大，箍得我双肩发疼。她口里嘟嘟哝哝着一个英文字，谋杀：Murder！Murder！Murder！

我们在那块大石头上坐了好长时间，也不说话，好像一说话就会破坏某种很美好很脆弱的东西。

离开的时候，林子里已经很暗，走出林子回到停车场，天全黑了，幸好迷路不多，不然又得在林子里过夜了，那会冻死人的。

我们下榻一个家庭旅馆，附带一个小饭店。洗好澡坐在餐厅靠壁炉的桌子，绛红的火焰吐着长舌，摇摇曳曳，不时发出哔哔啵啵的轻响。红酒晃动，举杯时，脸上泛起水波般的光影。那天顾客就我们俩，少东家自己做厨师兼侍应生，边准备饭菜边跟我们聊天。他很年轻，加大毕业后去德国学了两年厨艺。他说这份产业是祖传，他已是第四代，没想过去任何其他地方生活。有意思的是，他大学主修政治科学，谈吐很不错，大概上大学并非出于就业目的，只是体验青春快乐。

他推荐我们吃麋鹿肉排，前菜是森林野菜和烤本地野蘑菇，外加一小节野牛肉灌肠，本店自制。我们两个人都饿极了，各吃了一份麋鹿肉排，还不够，又叫了一份两人分。少东家端上时说，this is on the house（饭店送给客人的菜）。饭后喝咖啡就 Russet Struddle（一种德国烤苹果馅饼）。介绍说是当地的一种赤褐色冬苹果，粗皮，每个都有一块黑褐色斑疤，像虫害所致，但非常好吃。芊芊很欢喜，也吃了两份，我却觉得加了太多肉桂粉，不合口胃，但还是礼貌地吃完了。少东家很高兴，说也是 on the house。我说顾客都吃你送的菜，你怎么挣钱？他说这个生意，本来就是解解寂寞，因为有点历史，不舍得关掉。我说你怕寂寞，怎么不去城市里生活？他说他是猎人，猎人都欢喜寂寞，但有时寂寞也能杀人。他带我们去看了他的枪械珍藏，那是个小型武库，可以装备一个排。他还说下回你们有机会再来，我带你们去打猎，鹿、麋鹿、黑熊、野猪、大山猫都有。他说餐厅里那头装饰用的熊头，就是他十七岁时打的，还自己动手做成了标本。

那天晚上我们两人裹在一条被子里说话。暖气不足，少东家给了我们一个取暖器，老式的，电热丝根根在目，于是房里灯暗后，就飘荡着一种暗红色调，像美国恐怖电影里，惨案发生之前的那种感觉。不知说什么说了大半夜，事后回想一点也不记得，就记得很温馨。第二天我睡到十点多才醒，不像旅游，倒像居家过星期六。

第三十七章

芊芊不在。餐厅里也没有。少东家说芊芊很早就起来了，开着车走了，还要他告诉我很快就回来，她已经吃过饭了，推荐我吃 scrambled eggs with geoduck（象拔蚌"滚"蛋）。少东家说这种象拔蚌，很小，没市场，本地人原来也不吃。后来亚洲人来旅游，海滩戏水都带一个小桶一把小铲子，叫小孩边玩边挖，离开时总有一桶半桶象拔蚌，到后来本地人也开始利用这个资源了。品尝之下，果然口感比大象拔蚌还脆嫩。早咖啡喝完，跟少东家聊了一会儿，回房间，已经十一点半了，见芊芊围着一块浴巾走出浴室，正用一块大毛巾裹住滴水的头发。

"你剃光头算了，更性感，反正你也没有几根头发。"我开玩笑说。

"是不是短头发，毛巾太大，裹头发不好看？"芊芊完全不受我玩笑的影响。

"你呀，最好看就是一丝不挂，包括头发丝。"

她立刻解开围身浴巾，扑上来抱住我说，又想啦？我说，想有什么用？她说有用，你想我也会想。我夸张地扫一眼自己身体说，那个自由意志，给你彻底压垮啦。她说，那么没用？才三个回合呢，你是程咬金转世吧。她把我压倒床上乱吻了一阵，才去穿衣服，边穿边咂嘴，问，scrambled eggs 好吃吧？明天再吃啊。

我突然想到，我俩第一次出行，双方都想镇住对方，像两个欢喜玩心眼儿的高中生，弄得机巧百出险象环生，几乎坏事。最终虽然得了正果，也种下了后来的反反复复。但现在，似乎两人关系变得简单多了，也更自然、更令人享受，但是，上次就不自然、不令人享受吗？或者阶段说更准确吧？如果不错，那是不是意味着还有更高阶段呢？每个阶段都暗藏危机？烦不烦？

我没想到，我下意识里十分留恋那第一次出行，那个娇嗔狡猾还有点居高临下的芊芊。我很奇怪当时怎么没看出她的不安全感，大约太忙着跟自己的不安全感缠斗了吧。我现在还有不安全感吗？希望少了一点！至少有点不一样！

"你怎么不问我去了哪里？"芊芊问。

"我不问，你就不告诉我了吗？"

"好像人家什么都要告诉你一样的。今天什么也不告诉你，让你郁闷一天。"

"那就郁闷吧。"

"顶坏了，明晓得人家是要你求我告诉你，就是不肯让一步，没点男人的气概。求我告诉你，快，求我，不然精致不对你开放。"

"撒娇也要讲究品位的。还有，以后不要看电视剧了，不好玩——好好好，我求你，求你告诉我。"

"这还差不多，"芊芊停止手上动作，"还有，你以后也要看看电视剧，一方面你要走出象牙塔，另一方面更要紧，就是要降低到我的艺术水准。作为交换，我也可以陪你一起听贝多芬看威尔第什么的。"

其实我很欢喜市井文化，意大利大歌剧也出身市井。不过这不用告诉芊芊。再说，她凭什么跟我布道社会草根？我是正宗草根出身。

芊芊又问，你常听那个拉什么什么夫的？我说拉赫玛尼诺夫。她说管他什么夫的，反正是个夫就是了，唉，有什么好听的，好像你一想自我奖励什么，就会听一听他。我说你爸送我一张"拉什么什么夫"的钢琴协奏曲，说这个是上帝对人类少有的馈赠，大概人类也有几件事没做得太糟糕。芊芊说你别夸张，现在你跟爸爸差不多一样夸张了，是不是又是什么 get inside a big head（钻／操进一个大脑袋／伟大心灵）？我说芊芊，你热爱亵渎伟大，先别说 if the taste is tastful（这趣味是不是有趣味），你至少要先弄清楚是怎么回事吧？芊芊少见地从善如流，说，那你说说，是怎么回事？我说，你爸爸是这么说的，我背个大概给你听噢：这曲子是一个 permission to invade a great mind（许可证，好入侵一个伟大的心灵），你置身于星空般的浩瀚、阔大，绝望带有温柔感，孤独得眼睑痉挛、欣悦，大道至简，浪漫放射出恐高症一样的瘫痪力，小雨中青翠的酸楚，还有攀爬，盲目而兴奋地攀爬，等等等等，所有这些 sensations（六识官感）都会像水一样从你周身四亿八千万根毛孔里爬进去，像毛毛虫一样爬进去，你突然就发觉自己不一样了，你会觉得，哪怕你一辈子是一个纯粹的失望，因为有了这个音乐，你会觉得此生有幸。

"所以你就觉得此生有幸了。"

"还没有。开始我听十分钟就会睡着，现在听三分之二才有点困。"

芊芊的嘲讽本能大概暂时短路，两眼恍惚。有顷，突然身体一抖，好像冻醒似的打个寒战说，哼，这个小王舅舅，怎么没跟我说过这些东西，大力，我告诉你，我妒忌了，我要报复。我笑说，你一报复，你爸更不敢跟你说这些了，只好跟我说。芊芊说，谁说报复是要报复在他身上的？我要拍他马屁！报复么，你做替死鬼，谁要他那么欢喜你的？哼，还跟我争宠！我说好啊，没问题，我做一回耶稣基督，替一个人赎罪。

我有种莫名其妙的快感，觉得为王教授做了一件好事。

不知是不是我自作多情，我觉得芊芊转过身子去擦了一下眼睛。如果我没看错，那芊芊在跟王教授的关系中一定有过诸多不顺。

芊芊转过身时，脸上一片云淡风轻，好像早上刚洗过脸刷过牙，精神焕发的样子。

好像你也听不出什么好来吧？芊芊随意说道，大概想转开话题。

我没放过她，说你爸说的，好东西别放过，我就想试试，也许听着听着，某一天早上突然就听懂了，那生活无比美好啊！

没想到芊芊又抹了一下眼睛，见我侧目观察她，说，你眼睛已经像两把锥子了，再这么斜着看人，真是两眼凶光啊。我有些不好意思，道歉说我对什么都好奇，对你当然更好奇了，不然对不起你是吧，那么一个妙人儿。芊芊说你叫我什么，妙人儿？我说有什么不对吗？妙人儿的妙，是又美又有魅惑力的意思——哦，对不起，这个你当然懂，没必要解释。她抿嘴一笑，弄得我心里扑扑直跳：她对我笑得那么好看，不要又发现一个惩罚我的理由吧？芊芊说，别装腔作势，好像我有多么可怕似的。略停，又说，决定不报复你了，但有一个条件。我说什么条件都不接受。她说接不接受都是条件，你先听着，你哪一天听那个拉什么什么夫的听出那些东西了，要告诉我你怎么听出来的，说不定我也能听出来呢，你不能一个人生活美好啊，是吧。

我愣了好一会儿才说，你再笑一个吧，生活现在就够美好了。

芊芊真的笑了一笑，但好像没那么好看。

一转话头，芊芊说起一大早去看那个树人。由于太高，又有风，对话很吃力。幸亏对方也有个手机，好容易才听清对方的电话号码，两人才得以对话。不过由于手机刚刚小型化，离最近的发射站又有点远，接收效果不尽如人意，半叫半猜，总算还行。几句话下来，六度分离定律发挥效应，芊芊一个同实验室的研究员是树人同学的哥哥的女朋友，也是伯克利毕业的。树人叫瑟曼莎。芊芊问她寂寞不寂寞。她说就是她的宠物猫不肯上树。芊芊又问打算在上面住几天。她说快了，斗争胜利在望。芊芊又问，"在望"了多少时候了？据芊芊说，这时她才真正 get her attention（抓住她的注意力）。瑟曼莎的回答是，乐观主义不是一个选项，而是一个绝对律令。芊芊于是知道斗争正未有穷期。又问，为什么不轮流上树？瑟曼莎说，那报道起来多麻烦啊？一张漂亮的脸更容易获得公众认同。瑟曼莎可能想做政治家。

我对细节没兴趣，打断芊芊问是否有什么趣事，先说，不然开车出去，路上说。芊芊不高兴了，说，我说话也没那么没劲吧？我说，你什么时候那么关心那些"政治正确"的疯子了？她说我不关心，但我关心一个住在树上的小姑娘。"你知不知道，我也可能脑子一热，就爬到树上去了？我一上去，就下不来了——随随便便下来，多没面子啊！"我说，那我就上去陪你。她满脸放光，亲了我几下说，乖，又进步了，知道嘴巴甜有好处。今天给你个好的，噢！

不知道什么时候我们说什么话都跟性有了关联。是不是我们的本能告诉我们，性爱是一切两性关系的基础？如果不能从更高处起步，就从最低处开始？

芊芊问瑟曼莎的有趣的问题是，你如何上厕所。回答是一号在小树屋里上，用塑料袋，定时会有人来收取，用绳子吊下来。二号就直接漫天花雨了。芊芊问她大树上的二号，感觉如何。回答是感觉好极了，而且干净，因为落距很长，又有风，还没落地就像蒲公英种子一样飘开了，漫空晶莹。"嘿嘿，"芊芊笑道，"她还表演给我看了——这就是我为什么回来就洗澡。因为我觉得有几滴什么东西滴到我头发上，不知是树上的露水，还是那个。"我大笑了半天：也只有芊芊这样的戀姑娘，才会碰上这样的事。芊芊问我为什么笑，是不是 picture the situation（想象那个情景）？我说除非我想今后变同性恋或者去做妇科医生。她说她抬头看了，太高，看不清，模模糊糊的像一张小葱油饼。我说，你不怕别人当你 lesbian（女同）啊？她说不会，她还跟我借东西呢。这句话全然不懂。

凡是不懂的，我都保持警惕。

芊芊问，你怎么不问我她跟我借什么东西啊？我说，不论你在给我设什么陷阱，我都拒绝往下跳。她说，你猜到了？我说，原来没猜到，现在猜到了。她说，瑟曼莎认识你。我想猜错了，松一口气说，她学什么的？大概用过我参与编写的教科书吧，封面上有我照片。我这张脸，很 standout（出众）吗？芊芊笑了，别人认识的不是你的脸，而是你的屁股。我愣了一下，见芊芊不像在乱编，就想到昨天远远看那树人，似乎手上有个什么东西，现在想来一定是望远镜了——森林保护者必有望远镜。

"瑟曼莎说：'your boyfriend's got a really cute butt.（你男朋友有一个极逗人的屁股蛋子。）'听着高兴吧？"芊芊说，脸上漾起一种奇怪的粉色。我知道她期待我作出一副带点得意的表情，我也打算勉为其难，不料脸上肌肉动得不到位，反正从芊芊的一脸惶惑的反应看，我表情一定不对。

芊芊说，我问她 what you do with sex（你性生活怎么办）？她说原来是男朋友定期上去，现在男朋友跟她一个闺蜜好了，就没有性生活了，"Getting laid is beautiful！I really miss it.（让人推倒真好！我实在很想那事儿。）"这是她原话。然后她就问我，"Can I borrow that cute butt of yours，just for ten or twenty minutes？（我能借个十几二十分钟吗，你的那个逗人的屁股蛋子？）"我说回去问问。

然后芊芊看着我，眼里充满一种明澈的天真。好在我知道芊芊是什么钢铁炼成的。

"You are not asking me now, are you？ You can't be serious.（你不是在请我帮忙吧，对不对？你不可能是认真的。）"

"You don't seem to like the idea, and so I am not asking...that.（你好像不欢喜这个主意，所以我不是在请你……那个。）"

芊芊虽然有点说谎强迫症，但那非得她在某种意义上相信，如果不相信，她会是个很糟糕的说谎者。这似乎意味着一大堆精神病理学的问题等我思考，且不说这些问题所指向的现实麻烦。头疼哪！我是不是在自我毁灭？

也许在我眼里，所有的人都有精神问题，只是轻重不同而已。我真希望是那样。

"其实么，人家想，"芊芊又开始说上海话，大概意识到有严重问题需要靠发嗲来解决，"那个小姑娘要人家帮忙，你可以帮么就帮一帮，又不落脱你什么东西。Humane rescue！（人道救援嘛！）"

"你人道救援过吗？"

她摇头。

"为什么？"

"今朝第一次碰到这种事体呀。"

"那就是说，将来再碰上，你会的。"

她又摇头。"你会不开心呀。"

"为什么？人道救援怎么可以因为我不欢喜就放弃呢？"

"你一不开心么，就不跟我好唻。"

"那你就可以背叛人道主义原则？"

她想了一下。"好像不应该抛弃原则的噢？哎，不管它，背叛就背叛，我又不是什么人道主义者，狗肉驴子肉全不许吃。"

然后，她突然又是原来的芊芊了，脸上的戆气，不知出于大脑短路还是其他什么目的的装腔作势，一扫而光。

"Rest assured，darling，I am not easy.（放心，亲爱的，我不是松裤带。）"她声音低沉有力。"As long as we have a social contract，I will honor it.（只要我们有个社会契约，我会遵守它。）"然后又转用普通话，很标准的普通话。"假设你一个好朋友，要去死了，但还没碰过女人，这时他要你的女人，你怎么办？"

这是道德哲学假设里的问题。若有人在真实生活中问你这个问题，那一定不怀好意。当然，正常人是不会加入讨论的。

"我会给他找一个女人。"说完我就知道跳进了陷阱——我大概也不正常了？

"假定没别的女人可找？"

"这个决定不能由我做。"我不应该垂死挣扎，但还是挣扎。

"如果你女人决定帮助你朋友，你就会离开她。"

"I am only human.（我只是'人'而已。）"

这句话通常用来为做错事的人辩护。当然，我在陷阱里又深陷一层。

"That's what I figured，but I wished you were superhuman.（算到你会这么说，但我曾希望你是'超人'。）"

我自我感觉从来没有那么差。如果真身处那种情况，我会怎么办？在死亡面前，一切都无足轻重。无论怎样，我都不会借女人给别人用。

"也许我会原谅她。"我不敢相信自己这么说了。

芊芊深深地看了我一眼，走近，粲然一笑。然后袅袅婷婷走开，开始穿衣。

"走！到森林里去。"

我走到她背后，拦腰抱起，坐到床上，把她横放在腿上，拉开裤子，狠狠地在她光屁股上打了十七八下。她侧回头，眼色妩媚，似乎很享受。

"红肿之处，艳若桃花。"她竟然背诵起鲁迅。

"接着背啊！'溃烂之时，美胜乳酪'。"

"你不是想'每况愈下'吧？我没意见的。"

见打红了，又有点心疼，便半接触式抚摸，质感如绸缎。

"今天我谁也不帮。"

"放心，瑟曼莎经历过 N 个男人。再说，人道救援我有责任，你没有的。不过么，你要偷偷去救援一下，我也会原谅你的！"

我决定不去辨别她话后的真心假意。智商在这里是没有用的。

这么一闹，心情竟然格外好起来了，怪不得有美国人说，make-up sex（吵架后和好时做爱）是两性关系的最好产物。

我们在森林里逛了大半天，不再幕天席地。芊芊说，这林子里有斑枭，我们找找看，好不好？斑枭是一种受保护动物，比中国的猫头鹰大很多。我们花了近三个钟头寻找，没找到，只好放弃，便在林子里漫步，不辨东西，见路就走。天暗快出林子时，突然听见哗哗的一阵响动，转头看，离我们三四十步的地方，一棵大树半腰，一只翼展至少有一米半的大斑枭，正落在一根大腿粗的横枝上。大概天未全暗，斑枭视力不佳，移动时有点跟跄。它本能地对着我们，两眼圆睁，估计看不见我们，但能辨别声源。

"A majestic bird.（皇威赫赫的大鸟。）"芊芊惊叹。

"The plumage，more regal than in movies.（看它羽毛，比电影里更气象堂皇。）"我说。

我们像跟劫持人质罪犯对峙一样，跟斑枭眼对眼互相瞪了半天，直到天全暗了，斑枭仪态万方地起飞，没入林间的黑暗，我们才不舍地离去。

好像有什么东西随着那大鸟一块儿飞走了。

那天晚上大部分时间，我们都相拥而卧。芊芊说有时候赤条条紧紧依偎，比做爱感觉更好。开始我们什么都不说、不做，就静静地体会对方的体味气息。她不欢喜用香水，说香水是"insult to the body（对身体的羞辱）"。许多男人欢喜意淫的体香并不存在，但洗得润滑如水的身体，有一种愉悦嗅觉的清新。她的呼吸平缓深长，得益于长时期相当烈度的体育锻炼，脸贴脸时气息交融，毫无不适之感。就这样过了不知多少时候，芊芊问了我几个有关科技动向的问题，都是最新三E杂志上的文章。

我认识很多相当优秀的科学家工程师，大部分都很少碰本专业最权威的杂志，也不知道他们怎么混到现在。显然，芊芊不在此列，那需要对科技有自发的强大兴趣。我问她怎么会欢喜工程。她说她欢喜很多东西，上理科班纯属偶然，因为王教授欢喜叫人做趣味数学题（好像王教授在上海时，把朋友圈子里正读书的孩子，弄成一个数学小组，由他做免费家教），而她好强，尤其欢喜挑战性智力游戏，于是就参加数学竞赛，上奥数班，最后参加奥数赛，团体第一，便自然而然进了最容易进的大学，然后研究院，然后碰到我，也欢喜挑战她的智商，自然而然就要多花力气，免得输了口角。

我问她最欢喜什么。她说最欢喜跟我争论。我要她认真一点。她说她是认真的，一跟我争论，很多东西就学到了，用不着自己筛选。我说我也有这个感觉，跟她，跟王教授，还有母校一些同窗，在争论中学到的比自己一个人看书多得多。讲着讲着就开始争论起来，从各自领域一直到理论物理量子通信甚至最高法院的最新判决这些我们仅知皮毛的学科。当中自然少不了智商虚荣，有时明知自己错了但为了面子还要强词夺理，甚至互相嘲弄，但分寸掌握得还算可以，竟然几个小时一下子就过去了。

争着争着，芊芊说口渴死掉了，跳下床去冰箱里拿出晚餐喝剩一半的 pinot gris（加州一种用成熟时带灰色调的粉红的白葡萄酿的酒），倒了一杯，说喝了酒再争，就不信争不过你。她站在一个碧绿灯罩的台灯一侧，半个身子挡着亮，举杯喝酒时，小乳房尖尖翘起，跟碧绿的灯光相戏，而平坦的小腹在逆光的作用下，就是窄窄一条柔顺的光带。她喝完又给我倒了一杯，拿到床头，让我喝。我接过酒，放在床头柜上说，来，到我怀里来。大概我的声音听起来有种前所未有的温柔，芊芊退了一步，警惕地看着我。我说，不使坏，刚才你喝酒，姿态入画，真好看。她又审慎地打量我，确定没有恶作剧，才小心翼翼地躺下。我搂着她，抚摸她的略显骨感的肩膀，一种未曾体验过的温情，悄悄弥漫开去。

芊芊也意识到这一刻的意义，进一步蜷缩到我怀里，嘴里嘟哝着，tender is the moment！［此刻何柔嫩！语出费兹杰拉尔德的小说《夜色何旖旎》（*Tender is the Night*）］。她重复着，渐渐地音节间无复可辨，然后慢慢转成均匀的呼吸，睡着了。我从后拥着她，一手轻握她小小的乳房，也慢慢睡去，朦胧中只觉得星光很亮，透过只拉了一层的窗帘，无声涌入，远处大树的身影连成一片，黑黝黝的像童话里的城堡一样，堕入梦中。

我们的命运，是否在那一刻铸就？

第三十八章

第三天什么也没做，就找了个高点儿的小山，爬到顶直接看海。天阴阴的，雾岚在身边游动，大树哗哗流水般响着，海平面淡灰色，镜子也似雪亮，映出天空浓厚的烟蓝色云层。

"A humanless world.（一个没有人的世界。）"我说。

"A two-human world.（一个两人的世界。）"

"We should make love here——it would make a good memory.（我们应该在这里做爱，会是很好的记忆。）"

"We should.（应该。）"

但是没有人动，似乎静谧中有某种神秘会破碎。

有几次我想跟她谈点正事，但都没有出口。我和她进入了一种状态，很舒服，平静，有点慵懒，但很脆弱，像个精美的瓷器，必须小心翼翼地捧着。直到分手送她去火车站，在候车室里等车，才偶然谈到了王教授。我告诉她王教授的 chain of young girls（小姑娘链），大概在她妈那里受挫后，对爱的渴望反臻强烈。芊芊哼了一声，说 he mistakes his desire to love for love itself（他误将"想要爱的欲望"当作爱本身）。我说你怎么那么深刻啊！不过我以为爱也是一种欲望。她对此嗤之以鼻。"Love is the sublimation of the desire to love.（爱是爱欲的升华。）"我说这听起来又像弗洛伊德又不像，说到底，什么是升华？她说升华就是 the affinity we felt while sitting on the hilltop looking at the sea, both physical and metaphysical（我们坐在山头看海时，感觉到的同类相契，既是肉体 / 形而下，又超越肉体 / 形而上）。我说芊芊，你是个哲学家哎！她白了我一眼。我说不是讽刺，感觉像中了乐透大奖，made physical love with a metaphysical girl（跟一个形而上的女孩做了形而下的爱）。她伸手拧了我一把，嘴娇嗔地嘟起。我说你不能这样 pout（嘟嘴），我吃不消的，很快就会从形而上堕落到形而下了。结果又遭受了数次形而下的攻击。幸亏我们坐在一个幽静的角落，不至于有损社会治安。

有几分钟芊芊不说话。我说你不会真生气吧。芊芊恨恨地说，都是她，把小王舅舅一辈子都毁了。我说，你妈没那么坏吧。她说，你知道宋幼琪是什么人吗？她是个引力场，凡是进入这个引力场的男人，就变成太阳系的行星，都要围着她这个太阳旋转，谁也别想逃离她的轨道。其实不仅仅是男人，女人也逃不出她的轨道。凡是人，一认识她，就要爱她，爱一辈子。你知道她在多少中学教过体育吗？至少有七八所，一个学校，只能教几年，就要调走，为什么？所有那些男孩子女孩子，都对她着迷。她还跟几个男孩子有过——也许不到那一步，但也够……那个了。不是她引诱青少年。那些男孩子，都漂漂亮亮的，发疯一样迷恋她，还有要跟她结婚的，她说她最怕伤害那些幼小心灵，也许给他们一点满足，他们就不会那么迷恋她了。结果呢，哼，有几个变得神里神经的，还去精神病防治所看医生。

我说芊芊，这事可不能夸张的。芊芊闪了我一个冷眼，说，宋幼琪是我亲生母亲，最宠我，大概是因为小王舅舅，爱屋及乌。我第一个男朋友，好不容易得到我允许来上门，然后就看见宋幼琪，然后就不再追我了。我说，这个创伤，会不会影响你对她的看法？芊芊闭眼，好像在控制某种曾经相当激烈的情绪。

车站广播说，前面一站有人昏倒，车不能准时到达。芊芊说，正好，我给你讲个故事，you'll be the judge（你做法官判决）。有一次我下楼，看见两个十三四岁的小男孩在楼梯间里吵架，还动手动脚，眼看就要打起来了。我在少体校见过他们，想当然以为他们来找我。我说你们在这里干什么，偷偷摸摸的。我在少体校是拜大王的，所有小孩都怕我，特别是男孩子，怕我"掼伊拉泥光（甩他们耳光）"。但这回两个小鬼头不但在我一把将两人甩开后又扑了回去，而且一个男孩指着我大叫不要你管，我们找宋老师，不找你。我说，那你们上去呀。一个小男孩指着另一男孩说，我不要他上去。我问为什么。小男孩支支吾吾，最后爆发出一句，他爸爸妈妈都是矮子，不配的。我说，矮子跟矮子，最配啦？小男孩说，矮子矮子生矮子。那个被指矮子的小男孩气哭了，猛地扑上去就打。两个小孩一看就知道不是打架的料，拳头击出去连自己脚都站不稳。我一人甩了两个头塔，又把他们拉开。两人还在乱挥拳头，都打在我身上。我大叫：宋幼琪，下来，你两个学生打相打。

有一段时间我一直叫她名字，她对别人解释说是美国人都这样，孩子叫父母名字，时髦，阿拉小囡老美国哦。

宋幼琪下来了，两个小男孩见到她就挣开我的手，一头扑进亲人怀，哭得鼻涕眼泪把宋幼琪一件刚换上的两用衫"搨得一塌糊涂（抹得到处都是）"。当时我有急事走了，晚上回来问宋幼琪，她说是"小赤佬吵相骂"。我说，那他们说什么矮子矮子生矮子、配不配什么的。宋幼琪问清原委后笑了起来。我到现在还记得那种笑，微微露出牙齿，眼睛弯成两牙上弦月，有一种发自内心的欢悦，脸上生出水水的辉光，水粉画那种，薄薄亮亮的。后来我知道，这两个小孩在为宋幼琪争风吃醋，也许到现在还在吃醋。你知道那时宋幼琪几岁了？我十五快十六了，她也快四十了吧，几个小屁孩为她争风吃醋，她还得意得好像打下江山一样。

芊芊长吁了一口气，盯住我双眼说，大力，你可不能学她——我知道你那些女研究生，看你的时候，眼里都……水光潋滟，你说你没一点责任？我说，这话该我对你说呀。她继续自己的思路，根本不在乎我的抗议，尖下巴蜻蜓点水似的点啊点的，好像要戳破一张纸以便看清什么东西。她说，我知道响羚羊小孃孃跟你说过什么，她对我也说过，说我是宋幼琪的翻版。我打断她说，她是说你跟你妈年轻时一样漂亮。她摇摇头，be that as it may（即使如此），响羚羊小孃孃的话，有关小王舅舅和宋幼琪的，你要存疑。她对他们两个有 weird obsession，to say the least（怪异的迷恋，这还是往低里说）。别看她说话办事超级理性，为小王舅舅还有点吃宋幼琪的醋，只要有人说他们两个的怪话，还不是坏话，她就会跳出来激烈地为他们俩辩护，要是说坏话，她百分百要跟人现开销翻脸——他们那圈朋友都开玩笑说，要是她生在美国，肯定男女通吃。她有一次还偷偷跟我说：我要是跟你小王舅舅有个孩子，就好了，肯定数学跟你一样好。我开玩笑说，现在也不晚啊。她竟然一本正经说，嗯，阿琪肯定会同意的，阿王不肯的，他太绅士了，也不好。

我打断她说，你还没有讲你跟你妈有什么不同呢。她斜斜翻我一眼，好像说，你就趁机挖料吧。然后她回到自己的思路中，眼睛朝天卜落卜落眨，作认真思考状。这么说吧，她眨完眼睛，微微转过脸说，宋幼琪的 desire to love（爱的欲望）跟她的 desire to be loved（被人爱的欲望）一样强；她顺眼的男女，都忍不住要去爱，而且爱得牢不可破，她从来没有真正地掼掉过谁——芊芊，我妹妹，你知道的，可能是小四眼的女儿——你别眨眼睛；不错，我不能肯定是小四眼的女儿，但肯定不是爹爹的女儿，因为爹爹……他跟宋幼琪都没问题，但两个人就是没有孩子。这事连小王舅舅都不知道，因为他们俩婚外情闹得翻天覆地的时候，宋幼琪还偷偷跟小四眼滚眠床——倒不是她想那个，只是看不得一个爱她的男人为她死去活来地痛苦。当然，假如芊芊不是小四眼的女儿，那跟宋幼琪滚眠床的还有别人。

她略停顿，估计到我在想什么，说，我知道你在想什么。对，是爹爹告诉我的。他希望我不要对宋幼琪太严苛。他说，你妈是个好人，太好了，就是太……博爱为怀，我就没见过什么人像她那样，那么想欢喜别人，那么想别人欢喜她——这最后一句话是他的意思，原话我记不得了，我几次想记起原话，就是记不起来，只感觉那种话，只有爹爹那样的男人，才想得出来——爹爹那种男人，巨人一样的男人，好男人，因宋幼琪受过无穷羞辱，还那么宠她爱她，无条件原谅她的一切。爹爹说得对，宋幼琪就是"博爱"，爱得博大，这句话用在她身上正合适，不过是在讽刺意义上说的。这也是宋幼琪的第二个特点，对爱他的男人说不，对她是不可能的——当然这个男人要有点档次的。可惜阿爸始终看不到这一点，还以为她的滥情，是因为没有嫁给他的缘故。

我猜芊芊叫杨宗庆爹爹，叫王教授阿爸。

她又略作停顿，不过没丢给我"我知道你在想什么"的一瞥。她说，"爱得博大"这句话，很多人大概也会用来讽刺我，可能也包括你。

我默认。

她叹一口气。我觉得她是希望我否认的，哪怕是说假话。

芊芊继续她的思路：我有过几个男朋友，开始都很疯，以为运气好，撞上爱情了，疯过以后就觉得，自己撞上的，也许并不是爱情，只是青春荷尔蒙发作。在你身上我看到了一种可能，也许可以超越荷尔蒙发作。我跟宋幼琪不同：我只想爱一个人，也被一个人爱，做一个很温柔的妻子——当然，实际上我更可能是一个很……难弄的妻子。我要人宠我，像杨宗庆宠宋幼琪；会教我很多东西，像小王舅舅教所有的人；也会像你一样跟我争论，嘲笑我弱智——你别急着否认。我知道你从来都不想嘲笑我，也可能理性上认为我跟你处于同一智力层次，像小王舅舅一样；但你有一种 condescension（居高临下的态度），骨子里头的，也许你自己都没意识到，而小王舅舅是没有这种 condescension 的，他大概认为你是他无法企及的天才；说实话，我对你的评价，没有他高。

然后芊芊突然中断，大概尝试回到原来的话头。她皱眉想了一会儿，双手一摊说，没了！都说完了！好像还没开始说到正题，可是，没了！

我不知该说什么。也许还有些不满她说自己只是一种"可能"。也许我应该跟她强调，我确实欢喜她，但她肯定知道，等于不说。也许她想我对她说：我这个可能，很快就会变成现实！甚至像一个严厉的教授训斥学生般纠正她说：你错了！为什么会把一个铁一样的事实，误作一种可能？你脑子什么地方短路了，啊！？

我很想做一次"严厉的教授"，但我没有做——我没有自信。另外，芊芊会高兴，但不会相信。

我们俩无声地坐着，直到火车进站。我提起她的拉杆箱，起身说，走吧，她没动。我又说，走吧，火车停站只有五分钟。她还是没动。我回头，发现芊芊睁大着眼睛，在哭，泪水大颗大颗地慢慢滑过脸颊。她没看我，眼神里有一种巨大的悲伤，看得我胸腹间有一根筋抽紧了，紧得人想缩得小小的蹲下来。

这种眼神还有点熟悉。

我坐下，想用纸巾给她擦干泪水，结果却搂过她来，把她脑袋抱着，抚摸她的头发。她任我抚摸，多少有点帮助，但我知道，对她所感到的悲伤，任何东西都无能为力。

广播提醒上车的声音又响了。她推开我，站起身，独自前行，我拉着箱子跟着。上车前，我拉住她，两人拥抱。她紧紧地搂住我，一只手臂在我肩上，一只穿过我腋下。因为她比我高，如果直接搂住我的双肩，有些男人会觉得有损男性自尊的。我固然不至于，但假定她出于体贴，我很感激。

她上车了，身板笔直，步伐坚定，一个骄傲女人的背影。看着这背影，我会想到她内心的悲伤吗？

她说我有种骨子里的 condescension 时，知道我也有种骨子里的悲伤吗？她是否亦曾如我现在看着她的背影那样，看着我的背影呢？我们过了三天天堂一样的日子，为什么分手时不充满希望却充满绝望？悄然袭来的，是什么悲伤？我为什么觉得那么绝望呢？我并未觉得绝望，却自然而然地说自己绝望，是下意识里的绝望，乘我警惕松懈之机偷越边境占领了我的意识？我有理由觉得绝望吗？不，更合适的问题是，我有理由觉得希望吗？理性告诉我，有。但非理性却自作主张地说，没有。

芊芊找到一个窗边位置坐下时，脸上泪痕已消失，甚至露出一点笑容，挥手示意我离去，不用目送。我觉得非常心疼她，但不知道该做什么，只是努力看着她，让目光充满悲伤。我相信让她看到我的悲伤，会多少抵消她的悲伤。这个策略背后是对人性不带一点玫瑰色彩的心理学原理。

但愿她不太关心心理学！

火车动了，她凝视着我渐渐变远、变小，变成一小片灰尘似的灰白……如果她从未出现在我的视线里，对我而言，世界是不是会更好一点呢？很难说，但一定会更简单一点。

第三十九章

　　我回到西雅图就去了实验室。这次很幸运，没有错过一个关键环节。一连忙了两天三夜，才满身疲倦地回家。进门看见王教授留了一个字条。很奇怪，王教授不太欢喜用电子邮件，却有个爱好，买一些有趣的留言纸，用时很注意书法——他的毛笔字最多勉强参加一个大学的书法展览，跟我差很远，但他的英文花体字就不是我可望其项背的了。这个留言条设计属于幽默类漫画：一个人遛狗走过另一人房前，房主人对他说："You should have picked up after your dog.（你应该捡起犬便。）"那人答道："That is my dog's reply to you, after eating all the notes you left at my door.（那是我的狗给你的回复，吃了所有你留在我们门前字条的结果。）"不知道王教授自以为是狗主人还是欢喜留字条的人，反正两者都不妙。

　　字条很简单：他感恩节去东部，有事打这个电话。所留号码显然是东北地区的。我有事完全可以直接给他打电话，给我一个他女友的电话号码干什么？暗示他跟新女友相处不错，希望有人分享快乐？抑或是如果被人谋杀，知道从哪里开始找？我胡乱猜了一通，直到自己发现过分多疑。

　　回来后第二天就抽空给芊芊打了个电话，由此得到了芊芊的第三个形象。第一次见面，芊芊还没有超越她的神童心态，像个趾高气扬、欢喜挑衅的天才少女，虽然已有寻找最适合自己的那一个的诚意，但对我大概是好奇大于性感，主要是奇怪为什么她崇拜的父亲对我特别有好感。第二次见面，大概第一次在我这里遇到征服男性的困难（这是从她的角度看；从我的角度，她得到我就像吃一杯茶一样容易，根本就用不到征服二字！），经历了一段时间的不安全感发作，终于长大了一点，知道对方也在寻找自己的那一个，诚心换诚心是最好的策略，于是把最真实的自己展现给对方看，因此就有了非常快乐的三天，但同时也意识到这只是第一步，离决定关系还不知道有多少路要走，也许这就是临别时流泪的原因。她眼神里那巨大的悲伤，也由此而起。实际上我不知道是否可以用"巨大"这个词形容悲伤，但第一次看见她那种似有实质的眼神时，"巨大"这个词就自己跳了出来。

为什么而悲伤呢？我不敢说自己知道，猜测是她恐怕从她父母一辈子的爱情纠葛反观我们自己关系中无数类型的人的因素的重叠、缠绕、不可控，想到看来是如此基本的人追求快乐的欲望，在完全没有诸如家庭地位文化背景个人成就等繁复因素的干扰时，哪怕双方精神肉体都裸袒竭诚，其前景仍如此艰难、不可预测，充满悬崖失足式的恐惧，令人陡起人性的质疑，放弃或放纵的冲动都难以克制，而"干脆毁了它"的冲动又变得空前诱惑。

那天打电话，芊芊的嗓音是一种极度轻松的平静，以至于我怀疑电话那头是否是芊芊在说话。那应该是一个可以做心理学范式的知识女性，温雅宽容，微笑中略带幽默，让人如沐春风。我认识的芊芊绝对不同，所以她平静的嗓音一开始所预示的轻松感，我越听越轻松不起来。我情愿她挑刺、刁蛮、撒娇、傲慢、说谎、开美国式的荤玩笑甚至要无赖。

但我凭什么说，芊芊以前的两个形象，比这个形象更忠实本体呢？人都有很多面具，哪一个面具戴得久戴得多，就是他的真实自我吗？社会心理学相信，所谓本我，并不是个先验的存在，而是其行为的综合指数，换句话说，是个矛盾重重的复合体。

问题是，芊芊是不是为了我，在选择怎样组成自己这个复合体呢？如果是，那我就对这个复合体的终极形式，负有责任。我要一个怎样的芊芊呢？

我欢喜的，会不会是那个我又忌讳又难以割舍的芊芊呢？

这个自我质问，让我有种危机感。

我几乎不记得我们都谈了些什么，只记得随着轻松感离去，一种无名的担忧压着我尽快结束这个谈话，也就是逃跑，想出对策再回到战场。我想说些什么，有分量的话，甚或有点粗暴的语言，反正事后可以道歉。我猜想芊芊的轻松语调来之不易，一定是战胜了无数充满破坏性的冲动。我的视觉想象如放电影一般掠过她偷偷在洗手间对镜自照，凝视自己干燥无泪的眼睛；她一人走过半夜空旷的校园，体会整个世界压向自己时的孤独；她做实验到紧要关头时突然走神，然后某个意味深长的回忆带出嘴边一丝笑意，随即又为一个更紧迫的不确定性情绪驱走，然后实验失手，沮丧感乌云一般升起。

我一定要说些什么，厉害的。

"我们订婚吧。"我说。

一说完我就后悔了：是什么让我如此冲动？我肯定要娶她吗？我好像只是欢喜跟她做爱，然而我却自欺欺人说我对她难以割舍是因为我爱她？

电话里安静了好一会儿。

"你听起来有点悲壮啊！"芊芊声音里有种极淡的嘲讽。

悲壮？！《刑场上的婚礼》喜剧版。

芊芊说话前轻咳一声，像单位里领导说话前常做的那样。

"Your kindness is fully appreciated.（你的善意体贴，我心领神会。）"芊芊一开英文，我就有点紧张，希望在她说完后我不会面对许多不眠之夜。她说我们俩都需要从 jungle fever（丛林热）里退点烧，才能做这个至少会影响我们未来几年生活的决定。我们俩都希望成功，所以更要小心谨慎。我说，你怎么说话像党支部书记一样？她说，要是我是党支部书记就容易了，命令你嫁给我，乖乖地爱我，像个小猫一样成天蜷伏在我怀里，喵呜喵呜说 I love you so so so much（我那么那么那么爱你）。我说，把我比作狮子老虎熊都还过得去，怎么你就欢喜猫呢，太小气了。她说，狮子老虎熊怎么说 I love you？吼啊？你吼吼看，吼得好听就封你做老虎。我说，你今天的形象，开始有点走形啦！她说，其实我在这里，大部分时间讲话都有点党支部书记的味道，我实验室里的一大帮人，都吃这一套，不然什么都做不成。

就在那一刻，一个场景非常暴力地突现于我心中：那是我们已经结婚以后的某一天下午，她走进屋子说，大力，对不起，我看他爱我爱得实在太痛苦，就给了他两个钟头。

我知道，她绝不会因为我，而拒绝一个浪漫时刻。

我会不会？我觉得我会，如果她也会的话？

如果知道她不会呢？那也许我根本就不想投入这场游戏。这时我意识到这个想法早就存在于我心底，只是自己没有充分意识到而已！或者下意识地不愿意意识到？因为舍不得就此跟她一刀两断？

问题是现在意识到了又怎样？做个理性的决定？不是做过几次了吗，至少在下意识里？但似乎这个决定一旦听到芊芊的声音，就"无言自化"了呢？还是跟芊芊在一起的快乐，诱惑力太大？大到我愿意承担一切后果？

芊芊应该完全不知道我在想什么，但她似乎本能地觉出了某种张力。她略顿，然后小心翼翼地说："I really want you, I guess you know that.（我很想跟你好，我猜这你知道。）"我想应该控制自己说话的分寸，不要在不理性的道路上做自由落体运动。但我的表达欲望似乎完全失控。我对她说我也很想跟你好，可是我想，有一大堆人都想跟你好。她说，你只有一小堆人想跟你好吗？我说，我不想跟她好的人不算，就你一个。她笑了，说如果只算我想嫁给他的人，也只有一个。我说，你是指我吧！她笑了，说你哪来这么好的自我感觉。大概以为我没听出她故意逗我，补充问道，你知道我欢喜你什么吗？我说，绕指柔吧！她咯咯咯咯笑得像个小学女生，笑完说，不告诉你，除非……你现在就飞过来——我很想你。

那一刻我所有的犹豫都不见了，只想立即飞过去，重温红杉树林里的快乐。但我有两个实验正做到关键时刻，上次因为王教授而损失了一个实验，这两个实验不能再丢了，很多研究生的前途甚至钱途都指望着它们呢。我实话实说，过两天才能飞去她那里。她表示理解，但实验做完后我并未兑现诺言。父亲直肠癌二期，开刀危险性很大，怕手术失败就再看不见我了，所以我立即飞去上海。

在离开前意外接到慕向羚的电话，这也是她第一次主动给我打电话。这个外表娴雅礼仪周到说话委婉的女子，大概因为以芊芊的小孃嬢自居的缘故，跟我说话开始有点长辈循循善诱晚辈的味道了——我怀疑她做芊芊母亲的兴趣大于做自己儿女的母亲。简单之极的寒暄之后就直奔主题。她说，听说你和 Miss Tiger 的关系有 major development（质的进展），我们听到都欣欣然。Miss Tiger 不仅是她父母的宝贝，也是我们那个小世界的 proud gift to humanity in dismal conditions（引以为傲的、对处境悲惨的人类的馈赠），如果她找不到 a man good enough for her and her love（一个配得上她也值得她爱的男人）那是不道德的，现在她找到了你，说明这个世界还不算太糟糕。

听到芊芊是"对人类的馈赠"，我强忍住没笑出声来，心里说：哈，没想到我混上了一个女救世主！这个慕向羚大概在美国住得久了，也染上了"拯救世界"情结。自嘲之余又有点好奇：原来这帮"咖米"这么把芊芊当回事啊，好像是大家的女儿似的。另外，他们自以为拥有一个"小世界"，什么小世界？乌托邦还是反乌托邦？或者精神殖民地？还是动物农庄里的豪猪俱乐部，冬天挤在一起取暖？

"响羚羊小嬢嬢，"我用芊芊对她的称呼，"你有什么闲话，直接讲好唻——你晓得我的。"

"啊哟，你讲上海闲话啦，讲了还蛮煞有介事的！"慕向羚开心得好像自家的宠物突然开口讲话一样，叮嘱我要多讲，多讲讲就讲好了，跟学英语一样，比讲好英文只稍微难一点点，对我不成问题。有趣的是，我有点感动，因为我完全没想到慕向羚会如此关心我，虽然关心的方式有点好笑。

慕向羚告诉我，前两天芊芊给她打电话，情绪好像很低，原来是我没有应她要求马上飞去她那里看她。我辩护说是有要事走不开。她说，你怎么那么戆呢？你走不开，叫她飞过去呀！我说，芊芊的实验也在要紧关头。她说，顶要紧的，是你要叫她飞过去，她飞不飞过去不要紧的。我说，我轧朋友是不老鬼（没经验）的。她说，你不老鬼么，我老鬼的呀，你要打电话问问我呀，我教你怎么白相花头（玩花样）。我想我们家乡人都说上海人欢喜教人做人行事，真还是这么回事。于是口中说，那么你讲，怎么弥补弥补。她说，你要去上海，叫她一道去，她肯定不会去，你就问她，是不是要去她屋里厢拜访拜访，毛脚女婿嘛，好像关系已经定下来那样，Miss Tiger 肯定会老开心的。

我答应了。然后她叮嘱了很多事，包括到上海怎么打电话约吃饭，上门买什么礼物顶实惠，顶好在美国带几块法国奶酪当礼物，double- or triple-cream brie（双料或三料奶油布瑞奶酪），高级一点的，他们会觉着你没有拿他们当乡下人。

略犹豫了一下，慕向羚说，我比你大很多，给你一个建议，听过拉倒：你晓得女人最欢喜男人对她讲啥个闲话？我说，sweet talk？（甜言蜜语？）她说，这太简单点了。关键是啥个甜言蜜语。略停，又加道：女人最欢喜听男人（用普通话）赞美她们的身体。电话里短暂地沉寂。慕向羚又说：你知道我怎么决定嫁给我第一个丈夫的吗？就因为他从人群里走过来说，I really want to play with your breasts, your beautiful small breasts.（我很想跟你的乳房玩玩，你美丽的小小的乳房。）当时我就晕了，幸福得晕了。后来跟他有过许多不快，但一想到那一个时刻，我总会软下心来，最终没有离婚后变成仇敌。

慕向羚啰里啰唆一大通，倒也不讨厌。最后她要我别告诉芊芊她给我出过主意，不然芊芊要"发葛"（发脾气）。对她的关心，我狠谢了一番，然后说，很多人都认为在上海，人跟人关系淡，其实都是误解。她马上理解我话里有话，说，你是不是搞不懂，阿拉做啥那么关心这桩事体？我默认。她说，阿拉这代人，只要曩（你们）开心，曩开心么，阿拉也开心咪，多少好啦。我觉着你跟 Miss Tiger 两个人结婚，一定会老开心的。

我以前对慕向羚只是欣赏，这时有点欢喜了。一刹那，我所知道的慕向羚的故事，都在眼前闪过：她十八九岁瘦弱的身条，穿着自己淘来的便宜料子做的时装，绕道衡山路走去上咖，为了喝咖啡而饿得山青水绿的脸上，在梧桐树筛落的绿莹莹的阳光里，漾动着顽强的生存意志，一路引来多少男孩子女孩子的目光。

放下电话，我突然意识到，我现在的一言一行都似乎基于这么一个假设，即我非常想跟芊芊确定关系，而这却是我想尽力避免的。难道我下意识在把自己推向一个自由落体运动？我觉得掉在陷阱里了。如果我是掉进陷阱，是自己跳下去的，还是被推下去的？

果然如慕向羚所料，芊芊没答应去上海，但显然很高兴我邀她同行。至于去上海上门做毛脚女婿，她欢喜我的动机，却不认可我的想法。她说在这帮人的心里，上海外滩对面就是曼哈顿伦敦巴黎维也纳，非上海人对它们难得欢喜起来。我说，I am a Shanghainess now, by association（我现在也算上海人了，由于你的关系）。这句话显然非常得芊芊的欢心，电话里甚至有一段短暂的沉默，大概她在独自品味某种静静的愉悦。芊芊性格夸张，快乐愤怒都是如此，偶尔举止优雅一下、说话得体一点，多少有些表演成分，这是我第一次发现她也有"静女"的一面。

"你想去上门，就去，我只有一个要求，不要一听见蠢话俗话，你骨子里的傲慢，就嘟噜噜嘟噜噜从你面孔上冒出来。"

我离开前夜，去跟王教授打声招呼，发现他独自一人干坐着，茶几上无酒无茶无咖啡，也没有把玩他淘来的那些乱七八糟的小玩意。我问他是否身体不适，他摇头，一脸倦怠。他听说我和芊芊一起玩得很开心，问我慕向羚有没有夸张。我想，大概芊芊还是不睬他——不是说要大拍他马屁的吗？我说我们是很开心，会越来越开心的。他说谢谢你，大力，芊芊是我唯一的心事。我说，怎么好像临终嘱咐似的，你没事吧？他说，这个世界上，能有什么事。然后话头一转，说起他的研究来。我不好逼他说什么，问他去上海有没有什么事要我代办的。他说没有。但第二天我临去机场前，他下楼给了我一个大信封，说有空你去复旦大学，把这个丢在她办公室里就行。

信封上是：烦交倪翠葆同志。

第四十章

我到上海第二天，父亲就在华山医院动了手术，有惊无险，医生说可保三五年生活质量。住了几天院观察，就回了老家，又忙了个把星期，把该见该谢的人都见了谢了，一天两顿大鱼大肉，吃倒了胃口。然后回母校作讲演、见同事，频繁地吃饭喝酒，肠胃不适，人竟瘦了几斤。

讲演时我看见台下侧门走进一个女教授，有点眼熟。她找了位子坐下，转过脸，果然是倪翠葆。我以前旁听过她的大课，没几个星期，印象不深，能认出她还是那一头"乌云压城"似的头发，浓厚如云，好像台风都吹不乱。十几年过去，她似乎变化不大，身材稍微丰满一点，面上是否有皱纹，由于灯光和距离的缘故，看不清，估计岁月流痕，无人可免。她听讲时的眼光专注犀利，即使我的目光没跟她对上，仍可感到。她是为我来的，我想，有关王教授？她想说什么？讲演结束她就离去，没参加 Q&A 部分，不过我接下去一晚上都在招待所等她，没来。

我松口气，好像避免了一场灾难似的。她知不知道我跟王教授的关系？如何知道？也许我多心？但她的专业跟我相差十万八千里，没有理由来听我演讲啊？除非她跟王教授一样，智性好奇无可抑制。

我离开复旦招待所住进一间旅馆，跟芊芊打了电话，下午就被"咖米帮"绑架到了岳阳路一栋花园洋房，说是我的住处早已安排。这一切发生得像旋风一样，直到我在客厅里坐下还没搞清楚谁是谁，然后就见到一大群人，二三十个，也算教养好，没围观我，就各自占定一个位置，从一定距离之外观察，弄得我逐渐像个珍稀动物起来，觉得额头下面长出了大熊猫一样的黑眼圈。

这栋洋房的主人是个微胖的中年妇女，脸色苍白而至于发青，黑眼袋从一副朴素的无框眼镜下顽强地显示着存在。看得出她即使年轻时也谈不上漂亮，现在有点皱纹，慈眉善目的，有种压不住的书卷气，给人很"纯"的感觉。她一口很糯的上海普通话，自我介绍叫任梦熊。我从来也不太会跟初识打交道，这时顺口就说，噢，好名字，二女儿也要成就男人的雄业。她说，不是"老二也英雄"的孟雄，是"梦见一只熊"的梦熊，原名叫招弟，外婆说不雅驯，改了，结果又招了三个妹妹，一家五朵金花。我这时福至心灵，说，你是七七，南模高才生。大家都笑了，说阿王一定连我们的小名都卖了好几次了。

接着所有咖米我都对上了号。瘦而极其雄壮的是"长脚阿大"，肤色黝黑像印度人，似乎腰以下就直接是腿。笑起来一张嘴占大半边脸的是宋幼玮，一个巨型白胖子，不过帅气犹存。阿苏苏叫苏臻青，娇小身材，王教授曾说她五官分开看无一出色，但放在一起就是看着舒服。王教授审"美"恐怕受当时革命样板戏女英雄形象的影响，实际上阿苏苏的五官长得细致，不用化妆就可以上戏拍苏城官宦人家的小姐。她站在众人后面一声不作，满眼笑意荡漾，漾出一脸光彩。咪咪最容易认，混血儿，不是我想象的皮肤极白，正相反，深橄榄色，估计她母亲的犹太血统很纯，所以中东沙漠的烈日在她脸上现出痕迹来，但她皮肤极其干净光泽，眉目如画，路上遇见恐怕仍然会人人回头。她走路很快，步子很大，落脚也很有力。王教授好像没说过她的恋爱故事。

一个瘦高个、腰背笔挺的男子我不敢认，四十五六岁，头顶已是童山濯濯，唯有左额上一个发旋，不多的几根毛发犹自峥嵘怒翘，令我想起宋幼琪怎么也"掼勿脱"的"四眼"。但四眼似乎不在咖米之列，难道王教授叙述有误？他自我介绍时伸出手来，"姓姚，姚奕尔，让你神采奕奕。"我作一头雾水的样子，他抿嘴一笑说，"绰号'四眼'"，不过现在戴隐形眼镜了。估计阿王没怎么跟你提起我。当年我还不会喝咖啡，阿王有咖啡歧视，老结棍的（非常厉害）。"我握着他的手，努力回忆见过的几张芄芄的照片，看有无相似之处。我没意识到在盯着看人，四眼大概有点不自在，突兀地问道，我们见过吗？我愕然回过神来，用上海话说，眼熟陌生。四眼十分疑惑，眼珠乱转，想说什么终于没说。我心下忐忑，不会在怀疑我企图从他脸上找出芄芄的影子来吧。

宋幼琪不在，叫宋幼玮跟我打招呼说，在忙晚饭。我说，还自己做饭，那么二三十个人？宋幼玮说她在饭店里忙呢。见我不解，他告诉我说有个朋友开个小饭店，今晚借给她，允许她进厨房，保证菜烧得合我胃口。我说我吃东西没那么讲究。宋幼玮说，Miss Tiger 开了一个单子，都是你爱吃的。"我这个阿妹，顶欢喜瞎忙，阿狗阿猫叫她帮点忙，都是皇上有旨，现在 Miss Tiger 发声，那是赛过太上皇有旨哎。宋幼玮口气里充满溺爱，看来兄妹感情极好。我说为了我如此兴师动众，受宠若惊。宋幼玮说："阿拉现在么，像白相人啦，没啥事体做，寻个由头烧烧咖啡吃吃菜，算找桩事体做哎，你是 Miss Tiger 姑爷哎，你来算大事体哎。"宋幼玮也渐渐全是上海话了。略停，又加道："你以后就会晓得，阿拉这个圈子，老早是一捏堆拍阿王马屁，后来又拍 Miss Tiger 马屁，现在两个人全跑到美国去了，阿拉这里不大有劲哎。"说完长叹一声，十分意态萧索。看来王教授父女俩，是这个圈子的灵魂人物，难道我竟抢了别人的宝贝？情何以堪！

我理解他说的"拍马屁"，就是大家都宠着的意思。

我没想到的是，宋幼玮说话如此粗放。

还有一大堆年轻人，都是子女辈的，其中有个男孩子，二十三四，始终在人后面转啊转的，直到人稀了，才自己上前自我介绍，原来是王教授的儿子倪怀恩。他一口上海的大学教工宿舍里流行的说不出源流的普通话。他问了几句王教授芄芄的事，小声说，我妈妈想请你吃顿饭，排得出时间吗？我说，我登门拜访吧，还有点东西带给她。他留给我一个电话，就说要去跑腿了。临去前掏出芄芄拟的单子，全是她爱吃的东西，看来我的训练已经开始了。有趣的是，里面有四五样东西，都附着地名店名，像光明村的酱鸭、第一食品商店的胭脂鹅脯、八仙桥的糟方、邵万春的醉蟹，都打了个叉，看来倪怀恩就是专程去买的。

倪怀恩长得一点不像父母，不知道读书上像不像。王教授不太提到他这个儿子，不知是否有什么特别的意味。

王教授原来让我把那个大信封送到倪翠葆办公室即可，不知道愿不愿意我见他名存实亡的夫人。我好像也没有理由见她。现在同意去见她，说出于礼貌连自己都骗不过。我实在是对王教授的一切都太好奇了，还是别人一切带点"人"味的琐事现在都对我有一种无可抵御的吸引力？我原来对这一切都毫不关心，看来回归普通人也激活了我原本沉睡的市井本性，而且给我快乐。

一大伙人都不知在忙些什么，但好像商量好了，总有一两个人陪我说话。我对杨宗庆说我用不着陪。杨宗庆说第一次来家，那怎么行？然后笑着加了一句，第二次就是一家人了，也要"派你做生活（分配你干活）"了。我说我现在就可以"做生活"啊，说着就站了起来。杨宗庆两只大手往我肩上一搭，没用力，我就乖乖坐了下去——他力气太大了。"派你做这个生活，讲讲 Miss Tiger 蹲了美国，日脚过得好不好啊？"他说话时跟我目光相接，我顿时想起王教授形容过的这双眼睛，温和厚重，但给人压力，不知不觉就听起话来。看来王教授都说他是这帮咖米的头，不是夸张。当年王教授跟他争夺宋幼琪，看来要有很大的勇气。这也可以解释为什么芊芊什么人都要冲撞几下的个性，竟然对他的依恋不下于其生父。在我讲述中，杨宗庆不时提问，很少关于她的学业，大都是一些生活细节，言谈中对芊芊的一些习惯爱好知之甚详。后来我知道，有两年左右，他曾经一个人带芊芊，大概那时王教授跟宋幼琪正为他们的爱情弄得大风起兮云飞扬。芊芊还说，她最欢喜杨宗庆来接她回家，那时她就要坐在杨宗庆骨骼宽大的肩膀上，比所有的人都高一大截。

没谈多久，我就觉得极欢喜杨宗庆其人。

第四十一章

晚饭是在一条小弄堂深处的一栋大洋房，一半成了一家外表有意低调的小饭店。装修十分得体，不张狂也不过度雅致，令人想起新英格兰小镇上的带莎剧风味的酒店。

店名"子衿食肆"略带古意，西文名字则完全不搭界。Bistro Bel Ami，法语"漂亮朋友小酒店"的意思，不知道跟莫泊桑的小说《俊友》有没有关系。店主可能跟王教授他们同类，"文革"时期欢喜偷偷读西方小说，而《俊友》是他们欢喜读的一本。

作为殖民帝国，法国在中国的所作所为乏善可陈，但在上海人心目中成了精致生活的样本，并在"文革"中给了许多人生存意志，大概也算"不意之果律"的有趣佐证。

后来才知道，饭店老板是个女人，跟宋幼琪是闺蜜，但始终没进入咖米帮，年轻时单恋过王教授，不过王教授不知道，饭店名字就是纪念这段单相思。据说王教授年轻时欢喜穿一件藏青色的中山装，特别帅。

饭店最大的一间也只有六七十平方米，可能是原来大厅的三分之二。正中间圆桌放一大丛马蹄莲，淡蓝色。我因为专业关系，对花卉学有所涉猎，知道 Green Goddess（绿仙子）和 Pink Mist（粉岚）几种马蹄莲比较珍贵，但从不知道还有蓝色马蹄莲，浮在桌子上方像一片冉冉升起的云，漂亮得匪夷所思，难道是中国人自己培育的新品种？

问了几个人，都不知道这马蹄莲叫什么名字，我说那就叫"浮云蓝"吧。没人理我，不知道我是什么意思。

在新西兰和澳大利亚，马蹄莲上了有害物种名单，不知是不是略有毒性的关系。

花的外围是一圈水果和西点盘子，都点缀得素净，没人动过，看来是餐后方许食用。但小孩会守这个规矩吗？于是我马上注意到在场有七八个小孩，从四五岁到十来岁都有，全部规规矩矩坐着，即使说话也不大声，没有现在饭店常见的满地乱跑乱叫的小皇帝。大概这也是上海人所谓"有教养"和"没教养"家庭的区别之一。

在花桌下放着一个小纸箱，有个投币口，纸箱上写着已经很淡的"星四众乐乐"字样，不知是不是这些人给自己定期聚餐活动所起的名字。

华大有不少上海人，据说有一圈朋友，常聚餐，都是"劈硬柴"（AA制），但如果有人不论什么原因想请客，就请，但不要期待回请。不知道这里是什么规矩。

我是跟杨宗庆几个人一起步行二十分钟到达饭店的。初冬向晚，不冷，街灯刚亮，梧桐疏枝间突然漾起了一层纱幕似的朦胧，满地碎叶踩上去发出柔和的"沙啦啦""沙啦啦"的轻响。刹那间我似乎看见响羚羊独自行去的身影。

我走进饭店时桌子都已坐满，看来是人差不多到齐了才打电话叫我们走过去的，我不知是应该觉得受宠若惊，还是上海人都这么客气。一进门，人都站了起来，随着一片低低的说话声，杨宗庆说，这是大力，不用多介绍了，大家都知道今天是为 Miss Tiger 给大力接风，等一下小鬼头都来给大力舅舅夹菜，拍拍马屁，将来考他的研究生，到美国去读书，跟 Miss Tiger 小孃孃一样，到那里去拜大王撑市面（称王称霸）。大家哗地笑了起来，我不知道这有什么好笑。杨宗庆让我坐下，宋幼琪说等等等等，大力是复旦高才生，讲两句话总要的啰。宋幼玮说，好的好的，阿王讲大力老有幽默感的，讲讲戏话啰，大家笑笑。七七说，阿玮，你又瞎三话四了，幽默感跟讲笑话是两桩事体，懂呃？宋幼玮说，噢噢想起来了，叫什么"有违体和""违体逃课"，对不对？ witty talk（言谈机智）！你们一讲 witty talk，我就有违体和，只想逃课。大家哈哈大笑起来，笑完就都看着我。我想这是不是芊芊给我准备好的下马威。

在美国做了那么多年教授，我对有必要时说几句场面话（在我字典里，场面话等于蠢话！）并无反感。我欠起身用上海话说，王教授老欢喜讲故事的，交关（很多）是曩（你们）'咖米'的事体。（大部分人似乎不懂'咖米'这个词，怎么回事？）王教授讲过，生活当中好事体很多，你碰到了不过不晓得怎么白相，老遗憾的。我讲假使一样好事体你不晓得怎么白相，你也就不晓得自家错过了什么，啥地方有遗憾啦？他讲，假使我讲给你听了呢？你会不会遗憾呢？我讲，那么你这个人是不是心思老恶毒的？专门讲给我听好东西，专门给我制造遗憾？王教授呵呵呵大笑起来，讲对对对，大力假使你不认得我，会少交关遗憾的。我这次来上海碰碰大家，就少了一个遗憾。（大家都做出一个表情：你真会讲好话啊！不知是不是我洋泾浜上海话的效果。）不过我并不感谢王教授，因为假使不认得他，我就不会认为没有他这个朋友会是一个遗憾，当然也不会认为，假使没有 Miss Tiger，我的生活会多么没劲。我发觉现在自己过日脚，目的就是尽量减少王教授给我制造的遗憾。不过，看看这一桌菜，我老开心的，啥道理呢？今朝又可以减少很多遗憾了。所以，（我用手拈起一块胭脂鹅脯晃了晃）制造遗憾是艺术，（鹅脯入口）减少遗憾就是生活。嗯，崭得来眉毛也要落脱了（好吃得眉毛都要掉了）。

静场。然后气氛热烈起来，好像我说了什么很深刻的话似的。杨宗庆举杯祝酒，然后开吃。我坐在杨宗庆和宋幼琪之间，宋幼玮、七七、阿苏苏、咪咪几个人都在同一桌，还有他们的配偶。有趣的是，四眼也同桌，但倪怀恩在另一桌上，旁边一个女孩似乎跟他特别亲近。后来知道这个女孩是阿苏苏的女儿，跟倪怀恩走得很近，大概会谈恋爱。我第一次见到宋幼琪就觉得这个女人对我躲躲闪闪。开始是猜想她觉得我配不上芊芊，后来知道我和芊芊确定关系，她在背后还是主要推手，便猜想她大概有点怕我，但怕什么又讲不出道理，难道是怕王教授把他们的一切都告诉我了？这次到上海，她总是找出理由减少跟我的接触，我又有个新解读：她倒不一定是怕我什么，而是她可能猜到她最后拒绝王教授后会对王教授产生什么样的打击，而我的出现会迫使她想这一切。从芊芊那里我知道，芊芊对她一直不假辞色，而她从来不跟芊芊顶嘴，两人母女角色好像颠倒了一样。这次那么尽心接待我，除了觉得我跟芊芊可能比较合适以外，更主要是消减自己对女儿的内疚。

也只有她不叫芊芊 Miss Tiger。

"芊芊也欢喜吃这个。再来一块，你瘦刮刮，有得好吃唻。"宋幼琪在我那个已堆满菜肴的盘子上又加了一块胭脂色的鹅脯。她是唯一不对我说上海话表示欣赏的人，坚持跟我说一口又嗲又糯的上海普通话。说完眼光四边一扫，招手叫来一个小孩，说来来来，给大力舅舅夹两块你妈妈做的曝腌青鱼，你芊芊小孃孃在美国做梦也吃不着的。一个八九岁的小孩飞快地拿起一个小碟子绕过两个桌子到我面前，碟子上是两块十分漂亮的青鱼背腩，肉呈深胭脂红，衬着鱼皮的青冈色，令人食欲大动。那么多高级饭店吃下来，菜都不如今天的家常菜。我夹起鱼肉放在自己盘子上，把盘子还给小男孩，跟他说话。小男孩显然准备很充分，一句废话都没说，直接问了一个生物学的问题，看来他已经自学到高中分子生物学了，还关心美国西屋天才奖每年得奖高中生的科研项目。我夸奖了小孩几句，小孩腼腆地说了谢谢，礼貌地走开。这小孩长得并不帅，但很好看。我初来上海上学的时候，这样的小孩还不多见，现在满街都是了。生活教育水平的提高，竟会那么快地影响到新一代的相貌，过十来年也可以做一个研究题目的。

接着是一串小孩给我夹菜，每人都准备了一个问题，大多是科学上的，也有问是否值得去美国上中学的。令人解颐的是所有孩子都是一个行为模式，三分孩子的天真，七分早熟的智力，背后都看得出大人辛苦的训练。他们夹的菜都不是当场做的，大概都是自己带来的家常菜，从带樱桃味的鸭脯到点缀香椿芽的豆瓣酥，都很有水平，让我心下惭愧，自己怎么配得上这种待遇。

宋幼琪似乎一门心思从每一个菜里都挑出最精致的部分让我尝，顺便介绍做法口味特色，看来对美食很有心得。酒过三巡菜过五道，我们之间原有的滞涩感大致消融，交谈流畅起来。我原以为她想跟我保持距离，看来是多心了。也许她开始对我冷处理，是把基调定得低一些，慢慢热身后，有上扬的余地。不过我这么想，是否把人想得心机太重？宋幼琪尽管在她女儿嘴里有种种不堪，但似乎不属于老奸巨猾之类。

无论我怎么想，事实是我对她渐渐没了戒心，也许还有一点欢喜。王教授说过，她欢喜跟各种各样的人打交道，很本能地知道如何获得他人的好感，好像某种事业的追求一样，大概是不错的。不能说吃完饭我开始欢喜她了，但至少很愿意听她说话了。用英文说，她有种 disarming personality，就是一种个性，能让人对其解除戒心——disarm 本义就是让人缴械投降。

晚饭微醺。回到住处后，我意识到宋幼琪跟王教授和芊芊正处于一种微妙互动的关系中，也许我可以帮助防止互动的负面发展可能性？

餐桌闲谈，宋幼琪控制话题节奏气氛，不过看得出其他人对此习以为常，但好像不是由于她的强势，而是哥哥姐姐纵容小妹妹那样。

睡觉前跟主人七七聊了一会儿，发现她是学造船的，跟我的"上海姐姐"竟然是先后同学，而且认识，现在还有工作联系。她说我的"上海姐姐"是一个"极其优秀"的工程师，更是一个"极其极其优秀"的技术官僚。不知怎地我就告诉了七七我幼年时对"上海姐姐"的一段伤心史，笑得七七乐不可支。笑完后说，你应该去找你那位姐姐的，那样她也许会幸福得多。原来我这位"上海姐姐"竟然几次遇人不淑，离了两次婚，现在单身，圈子里大家提及她都要长吁短叹一番，恨老天不公。

看来"上海姐姐"智力上至少相当不错。我当时不去找她，怕还是某种我自己不愿面对的恐惧心理在作祟。

我问她宋幼琪跟王教授应该怎么办。她笑着斜了我一眼，有一种少女的调皮。她说，怪不得 Miss Tiger 说，阿王是太阳，你是地球，她是月亮。我脸皮一厚开个玩笑，说芊芊正在我身上进行同性恋的自我发现。七七笑道，你们都那么美国人了，说到非男女关系就想是不是同性恋。我顺水推舟问道，你跟阿王不会有这个问题吧！她说，阿王给你讲了那么多我们的故事，还没听够？我说，你的故事版本，也许不一样呢？她微微笑着，想着什么，不知是不是我一厢情愿，竟觉得她一脸倦怠里泛起了一圈微红。但她只是说，看以后是否有机会吧。随着又感叹道，阿王阿琪啊，总也长不大的！不过，长大了，又有什么好的呢？然后正色说，你应该劝劝阿王，他可能会听你话的——我们在他眼里，总是有点黄鱼脑袋的（不够聪明）。我说，他对你可是评价很高的。七七摇摇头，继续她的思路说，你知道，阿王的天赋，不做点事情，好像说不过去啊。我有点吃惊，问，你是说，天才对人类的责任感？七七说，不是电影《超人》里说的那种，自诩天命。我猜想七七认为王教授太不把自己当回事，回馈社会不够，从基督教价值观而言，这是有负上帝，在儒家而言，这就是愧对天命，因为天给你才能，目的是为人类服务。我不知道七七是基督教还是儒家。

我问，你的家教，是基督教还是儒家，或者两者都有？她又摇摇头，问我，你不相信普世价值？不等我回答，她站起身说，你该休息了。然后说了晚安，就离开了。在门边回过身来说，你为什么不问我，是不是学雷锋学出来的？说完就消失在走廊里了。

我小声说，也不管她是否能听到，你想的是对人类负责，他想的是对人负责。

很晚才睡着。对人类负责跟对人负责，是什么意思？

好像近来总说些自己也不太弄得懂的话。

第四十二章

我这次上海之行再也没见到七七。那天半夜里来了一辆车把她接走了。第二天客厅餐桌上有一张她留的条子，说有技术问题要处理，可能要几天时间，旁边留了一把钥匙，说如果她来不及回家，交给阿琪就行。我乘机在这栋大洋房里转了一下，装潢极其老旧，简直有点寒酸，唯一可取之处就是非常干净。八点钟有个钟点工来，开始打扫。从她那里了解到，这栋房常年只有七七一人住，她家人都出去了。七七常说要把房子租一些出去，说了好几年了，也没有动静。

后来我听说，七七是某个科研项目的总工，好像还属于不能出国访问的那种。据说她进大学时要求转系，因为担心家庭出身不好，学得再好都不会有用武之地。

中午说好杨宗庆宋幼玮来接我去逛东方明珠。我并不欣赏这座蜚声世界的地标，所谓"大珠小珠落玉盘"的设计，这个"落"字是个错误，哪有摩天建筑的设计理念不是向上拔而是向下落的？两个大"珠"给人的印象是一个屁股已经塌下来的中年女人，倒是夜景里灯光从下往上打，"托"起屁股，遮了一点缺陷。但我知道所有上海人都对这座塔非常骄傲，所以得想办法说服主人，带我在前法租界走走，看看有多少巴黎风味。

不料先到的是两个女人，阿苏苏跟咪咪，说是正好周末，来看看我。不用我想个什么办法来引两位女士讲故事，她们已经烧好咖啡摊开带来的西点招待我吃早点，同时话匣子打开，黄河之水天上来，挡也挡不住了。

不久我就意识到，这两个女人各有奇趣。阿苏苏属于"向前看"的心理类型，不在乎也不讲究过去的记忆——所剩无多的记忆，还欢喜混入新鲜因素。比如我提及王教授第一次参加咖米聚会，王教授喷了宋幼琪一身咖啡。她立即说对对对，回忆起当时情景，还有些"编也难"的新鲜细节，可信性很大。我于是提到响羚羊的版本，跟她说的不一样。她仔细回忆了一下，也说对对对，阿王加入她们一起喝"白洗咖啡"（white-washed coffee，这个用词是我第一次听到，大概是幽默，指咖啡粒煮了几次后发白）是很后来的事，完全没意识到这两种版本有冲突。更有趣的是，在随后的谈话中，她有两次提及这件事，可以看出她的版本已经翻新，不仅是两者的混合，更做了加工，下意识地磨去了两种版本的冲突点，加上了她的细节。由于她个性温和说话细声细气，好像老是在期待你的修正，她说任何故事听者都不会跟"夸张""编造"联系起来，而她的确也没有夸张编造，只是吸收融合了新信息。她的一些细节却很有意思，比如她说王教授每次在喝第一口咖啡前，欢喜拈起块什么点心，没有甜点时馒头也行，伸到咖啡杯里蘸一蘸，说，法国风味咖啡，然后咬去蘸湿了的这一部分，细细咀嚼，一脸神秘兮兮的享受样子，戆透了。我从未见王教授这么做，但有一次我这么做了，王教授开玩笑说，可惜不是普鲁斯特的小玛德莱饼干，并说这种附庸风雅很讨喜，a pleasant cultural vanity。

咪咪对故事版本完全没兴趣。她一门心思向我证明，王教授想跟宋幼琪结婚的想法是错误的，伤害杨宗庆、芊芊、芄芄就不去说了，关键是还会伤害他自己，那就"勿格算（不划算）了"。我问是不是也会伤害王教授的妻子倪翠葆和儿子倪怀恩呢？咪咪愣了一下，显然她根本没把他们考虑进去，不过很快点点头，说，那当然。但她立刻又进入自己的思路，说大家年轻时谈朋友（谈恋爱），一会儿跟这个谈一会儿跟那个谈，都以为是寻找真爱，当时并不晓得其实大家谈来谈去那是"过念头（过瘾）"，谈朋友的真谛就是要谈到不想谈了，念头过足，至于最后谁跟谁过一辈子，要看怎么样大家过得开心。她给我印象最深的是这句话："阿拉这帮赤佬，就是白相啊，白相到顶么就好唻，阿王那样做，不叫白相唻，叫瞎白相。"把自己叫赤佬，是我从这些人里听到的最市井粗暴的语言，看来咪咪对王教授的行为很不满。

我说，可是王教授没有宋幼琪，就非常不开心。咪咪说，阿拉都晓得的呀，阿琪去美国跟阿王两个人浪漫浪漫，虽然年龄有点太大，但大家都理解的，做啥要寻死觅活呢。我问，杨宗庆也理解吗？咪咪说，理解了都廿多年了。大家都晓得，宋幼琪这样的女人，老天爷是为一个男人生的吗？就像阿王自己，可能只属于一个女人吗？我跟我先生过得很温馨，他从一开始就晓得，我又不是他第一选择啰，他也不是我的白马王子，连第二第三都排不上的，不过阿拉夫妻照样相濡以沫啊！长脚阿大跟阿琪也是这么相濡以沫过来的呀！Miss Tiger 长大了，优秀得这么弹眼落睛，阿王没看到吗？你不谢谢伊拉个人，做啥要惩罚他们呢？

咪咪这段话里包含的伦理设定，有点出乎意料：我知道西方有不少主张开放式婚姻的摩登男女，可以从哲学高度论证这种设定的合理性，但在实际运作中，真正能做到的非常少。我有几个同行正在做这方面的研究，假设两性关系的某种排外性，根植于人的基因。但是咪咪不像是一个对伦理哲学或两性瓜瓞文化有智性兴趣的会计师啊！难道她年轻时就顺着某种本能加入了咖米这个圈子？再说王教授似乎也没有主张过"一杯水"主义啊？

我当时还不知道，咪咪也跟杨宗庆、王教授、宋幼玮在不同时段都有过不同程度不同因果的关系。我记得慕向羚曾引用一句描写英国女作家沃尔芙那个文学圈子的名言，"Everyone is in love with everyone else（每人都爱着每另一个人。）"由于这句话包含男女通杀的意思，我当时以为慕向羚只是夸张用法，看来不止于此。

我还有一个疑惑：似乎这帮人关系极其热络亲密，又横七竖八谈了那么多交叉恋爱，怎么会没有矛盾冲突呢？还是他们的记忆自动删除了负面记忆？或者他们不愿告诉我？

当然还有一种可能性，就是尽管内斗厉害，但有一个很好的 group dynamics（群体动力学机制），能把内斗抑制在可控范围之内并达到某种良性消解，但这需要强大外在压力使得分裂的害处不可忍受，同时需要天才的领袖人物。犹太人以内斗频繁激烈著名，但外来压力太大，非抱成一团才能生存，加上犹太人的高智商和普遍领袖欲旺盛，几千年操练下来成就不凡。王教授的咖米们似乎并没有这些条件，虽然杨宗庆很有些领袖素质。

我犹疑了一下，告诉他们王教授最近想开了，开始交朋友了。这两个女人立刻激动起来，连连问道是什么人有几个人有没有外国人有黑人呃。我说不要讲得太具体吧。她们俩的反应激烈出乎想象，说哪有你这样吊胃口的，阿拉这个礼拜都不要过日脚了，想这个事情要想疯的。咪咪甚至把她左边那条极细极弯的眉毛扬得把额头上三条皱纹顶成了一条，说，你这么做很不道德的噢，阿拉没有做过什么对你不起的事情吧？你这么做，不如把阿拉枪毙掉算啦。我彻底高估了自己的人际手段，两个女人嗲声嗲气的抱怨，在我不啻狂风暴雨，很快我就缴械投降，把王教授最近的情事全盘托出，边讲边意识到自己虽然把王教授的行为讲作感情受挫后的 coping mechanism（应付机制），下意识里却多少看作是风流艳遇，有一点艳羡，大约是知道自己做不到吧，骨子里自己还有"阿尔法雄性"情结。

阿苏苏、咪咪似乎对王教授跟我学生柔伊那一段"恋情"相当赞赏，说女博士高智商，不错不错，但说到王教授跟她分手时，也没有多少遗憾，弄得我想是不是自己讲故事没讲好，因为我很为我学生伤怀。可能我站在自己学生的立场，而她们可能希望王教授更像她们心目中的无敌风流，天知道王教授当年在多少女人心里触发了他自己都无法理解的爱情幻梦。讲到跟金发美女奥黛尔的那一段疯狂，阿苏苏、咪咪的赞赏就狂飙到激赏水平，不断问奥黛尔金发有多金，是淡金、麦草金还是赤金，她眼睛是蓝色还是绿色。我说绿绿蓝蓝的，没注意。她俩就开始猜测：阿苏苏说蓝色好，湖蓝性感，子夜蓝深邃，淡灰蓝梦幻，像蒙了一层烟，一定是蓝色；咪咪说，算了算了，还一层烟呢，那是白内障啊，美国人蓝眼睛邪其多，不稀罕，绿眼睛好看，像《飘》里的女主角费雯丽，好像电影演员跟小说女主角天然一体。她俩郑重地要我好好回想一下，到底她眼睛是什么颜色。我扯开话头说奥黛尔头发是近于白色的淡金，有些美国人干脆叫有这种头发的人 white head（白头）。咪咪立即说，一定是斯堪的纳维亚种，那里这种头发在人口里比例最高，显然她对此有些研究。

我说，你们黑头发黑眼睛也很好看啊？阿苏苏立即警惕起来，说，那当然，你不会自我歧视中国人吧——我们中国人，哪一点比别人差啊！这多少有一点欲盖弥彰。她们见我一脸发噱，渐渐不爽起来。咪咪有点阴损地开玩笑说，你别这么笑，会让人误解的，知不知道上海有句老古话，笑嘻嘻不是好东西？我说你们可没误解我，我是有点不怀好意。咪咪非常警惕地说，我们说错了什么吗？我等的就是这种犹豫，顺势解释说，我很想看到王教授生一个混血儿，没想到你们也一样。两个女人如释重负，面色顿时开朗起来，阿苏苏附和说是啊是啊，"夹种"好看啊，像咪咪这样，我们年轻时候，最欢喜跟她荡马路，回头率高啊，连女人都要回头的。咪咪说，上海人将来都像我这样，就真国际化了。大家呵呵呵大笑一通。笑完了，咪咪有一瞬间面色凝固，似乎怀疑这一场小冲突是否结束得过于无害了一些。但见我似乎在想别的，也就没继续追究。

我想，这个咪咪一定故事很多啊，王教授怎么讲她讲得极少？

说到王教授现任女友叫蓝妮，一个著名的自由派学者活动家，不过学术集会不一定去，集会示威却不仅要去，还要想方设法高调被捕，好上电视为正义发言。笑了一通，阿苏苏第一反应是问她是否还在育龄。我说是，她立即拍手说，我建议阿王跟她生个孩子，说不定比Miss Tiger还聪明。咪咪也大加赞同，说，谈恋爱无所谓，生孩子就要负责任哦，不能随便什么人，金发蓝眼并不等于智商高哦。我不能肯定，咪咪讲这话，是弥补什么，或者是真这么想。记得王教授说过咪咪，读书上很一般，是否因此对智商特别注重呢？没想到咪咪的杀手铜还在后面。她问我蓝妮是第几代大学生。"你是家中第几代大学生？"是美国联邦统计局常问的一个问题，是一个家庭的社会经济地位的重要指标，通常一家人家连续三代都是大学生的，大多属于上层中产阶级。但咪咪好像不是问蓝妮的经济状况。

我说不知道蓝妮是第几代大学生，很可能第二代，因为蓝妮祖父是华人，那时大学里的华人，大多直接来自国内，美国土生土长的华人地位很低，很受大学的歧视排斥。咪咪一脸严肃，极认真地对我说，你一定要告诉阿王，这事要搞搞清楚，美国人做过科学研究，接连三代都是大学生，后代生天才的概率翻倍增加。

我有点说不出话来。从基因层次研究人的智力现在是一门显学，但曝光度低，因为媒体上太多所谓"流血的心"自由派（bleeding-heart liberals），群狼逡巡，到处嗅寻"种族主义"或"阶级歧视"，弄得搞这类研究的科学家都胆战心惊。有两个涉行的老中开玩笑说，他们这是"老九工程"，意为他们小心翼翼跟中国"文革"中的知识分子差不多。这当然是夸张，但媒体上报道很少，从不上头条，只在科学专版上万分小心地就事论事，且用语都非常专业化，因为"群狼"中科盲居多。我对这个领域一直有兴趣，大概也有点"改良种气"的下意识。但我不知道美国学术界有任何咪咪提及的研究，很可能是某个中国学者的胡乱"译介"的结果。

我说，王教授是第二代大学生，我更别谈了，是第一代，好像也不错嘛。咪咪马上说，中国跟美国不一样，有大学的时间不长，再说，你们家祖上可都是读书识字的。我心里扑通跳了好几下：我家祖上？她查过我祖宗十八代了。我父亲家世虽然平庸，但祖祖辈辈不论是做手艺人还是教书匠，都是能背几句四书五经的，这在江南镇埠是里巷常态。咪咪意识到自己说漏了嘴，一时间尴尬起来，阿苏苏插进来解围说，大力啊，你是 Miss Tiger 的姑爷啊，阿拉都好奇煞唻，不要说你几岁上大学几岁拿博士，连你小时候最后一次"撒尿（念 si）出"（尿床）都查出来了，十一岁，是不是？白天去沙离湖游泳差点淹死，晚上就……哈哈哈。两个中年美女丝毫不顾形象地大笑起来，一点尴尬也都笑掉了。

"流言就是力量"，这句美国实验政治学箴言现在有了一个上海中年女性版，所幸还有点品位，不过到杨宗庆、宋幼玮来接我时，我多少有点"解放了"的感觉。后来回想，这两个女人并没告诉我关于王教授的任何新鲜事，但王教授的形象，在我心目中突然多了一个维度，那是宋幼琪、慕向羚所不能提供的。

原计划是杨宗庆、宋幼玮陪我逛东方明珠，但似乎出了意外，他们四人在一边叽叽咕咕小声争论着什么。过了一会儿，告诉我说计划有变，两个女人也想跟我们一起玩，但车只有一辆，得再去搞一辆。那时上海人私家车还不普遍，杨宗庆说他打电话去单位要一辆，不过得等一会儿。阿苏苏说，要是你不在乎，我妹妹有一辆普桑可以借来用用，用完加满汽油就行。我说不用什么车吧，你们带我逛逛前法租界，讲讲掌故，比去东方明珠有意思。他们似乎也欢喜这个想法，反复问我不去东方明珠是否客气，直到我耐不住说出我对东方明珠的真实看法，才相信了。然后我道歉说，是不是冒犯了、亵渎了上海的骄傲？阿苏苏说，不不，阿玮最欢喜说东方明珠的坏话了，今朝熬得牢没讲，不晓得昨日夜头长脚阿大给他塞了什么药。宋幼玮乘机就破了戒，说什么大珠小珠落玉盘，像两粒樟脑丸，卡在喉咙口，头颈硬挠挠，咽也咽不落，吐也吐不出。阿苏苏说，阿玮开始这么讲，弄得阿拉都想掼脱他，不跟他白相了，现在想想，也蛮好笑的。杨宗庆也说他最不欢喜陪人逛外滩排队上电视塔，一点品位都没有，得谢谢我免去他一下午劳役。

接下去就是我在上海最快乐的时刻。不仅是有人带路讲掌故，他们随意闲谈让我真正对这批人有了点感觉，而这些感觉在王教授那里可以想象得到，但捉摸不准。毕竟，王教授清流高知，而这些人是典型的"有教养"的上海市民，不知道王教授当时怎么跟这些人走到一起去的，一定有我不知道的原因。另外，有些中年人还会显出"认出"杨宗庆宋幼玮的样子，大概年轻时的体育明星效应尚未耗尽。杨宗庆属于低调类型，而宋幼玮则一副风流自赏的作派，似乎完全忘了自己已经是一个巨型白胖子。不过这个巨型白胖子举动依然灵活，上楼梯飞快，还几级一跳，像一头大白象跳高，惹眼之极。他们俩还不停问我是不是累了，坐下来吃杯咖啡怎么样，街角口有家新开的点心店，专做法国玛卡龙，店主据说专程去巴黎学了两年呢。两位女士却风韵俨然，很有派头，不过对人态度无可挑剔，大概给她们家做保姆的，累死还要说她们好话。

第四十三章

晚饭是在一家家庭饭店吃的，很小，只有七八张桌子，临窗有三四杆竹子，看来是主人专门栽的，叶子疏密适中，看了就想进去。菜碟子小，装盘很讲究，都是家常菜，市井口味。红烧肉很有名，都只有食指粗细，一口一条，五个人每人不到两筷子就没了，又叫一盘，主人端上来说，你们阿是请美国朋友啊？这一只菜是送的——阿拉阿妹也在美国，做投资银行的。我说你怎么知道我是美国回来的？主人开玩笑说，裤子松塌塌，不是乡下人，就是美国人。又正色说，上海人穿休闲服像穿西装，裤子都要烫出两条线，美国人穿西装也像休闲服。我一看自己跟两位男士，果不其然。而两位女士着装，走到世界任何城市都看得出是上海人，有一点巴黎二十世纪三四十年代的遗韵，类似美国人所谓的"殖民地风味"，指美国东北部文化，跟其他地区有明显差别。

席间谈话依然散漫，令人印象深刻的是他们对西方欲壑难填的好奇。女士问文化，宋幼玮问声色娱乐还有古董，只有杨宗庆对国际政治有兴趣。我自然努力配合，不过心里老想怎么引他们讲王教授的故事，但似乎怎么尝试都没结果。浅尝辄止没意思，问得深了就有忌讳。饭局终了，两位女士借口出来一天了，不能贪玩得像个小姑娘，就不陪我走回去了。于是两位男士陪我回家。一路上我意识到这可能是我最后一次机会，从他们这里得到些什么。

到了七七家门口，他们说不进去坐了。我说我带了一瓶 single malt Scotch，想送给欢喜洋酒的人，不知道你们有没有兴趣。宋幼玮问是什么好东西，看来两个西方文化崇拜者还不太懂洋酒。我说就是用同一批 barley（元麦）发酵蒸馏的苏格兰威士忌，英美人很讲究喝这个，至于法国人眼里么，这是他们的高尼亚克的唯一敌手。宋幼玮显然有兴趣，看向杨宗庆试探说，这个洋货大概还蛮好白相的。杨宗庆想了一下说，那就进去开开洋荤。开屋进门，我从行李里翻出酒来，宋幼玮已经从不知什么地方弄出三只高脚杯来，说七七家只有红酒杯，将就将就。

红葡萄酒杯比白葡萄酒杯大得多，但通常没有威士忌酒杯大，但这三只酒杯显然是我见过的最大的，也许比一般威士忌酒杯还略大些。杨宗庆见酒未开封，说假使打开吃了一点酒，旅行时带着不方便，就不吃酒了吧，做杯咖啡吃吃，七七的 espresso（特浓咖啡）机器还不错的。宋幼玮说，新姑爷万里迢迢从美国带瓶酒来，还要叫他带回去，阿拉老没面子的呀，太戆唻。杨宗庆说，一开瓶就不好送礼唻，你看看包装，好东事（好东西），贵来兮的，买的话要好几百美金吧，浪费得没道理。宋幼玮说，那就送给我好唻，我吃掉它，不算浪费。杨宗庆说，你怎么知道你会不会欢喜呢？你又不会吃酒。阿王懂酒的，不如带回去给阿王。两人旁若无人地在我面前讨论宋幼玮拿这瓶酒是否能充分实现酒的价值。看来这两人自幼年起，就已经在无数人面前上演过类似节目，以至于两人都不认为这么做有什么不妥，尽管他们在很多方面是很讲究面子礼貌的。我从开始不动声色地吃惊渐渐变成很有兴味地观察，觉得这两个高头大马的中年男人，实在很多方面从来就没离开过童年，很可爱。

这瓶酒算是礼物。一个投资者请我的一个项目组吃饭，很讲究，吃完饭先抽雪茄，再品苏格兰威士忌，拍着酒瓶大大吹捧了一番。我对酒从来没有兴趣，但一喝这个酒，觉得还不错，竟然喝完了还加了两"枪"（一"枪"指大约两盎司的威士忌）。那个投资者很善于观察，说你喝什么酒都不喝完的（一顿饭至少喝了四种酒，餐前餐后酒加上红白葡萄酒，我都是湿唇而止，这对一个爱酒者大概是不可忍受的原罪），看来你对这个酒有兴趣。我相信你这样的人，不可能不爱酒，哪有热爱生活的人不爱酒的？可能有酒鬼会被判罚去地域，但不爱酒的人是绝对上不了天堂的，《圣经》里怎么说的？天堂里美酒无限涌流，不爱酒，有资格进天堂吗？大家也知道为什么美国历史上的禁酒运动和禁酒法律都是失败，因为反基督教啊，还要以耶稣基督的名义反对耶稣基督啊，我们在天上仁慈的主，会让异教徒的阴谋成功吗？

　　大家哈哈大笑笑了又笑。他演讲完叫来酒保，叫他去酒窖里给我拿两瓶酒，放在我的车上，让我带回去。回家路上我一个博士生告诉我说，这个酒至少四百块钱一瓶，如果年代对头，还得加个两三百块。回去后上网一查，果然，Bacchus（罗马版酒神）俱乐部卖七百五一瓶。后来我在几个差不多的投资者里选择了他，也许下意识里有这两瓶酒在作怪吧。签完合同当天晚上他请大家去他家开酒会，我没去，他快递给我两瓶酒，并开玩笑写道：Thanks to Dionysus, our common God（谢谢酒神狄奥尼索斯，我们的共享神）。我有点受不了这个玩笑，对着两瓶酒看了半天，终于忍住把它们扔掉的冲动，大概是由于我的穷人天性吧。

　　有趣的是，头两瓶酒刚拿回去，也学洋派，每天回家一进门，就倒一杯酒一口喝干，但不知怎么，这酒就索然无味了。偶然王教授上来看见我门口新出现的小酒柜和傲立其上的酒瓶酒杯，整个人顿时像上了发条，说，哈，single malt，你开始买这么好的酒啦？又得奖了？对头对头，美酒加咖啡，一杯又一杯，大力，你早该生活生活了。于是哼起改了词的《乘着歌声的翅膀》：乘着这青春的尾巴，亲爱的随我前往，去到那谷神的山谷……不对头啊不对头，你怎么没请我喝，那么好的酒？我说，不好吃，你拿去吧，两瓶一起拿走。他说哪有你这种败家子的，想爱上酒，就得 brace up（振奋精神）做一段时间学徒，爱上了就好了，不过今天么，我是要尝尝味道的。顺手拿了一只我不知多少时间没用过的咖啡杯倒了小半杯，一边抿酒，一边给我上了关于 single malt 的一堂课。当时听他专家级别的滔滔不绝，我心里不禁想到，这是个什么怪物，怎么对这种屁事那么津津乐道？有多少本该属于科学的时间，就被这家伙给这么浪费了。当时有种顿悟：这只赤佬，货真价实是伊壁鸠鲁享乐主义者再世，茶酒咖啡鹿血肠酸鲱鱼泡菜番茄带厕所味的蓝色奶酪，李白、司马迁、普鲁斯特、贝多芬、克林特、耶稣基督，甚至他的数学天才，都是寻欢作乐的对象，有没有例外？应该有！爱莓……算不算？爱莓不算，大概就没有例外了。

但他还自称是哲学意义上的享乐主义者，而不是伊壁鸠鲁派的饕餮。

那后两瓶酒，有一瓶还委屈地站在我大壁橱一个角落里落灰。一瓶被我带来上海，觉得会让这帮西方文化崇拜者眼睛里火花闪烁——不知什么时候，我开始想怎么让别人开心了。不过，用这瓶酒讨人欢心，我一点不舒服的感觉也没有了。一样东西，无论如何优异，对外行而言，只有价钱或者迷信才能说明其价值，个中悲欢就是诗人们的领域了。

遗憾的是，杨宗庆、宋幼玮并不是王教授。我忍住没说这酒的价钱，只是说王教授很欣赏这酒的味道。打开酒，像倒葡萄酒似的倒了三个大半杯，边倒边不无恶意地想，要是这两个人沾唇即止，余酒倒了，后来发现一下倒了几十美元，出了洋相，不知会感觉如何。

杨宗庆拿起酒杯，放到鼻下晃了两晃，咻咻深闻，闭眼，不动声色，然后撮唇小啜，嘴唇横着抿开酒液，良久，才缓缓下咽，点点头说，smooth（入口顺滑），然后喝了一小口，斜眼看宋幼玮，大概问他怎么不喝。宋幼玮跟我一样，专注观察杨宗庆的反应，这时边也抿一小口，咂咂嘴，长眉一挑，迅即又喝了一大口，解渴似的咽下，然后满足地张大口长长地哈了一口气，脑袋斜斜一晃，向我竖起大拇指说，好么事，仰首一气喝完了剩下的半杯，抻长脖子，好像帮助下咽似的。这个动作，很多西方苏格兰威士忌爱好者都爱做，不过宋幼玮应该是无师自通，为什么别的酒不会让人这么做呢？

我拿起酒瓶又给他斟了半杯。他没立即喝，晃着酒杯直闻香气，说，要晃得重一点，太轻香味晃不出来的。杨宗庆点头说"唔"，于是宋幼玮晃得愈加起劲。

一眨眼，宋幼玮三杯酒下肚，杨宗庆也喝了两杯，看样子再来两杯也毫无问题。看着他们如此享受，我也喝了一小口，希望重获那第一次喝这酒的美好感觉，可惜除了一股怪怪的、带点后甜的苦杏仁味，什么快感也没有。我第一次喝这酒，真的觉出它的好处来了吗？看着杯中还剩下的半杯酒，想到自己反而会倒掉这大半杯酒，又出洋相了啊！显然他们没人注意我是否出了洋相，都在专心致志地品酒。后来宋幼玮见我不碰酒，问我你做啥不吃？不要省给我们吃的，这一大瓶足够四五个人痛吃一夜的。我说不欢喜，苦。宋幼玮夹手端过酒杯，一口气灌下去，又努力抻长脖子，一下、两下、三下……我开始相信这么抻长脖子有助于品赏酒味。

还好，我没出洋相！我想。不过很快又不自信了。

他们喝了大半瓶酒，杨宗庆终于很有自制力地叫停了，说再喝今天就要醉倒了。我做了几杯浓咖啡，他们一人喝了两杯，都加糖加奶。咖啡是磨好的意大利极浓咖啡豆，似乎开了很长时间但没有喝完。然后两人开始进攻早上阿苏苏咪咪带来的一大堆西点，好像没吃晚饭似的，一眨眼，这么多高级点心都没了踪影。宋幼玮又要茶，我于是去烧水做茶，心想这上海人喝茶，大概是为了遮盖这水的腥气吧，也许解酒有奇效。

我仍然想不出怎么撬开他们的嘴，又不愿放弃这可能是唯一的机会，无奈，便开诚布公说，我此来还有个目的，不知怎么讲。这时醉得双眼蒙眬的杨宗庆目光忽地清澈如秋晨的湖水，而微褐色的眼珠又像两朵跳动的火舌。我突然意识到什么，住嘴，老老实实对上杨宗庆的目光，心里说，你早就在等这一刻了，对不住，让你久等了，呵呵。

杨宗庆微哂，掉开眼光，捧起茶杯，细心地吹开茶叶，茶叶尚未泡开，吹开又重聚，直到叶片获得足够水分开始下沉上浮。实际上吹不吹都一样，但有些喝茶的人却非吹不可，这是一个过程，也是一种享受。

"阿王晓得的，"杨宗庆说，声音沉稳，带点笑意，"两个女儿都长大了，我跟琪琪讲，她欢喜跟啥人过，就跟啥人过，只要她开心。对她，我只能讲一声谢谢，跟了我廿几年，辛苦她了。凡人琐事，俗气。讲几句要紧事体。大力，你还算阿拉新姑爷，我讲闲话就不客气了。听琪琪跟 Miss Tiger 都讲，这个世界上，只有你讲闲话，阿王可能会听得几句。"

说完杨宗庆细长的双眼抓住我，仿佛在求证。芊芊宋幼琪这么说，自有其理，但男人间的关系，有些恐怕非女人所能知，更何况我跟王教授的友谊，超乎语言解释能力。我对着杨宗庆发呆，懵懂里觉得从这双线条柔和的眼睛里，射出的目光却锥子般锐利，心想当年王教授敢给这条汉子戴绿帽子，真是胆大。

杨宗庆似乎求证成功。"大力，你回去跟他讲，他顶讲究生活质量，阿拉这帮吃咖啡的老朋友，不担心的，阿拉只担心他太讲究生活质量，一门心思去讲究，正事体忘记脱咪。我记得老清爽的，一天下半日，他要我带他去看阿拉篮球队训练。正好来第四次西伯利亚寒流，阿拉两个人缩了头颈走路，不晓得怎么讲起诺贝尔奖。阿王讲，诺贝尔奖，小意思，口气噢，轻描淡写！我当时就晓得，阿王这个人，比阿拉高很多档次，要做大事体的。他的所有论文，我一行字也看不懂，但是一篇一篇，包括英文、法文写的，我都收集起来的，整整齐齐堆在我书桌上，就等某一天早上，全世界醒过来，发现阿拉阿王，嗱，一个方程式改变世界。当然，阿王对世俗的成功，不摆在心里的。但是天才，就是老天爷送给你的才能哎，不好浪费的。对阿拉来讲，崇拜了他一辈子，还算是结了善果。"

这算是佛性？还是借辞达意？更有趣的是，这最后四个字是用他吴音浓郁的普通话说的。有些上海人，遇到要表达某些思想性的东西，都会用普通话，好像并不那么是上海话高于一切。

而在同样情况下，王教授会用外语，而且对拉丁语情有独钟。

杨宗庆说完，缓缓出了口长气。显然，这些话，不是即兴而来，大概闷了很长时间没机会说，或者说了，并未应其所望得到理解。套句大俗话，人生寂寞如雪的，所在皆是啊。

我第一次意识到，王教授虽然很少说杨宗庆的故事，但对他是有特别尊敬的。

"余亦能高咏，斯人不可闻。"

李白这两句诗，骤然闯入我心里，原来不懂的，顿时就懂了，而且，我为什么对王教授有那么大兴趣？是不是也是"人生如雪"？哈哈，大俗人罢咧！

王教授如在，大概会说，ah, a case of very enjoyable vulgarity.（一例非常可享受的俗。）

我是不是智性幽默也有点像王教授了？

先前刚开始这段谈话，我就注意到宋幼玮这个巨型白胖子，在一边坐立不安起来，像一只抓耳挠腮的小猴子，但我过分专注于杨宗庆，把他给忘了。这时眼角一斜，发现小猴子不见了，显然已经成功抑制了自己的说话冲动。我转眼看他说，没想到你们都那么崇拜王教授。一句话重新点燃了巨型白胖子的冲动。

"不崇拜阿王是不可能的，除了他自家，大概还有你大力——阿王讲你是天才，我听人家讲，天才都是互相不服气的。阿王是我带来吃咖啡的，算是他的第一个崇拜者。实际上我对伊不仅是崇拜啊！琪琪讲，你哪能不是同性恋啦？假使你是同性恋，你就没有介许多女朋友麻烦哚，阿王一个人就够哚。大力，不怕你笑哦，我刚刚认得阿王的辰光，琪琪老妒忌哎，讲我一天到夜神志乌至（神不守舍），就想讲阿王，连她也忘记脱了。可惜我不是同性恋，阿王也不是，否则阿拉这帮吃咖啡的朋友，完美无缺哚。我不是怪阿王哦。实际上要怪应该怪琪琪，但是阿有人会怪得她啦？小辰光阿奶偏心，零用佣阿拉一个礼拜给两块，给她五块，我两块零用佣，至少一半给她用脱哚。又不是我想给她啰，她问你要，你熬得牢不给她吧？假使我不是她阿哥，我还会……"

杨宗庆打断他。"又要瞎三话四哚。"

宋幼玮略一停顿，不甘心就此打住。"那我就不放屁哚。等等，再放一只屁：长脚阿大，我就看不惯你一点。阿王你崇拜归崇拜，他要犯规么，叫鞭（哨子）还是要吹的呀，否则你这个球赛怎么打得下去啦？你不要跟我咳嗽，今朝当了大力面，我这只屁一定要放出来。大力，你讲阿拉男人家，啥人勿想多 X 几个女人啊？这世界上女人多哚，你想 X 啥人 X 啥人，想 X 多少 X 多少，只有一点，这朋友的女人你勿好 X 的，这叫瞎 X 啊。阿大，你不要跟我咳嗽，我讲几句粗话，又有啥了不起呢？阿拉打篮球的呀，又不是知识分子啰！

"大力，讲给你听这只故事：一天夜头，我跟阿大回他屋里厢，一进去他就换床单，这我昨日看到他刚换过，问他做啥又换。他不响。问了他好几句，他讲，他们要滚眠床，你觉着他们会去哪里啊？我讲，小四眼胆子那么大啊？刚刚括（打）过他十几只耳光哎，面孔还肿了海哚，又来惹阿琪啦？阿大讲，声音老轻哦，不是小四眼。我讲，那么是啥人啊？你讲给我听，我去括他，耳光不够，拎一条脚踏车内胎去，抽得他浑身肿块，出尿也出不出来。阿大随便怎么不肯讲。我猜想是阿拉朋友圈子里厢的，乱猜八猜，猜到啥人他都摇头，猜到阿王了，他不摇头唻，讲不是他不是他。我跟阿大两岁白相到大，一看他这副吞头势（样子）就晓得是阿王。当年不管啥人来惹阿琪，我就去括，括到他们看到我就脚骨抖，逃也逃不动。阿大是党员、队长、干部，我屁也不是，括人只要没人翘老三（死），顶多庙（公安局）里厢去蹲两天。

"我当时就要去括脱阿王一顿，被阿大要死要活拖牢之。我讲，我括过介许多木壳（黑话：勾引女人的男人），你从来没有讲不可以括人的。阿大讲，这阿王两回事体哎。我讲，怎么叫两回事体，犯规就是犯规，你不括脱他一顿，将来朋友也做不成唻。阿大讲，噢，你请他吃几记耳光，倒好做朋友唻。我讲，这做朋友要有规矩的呀，没有规矩，朋友做不好的。阿大讲，那么你怎么不去括琪琪呢？我讲，这是什么闲话啊，括阿琪么要你自家去括的呀，你老婆哎，我做阿哥的，哪能好去括阿妹呢？阿大讲，我是想括她的呀，就是舍不得呀！我讲，你也舍不得，我也舍不得，只好算唻，那么阿王呢？括阿王没啥舍不得的问题吧？大力，你晓得阿大怎么讲？听得我哭也哭得出来。当时情形，我到现在都记得清清爽爽。阿大面孔往左面一侧，眼睛看牢自家脚馒头（膝盖），这种忧伤哦……他讲，阿王么，我也舍不得呀！声音轻得唻，这种温柔哦！我听了眼睛一湿，脚馒头发软，寻了把靠椅，一屁股坐下去。啥人晓得，这把靠椅不牢靠，哗啦一记头坍架了，一根椅子脚戳了我屁股一记，戳出血来了，不过还算好，假使再往右歪两公分，我就要做一次 faggot［詈语：同性恋；原意：（宗教法庭处死异端的火刑所用）柴棍］唻。"

杨宗庆打断他。"好唻好唻，瞎七八搭够了。"宋幼玮嘴唇动啊动的，不知说了些什么，看来多年以来，他就是杨宗庆的小兄弟。杨宗庆又说："阿玮嘴巴凶，真的要他到阿王面前去掼他耳光，他掼得出去呒？阿玮，你自家讲，你是不是掼得出手？"宋幼玮嚅嚅，有顷，又瞿嘴道："小四眼，我掼过他多少耳光啦，还是窝上来要跟阿拉白相。"杨宗庆很有风度地没追问一句：他们俩是一回事？宋幼玮自觉修正说："就算我掼不出手，意思要到的，不能犯了规不吹叫鞭。"大概还觉得少了些什么，稍停又加了一句："X他娘，阿王这只赤佬太妖怪，不管啥人认得他，都要拍他马屁。阿王顶欢喜这个人嘲嘲、那个人刺刺，就是没人背后骂他的。大概阿大是没讲错，天才有特权。他有特权，阿拉就应该心甘情愿做牺牲品，还要觉着自家运道好，X哪。"

杨宗庆看着我摊摊手，表示无可奈何。

后来芊芊告诉我，宋幼玮十三四岁时，在少体校淋浴室里，把一个对他有"性"趣的教练踢得下身出血。当时还不知道什么是同性恋，就汇报上去说这个教练做"恶心"事。正好撞在整顿社会治安的枪头上，这个教练被发现跟五六个少年有不正常关系，结果被判死刑，跟三四十个罪犯一起上电视高调判刑，轰轰烈烈游街枪毙了。自那以后，宋幼玮就特别欢喜开有关玩笑。不过，没有人认为他有同性恋倾向。

宋幼玮十三四岁时，中国就普及电视了？

杨宗庆抱歉说，新姑爷第一次上门，就在你面前晾自家的腥臜短裤，真不好意思。

我心下说，这脏短裤可对我别有意义。

我原来只是听王教授讲他的咖米，没第一人称概念，现在有了，还很有"人味"，不像文字材料描述的那种，无论用意正面与否，都太受某种模式框架，看到的多是意识形态裁缝过的写手欲望。

没人问"咖米"是什么意思，看来都懂，不知道为什么不用这个词了。

有一阵尴尬的沉默。然后杨宗庆若有所思地说："阿玮，大概阿拉括琪琪的教练是括错掉了。这个教练不是那种人，是琪琪主动的。我想来想去，琪琪的初恋，结束得那么粗暴，她可能下意识里就一直认为，这个教练才是自家真正欢喜的人。实际上介许多年了，不要看她欢喜过介许多人，她并不开心，可能她自家也没有认识到，你讲有道理吗？"

宋幼玮哼了一声"天晓得"。有顷，又更正以"天也不晓得"。

这段谈话戛然而止，也不知道我是否得到了自己想知道的东西。又乱聊了一回，两人酒略醒，告别而去，我把剩下的酒塞进宋幼玮的包里。出门走了几步，杨宗庆又走回来叮嘱我，一定要多劝劝王教授，不要随意挥霍自己的天才。我只得苦笑笑说，我努力吧，还用上海话说："我也是阿王的崇拜者。"

那一夜都没睡好，有一种莫名其妙的烦躁，还有点隐隐的骚动。不知是对王教授有了更深的了解，抑或是对自己跟芊芊的关系看清楚了，还是突然看见了生命的脸面，那分不出是慈祥还是阴险的微笑。

第四十四章

第二天是去拜访倪翠葆。将要出门时，倪怀恩和小四眼姚奕尔敲
门进来。倪怀恩来，我想得到，但姚奕尔却大出乎意料。他们说在外
面等了一会儿，估计我起床了，才敲门，说是一起去吃早点，隔壁有
一家弄堂阿姨小摊头，专做大饼油条粢饭糕，生意来得个好。出门转
进不远一条弄堂，果然见一条长队，前面一只柏油筒改装的烧饼烤炉，
里面炭火正旺，烤炉边是一大锅油，细长的油条一半在锅里滚，一半
在筛子里滤油，跟我家边上的早点摊子一模一样，不过那家摊子叫上
海大饼摊，据说是学上海人的，而上海人却号称正宗江苏高邮烧饼的
传承。姚奕尔告诉我说，这家开店的阿姨是上海人，原来家里就是开
大饼摊的，后来从纺织工厂下岗，就自己开摊，人信得过，不会用地
沟油，而且油条不会粗如儿臂，里面炸不透，吃着黏牙，虽然贵一倍，
但生意最火。这是我第一次听见"地沟油"这个词。

这是我回国吃过的最好的一顿早餐，也最便宜，心想这上海人真会
待客，贴心周道不说，还暗含一点思维技巧，有心人不知不觉就受教了。

吃时注意到烤炉后一条长案，一个十三四岁小女孩，一张清水脸，
头上编两根牛角辫冲天飞起，杨柳青年画里的那种，在上海大概是绝
唱。她两只细长的胳膊在案板上飞来飞去，十根指头弹钢琴一样快得
眼花缭乱，揉面切面做油条，好像心里哼着曲子，手指和着韵律节拍，
快乐地舞动。不时有食客过去跟她说些什么，我只听到她阿姨孃孃爷

叔阿婆阿爷乱叫，很快乐的样子。姚奕尔见我看着有点着迷，告诉我说，这是老板的女儿，十四岁就考进了南洋模范，刚进了奥数队，这一带人都极其欢喜她，走过来走过去都要逗逗她。姚奕尔说上海人看见一个又乖巧又会读书的孩子，那就会"欢喜得眉毛都落脱了"。

　　我说，你小时候也是这么受宠吧？姚奕尔笑笑，没接话头，却带我走过街口，拐进一条小弄堂，指着一辆尼桑车说，今天我们送你。我客气了一下，三个人就上车出发。倪翠葆已经不住在复旦教授宿舍了，王教授给我的地址现在空关着，看来王教授并不知道。

　　上海的道路系统极其不规范，我也算半个上海人，却完全没了方向概念，干脆不再尝试认路，跟两人有一句没一句地瞎聊。我猜想他们想跟我说什么，但不知道是谁，猜想该是倪怀恩，大概想去美国念书什么的，要我在王教授那里帮他说话。上路不久，我发现姚奕尔车开得非常好，便恭维了两句。倪怀恩说，小四眼爷叔是上海最先买私家车的，这辆车开了十来年了，还像新的一样。姚奕尔说，他最欢喜修车改车，这辆车身上几乎没几个部件还是他买来时就有的，送到修车店没人能修，偷也偷不走，被他安了遥控装置，一有人动，他就知道，立即锁定，连门都开不开，窗也摇不下打不碎。一次一个偷车贼就被锁在里面整整两天，因为姚奕尔走去抓贼时摔下楼梯，小腿骨裂，送去医院手术，打了麻醉，睡了一天多才醒。幸好不是夏天，偷车贼没死，只是精神折磨得几近崩溃。姚奕尔打开车门时，偷车贼好像虚脱似的，啪地跪下，用他的江淮口音说，我的大爷欸，你要弄死我，给一句话就行嘞，我会自杀滴欸，不要这么弄欸，我们贼骨头也有人权滴欸。

　　倪怀恩学得江淮口音极其滑稽，我好好笑了一回，问姚奕尔是不是把偷车贼送公安了。姚奕尔说他本来想送的，但偷车贼说先给他买点吃的，他保证跟他去公安局，绝不逃跑。姚奕尔看这偷车贼长得眉清目秀，穿着土气却很干净，像个重点高中的学生，就带他到这家大饼摊吃东西。

　　姚奕尔说他印象最深的就是，开始他吃饭吧唧吧唧山响，见姚奕尔皱眉头，立刻发现了原因，此后吃相就文雅如"故"了。吃完，偷车贼说，去公安局吧。姚奕尔说，你会不会计算机。偷车贼说，家里没有，以前学校里，每个星期只轮得上用一小时，还是个386。原来这孩子是因偷这架计算机被开除学籍的，偷了三次抓了三次，第四次偷了就搭车跑上海来了，发现大家都用奔腾机了，看见姚奕尔车门没关牢，就开门坐了进去，说姚奕尔这辆破车，不值什么钱，换个二手奔腾机还凑合。姚奕尔说，我有个小公司，搞计算机软件开发的，你想不想试试？工作了有半年，表现很不错，直到有一天敲门到姚奕尔住处，把一大叠人民币轻轻放在桌上说，都在这里，一分钱没少。原来都是偷的公司的钱，有近四万块，当时是一大笔钱。姚奕尔完全不知道他是怎么偷的。

姚奕尔好奇心大起，上上下下打量他。他说，别看我，我不会脸红的，我是贼，兄弟姐妹也是贼，爸妈爷奶都是贼，祖传的手艺。姚奕尔问，那你偷了还还我？回答说，你对我像自家兄弟，偷了你肚皮里头不快活。姚奕尔又问，那你还偷？回答说，看到钱不偷，罪过。姚奕尔把钱推给他说，拿钱走人吧，以后偷得多了，再还我。那偷儿思想斗争了一番，拿起钱说，算我借你一次高利贷。

后来这偷儿常来他这里蹭饭，倒成了朋友。后来有一年多没来，再来时已经服了一年几个月徒刑了。姚奕尔介绍他给他一个中学同学，美国回来，会些黑客的手段，于是这个偷儿上手就成了一个黑客，表面上是计算机安全顾问，还小有名气，连房子都买了，大概是靠黑客手艺挣的钱，倒也没再进公安局，可能小偷信息化，变成了大偷。不过他的老师、姚奕尔的同学，现在正在服五年徒刑的第三年。

我说什么时候你介绍给我，那么有趣一个人。

姚奕尔说不行，你对他没恩，要认识了你，又欢喜你，非偷你不可，哪天你查银行账号钱全没了，一热血沸腾就上北京，我的科学罪过就大了。我顺便转个话题，问他大学是不是学计算机。他笑笑说，你要对我有兴趣，得专门跟我吃一次茶。我说好啊，明天吧。姚奕尔看我兴致勃勃的样子，不像口惠，便不响了，专心致志开车。

倪怀恩代其立言。姚奕尔没念过大学，计算机是自学的，公司已经卖了，据说一辈子吃喝，如果不赌不嫖不做滥好人，够了。我说，可惜了，也许你卖掉了中国的微软。倪怀恩说，当时大家都劝他别卖，可他说他想每天喝咖啡听歌剧逛小菜场做假古董上网玩攻克五角大楼，对这个世界不负任何责任，赤条条来去无牵挂。我说，这怎么可能？老婆女儿总要管的。倪怀恩突然没声了。我坐在后座，前排两人什么动作都没做，但突然间有某种无形的紧张使两人身上肌肉紧绷。

我以为"女儿"两字大概证实了他的某种怀疑，对自己说不能再肆无忌惮地刺探他人隐秘了。

"我这一辈子毁在了两个我最欢喜的人手上，"姚奕尔说，"两次婚姻失败，说得好听点，叫'曾经沧海难为水'，难听点，我……勿来塞唻（不行了）。做啥不考大学？我从小数学竞赛，都是第一名的，对自己的天才毫无疑问，直到认得阿王——我对自己脑袋的自信，一点都没了，只想这一辈子混混过去。卖脱公司后五六年吧，我突然意识到，好像这一辈子见识过的大牌科学家工程师也不少嘛，跟他们竞争，没问题，阿王那样的，世界上有几个？我应该考大学的。也许我已经是美国大学教授了。这么一想，我再吃咖啡么，没味道唻。逛小菜场，买了小菜回去，不想做了，没劲了。原来我最欢喜贝多芬的五大钢琴协奏曲，这辰光再听么，都是嘲笑我啊：没用的东西！没用的东西！"

随后两句话是用贝多芬第五钢琴协奏曲起始乐句哼出来的。第五又称"皇帝"，主题也是大作曲家一贯地跟命运斗争，宏大华丽像革命庆典。

沉默良久，姚奕尔突然笑问："晓得我名字的意思呕？暗含一句诗，'我劝天公重抖擞'。这也是我的网名，不晓得大力你上网吗？"我觉得他想告诉我什么，便反问，现在谁不上网啊？姚奕尔不响。旁边倪怀恩说："小四眼爷叔讲的，不是一般的网。"我顺口追问，那是什么网？Deep Web（深网）？你也成黑客了？姚奕尔嘿嘿笑了两声，就不再说话了。

到倪怀恩家了，下车时他低声对我说，你再见到他，代我跟他说声"对不起"。见我莫名其妙，又解释道："小时候我对爸爸一直不礼貌，实际上我是伤心，没有父爱……"然后泪水哗地流下来，忙转过身去，双手捂住眼睛，走开了。

倪翠葆要见我，大概倪怀恩是背后的推手吧。

第四十五章

一进门，倪怀恩就拉着姚奕尔上楼去了，说是有计算机问题要讨教。看来姚奕尔是常客。

倪翠葆接过我递交的信封，顺手放在一边。我说，你不要我带几句话回去吗？倪翠葆的笑总是微嘲里带点神秘意味，一如我当年上她课时。她说，你不是要我念信给你听吧？不等我发窘解释，她略举手示停。"不论这封信里说什么，我都有准备——我准备了十几年了。"然后就扯开话头，问起我的工作生活，还十分坦诚地希望我婚姻顺利，说婚姻不顺利，其他的再顺利都不……呵呵。

她头发还是那么浓密，梳得一丝不苟，像一顶帽子戴在头上，风吹不动。唯一的变化就是额头上细看，有丝丝皱纹。她说还记得我当年来旁听她的课，但记得我只听了半个学期，大概不够深。我说是学校让我去北京参加一个外籍专家开的学习班。我根本没料到她还记得我：上百人的大课，我又是旁听生。她问我她搞的光学仪器跟我的专业有什么关系。我说当年我想挤进当红的一个领域，血管内光纤造影，是电子、计算机、生物医学、光学仪器等诸多领域的交叉地带。她问我怎么没往那方面走。我说我那学校这方面力量一般。

谈话倒也热烈，令我回想起第一次上她课时，几乎没怎么听她讲课，就完全被她知识女性的优雅风度迷住了，相比之下，宋幼琪逊色多矣。不知道为什么王教授会舍她而去。也许个中因缘，不足为外人道。

没有涉及任何令人不快的话题。十点半左右来了一个中年妇女，是来帮忙做饭的。她道歉说今天不能亲自下厨，不然可以自己判断，是否她的厨艺把王教授赶出了家门。这个玩笑让我措手不及，因为我一直在避免任何涉及王教授的话题。我问她是不是做苏北菜。她说是江淮菜，俗称淮扬菜，苏浙菜是江淮菜的外围。我说我不懂饕餮术，只是吃了王教授的菜，才知道有那么多讲究。她问我是否常吃王教授做的菜。我说那怎么好意思。她说没什么不好意思的，他最欢喜做菜给人吃，客人高兴，他比学术得奖还高兴。然后她正色说，今天请我见一面，是想了解一下王教授近况如何。我不知怎么反应才对。她完全看透了我的心思，说她并不对挽回婚姻抱任何希望，但也许出于惯性吧，王教授过得怎样，她还上心。另外，她想让我告诉王教授，淘淘孺慕之心很重，不要因为小时候他不懂事，就忘了现在孩子大了，情况会完全不同。

淘淘应该是倪怀恩的小名。

她问我王教授有没有跟我提起过儿子。我说提起过，没多说。她笑笑，说淘淘还是他爸爸的儿子啊，从小也没跟"徐汇区"那些人来往，后来去了一次爷爷家，正好碰上阿苏苏带女儿去串门，一下子就被那母女俩征服了，说爷爷家那里，上海话英文夹着讲，好玩，我们这里不准英文中文夹着讲，没自由。我问她是不是不习惯"徐汇区"那里的殖民地文化味。她知道我想问什么，说她是不习惯那种文化，不过跟殖民地风味没关系，而是她过分注重她的专业，对那套像做大事业一样吃咖啡做法式土豆沙拉的生活方式没兴趣。至于现在儿子会怎么选择，她没意见，只要淘淘开心就行。

我很怀疑她真会让淘淘变成一个白相人。

我跟她讲了不少我跟王教授的交往，她听得很仔细。渐渐地，她沉入某种思绪，我一个故事讲完了，她还没意识到，也许她已经不在听了。我住口，让她沉浸在自己的恍惚里。三五分钟后她"咯噔"一下，回过神来，说声抱歉，从小就有这种突然白日梦游的毛病。我说，家里有佛门居士吧，遗传里有禅定因子，不知顿悟了没有。她笑骂了我一句，说怪不得他欢喜你，你很像他，都有点那种坏，叫什么

intellectual viciousness（智性之恶）。我说我是跟他学的。她说这种东西，哪里是学得会的，我学了二十多年都没学会。顿了一下，又问，听说这方面，女儿比她父亲还厉害？我没想到她会把芊芊扯进来，因为芊芊是王教授出轨的产物。

她见我没立即回答，道声歉。我说没错，女儿比父亲高一个量级，我就是被这个绑架的。她说她当年也是的，最欢喜听王教授月旦人物针砭时弊。还在写作组时，有工人理论家问他，哲学论述和文学比喻有什么区别。当时正批"英雄史观"，就是历史是人民创造的还是英雄创造的。他就解释说，说"历史是英雄创造的"，就是一个粗浅的哲学论述，唱"大海航行靠舵手"，就是一个通俗文学的比喻。那个工人理论家还是不懂，问，为什么"大海航行靠舵手"不能是哲学论述。他说，如果这是哲学论述，就是"英雄史观"了，毛主席最反对英雄史观。当时在场的十来个人都不吭气了，因为这要是上纲上线的话，他进牢监都是轻的。

后来一个也是复旦的老师，表面上跟王教授是不错的朋友，偷偷打了小报告，说他讽刺毛主席。那个工人理论家很有义气，叫去问时，一口否定有这么回事。叫大家来对质，大部分人都说当时都忙各自工作，没注意——这不容易，因为他在写作组里面人缘并不好，很可能大家还是惜才吧，再说都知道他没政治野心的。问到他了，他倒好，王顾左右而言他。不知他怎么就猜到是谁打小报告的，便随意问他，你说"舵手"是不是毛主席。回说是。他又问，难道毛主席不是英雄，没有创造历史？那人不敢回答。他又问，你老是欢喜讲阮籍评汉高祖的那句话，"时无英雄，遂使竖子成名"，你是说我们时代没有英雄吗？这当然是强词夺理，不过符合当时的"文革"逻辑，也算是以其人之道还治其人之身吧。当时那个人腿就发软了，满脸充血，呃呃呃呃的，会后不久就晕了过去，送到医院抢救，脑细血管破裂，出院后有年把差不多是半瘫，复原后就发配到一个区图书馆去借书了。

写作组里的人从此都很忌他，后来他在那里也待不住了，下放到中学去教数学。我只是记得他当时坐在那里，跷着二郎腿，捧着一杯茶，那种自言自语式的、慢声轻气娓娓道来的雄辩：唔，"文革"，峥嵘岁月；唔，"文革"是灾难，峥嵘岁月都是灾难岁月，没有灾难，峥什么嵘？有峥嵘岁月，才有书生意气、书生意气啊！

我从来不知道王教授还有这么一次"一言杀人"的历史。如果因缘际会，恐怕也会是个凶人？

从回忆中醒来，倪翠葆有点讪讪的。"说到顿悟，倒是有过几次，每次新的顿悟都把前面的顿悟给'顿悟'掉了。其实，不'顿悟'最好，要知道哪里做错了，又无法回过去重做，那不是给自己找不快活吗？"我说，我上你课的时候，常听见下面学生相互讨论，说找女朋友就要找倪老师这样的。我言外之意是她大可不必被过去套牢，追求她的有的是。她又点点我说，又坏了。然后长叹一口气说，倒不是没想过，可是，我哪里再找得到一个王则雍啊！

我这时才意识到，这是我第一次听人用中文称王教授的大名，当时以为是则庸，便说，这太名不副实了，王教授哪点像"黄金分割线"哪，分割黄金线差不多。英文"中庸"有时译作 golden means，中文意译就是"黄金分割线"。倪翠葆说，不是中庸的庸，是"雍也"的雍。见我不解，又加道，雍容大度。

我脸也来不及红了，反正死猪不怕开水烫。我也读过《雍也》，只不过脑子里联系得没那么自然而然。

她又说，我也是跟他谈了一年恋爱才知道他名字的，以前都叫他绰号。他一年级写过一篇文章，讲的是马克思评介法国百科全书派的历史贡献和局限性，很受老校长器重，送出去发表了，私下里跟系主任开玩笑说，年纪轻轻，数学头脑加哲学头脑，还那么渊博，可以起个绰号，叫"两脚百科全书"，传了出来，有同学恶作剧，说哪有六个字的绰号？取两个字，百脚。他最讨厌这种叫百脚的虫子，凡是叫他这个名字的，都打入另册，于是别人只敢在背后叫他，我大概是唯一敢当面叫他的。

倪翠葆说到这里，一种满足感沁出眼光来，看得我有点心酸。

她略停顿了一会儿，自嘲道，怎么今天话那么多？然后又继续话多。

他家兄弟姐妹都起的好名字，则大、则度、则雍，（呵呵，你大概猜得出这家人家如何度过那么多政治灾难的了！）两个女儿也用男孩子排行，则琚、则理，实际上暗含"居里夫人"，但加了女孩子排行的玉字。那四个，都极端聪明，都学工，现在都主持大项目，只有他，异数，而他家从小对他寄予的希望最大。爹爹每次讲起他，都长叹连声，到现在还是这样。我问，倪老师还常去他家看看？她说，爹爹还是认我这个媳妇的，虽然跟"她"家是世交。

我理解这个"她"指宋幼琪。她又说，则雍大才，自己太不当回事，还说我主张贡献人类，是儒家价值观加基督教人类中心主义，应该读点佛经，破破"执"。我读了，没用，继续"执"不说，还"执"得不快活了。

这次来上海，王教授家一个人都没去见。王教授自己似乎也不太愿意回家，是否因为想到老父亲的失望，自己又无法也不愿改变自己？

余下的谈话很轻松。倪翠葆有北方女子的爽快，一点不像我以前对她的"工于心计"的印象。而且，十分博学，是传统的知识分子，不是专业训练过度的、只知其本行的专业人士。当然我知道不能据一次谈话判断一个人，但午餐开始时我觉得王教授跟倪翠葆应该是"的配"。这样觉得对不对，我不知道，反正我回去以后，一定要说服王教授跟他儿子恢复联系——我原来并不知道两人没有直接联系。

午餐开始时倪怀恩往一个大饭盒里装菜，说这个阿姨从来都拒绝上桌，弄点给她带回去吃。

倪翠葆给我盛了一小碗汤，雪白雪白的，面上飘着十来颗碎葱末，看着开胃。我虽然受王教授的影响，能够接受葱蒜洋葱等荤辛，但谈不上欢喜。倪翠葆说都是葱绿，没有葱白，大概是考虑到我家乡口味偏甜。我喝了一口，果然葱末颇能拔味。她说这是一道有名姓的淮扬菜，叫文思豆腐，不过她家乡都叫"豆腐线线汤水"。她用苏北方言发的音，令人解颐。我问这个阿姨是不是扬州人。倪怀恩说是河南人，一手淮扬菜都是我妈妈一个菜一个菜教会的。妈妈说我爸比她还会做菜，你吃过他做的菜，好吗？我有点说不出话来，只是嗯嗯嗯地点头，作为掩饰，很认真地喝汤。

这母子俩生活的一大内容，大概是想象王教授突然回家时的天伦之乐吧。任何人犯规的自由，都意味着别人付出的代价。能不给人犯规的自由吗？犯规需要勇气，不犯规就不需要了吗？犯规的勇气，不仅是自己愿意接受惩罚，更是忍心看他人为自己受苦受难，而对前者大多数犯规者有充分意识，对后者则有意无意避免直视，因为一旦直视，需要的勇气则成倍增加，犯规成本就得重新计算。

我偶尔也会"哲学"一下，每次这样都很影响我享受生活。用王教授欢喜引用的一句话，浪费是极大的犯罪，这桌精致的菜被我浪费了。

送我出门时倪翠葆像母亲一样伸手摸摸我脑袋，说，好好照顾自己，顺便也照顾照顾他——爹爹曾说过，雍雍精于生活，拙于生命。

我琢磨这句话，到倪怀恩关上车门才注意到他没上车。他说他留下来陪陪母亲。"我母亲命不好，"他笑着说，"我要是跟芊芊姐姐一样聪明，她也许会好受一点。"

第四十六章

一路无话。送我到了七七家门口，姚奕尔说，去喝咖啡吧。我说好，两人就近找了一家只坐得下七八个人的小咖啡店，门口写着"自烘焙"，卖得比"酸鲱鱼咖啡店"还贵。

"还在难过？"这是姚奕尔坐下后的第一个问题。

"说不上难过，思考。"我掩饰说。

"思想者是受难者的同义词。"姚奕尔似乎在引用什么名人名言。

我说："你是告诉我你心理上受过大苦难。"

"不仅是心理上。'文革'后我被列为'三种人'，关了九个月，还好没判刑，出来后被开除公职。反正全世界都一样，大人物犯罪，中人物认罪，小人物受罪。美国不也是嘛，都是穷人的孩子上战场做canon fodder（炮灰）——这个词都是他们发明的。"

我理解"受罪"指小人物不得不承担大人物犯罪的恶果。

咖啡很不错。姚奕尔问我要不要点心，说这家店自制的咖啡蛋糕不错。我摇摇头，问他，你很欢喜哲学吧？他笑笑，好像跟我认真解释说，我不是很笨，真的。这比直接骂我还厉害。我忙补救说，响羚羊对你评价很高，五十一的高才生，卖相一脚去了，像"小树林里一棵挺拔的白桦树"。他撇了一下嘴角，手指摇摇，表示他是幽默。但提及响羚羊，姚奕尔脸上浮起一片温情。我问他为什么不跟她好。他说好过几个月，但他没野心，而响羚羊心气太高，好像一辈子都应该用来证明什么。略顿，又加道，你大概也知道，凡是阿琪谈过的朋友，响羚羊都要去谈一谈——我们都叫她"阿琪跟屁虫"，其实还要加上阿王。我说，响羚羊说王教授从来没对她感过兴趣。姚奕尔哼哼了一声说，从感情上讲，也许没错。我理解他暗指两人也有过肌肤之亲。姚奕尔看了我一眼，似乎知道我在想什么，说，我们当时羡慕西方生活方式，相当彻底，完全没有分辨力。

但姚奕尔的兴趣在跟我打听美国计算机工业的各种信息。从他的提问看，他对这个题目比我熟，我似乎唯一能提供的就是美国人工智能研究的最新动向，因为跟我的研究项目关系很大。我说自六十年代以来，该领域红火了二十多年，巨资投下，但预期的突破始终没出现，于是八十年代初进入低落期。不过已经深陷其中的专业科学家为自己的信念或饭碗，只得背水一战，十来年过去了，互联网的迅速发展，终于看见了突破的曙光。从姚奕尔兴奋的样子看，这是他久已预期的。我说，你公司也关掉了，还关心这个？他说，我关掉公司，部分原因就是好全副精力玩互联网啊；人工智能没个大发展，越玩越没劲了。

我感觉他心里痒痒地想告诉我些什么，但我一问，很可能就把他说的欲望逼没了。于是我精致地品着咖啡，用了不少王教授品评咖啡的专业术语。不一会儿，姚奕尔凑近桌子说，讲给你听也没道理的（不打紧），反正美国人也不会到中国来捉我的。说完两眼抓住我的眼睛，好像我的反应很重要。我显出莫名其妙的呆相，什么话也不说。他似乎放心了，看来不是个做职业间谍的料。他神秘兮兮地说，声音很低：我在跟 CIA 白相官兵捉强盗（捉迷藏），现在可以一记头（一口气）入侵三层防火网，四层也快了——据说 CIA 有些部门就四层防火网——我们的问题是速度还跟不上，软件不够 powerful（有力）。他说他找到两个浙江乡下小赤佬，编程能力特别强，但英文不行，他们合作，跟美国黑客 PK，要穿透 CIA 网格，找到秘密文件，全世界乱撒，让他们损失个几亿美元。我说 CIA 绝密文件都不联网的。他说是，可 CIA 人员都要用网的。我说，你知道谁是 CIA 谁不是 CIA？他说，CIA 很多人都住在弗吉尼亚几个区域，只要监视他们的电邮，这很容易，很快就知道谁是谁，把他们的电邮用程序分析一下筛选一下，不用得出任何有用的结论，撒到网上去，自会有人利用的，于是很多计划都得改变，甚至可以使这个间谍机构运作陷于基本停止。他说得兴奋之极，神叨叨的，我不敢相信，但谁知道这小子是不是天生的自发网络间谍呢？我的确听说过 CIA 被黑客逼得全面停工的故事，至于电影，就表现得更邪乎了。

我说 CIA 看来很没用啊！他摆出一副"这你就不知道了"的表情，告诉我他无数次被 CIA 网卫反追踪，狼狈逃窜，怕被发现真实 IP 网址，但有几次还是没逃掉，被他们"烧掉"了全部计算机及其相连辅件。听他的口气，至少已经损失了七八套计算机设备了，但他还做不到以同样的方式反击，因为不知道 CIA 是怎么做到的。看来他问我计算机科学最新动向、人工智能的发展，就存了学习这个心思。但我爱莫能助。我的感觉是姚奕尔十分聪明，但不是搞学术的那种，也许做黑客最合适。他还提到被中国相关机构追踪，好像"黑"美国人他们心疼似的。我说你什么时候变成爱国"愤青"啦。他"哧"了一声说，中国又不是啥人的自留地，X 哪。

我有些厌倦这个题目，无师自通地冒出一句，你是不是网上赚钞票啊？他立刻警惕起来，说规矩是互联网上的事体，啥都好谈，就是钞票不好谈。我说那我就不问了。停了一会儿，他忍不住，问我是否要洗钱。我说我的钱都是干净钱，都投到 high tech upstarter（新高科小公司）项目，该交的税一分不少，好像收益还过得去。他仔细问了我的投资方式，最后说，你的钞票蛮好的，安全，效益也不错，就是没啥好白相，不刺激。我又问，如果我网上赚了钱，不想被任何政府知道，怎么收账。他嘿嘿嘿地直笑，说你现在晓得哪能（如何）问问题了。听了他这句话我才知道，前面他不愿回答我的问题，换个方法问，他都会回答。

据他说，前苏联东欧地区，特别像阿尔巴尼亚、拉脱维亚三国，乌克兰白俄罗斯，现在很乱，人跟中国人一样瘫板（差劲）一样贪，但没中国人勤劳，而且都是黄鱼脑袋，崇洋，有时一瓶威士忌高尼亚克就能敲定。买几张身份证，开许多账户，钱汇到这些账户后立即自动转到另一个账户上去，然后立刻取钱或转到合法账户上去，再把这些账户关掉。我说，那么容易？他说，现在还可以，过一段时间就不行了，国际刑警盯上来了。比方说，阿尔巴尼亚由于集团犯罪走私女人小孩去欧美做性奴，现在全国都受制裁，银行汇钱都停了，很快就是禁地。不过你有政策我有对策，全世界都一样，就是难一点而已。

乱聊了一通，我打算走人，但似乎在这个话题上结束我俩的"一道吃咖啡"，不惬意。我说，你好像跟倪怀恩走得蛮近，你觉着我怎么跟阿王讲比较好？于是他一张"网上流氓"的脸变回了"咖米"，思想者＝受难者的"咖米"。

姚奕尔问我，怀恩这个名字，你以为是啥人起的？我只好按我原来的猜测回答说，应该是他外公外婆吧——也许是倪老师？他说对，是倪老师，你猜，怀恩的"恩"，是啥个"恩"？姚奕尔这种说话方式颇粗糙。我忍住性子回说，总不外父母之恩吧。他得逞似的笑了，说不对，是夫妻恩爱的"恩"，很性感，嗯？我愕然，实在想不到会有任何人给孩子起这样的名字。他又说，吃中饭的辰光，你几次想哭，是不是啊？不等我回答，他又断然道，这点像我年轻辰光，老欢喜伤感、忧郁，诗人气质，呵呵，都是法国小说看出来的。我心想自己看过很多法国小说，从没哭过，倒是看狄更斯有几次流泪。姚奕尔又说，但丁的《神曲》，英文是 *The Divine Comedy*——神的喜剧，巴尔扎克的小说，统称 *La Comédie Humaine*，《人间喜剧》，是喜剧吗？我说实际上都写的是悲剧。

我心里想，这家伙模仿柏拉图啊，滑稽。

姚奕尔却整个人都灿烂起来了，满脸意气风发，都说他当年是红卫兵风云人物，可信。

"再来两杯咖啡，"他打了个响指，叫来侍应生，"一份 brownie（一种深褐色、十分干燥的用古巴砂糖和面粉的糕饼），一份 Boston coffee cake（波士顿咖啡蛋糕）。都一切二，一人两个盘子。盘子小一点，蛋清底色有两朵梅红花样的那种。"

侍应生懒洋洋地应道，晓得了，姚先生。

"作家为什么要以喜剧眼光看悲剧呢？因为觉得深刻，与芸芸众生不同，这是第一重误会。"他换上了上海腔浓重的普通话，大概这样更"哲学"一些。"再跳出悲喜剧二元论看看：生活有悲剧也有喜剧更有无数不悲不喜的剧，用悲剧或喜剧来框架生活，是不是 imposition（强加）？是不是割裂？这是第二重误会。再看第三重误会：思考生活，不得不使用概念，而概念 by definition（从定义上说）就是割裂，就是 imposition（强加），也就是说，你要思想，就必须误会。那么，有没有可能不思想呢？不可能。人之为人，就是能够思想，也就是说，明知思想是误会，还不得不误会，这是第四重误会。为什么不得不思想呢？因为人认为思想可以改变世界，但思想究竟改变了世界没有呢？于是又有了第五重误会……"

我没了听下去的兴趣，但还有兴趣观察。他立论推断都很成问题，他从计算机编程和黑客实践里得到的相当不错的逻辑能力，并未成功"转嫁"。但他的认真和激情，却有动人之处，令人想见当年的红卫兵。

我找个机会打断了他。"你大概很崇拜伏尔泰吧，一进咖啡馆就灵感泉涌雄辩滔滔？"

他有点茫然：从被打断的挫折感里恢复过来，通常需要一点时间。他机械地回答道，他不崇拜任何人，虽然伏尔泰很有诗意，也……然后他戛然而止，因为恢复了过来。他让嘴角露出一点微笑，好显得没有一点"气急败坏"，这让我想到，他很可能在某些思想沙龙里有过多次这类的经验。

我有危机感，怕谈话转过一个危险的弯。

"你的'误会说'，让我觉得你是不是对宿命论很有兴趣？"

他点点头，似乎得到某种承认。"不过我不相信宿命论，"他说，"但我相信，有的事情，不作为比作为好。"

"虽然误会不可避免，但不作为，误会就无从发生——不知道我的理解对不对？"

"误会已经发生！但不作为，误会也许不产生更多误会。"

"具体到……这件事情上呢？"

"倪老师爱的是一个温馨的家，但她误会是很爱她丈夫；淘淘爱的是他没得到的父爱，但他误会是爱他爸爸。声明一下，这两个人，在我的《神曲》里，都是上天堂的人物。"

"我懂了，谢谢。"

咖啡和点心端了上来，但胃口却没有了。

快分手时，他拿出一张照片，五六岁的女孩，仔细看，芃芃的模样依稀可辨。

"不管你会不会做她的姐夫，可能的话，照顾照顾她。"

我愕然。他点点头，"我晓得的。琪琪老早就讲给我听了，但是芃芃不晓得我晓得——她自己大概也不晓得。"略停，又添道："我房产证上，有她的名字。我还想赚钞票，也是为了她。"

我又伤感了。这一辈子，好像伤感的次数也没这几天多。

"你对……她，仍旧……?"

他点点头。"这是个误会。又没办法不继续误会这个误会。"

我跟芊芊，是不是误会的误会呢？

美丽的误会，没有它人生将了无生趣，我说，也哲学一回，有悲壮感。

后来每想起这句话，就想起一个同事说的：popular philosophy is the curse of philosophy（大众哲学是哲学的诅咒）。

我的自解是：诅咒又怎么样？哲学也要服务人生。

第四十七章

芊芊来了个电话。我以为她心思重，又有控制欲，怕第二天我去她家会"落到宋幼琪的陷阱"里去——在她心目中，她妈永远都在给人设陷阱，跟所有其他人对她妈的评价大相径庭。可是我预料错误，她说她想到西雅图去接我，怎样"接风"。很不幸，我的理性精神又发作了，说有必要专门去接我吗？她啪的一声摔了电话。我先语言自虐一通，然后责任感十分强地等在电话边，直到她又打回来。我不等她开口就抢着说，我是想去你那里看你。她明知是口惠，还是高兴地消了气，说账簿上还是要记一笔的。我说我现在算是懂得怎么谈恋爱了。

第二天在芊芊家度过了大半天，吃了中饭和下午茶才走。整个过程其乐融融，心想娶这样人家的女儿真不错。芊芊家跟另外一家人合住一个三居室的老式公寓，虽然开间很大，但也可以想象两个女儿还在的时候是多么拥挤。杨宗庆已是副局级干部，分了一套三居室，可是是新公房，地处杨浦区的一个工人新村。谈话中提及此事，宋幼琪表示"死也不搬"。我说，何不用那套房子跟你们同住的人家换呢？杨宗庆说，那对夫妻也是"死也不搬"的类型。我说，那套房子空关着，不是浪费吗？可以出租啊！杨宗庆说，他是干部，现在有规定，不能做这种事。

芊芊惧怕可能发生的事件一件都没发生，唯一值得一提的是喝下午茶时，杨宗庆接了一个长电话，要去处理单位里的一个意外事件，宋幼琪跟我"推心置腹"了一下。她问我还适应上海版的英国红茶吗？我说不错。她说那你们以后又多了一样共同爱好。我说她不是更爱喝龙井碧螺春吗？宋幼琪说，江南绿茶讲究一股清气，沁人肺腑，是神品，但三滗一过，就没味道了，不像英国红茶用的斯里兰卡大吉岭红茶，弥久而味愈浓，我觉着你们的关系像大吉岭红茶。我说那我们正在大吉岭红茶味厚香浓之际。宋幼琪说，芊芊找到你，我和阿大都极其欣慰，因为都知道她有多难相处。要是芊芊发葛（发蛮），千万不要跟她讲理，我也是女人，但我晓得跟女人讲道理可以，跟老婆讲道理是戆大，你要学会哄女人，装模作样认个错，或者借个由头出去避避风头，风头一过，她就算不认错，一定会至少有十来天把你伺候得像皇帝。

我呵呵直笑说，不错，我刚刚找到点感觉。她也笑了，说大家都说大力不仅读书聪明，待人接物也聪明，不然，阿王那么苛刻一个人，说你那么多好话。我说，阿王一点也不苛刻，学校里都讲他是Confucian gentleman，孔夫子式绅士。她说对对对，阿王人好，芊芊这点像他，又真诚，这点像我。但我跟芊芊的关系，千头万绪讲不清，都不怪她；有一点，她要是在你面前骂我，你听着就是，既不要同意她，也不要不同意她——我是她心里的一个疮疤，碰不得，一碰就破，会影响你们的关系。我说，那你是不是牺牲太大？这女儿可是你命根子啊！她说，你这么讲我很感动，要是她也这么认为我就要感激了，但你千万不要在她面前这么讲，会让她恨你的。我是只要她开心就行了，这一辈子，要我为谁死都不肯的，就除了她，但她是不会相信这一点的。她不懂我们这一代人，像我们这样家庭出来的，生活都像油条脆麻花，是扭曲油炸成型的。

有一刹那，宋幼琪脸上似乎掠过一阵隐痛，等我定睛观察，却什么都没有。难道她还曾回省一生，感叹设如时空变幻，她也许不是那么多生命痛苦的源泉？

我说，在美国，很多人都希望过一个 eventful life，就是有很多故事的一生，我听了不少故事，好像你的生活也非常 eventful，很多人都会羡慕你的。她低头，似乎压制住一个沧桑的表情。她再说话时并未抬头。她说，听人引用过一个作家的话，说生活是一袭华美的袍子，上面爬满了虱子。"如果我不弄点华美，那么我的生活就全是虱子了。"我实在忍不住加道：弄点华美，很不容易啊！她摇摇头，依然低目颔首，说是啊，我们选择华美，就要付代价。唯一没有选择而又付了代价的，就是芊芊芃芃。所以芊芊把一切都怪在我身上，我没有话说。

我可以想象，芊芊听见这话会如何愤怒。

谈话无法进行。我们可以听见隔壁房间里杨宗庆浑厚低沉的嗓音，耐心而暗藏棱角，似乎是有人把家庭纠纷带到工作单位里来了。我想他这个局级干部，照理没必要处理这种小屁事。

良久，我低声问，你要我带什么话吗？她摇摇头，抬起双眼，目光非常犀利，说我今天的话，都是对你说的，因为我觉得，你能带给芊芊幸福，也会让阿王晓得，芊芊已经在他身边，我再过去，"他"就什么都没有了。这不可能的。

说到"他"的时候，她向隔壁房间投去短暂的一瞥。

她话里的逻辑，我没完全懂，也许永远不可能完全弄懂。

我说，这些话王教授都知道吧。

宋幼琪脸上什么表情也没有。良久，她似乎活了回来，俯过身来轻声说，阿王可能对你说过，千万不要（换上海话）让芊芊爬到你头上去，你不要听他的——他天生讨女人欢喜，不过他不懂女人的；一个女人碰着自家欢喜的男人，顶想做的事体，就是对他好。想要好得长，你就要想尽办法，让她有机会——讲句粗闲话哦——拍你马屁。记牢哦，利用一切机会，让她拍你马屁。她每成功地拍你一次马屁，你开心一分，她开心十分，明朝想十只办法再来拍你马屁，你就揽牢她咪。芊芊运道好，寻着你，她自家心里也撒拉清（英文夹中文，thoroughly clear，透底清）的。

说完，坐回沙发，左手拿起茶托，右手食指拇指拿起茶杯，小指翘起，细细抿一口，这时，"大家闺秀"的芊芊，就从她身上幻出影子来。

无语。

杨宗庆打完电话，去厨房里烧了一壶水，回来说，第二道茶最好，不过还得等一会儿。

喝完第二道茶，我听了许多芊芊小时候的故事，大多是杨宗庆讲的。有一桩事颇传神：每次去幼儿园接芊芊，杨宗庆都把她放在肩膀上。有一次芊芊兴奋地讲着什么，出了门居然忘记要求坐上他肩膀，等到她想起来，已经走出好几个路口，于是芊芊哭着闹着，非要杨宗庆走回幼儿园，把她放上肩，最后杨宗庆居然真的满足了她的要求。"我的回报是，她香（吻）我面孔香了廿记，小霸王，呵呵，我真想打她屁股啊——我回来还要烧饭唻。"杨宗庆眼角额头都满溢着笑意。

杨宗庆对芊芊，永远比王教授重要。

第四十八章

离开前夜，七七打电话来说，很遗憾未能细聊。我说以后还有机会。她希望我们回上海举行婚礼，双方父母都能参加。我说好。说了些良好祝愿之类，七七最后说，你回去要看牢阿王——不要看他随和来兮一个人，真要顶真，会走极端的。我愕然。七七又说，阿琪回脱（拒绝了）他，他要不开心很多辰光，顶好的办法不是寻女朋友，而是让他做研究，忘记脱个人生活。我打断七七说，可能对王教授来讲，这不仅仅是个人生活。七七说，我懂你意思，阿王并不认为科技啊事业啊足以锚牢人生，但老欢喜智力挑战的，你要挑战他完成手上的项目。等他完成了么，伤心时期也过去了。我说，你意思是玩个把戏操控他。七七说，一般意义上的操控，对阿王是不可能的，不过就是他晓得你在操控他，他也会跟你走，哪能讲法（什么道理）呢？他从小屋里厢的教养，老传统的，他再叛逆，下意识里的价值观念，仍旧是人生在世就要做一点事体的。我说但愿如此。七七知道我不那么肯定，说你假使没有其他更好的办法，先用我的办法试试，我怕他想不通，做出戆事体来。我问，你不是讲他会得……七七说，我是以防万一。

放下电话，我觉得七七似乎是这个圈子里唯一理解王教授的，王教授会这么想吗？显然不会。他的标准跟我不一样吗？王教授到底是什么标准呢？

我发现自己观察研究了王教授那么几年，大问题上完全没有线索，

Café Ami   327

是不是我跟王教授，根本就不是一种人呢？

　　随便怎样，有一件事我自信很了解王教授，就是他绝不会自杀。对人类的失望可能导致自杀，但更可能导致独善其身，而最好的独善其身就是享受人生的同时，帮助周围可帮助的人，但决计不去想回报这件事，因为一想这件事，就注定失望。

　　在北极圈靠阿拉斯加部分碰到高空超强气流，大家正在睡觉，气流来得突然，没有预警，飞机一下子横侧过来，机舱里人翻物飞，刹那间哭声叫声爆发，好像都准备充分了似的。还好机长有经验有勇气，立刻改自动飞行为手动，飞机顺着气流横滚了几次就自由落体似的下降，机舱里的人顿时一个个头撞天花板，哭声顿时没了，大概都撞昏了过去。我没过去，但脑袋感觉像西瓜砸开了，脑花四溅。下一刻我掉回座椅，一屁股坐在两个座位间的横杠上，把横杠坐折了，然后一阵剧疼，让我以为肱骨骨折，不过还好，疼痛过后，似乎大腿还能动，只是只能坐半边屁股。这时飞机恢复平衡，麦克风里传来机长幽默的口吻：my dear passengers, God just called me to say sorry——he had some wine and for a very brief moment forgot he does not punish non-believers any more. Let's all give the All Mighty a big hand for his failsafe sense of justice.（亲爱的旅客们，上帝刚打来电话说对不起，他喝了点酒于是有这么一刹那忘了他已经不再惩罚不信神的人。让我们大力鼓掌，感谢万有至尊绝不出错的正义感。）

　　回应机长的幽默不是欣赏的掌声，而是一片震耳欲聋的哭叫，兴奋和恐惧兼而有之，唯独感觉不到死里逃生的幸运。混乱中有人大声威胁说要起诉航空公司危及旅客的人身安全。更有人小声问及是否航空公司会付多少医疗费赔偿费等。唯有几个小孩笑声嘹亮，说比六旗主题公园的大过山车还刺激。最后一个声音静止了所有的噪音：excuse me, Miss, can I have a Big Mac？（对不起，小姐，能给我一个麦当劳巨无霸吗？）

　　一瓶谁喝了一半的红酒全浇在了我身上，胸前一片酒渍，熏人。我脑子里过电影似的回想着刚才生死之际脑子里闪过的几个画面：上海姐姐一努一弯的嘴唇，指着我偷偷省给她吃的熏青豆说，阿拉上海人不吃这把么事（这种东西）的；母亲烧灶头，暗红的柴火闪动她一脸烟火色；送我出国时，装作满不在乎的父亲在远处偷偷地看我，眼里满是骄傲和恐惧；我上交第一份实验报告时，我导师一脸慈祥找到宝贝似的看着我说，today is my lucky day（今天我走运）；第一次跟王教授喝咖啡时，他伸腿用脚勾动那张高脚杯一样的桌子，让我靠墙坐一边欣赏窗外风景。

为什么是这几个场景呢？我奇怪。要是问我你一生中最值得记忆的时刻，我一定会列入我的破处时刻：芊芊纤长的手指，指尖滑过我上臂内侧，触电似的敏感。还有戳穿她谎话时，她可怜兮兮地说，唉，怎么搞的，我的口才，在你这里从来没顺利过。还有很多很多，怎么就没自己的影子呢？这几个自己冒起的细节，就能总结我的一生吗？而且，只有最后一个王教授的细节，可以说跟快乐搭一点边。为什么我的快乐时光，都躲在后面不出来呢？大概我这个人，就是一个某种文化写出来的计算机程序。

Is it alienation or production？（我这是异化，还是产业化？）

芊芊在西雅图接我。我发现她开着我的车，问她哪里来的钥匙。她说，每个加州理工的博士都是偷车天才。我坐进车一看，方向盘下垂着两根电线，她拿起来一打，就点了火。我说，你干嘛不用你爸爸的车，就不用把这辆车送修车行了。她说，不用送，我会修。原来她爸爸和车都失踪了。她从房东那里拿到我房间的备份钥匙，但找不到车钥匙，因为我身上带了一把，备份在我的学生那里。我问，王教授去哪儿了？她说不知道，打电话也找不到。

她没马上开回家，找了个僻静公园的僻静停车场，说，the first thing first（第一要紧的事第一时间做），就在车里亲热起来。完事后我说，家里不好吗？那么大一张床，又干净，还不怕别人看见。她说，怕人看见，有压力，你才会如狼似虎啊！

显然我对自己的了解非常有限，难道我也染上了她野地做爱的癖好吗？还是美国住久了，潜移默化？

回到家才下午一两点，她竟然已经准备了一桌菜，就等最后一道工序。我说我来吧。她说你会吗？我的确不太会。她说，放心，我水平不比小王舅舅差。我说你又有什么事情跟他过不去啦？她说，不关你事。菜端上桌，开吃。不久她又毫无语境地冒出一句：我叫他别跟那个人好，他不听我话。我才搞清她是看不惯王教授的现任女友蓝妮，叫她 a politically correct bitch（一个政治正确的婊子），说她有 unbearable self-righteousness（无法容忍的自以为正义）。我从未见过蓝妮，但相信这个人应该是"政治正确原教旨主义者"。我说，又不是你跟她结婚？王教授能容忍，就行了。芊芊夹了一块从利口福买的烤乳猪塞进我嘴里，用上海话说，宝宝啊，乖，嘴巴张开来，吃肉，哎，乖宝宝，这肉老好吃咯。你以后么，就关心你搞得懂的事体，搞不懂的就不要烦（别啰唆），噢，姆妈欢喜。

从那以后，她开始常常跟我说上海话，虽然她普通话相当标准。

吃完饭洗刷停当，两人坐下喝咖啡，我开始汇报上海之行，她捂起耳朵说不想听。我说，我跟小四眼一起吃咖啡，你也不想听？她说不想，你根本是局外人，干吗对这些无聊事儿感兴趣？我说大概我来自一个生活完全没色彩的家庭吧。她说不是，而是你对小王舅舅太感兴趣。我说那大概也对，你爸到哪里，哪里就有故事，我原来是完全没故事的人，跟你爸一起吃了一次咖啡，也开始有些故事了。她说，是跟我的故事吗？我说还不止吧，我也吃起咖啡来了，知道哪里买熏鲑鱼了，还有过几次"一夜站"，还开始听威尔第肖斯塔科维奇。她说，要是我爸欢喜男孩子，你也变同性恋了。我脸皮一厚就耍个无赖说，可惜你爸不是，要不我也爱情生活丰富了一倍。她说，我就知道你把我当代用品。我觉得这话题有些危险，不过只好义无反顾继续无赖，说当代用品也不错啊，你也把我当代用品啊，我无怨无悔。她说，阿爸可不像你这么耍无赖的。我说，耍无赖我是跟你学的。

随后是一段沉默。我想得转变话题。

我说这次上海之行，我有很多感想，你不感兴趣？她说，我是看表现的，感想什么的，除非你要跟我分手，无所谓。我说，那么我们谈谈以后的计划。她说，别计划，水到渠成。我说，你想什么时候结婚？她说，你还没下跪求婚呢？我说，我现在就可以下跪求婚的。她说，你跪跪看。我作势欲跪，见她绝没有阻止我的迹象，就没跪。她说，我知道你就是求婚，也不会下跪的。我说，芊芊，我们结婚吧。她仔细看了我一会儿，大概相信我不是开玩笑，又低头细细想了一会儿。

她问，很认真：你不是开玩笑？我说不是。她又想了一下说，再过六个月，你还想结婚，我们就结婚。见我想说什么，她举手阻止我说，Don't reason with me！Don't analyze me！Don't question me！Just indulge my stupidity！（别跟我说理！别分析我！别质疑我！你就放纵我愚蠢一回！）我说好，可你记住，stupidity is not a crime, but excessive stupidity should be.（愚蠢不是犯罪，但过分愚蠢应该是。）她大笑了一通，说这句俏皮话，你花了好长时间才想出来的吧。我说，是你老爹的话。她说，我怎么没听他说过。我说，他这种话每天都说一大筐，哪里都记得住。她说，那你就记住了？我说，有趣的话我都记得住。她说，那我说得有趣的话呢，你也记住了？说一句给我听听。我愣了，说那要有情景才行。她说，就知道你对我爸比对我有兴趣。我不作声，因为任何解释只会产生反效果。

　　还好，她情绪特别好，没多纠缠，脸上漾起一个坏笑，说，订婚戒指，要是买钻戒，一百万美元打底，我可不想戴一个戒指钻石小得像一滩沙粒零零碎碎堆成一小撮在那里 twinkle twinkle（闪闪烁烁），I want a big rock（我要一个大钻石），不过你现在穷，买不起，就先买一个塑料的，始终欠我一个大钻戒，有个奋斗方向，哈，永远买不起，就永远欠我——你笑什么？坏笑！不准笑。不准笑！不准笑嘛，你赖皮，赖皮，再笑，就勿跟你好了哦（不跟你好了）！说着就扑过来打我，我手脚忙乱地抵挡，说君子动口不动手好呃！你笑起来像 Miss Tiger，动起手来就像顾大嫂唻，打排球啊你！

　　这个时候的芊芊，最是可爱。

　　要真打架，我绝不是对手。

　　事后想，大概应该不管三七二十一，先跪下求婚，即使不接受，也好跟人说是她把我给拒了。也许又是一次考验，看我求婚之心到底坚不坚定？想来想去，我最后决定是自己多虑，芊芊没有那么琐屑。

　　芊芊第二天就得回去，她论文的主要实验正在要紧关头。下午的飞机，一大早就把行李装上车，要我陪她去一个图腾柱公园。这公园听王教授说值得一看。车里方向盘下还是两条电线垂着。我说芊芊，你什么时候修车啊？她说，两人在一起的时间，分秒似金，怎能浪费来修车？我走了以后，你会很无聊，就送车去车行吧，顺便感受感受残留在电线上你爱人的体温和柔情。芊芊一般并不贫嘴，但不能引发，一发就不可收。这是她性格中不讨喜的一面，要慢慢磨掉。

我问，王教授有没有跟你说过贾谊？她说，是唐朝那个专写怀才不遇诗的人吗？我说那是贾岛，贾谊是汉朝的，那种诗贾谊也是偶一为之。她说，你是不是要教导我什么？我说你猜啊！贾谊生在汉文帝时代，治国才具大，为人器量小，说自己怀才不遇。后来苏东坡说，碰到汉文帝这样的好皇帝还要抱怨，那真无可救药了。君臣之间，不仅君要善于用臣，臣也要善于用君。芊芊应声而道，你是不是要我也要善于用你？我对你的 performance（表现）很满意，没什么要教你的。我绝对没想到她会联系到做爱上去，但也许她是故意捉弄我。我说，我有什么地方你不欢喜，可以于无声处加以磨涅，这样你就会越来越欢喜我，这叫作善于爱人。有一会儿她不作声，然后说：我以后不贫嘴了。我想，这脑子跳得有点太快吧，中间过渡都没有。

不贫嘴的芊芊，可爱指数加倍。

车穿过城区进入西北郊，正好太阳在远处短暂地露了一下脸，于是看见浅蓝的海空先跳出地平线，然后太平洋才缓缓升起，像一块硕大浑厚的深墨绿水晶。我下了高速，在一丛丛铺天盖地的淡绿中穿梭。美国西北地区的绿，跟美国东部不一样，没那么浓厚，但同样气势磅礴，看得久了有种压迫人喘不过气来的感觉。

气氛有异！我斜眼一瞄，芊芊脸上有种若有若无的笑，人端坐，两眼直视，眼神内敛，好像一潭清水，天一阴，水立刻有了某种深度，看不到底了。我把芊芊这种表情命名为"作大家闺秀状"，沉静优雅，不容亵渎，通常意味着要跟我讲什么我觉得吃不消的事情。相比之下，我情愿她作"娇蛮状"，难对付的程度稍低。细想起来，这个女孩子没有什么地方我吃得消的，包括做爱。

果然，她开始说英文了。

"I like getting right to the point；you like insinuating things；I guess you would say straightforwardness is an overvalued quality，while second-guessing each other is loads of fun. Well，I think I can live with that.（我欢喜说话直指本心，你欢喜暗示影射。我想你也许会说，直率是一种过高估价的素质，而互相猜疑的乐趣车载斗量。怎么说呢？

我想，这么跟你过我也能凑合。）"

就这些？我有些怀疑，芊芊怎么会这么好说话？

我说，Miss Tiger，are you being sarcastic，or accommodating？（虎小姐，你是说讽刺话呢，还是与人优容？）她说，别得寸进尺哦。然后笑了起来，说我没那么可怕吧，好像从来不会宽容让人似的？我说，今天是我的好日子啊，顿时雨过天晴。她说，你又 insinuating（暗示影射）了。我说，你刚刚说过，you can live with that（跟我这么过，你也能凑合），我当然要利用利用啦。她正色说，大力，我觉得对你accommodating（与人优容）一下，成就感蛮大的。来之前跟爹爹打电话，他说要我学会容让，说这是家庭生活和谐的前提。我说，爹爹对我真好——不是说戏话啊。她说，你以后多拍爹爹马屁——他最后拍板叫我跟你好的。他要说你不可靠，我绝不相信你的。我说，看来我这次回去，拍马屁卓有成效。她说，是啊，上海那里都在说，Miss Tiger 啥地方觅着这么一个高智商马屁精姑爷。晓得吧，他们还说你帅呢！

我很笑了一回：有生以来第一次有人把我跟帅这个字连在一起。

公园里几乎没人。十二月中旬，西雅图已经下了一个多月雨，不大，也不长，但就是不停。我们到的时候，正好是一场雨将停，不用打伞。根据王教授简述，开到一座"千丈悬崖"前，爬上去，没有图腾柱，只见太平洋从脚下壁立"千丈"的悬崖底部向无尽远空铺开，海潮涌动，都好像慢动作似的一层一层叠加上去。更奇怪的是，一点声音都没有，大概都被风声压住了。

芊芊凝神看海，雨雾打湿了她的额发。我撑起伞，她表示想淋点雨，清凉。这西雅图的雨是很冷的。我收起伞，好像芊芊不打伞，我打伞也不适当。

芊芊有种深思的神色。我没问她想什么。她也没说。我们在上面淋了大约有半小时的雨，才下来，衣服潮得没了褶皱。

这场雨淋得毫无由头，但日后回忆起来更有想头，就因为毫无由头，我自语。稍停，一转念，也许就刚才某一秒，芊芊经历了某种哲学或艺术的顿悟，而我这个毫无这类细胞的科学家，就作了回白淋雨的冤大头——还冤出了成就。

图腾柱自成一园，旁边有一个半是博物馆半是作坊、像有屋顶的希腊式圆形剧场。我们先在博物馆部分转了一圈。偌大的建筑，没半个工作人员，好像这世界根本没有小偷。看了一些陈列和介绍，始终没看出王教授为什么极口夸赞这个地方。

图腾柱都耸立在园里，好像随意树立的，徜徉于此久了，感觉走回了原始时代。图腾柱都是刻的鲑鱼，从上到下一个选一个，全作各式狰狞状，只不过这狰狞不让人害怕，倒有点天真喜气。说来有趣，中国人"百兽率舞"，留下图腾的没几个，但从龙到饕餮，几乎都是神话动物，而且都是看了要做噩梦的狰狞，但本地美洲土著都以鲑鱼为图腾，大概吃穿贸易艺术创作宗教崇拜，都是它，所以再狰狞也狰狞不到什么地方去吧。

芊芊说，你有没有注意到，这里一个生殖崇拜的图腾也没有，你见过这种原始部落吗？我说，那么多图腾柱，都是 phallus symbol（男根之象）啊！她笑了，说我知道你们怎么看弗洛伊德，还拿他的 pan-sexism（泛性说）糊弄我。我说，弗洛伊德临床不能用，用来作文化解释，据说还是很不错的。她说，是不是因为他的学说不是科学，但用的是科学方法，基础却是人文观察？我说，你进步不小啊，还看弗洛伊德呢。她说，读弗洛伊德就是读你，消遣价值很大啊。你虽然是科学家，但不是科学，只好作人文观察，而且要用消遣你的态度。我说这我可搞不懂，是不是观察你也要用消遣的态度？她说，我跟你不一样，可以用科学态度观察，因为我心口如一，不是可变函数，不像你，脑筋都动到怎么暗示影射有水平上去了。嗨，看，这是不是 phallus symbol（男根之象）？

芊芊指着一个图腾，大约是最底下倒数第三还是第四个（有个图腾是一而二、二而一的）。一根舌头，青蛙似的伸出口腔老远，呈略扁的圆柱形，有可能是制作者偷工减料顺手找了一根什么塞进去权作舌头，也有可能是恶作剧（鲑鱼无舌），当然也有可能是男根之象。但对于满眼都是男根之象的弗洛伊德而言，这是无须争辩的男根，不是连雨伞步枪都是男根吗？

我就这么心里发泄了一通，没说出来。

芊芊也没纠缠，用手拍拍这根涂得色彩鲜艳顶端作鱼头状的舌头，就走了过去，我也跟上。不料我走过去没一步，这根艳丽的舌头啪的一声轻响，掉了下来。芊芊没注意到。我捡起来塞回去，谁知道塞进去又掉出来，塞了几回，才勉强固定住，不但歪了，还垂了下去，这回真像那活儿了，一根失败的"自主意志"。芊芊注意到了，笑了起来，说，像不像你？我也只好开玩笑说，据说在这里开玩笑，要受 divine punishment（神罚）。她说，divine or not，it's punishment already（无论是否来自于神，这已经是个惩罚）。习惯说法应该用 alright，不是 already，意思是"这是个惩罚，没错"。我问她，你刚才是说 already 吗？她说，Did I？（我是用那个词吗？）然后乐得大笑起来，我也跟着笑，实在不知道有什么好笑。这时鬼影子都没有的图腾柱园里，不知哪里冒出来一个工作人员，大声说，Don't bother，that little salmon fell off years ago.（别麻烦了，那根小鲑鱼掉下来不知道多少年了。）

看来这根小鲑鱼，是随便乱塞到鱼嘴里去的，真是应了那句"以万物为刍狗"的名言。

不得不说，这个图腾柱园很有看头，足足花了我们一个多小时。

看完图腾柱时我突然想起，芊芊近来似乎很少犯说谎强迫症，是原来就很轻微，或是根本没有？那时她的信口胡扯，是不是偶发现象，因为我的关系她不安全感突然反常爆发，过后就自然消失了？也许更可能的是，她原来的说谎强迫是一种自我保护本能：有宋幼琪这样一个母亲，在家里和同学中都需要说很多谎，才能够维护生存所必须的最低限度的自我尊严？现在有了我，这个需要已经消失，这个强迫症也就自然而然不药而愈？我这个解释，是否自我感觉太好？

我的好奇心又无可救药地泛滥起来，心想，搞搞清楚，也算是个有趣的临床案例。上车开出公园时，我装作漫不经心地问，近来怎么不太看见你发挥口才啊？话一出口我就知道犯了大忌，因为我不用斜眼一瞥就可以感觉到她脸色发青，心下忐忑，不要好好地谈着恋爱，随口一句胡话就毁了我生命中可能是最珍贵的东西。我脑袋发僵，想不出怎样收场。

也许是那一刻天气帮忙。正是零雨初歇，云层很薄，强光筛成一片片一层层明暗相间不同色调的灰，淡绿的灰，紫蓝的灰，烟青的灰，还有一小团一小团、边缘镶着亮亮的白金色的黛灰，漫空里哆哆嗦嗦，迷蒙出一片厚地高天无所不包的诗意。虽然这种淫雨时歇间的景色，这一带常见，但我还是身心俱殁地感动了。芊芊也一样感动吗？反正，芊芊没有发作。我惊恐犹在，好奇感又不安分起来，偷偷瞥了一眼。哦，老天哪，芊芊不是在不好意思吧？她嘴唇抿着，嘴角一瘪一瘪，眼睛乜斜下视，像一个等着男孩子请她看电影又怕自己不敢答应的小学六年级学生。

想都没想我就开口了。"芊芊，你在害羞吗？"

我脑袋上立刻就挨了一下重的，还有与此形成强烈对比的、细细的小女孩子的声音，若断若续，是上海话。"你老坏哦，人家总归是小姑娘呀。"

我摸摸脑袋。"以后你再打排球，也小姑娘一点点，好呃？要被你打成黄鱼脑袋唻！"

她轻舒猿臂撸撸我脑袋。"这只排球，打得小一点点，看起来邪其崭。"

稍后，语调一变。"Don't make the same mistake again, Darling, 'cause you don't want to see me exercising my 'oratorial prowess'.（别再犯同样错误，宝贝儿，因为你绝不想看到我'练口才'。）"

芊芊把"口才"翻译成"oratorial prowess"？这两个字直译是"雄辩力"。

我说："I actually miss your oratorial prowess, believe it or not. You are really cute when you exercise it, particularly when caught off-guard.（我实际上有点想念你的口才，信不信由你。你挥洒口才时，很逗人啊，特别是一不小心被人抓个现行。）"

一场可能的大雷雨就这么烟消云散了。我有点侥幸，也有点遗憾，终究没发现芊芊是个什么临床病例。十来分钟后又有一个想法让自己吃了一大惊：芊芊现在这么正常了，是好事吗？不正常的她，让人害怕，然而我不管不顾跳入陷阱，不就是因为她这种不正常吗？

上海人欢喜说，是人都有"贱骨头"，大概就指我这种情形。

出公园已经是午饭时间，在一家偏僻的路边小饭店吃饭，是本地原住民有名的青枫木烤鲑鱼，端上来是一整条，大概是围陷在内陆湖里的鲑鱼，不再洄游，种群退化，变小了，但就这样也有两三磅，两人根本吃不下。我们就着啤酒吃鱼，别的菜几乎没碰。午饭似乎只有三五个客人，大概这里周末才有生意。老板是原住民和白人的混血，纯种原住民大概很少了。

吃完饭还早，去机场坐着不如在这里坐，还可以喝咖啡，吃一种本地人很得意的苹果派，实际上就是加了很多肉桂粉，全美国都盛行这种做法。我问老板为什么这是本地特色。老板说是用本地野生的一种苹果，甜中带涩，跟焦饴糖混合，别有风致。细品之下，的确有点不同。我问老板，这苹果派是原住民的配方？老板说，we coastal Salish peoples only have one thing left, that is the salmon you just ate.（我们沿海沙里喜原住民部族只有一样东西留下来，那就是你们刚才吃了的鲑鱼。）他说 coastal Salish peoples，是白人用语，原住民不会这么自称，但也许是方便我们理解。我又冒险问道，你是原住民？我以为你是白人呢。他很不高兴地说，我看你们亚洲人长得都一样，估计你看我们也都一样。我曾曾祖母是白人，但她是坚决反对白人对我们的压迫的。稍停，又加道，I have Chief Seattle's blood.（我身负西雅图酋长的血脉。）

西雅图酋长曾写过一封致美国总统的信，痛诉其部族遭白人杀人夺地经济压迫之苦，并陈述原住民的生命理想和哲学。这封信现在已成美国经典，全世界以保卫原住民文化人权的组织都把他当作偶像。

我已经不是第一次遇到自称有西雅图酋长血脉的人了，也遇见好多改姓爱新觉罗的中国人，他们的美国朋友都在他们的名字前加上"王子"或"公主"的称号。

芊芊这时充分显示了她的"非可变函数"个性。她问老板，你们现在结婚，生的孩子还是遵守古老的原住民传统吗？

美国原住民大部分是母系承传，生的孩子归母亲的部族，而且要付丈夫一大笔钱，两人婚姻也就此结束。沙里喜人是唯一实行父系承传的美洲印第安人部族，在传统人类学家眼里，稍稍进步一点。不过无论哪种承传，在现代眼光里，这种对偶婚制都是落后文明，这在原住民眼里是不可容忍的蔑视。

老板脸色阴沉，但并没有发作，大概想我们亚洲人跟他同属被压迫民族。他说，现在部族里，可以遵守传统，也可以不遵守。在我可以阻挡芊芊之前，她已经又开口问，是遵守传统的多呢，还是不遵守的多？这次老板反应非常快，反问道，你们亚洲人，是穿西装的多呢，还是穿你们传统服装的多？芊芊大概意识到自己问题不当，顿时脸上笑得跟朵花似的，说我有一套西南部族的衣服，穿上很好看，你们这里有卖传统服装吗？老板嗤笑了一声，显然知道芊芊在干什么，但大概消了气，指着墙上许多原住民庆典的照片说，这种衣服，我们也只有过节祭祀时穿，你买了穿不出去的，除非你要演戏。

芊芊接着问了老板很多有关原住民文化的事，还告诉他我们刚刚看了图腾柱，很震撼。老板很快就欢喜上她了，谈了不久就从什么地方拿出了一块油纸包着的肉类，放到我们桌上说，你们尝尝，这是我们自己吃的熏鲑鱼，白人不吃的，说太生太腥气。我尝了一小块，口感很好，但腥得要吐，不过芊芊显然继承了王教授的基因，尝了又尝，问可有卖的。老板说，有是有，可要等半个月，接着就把油纸一包说，送给你了——别想付我钱，你太漂亮了，漂亮女人都有特权。

这句话一点原住民味道也没有了，看来老板也是个纯种的美国男人。

去机场的路上，芊芊对原住民生活方式大发感慨。谈到对偶婚时说，不知道一个人看着自己的"主婚"跟别人上床，是什么感觉，会引发谋杀吗？"主婚"是一个人的主要配偶，但任何其他人也是配偶。我说不久前有个电影，讲的就是原住民因为想独占一个配偶而谋杀其他男人的故事，看来 nature overpowers culture（自然本性强压文化习性）是有基因根源的，不过大概这类谋杀在原住民里少得多，毕竟进化论效应在个体身上，男人"广撒种"的欲望和女人"博采众长"的本能，在这种对偶婚里最能得到满足。要到群体进化的需要超越个体欲望满足，才会产生一夫一妻制或一夫多妻制，男人为抢女人而互相杀戮才成为文化，英雄的内涵之一就是"雄性"本能超常发挥，杀了男人抢了他们的女人，记不记得成吉思汗的名言？人生最大的快乐就是杀了男人然后把他们的妻女压在身下婉转呻吟。芊芊说，你叫这进化？我看是退化。我说没有这个退化，你就没有希腊神话，没有罗密欧朱丽叶，没有爱情诗，你没听说过，对偶婚制里，爱情诗几乎不存在？只有对异性美的赞赏，就跟对好吃熏鲑鱼的赞赏一样。我有个同学曾说，如果没有战争，人类历史将黯然失色！战争原型，就是特洛伊战争，男人为争夺女人进行的战争。

芊芊若有所思了一段时间，然后说，你实验室里好几个女生，长得不错，看你时眼里都是一闪一闪小星星，你也爱她几个，我再把你抢回来，也辉煌一下。我大笑道，我可是辉煌了一回啊。她说屁，我又不是你抢过来的，我是自己窝上来的。我说，那你也辉煌过啦，窝上谁是谁。她又若有所思了，说，这一辈子还没为一个男人跟人争斗过，是不是人生少了点什么？像宋幼琪，抢了多少女人的男人，她自我感觉一定很好。我说，忘了告诉你，你妈说，她不会为任何人牺牲自己，就除了你。她说，她的话你也信？我说这句话我信。她说，世界上又多了一个宋幼琪的信徒。话虽然尖刻，但看来芊芊对她母亲的感觉，又岂是一个恨字了得。

时间就在这么胡说八道中流逝。恍惚中好像有个念头闪过，谈恋爱大概就是这么回事吧，快乐地胡说八道。得浪费多少时间啊！我还有很多实验报告要读呢。

到了机场，离起飞还有一个多小时，两人都说话说累了，找个角落，依偎着看天花板。登机前有一刻两人对上了眼，都从对方凝视里体会到一种深深的依恋。不知多少年前念过的一句《诗经》蹦了出来，想告诉她，又觉得时候不到，再说芊芊一向对这种爱情胡话嗤之以鼻。看着人排队登机，快登完时突然握紧她一根手指说，你爸爸讲过一个《世说新语》的故事，一个人问，《诗经》里哪一句诗最得"诗人之致"？见芊芊不懂，就翻作英文，what is the most poetic from a poet（来自一个诗人的最有诗意的句子）。她问，回答呢？我说，那人选的是，"昔我往矣，杨柳依依。今我来思，雨雪霏霏。"芊芊说，很好啊，我也会选这个句子。

稍停，她说，你是不是又要暗示影射什么？我说，我会挑选"执子之手，与子偕老"。她侧过脸说，Really？Considering the precarious nature of love？（真的吗？考虑到爱情如此繁复多变的不确定性？）我说，It is NOT precarious at this moment.（在这一时刻，没有不确定性。）她不语。然后挣开我的手说，我该登机了。走了几步，又回来抱住我，在我耳边说，a moment of certainty is good enough！（确定的一瞬，足矣！）大力，你愿意嫁给我吗？我说愿意，戒指呢？她伸出长臂猿似的胳膊拍了一下我的屁股，嗔道，you wish！（想得美！）她放开我，转身，似乎就要离去，但没有，而是走了两步后又回过身来，极粗鲁地把我扒拉到身边，两臂用力裹住我，低下头，把我脑袋歪过来，用她细小的牙齿咬我的耳垂，不重也不轻，刚好咬破一点点，小疼，带点尖锐的痒，好一会儿才放开，残留的温润湿意令我想起她那一次用手指划过我上臂内侧的感觉，比做爱到高潮还强烈。我凑上她耳边说，you violated me for the second time（你第二次强暴了我。）她说，no，I deflowered you for the second time（不，对你我第二次采花。）

她袅袅娜娜地走进登机口，像一棵细细长长生机焕发的豆芽菜。

啊，胡话就是力量！

第四十九章

回到学校已是下午六点多。实验室里一如既往地灯火通明，学生们见我回来就哗的一大片拥进我办公室，实验报告什么的顿时堆了满桌，"拍马屁"的话也一摞摞地乱飞。Hi Professor，you've got a good tan！（啊教授，你晒黑啦，黑得帅！）Your face is glowing with love（爱情在你脸上放光。）老师，我们是不是又要有个新师母？ You look even younger now，is it scientific to say making love rejuvenates？（你看起来更年轻了，做爱使人重返青春这个说法科学吗？）老师，你上次说学校不允许师生恋，我们可不可以不做你的学生啊？

什么时候中国孩子也这么开放了？

一晚上我都是"轻骨头"，一份报告都没读进去，脑子里各种图像纷至沓来，最多的是芊芊豆芽菜似的身体，脱得光光的，一会儿躺在床上，一会儿蹲在溪水边大石头上，一会儿又站在煤气灶边煎荷包蛋。什么叫尤物？我想。在我的爱情幻想里，女人的长相从来没有什么重要性，更别说身体之美了。但现在，我跟所有的男人一样，完全沉溺在"浅薄男人的虚荣"里，还一阵一阵地冲动，想跟人吹嘘这个虚荣。

就是芊芊将来长成了一个立方体，我还是会爱她，我想。

当然，我不能肯定我会爱一个长宽高都是一米八十一的立方体（那得多重？两吨朝上吧！女体质量肯定是大于水的。那怎么做爱？抱都抱不动啊！）但我很欢喜自己这么想，大概"确定的一瞬间"对我同样重要。

第二天大早，记起芊芊的叮嘱，去过问一下王教授的行止。到了他系里，系主任和办公室秘书都毫无概念。你是不是担心什么？他们问。我说没理由，就是他女儿来过了，没见到王教授，打电话也不通。他们说，去他上课的教室看看，他今天有课。我去了教室，没人，离他上课的时间还有五六个小时。我回去工作，下午又去，见一教室人，唯独不见教授。等到上课的时间到了，还是不见王教授踪影，学生渐渐散了，说大概王教授又纠缠上什么重要问题，忘了时间了。奇怪的是没人抱怨，这很少见，大概王教授的学生都特别欢喜他。

大约两天后晚上回家，见到王教授屋里灯亮着，就去敲门。还没敲，听见里面传出一个超长的大提琴乐句，低沉而不稳定，像踮脚沿着悬崖边走动。我音乐欣赏水平是业余的业余，有一叠我欢喜的唱片，但那个曲子是谁作的就分不清了，只知道是我欢喜的一堆音乐里的。但这个乐句我认得，是王教授给我的那个肖斯塔科维奇，据说是苏联二十世纪六十年代的录音，演奏者是当时世界公认的苏联两个大提琴天才少年之一，叫什么什么芬的，原来他是唯一的少年天才，后来被一个小他两岁的同学的光芒盖过，尽管两人在好几个国际大赛中同获最高奖项。他的奖品有一个是意大利大提琴，有几百年历史，由一个意大利巨富捐出，奖给获奖少年。这把大提琴在音乐家死后捐还给基金会，好让薪火传承。

由于这一大堆故事，我拿回去好好听了几回这张片子，实在听不出什么名堂来。我本来就不太欢喜肖斯塔科维奇，觉得他音乐太闹，噪音很多，还神经兮兮的。王教授说我的感觉很对，神经兮兮就是肖斯塔科维奇。这也是为什么王教授送给我这张唱片，认为我跟作曲家有缘。

我神经兮兮？

王教授大概刚开始听，因为唱片的第一首是肖斯塔科维奇的第二大提琴协奏曲，没有第一大提琴协奏曲有名，但不少肖斯塔科维奇的爱好者认为比第一更好，不是就作曲技巧而言，而是以灵性为准绳。乐曲开始是一长段大提琴独白，据王教授说是世界音乐史上最悲伤的调子（他忘了曾经对肖斯塔科维奇的第二小提琴协奏曲作过同样的评论）。由于该演奏家的大提琴大小低于标准，音高没有其他大提琴那么厚重，却时有小提琴的尖锐。王教授认为肖斯塔科维奇是二十世纪最伟大的作曲家，并说俄罗斯民族性格，有一种挣不脱的悲伤，非常纯净，宽广的宿命感无边无际。他说他听过二十多种版本，只有这个演奏家把这种悲伤表现得最刻骨铭心、最纯净无暇。我后来听过几种，只能听出这是唯一的版本，在看来无可演绎的段落中体现出一种随心所之的、有时候似乎是离开原曲的音色变化，充满危机感，这大概就是王教授所描写的纯净。

我站在门外听完了这一段，突然心有戚戚焉，好像听懂了什么，可仔细一想，还是满眼云雾。心想，让他听完吧。去自己房间洗漱清洁，打开冰箱拿了瓶白葡萄酒，提着一大箱王教授咖米们送他的东西，再去敲门。又听到同样一段音乐从门里传出，这一刻感觉不是音乐，而是悲伤，不是音乐的悲伤，而是听者的悲伤。我从前听不出柴可夫斯基第六悲怆的悲跟这个悲有什么区别，这时意识到是有的，只是说不出来。用英文的话，悲怆是 pathetique，悲伤就是 sadness，简单纯粹。

我敲了门。王教授开门就问，你是不是先前在门口站了一会儿？我说是，想让你享受完你宽广无边的悲伤再敲门。他说，你说什么呢？我在工作。进门果然发现，王教授书桌上摊得满满的，但整整齐齐一丝不苟。他问我有没有偷懒还没烧掉他给我的那几页推算，我不好意思说偷懒了，还没来得及找出来。他说，太好了，马上找出来给我，我觉得我是对的，再准备充分一点，过两天跟米亚京好好争论一下，也许可以说服他。我说，说服米亚京？我想你还是悲观一点好。他说管他信不信服我，我知道我是对的。我说好，过几天就给你找出来。

王教授边找着什么边说，你现在是我的准女婿了，我可以对你指手画脚了，不能说而不作。我说孔子还述而不作呢。他说你是跟芊芊学贫嘴了吧，当心芊芊的坏影响哦。我说芊芊哪有什么坏影响啊，我得感谢你把芊芊带进我的生活。他说你们那么好啊，昨天芊芊还在担心，说你不欢喜她贫嘴，我从来没见她为这种事情担心。我说她那个担心，也就是说说，她真要担心我，我就不担心了。王教授哈哈大笑说，这话我要告诉她的，让她也要当心你，真的玩心计，她不是你对手啊。我说，这也许对，但心计再大，也挡不住她一对打排球的巴掌啊。王教授眯着眼想了一会儿，哧地一笑。我说你是不是想象你那宝贝女儿把我打得蒙头蒙脑缩到角落里，脸上印满俄罗斯式的纯净的悲伤啊？他打了我脑袋一巴掌，说你真的变坏啦。

芊芊竟然会担心我不欢喜她有时贫嘴？这不像她啊！她应该根本不在乎我怎么想啊！她变正常了？正常的她好呢，还是肆无忌惮予取予求的她好？当然正常的好，但是，哪一个芊芊吸引我飞蛾扑火的呢？

我意识到这类想法最近反复露头，不知是否预示什么。

王教授把唱片放在单曲重复一档上，边工作边让这无边的悲伤重复一遍又一遍，直到浸透下意识。

"你就这么处理'纯净的悲伤'？"我敲敲放大器，嘲弄道。"这个高级放大器倒真是物尽其用了。"

"放得无限大，有免疫效果。"王教授不在意地说，走到书桌边。

"不是说听这种音乐是为了'净化'吗？"

"什么净化？"王教授开始摆弄桌上的纸张，好像寻找什么给我看。

我突然觉得有什么不对，左看右看，什么也看不出。王教授说，是不是觉得家里一片光明？我这才注意到屋里所有的灯都开着，而王教授一贯欢喜把灯光吊得暗暗的，像法国意大利餐馆那种氛围。我说，房东冒犯你了还是怎么的，想让他多交点电费？王教授说，嘿，这个主意倒不错，那老兄这几年也剥削我们够了。我说，我们的房租相当合理啊，再说几年都没涨呢。王教授说，是吗？怎么我的就涨了呢？你肯定你的房租没涨？我细想一下，倒也不肯定，因为我的房租是定期自动从银行付给房东的。王教授立马看出名堂来了，说大力，今后要过日子的，钱这事要上点心，因为芊芊对钱只有一个概念，那就是花钱，你以后千万不能让她控制家里的银行户头。还有，你要告诉你所有的朋友，绝对不要借钱给她。她跟她妈一样，所有的朋友也同时是借钱对象。我说怪不得她花起钱来那么大方。王教授说，她不是大方，只是不知道自己的钱跟别人的钱是有区别的，而花钱的快感是没有区别的。

"啊，在这儿，"王教授从一叠纸中抽出几张来，"忘了藏在这里了，my bebe（我的小宝贝）。"

王教授手持纸张，环顾大放光明的屋子，手一挥说，是不是无所遁形，像在手术台上一样，无影灯容不下一点阴暗？我说，你要给自己动手术啊？王教授乐了，说是啊是啊，我这几天一直在想，这一辈子都欢喜把灯光吊得暗暗的，到底有什么好？大放光明一下，看看有什么不同。我问看出什么不同来没有。王教授说，a figure of speech cannot be pushed too far.（说话打比方，不能比方到底的。）

王教授把纸张塞给我说，看看，然后把咖米们托我带给他的东西顺手放在一边，带我进了厨房，献宝似的变出一个盒子，包装有某类手工艺术品的特意做出来的原始趣味。今天请你喝一杯二百五咖啡，王教授指着包装说。我一看，盒上写着 Coffee 250，难道这咖啡真叫二百五？王教授神秘兮兮地打开盖子，舀出两勺咖啡豆，磨好，放进高压蒸汽咖啡机，整个过程有种滑稽的庄严感。咖啡香味出来时并未见任何特别。我问他"可有说乎？"他不回答，斟出咖啡来，要我喝。入口也一般，似乎不值那么多钱——这是我根据包装的手工精美度猜测的。怎么样？吃出二百五的味道来了吗？王教授问我。我说你这幅神秘兮兮的样子倒有点二百五。王教授得意地大笑道，哈哈哈，我就猜想你会这么说，这二百五咖啡可是名副其实呢。

原来这咖啡不卖的。蓝妮妹妹是个放射科医生，时下属于最难进入的行当，因为工资高，也不用像别的医生那样，没日没夜地工作，是所谓"有生活方式"的职业。于是蓝妮妹妹跟一帮同志们开始玩各种精致的游戏，其中就有自制咖啡。这包咖啡是用有二百五十多年历史的旧家具生火烤制的，据说能体会到历史的厚重醇和。王教授随蓝妮造访，获赠咖啡一盒，因为蓝妮说王教授咖啡造诣很高。王教授问我，真吃不出什么特别来？好像怕我为了说句尖刻话忘了真实。我说幸亏没水平，要像你这样，满口都是老木头的"宿潲气"（食品放久要坏未坏时的味道）。王教授说他也有幸咖啡造诣不够，所以这盒咖啡不至于浪费。两人边品咖啡边说笑话，竟然喝了一杯又一杯，喝不出名堂来并不意外，意外的是连一句"隽语"都没出来，大概两个人都江郎才尽了，或者这二百五咖啡已经超出隽语所能。

王教授手放在一边，拿出两个杯子倒酒，问我，你怎么喝起白葡萄酒了？我说，是投资者送的，Larry Vaun，贵着呢，你喝不算浪费。他说，二十块到八十块，喝不出什么不同来。然后他喝了一口，又摇着闻酒，说，嗯，这个酒，两三百一瓶吧。我说，还不如给我钱呢。他大笑，说给钱你会要？给你这个，就把你的生活水平提上去了。我说，我以为是生活品位。他又大笑，说生活品位是另一回事，要不然有钱人就等于高品位，品位值钱了，但文化就堕落了。我说，好像你今天特别高兴，大笑了好几回了？不知道是不是又换女朋友了？他说，你怎么知道？我还没告诉人呢。不是换女朋友，而是被女朋友 dump（蹬）了。芊芊会看人，说那个"政治正确"是 relationship breaker（爱情关系破坏者）。

我问发生了什么事。王教授说可以用这个话题下酒，这么说说，浪费，要做一顿好菜，才划算。这当然是遁词。我于是转而告诉他咖米们希望他享受生活的同时，别忘了学问。他说，你什么反应？我说，我还能怎么反应？当然是说一定把话带到啰！王教授说，你怎么这么不负责呢？你不会说我实行快乐主义原则，数学给我的快乐最大，什么都丢了也不会丢数学啊？我发现王教授真有点生气，大概觉得我跟他这么做朋友，还不了解他，极其可恶。我玩个滑头说，你可以这么回答，他们会认为你自我贬抑有英国绅士风度，而我这么回答，他们会认为我把他们心目中的陈景润给亵渎成了小市民。王教授显然不相信我的说辞，但也找不出我玩滑头的证据来，加上大概真希望我是个了解他的人。说到底，我的确认为他是个玩数学的人，不过什么时候都要说那样层次的真话吗？再说了，很多时候说真话，到底管什么用？

"In retrospect, the only thing that never fails to give me pleasure is math. Everything else disappoints sooner or later, one way or another.（回想起来，唯一从未失于使我快乐的事，就是数学。所有其他的事，或早或迟，或从这个角度，或从别的什么角度，都令人失望。）"

王教授这时的神情，大概可称得上"纯净"。

"A hedonist, by definition, cannot be a misanthrope.（就定义而言，

346　咖米其伤

一个快乐主义者不可能是一个厌恶人类者。)"

"What about a philosophical hedonist？（一个哲学家快乐主义者呢？)"

我还没来得及回答，王教授就挥挥手，转开了话题。我问自己，王教授是在分析自己吗？哪里来这样的结论？

那天晚上的谈话没什么大意思，这在我跟王教授的谈话历史中很少见，当然也许我开始对跟他谈话有了一个不切实际的期待。没有人能字字珠玑的。

睡觉前脑子里有闪过王教授大放光明的屋子，觉得有什么不对。还有，王教授似乎过于快乐了一点。虽然他不能以常态判断，但被女朋友蹬了，即使没多少不快，也不至于那么高兴吧？他的高兴中是否有一点夸张呢？也许，蓝妮跟王教授只是有点小冲突，说不定哪天一个电话两人就又忙着找地方 make-up sex（和好做爱）了呢？

胡思乱想了半天，失眠了，起来给芊芊打电话。芊芊还在忙着她的实验，说过会儿打回来。过了几个钟头，我终于要迷糊过去时，电话铃才响，芊芊的声音里充满疲惫，也有点兴奋，说她的实验看来离成功不远了，也许要不了半年，就可以搬来西雅图。我说，你来西雅图找工作？她说，我想去你们学校工程学院工作，跟你在一起。我说那太好啦，我查查看，有没有适应你的 job opening（待招职位）。她说查过啦，没有，不过我让他们新加一个。我说，这预算都是早做好的，我对校长没那么大影响力。（校长有权临时另加教职。）她说，你没有，我有啊。我问，他们同意了？她说，他们要是不同意，我就去别的学校，把你也带走——好几家学校都要我去呢，都比你的学校强；我说你呀，大力，你也勉强算个大牌，怎么一点大牌的派头都没有呢？小王舅舅那个讲座教授，不也是你给他搞的吗？怎么对自己老婆的事，就不上心呢？我说，你爸那个讲座教授，全是他自己的本事，跟我无关啊。她说，他自己的本事？要不是你，他还在那里做代课教授呢，还做得津津有味。

她说到"对自己老婆的事"时，我突然有一种全新的感觉，好像人生突然有了一点盼头。什么盼头呢？不好细想的。

第二天我就找到校长谈这个事情。校长说，哈，那是你女朋友啊，怎么不早说呢？你有几个女朋友？一起招来吧。哦，她爸就是王教授啊，那更要抢过来啦——你不知道吧，现在有多少学校在做梦把王教授挖过去？大力呀，你对学校的贡献，可不应该只局限于自己专业啊！把你认识的博士们，都拉来吧，年薪好谈。

原来校长的"天才猎头小组"早就瞄上芊芊了。这事让我意识到，别人说我"书牍头"，大概不完全想当然。

那天芊芊告诉了我蓝妮跟王教授是怎么回事。

原来蓝妮去旧金山一个反战集会讲演，王教授为了表示支持她，特地开车去参加示威，要是一起抓进去关个一天一夜，将来回忆起来也是一段佳话。但这次反战示威规模小于期待，警察懒得动手，任示威者们在他们面前骂啊跳啊的，连几个职业 agent provocateurs（专门挑事的示威者，常受雇去挑动警察动武，好扩大示威影响）的过激行为都没有效果，弄得原本要骂警察的媒体不得不大大赞扬了一番警察。

事后去蓝妮妹妹家吃饭，谈起美国中东政策，不料蓝妮医生妹妹不反战，还说美国在中东国家搞民主，虽然目前费钱费人，还不讨好，但将来也许对这些国家的人民有好处，虽然他们还会照样仇恨美国。两人大吵一通，饭也没吃就回了旅馆。王教授说下去旅馆饭店里吃。蓝妮说不吃了，我为人类而悲伤。王教授说，悲伤归悲伤，饭还是要吃的，我饿了，这家饭店的 Tarte Tatin（一种法式点心）很有口碑。蓝妮说，难道我就不知道吗？我最欢喜吃妹妹做的墨西哥菜，盼了好几天呢，结果呢，那么一大桌菜，明天都得倒掉。王教授说，那一桌墨西哥菜实在看得诱人，要不我们回去吃，你妹妹会很高兴的——我们出门时她还在叫，你们要我把这一桌菜都浪费掉啊，要知道非洲有很多人没饭吃呢。蓝妮非常愤怒，说你还要为妹妹辩护？这个世界搞不好，就是像她这种人太多了，一次又一次把战争贩子选进白宫。王教授说，你妹妹可是好人啊，用自己的假期去非洲无偿服务，这人还能怎么好？蓝妮说，所有那些"无国界医生"组织的所作所为，都是给帝国主义脸上贴金，用假象欺骗人民，是反动派。

芊芊说，王教授知道蓝妮是左派极端分子，但不知道这么极端。两人为此大吵一场，待到王教授说蓝妮妹妹说的，中东有些国家有可能最终建成民主，这个观点没错，看看土耳其，花了一百年时间才使民主制度真正开始工作，老百姓深受其利。蓝妮愤怒地跳脚大骂，说没想到跟一个反动派谈恋爱，然后就把王教授赶了出来。两人就这么掰了。

这故事实在荒唐，让人忍俊不禁。芊芊说她很笑了一回，发现电话里王教授不高兴了，才停下来。我说，王教授似乎并未因此受很大的刺激？芊芊问，你是问个问题呢，还是告诉我一个事实，抑或想从我这儿证实某种猜想？芊芊感觉没错，不过我可不能承认。我不高兴地说，芊芊，我有那么复杂吗？不过就是对一桩事不很肯定罢了。芊芊顿了一下说，也许是我过度敏感——我总要猜测你到底想说什么，话中有话的。我说，那我以后尽量直接吧，免得你胡乱猜想。芊芊说，那也没必要，你不用为我改变自己什么。我说，再不为你改变自己，我这一辈子都没机会改变自己，那不少了一个人生体验嘛！芊芊很高兴，说想不到你还愿意为我改变自己，看来我没必要太没自信啊！

芊芊声音里可以听到久违的、非常简单的恋爱中的女孩儿的快乐，这令我意识到，为了跟我好，芊芊花了多大努力来适应我，也许花的力气大于我努力适应她。

宋幼琪说要创造一切机会让芊芊拍我马屁，是不是应该试一试呢？

我很快否定了这个粗鄙的想法。

芊芊说她没感到这回王教授受了很大的打击，像上次宋幼琪拒绝他那样。不过，她说小王舅舅一定发生了什么，就是说不出所以然来。我说我也有同感。又说了一会儿王教授，就转到别的话题上去了，主要是她的实验，虽然我提不出什么建议，但一定要认真听她言说一番，夸奖一番，惊叹几次。最后免不了调情，电话做爱好像还不到那个地步。

我没想过要搞清王教授到底发生了什么，但我的行为却好像是另外一回事。第二天我提早回家，特地进了酸鲱鱼咖啡馆。果然，王教授正襟危坐在吧台，面前一碟酸鲱鱼，手上一细杯烈酒，正认认真真地享受北欧风情呢。斯文在离王教授不远的啤酒龙头那里，见我进来，大声打招呼：嘿，大力，来来来，送你一罐石板烤咖啡，你的订婚礼物。王教授一口喝尽余酒，侧过脸说，我没说是订婚，他们想哄骗你开个订婚招待会什么的。我说，好啊，找个机会，就借你的地方了，反正按规矩，女方家里付账。王教授说，美国中国都没这个规矩啊？我对斯文说，这里是斯堪的纳维亚文化区，得按那里风俗办，对不对，斯文？斯文先是愣了一下，立即领会，忙附和说，对对对，我们风俗是这样，prof，你是开"破鞋"车的，得开个"破鞋"车水准的招待会，我来经办，怎么样？王教授说好啊，把那辆车卖了，足够，不过给我女儿的嫁妆也没了。

我也要了酸鲱鱼和烈酒。王教授奇怪地看着我，我说，再试试，说不定某种获得性口味导致了我味蕾的基因突变。王教授笑而不语，看着斯文倒酒，从一个大瓶子里捞出一小块酸鲱鱼，放在一个碟子上，垫一块餐巾纸，放下。他说你若真开始爱吃酸鲱鱼了，今后爱吃多少吃多少，都不要钱，若还是不爱吃，付双倍钱。我叉起鲱鱼放进嘴里，细细咀嚼，努力进行自我暗示：嗯，真好吃！真好吃！有短暂的几秒，我还真尝出了鱼肉的酸甜味，好像不是什么不可接受的食物。可惜这么一想，自我暗示弱化，嘴一张，就全吐了出来。斯文乐得大笑，手拍吧台说，二十块！二十块拿出来！我用餐巾纸擦干净嘴说，你没说只有一次尝试机会啊，再来一次吧。我调整好自己心态，从大瓶子里捞出一块鱼，塞进嘴里，集中注意力对自己施行心理暗示，一块鱼稳稳妥妥咽下喉咙，随即用酒压住，胃里的不舒服感觉得到缓解。我说，以后我就有免费酸鲱鱼吃了吧？斯文说，没问题，如果你能够。看来这小子知道我是凭意志力胜出，不过他为人随和，没叫我当场再吃几块鱼。

看热闹的几人散去，王教授和我开始喝咖啡，斯文还放了两块巴克罗瓦在我们面前，说这是他最新尝试做的希腊 national dessert（国家点心），边说边浇了一层蜂蜜。巴克罗瓦本身就极甜，再加上蜂蜜，那就甜得能毒死人了。

喝了两口咖啡，王教授侧目问，那订婚招待会，当真？我说，当真，只要芊芊说行。王教授说，你有把握她会说行？我说没把握，不是还有你吗？王教授说，我要多嘴，可能帮倒忙啊。我说你低估了你女儿对你的崇拜。他说，I'm at my wit's end as to how to please her.（怎样求她欢心，我智穷力竭。）我脑袋里一阵闪电，说，don't use your wit, use your logic.（别用你的机智，用你的逻辑。）王教授眯着眼睛想了一会儿，不知他想出了什么，一口喝完半杯咖啡，又要了一杯。我还没喝完，不过也要了一杯。王教授说，比赛啊？我不搭茬。王教授问，如果芊芊说不行，你想是什么原因？我说大概 she doesn't love me that much？（她没那么爱我？）王教授说，it's fear, possible？（是恐惧，可能吗？）我皱眉，脑子里一片空白，问，my fear of her, or her fear of me？（我对她的恐惧，还是她对我的恐惧？）王教授微微一笑。我知道王教授意识到我们打了半天哑谜，这时才发现，我们是各打各的哑谜。

王教授放下半杯咖啡说，回去吧，我做几个菜。我说，这杯咖啡，浪费了？王教授夹手拿过咖啡，领先走了，我跟上，乖乖地像一个犯了错误的孩子被父亲从校长室领回家。我以为自己会为此对自己不满，但没有，倒暗暗有点古怪的满足。小时候看见同学垂头丧气地被家长从校长室领走，会有种优越感，现在知道那优越感实际上隐含一种妒忌，因为我希望也有那种垂头丧气。当然，我也意识到自己和王教授的关系也达到了一个临界点，某种质变正在发生。也许，这正是芊芊所恐惧的，我是为了王教授而跟她结婚。我是吗？我知道不是，但谁能那么绝对？另外，这跟王教授说的恐惧，是一回事吗？是不是我跟王教授打哑谜打过了头？还是这一切本身就是一个大哑谜，一个答案说不出来的哑谜？

第五十章

一路无话。进了屋子，王教授就开始准备饭菜，话题随意流淌，从 CNN 的头条新闻到学校里的花边流言。我闲着，闲得不自在，说我也打个下手吧。王教授说，我教你两个芊芊不会做的菜吧。我想，做菜也要比个高下？王教授大概猜到我想什么，说你们将来一块儿请客，总要分担任务吧？再说呢，客人吃到两种不同风格的菜，会很开心的。我说从没想过自己做饭给客人吃，去饭馆容易得多。王教授说，那也不错，就是少了一种艺术享受。我有点心动，几次看王教授做菜，都觉得很享受，但自己会享受厨艺吗？我问芊芊是否也像你那样享受厨艺。王教授说，她就是嘴刁，出国前杨宗庆爱莓强迫她学了几手，以后你会知道她会什么的，没见过她很享受做菜的过程。我觉得自己毫无艺术天分，就是会一点小提琴也是大学里赶时髦学的。至于美食，可有可无，我可不是快乐主义者，无论是伊壁鸠鲁派的还是哲学意义上的。

王教授手脚很快，半小时就搞了几个菜，都极简单却依然算得上精致。其中一个是以色列沙拉，就是几种蔬菜谷类拼在一起拌一拌，我常在学校餐厅里买着吃，但味道比王教授的差远了。我说，这个菜我可以学学。王教授说网上有很多版本，这是纽约一家叫热巴斯的犹太人 Deli（美食店）的版本，米亚京很欢喜，不过我改版了一下，把甜洋葱变成红洋葱，量减半，小茴香减三分之一，豆类不用，改野米，更有坚果口感……我一听那么烦琐，就说你以后讲给芊芊听吧，她会做就行。王教授说，你肯定芊芊会愿意承担所有家务事？我说，她不肯，就请人做，我不能把心思用在家务上，也许我将来不想做研究了，会钻研厨艺也说不定。稍停，我又说，有空还是学学作曲，拉赫玛尼诺夫的钢琴协奏曲，作起来一定很有意思。王教授大笑起来说，你要是拉赫玛尼诺夫第二，那就是上帝渎职，科学天才加音乐天才都堆在一个人身上，古往今来还没有过。我说，爱因斯坦小提琴还拉得不错吧！王教授说，是不错，你听过吗？跟你水平差不多。我意识到自己又出了个洋相：以前自以为天才时，认为什么事情只要自己去做，就一定做得完美，现在变成凡人了，思想习惯还是依旧。

差不多吃完时，王教授主动提起先前谈及的恐惧问题，而且又开英文——现在我跟这父女俩讲英文的享受程度大大减低了，虽然有时我自己也不得不讲。

"Go back to the conversation we had earlier，I assume you two have left behind…or at least learned how to deal with your own fear and your fear of each other，am I right？（回到刚才的话题，我猜想你俩已经过了——或至少学会了怎样处理你们各自的恐惧以及互相的恐惧，我这样说对吗？）"

"这么说吧：芊芊已经让我充分体会到 how many traps there could possibly be in a relationship（爱情关系中可能有多少陷阱），要完全解决这些恐惧，是不可能的。不过我想，你认为我们还有别的恐惧要面对——你说的恐惧，大概是 a completely different kind？（另一种完全不同的恐惧？）"

王教授颔首。"The fear of being alone，that's what I was talking about（孤独的恐惧，我讲的就是这个）。"

"The fear of being alone？"我本能地重复了一句。"那天打电话，她倒是提及 her intellectual loneliness. She said she found her cohorts more and more unbearable due to their increasing stupidity. At the time I thought her a little…self-aggrandizing，to say the least，although I have no reason to think she was trying to be overbearing.（她的智性孤独。她说她发现她那一届同班越来越难以容忍，因为他们愈益愚蠢。当时我

觉得她有点——往轻里说，是自大，虽然我没有理由认为她故意显得压人一头。）"

"Did it occur to you that she might have mischaracterized herself, that she might not be talking about IQ…she said to me once that there are at least six or seven on her level, two of them maybe better？（你是否有过一闪念，她也许自我描述不确，也许不是在讲智商——她曾经对我说过，那里至少有六七个人跟她在同一层次，其中两个也许更强？）"

"Yes，it did.（是，有这么一闪念。）"

我放下筷子，完全没了胃口。王教授开始收拾桌子，我说我来洗碗，两人就边说边做。王教授收拾完桌子，开始准备烧咖啡。我说今天喝了太多咖啡了。王教授就倒了两小杯波特酒，两个细长的小杯，是从斯文那里弄来的。

"What do you think drives you two to each other, in addition to the girl-boy attraction？（你认为是什么驱使你们俩互相接近，异性相吸不算？）"

"我不知道。好像，就想跟她在一起，很快乐。不知道她怎么想。"

"有没有这种可能：在遇见你之前，she was alone but did not feel lonely，or not the same kind of lonely；since she met you，she's felt it，and feared it，the fear drives her to you，and the more she is with you，the more she fears that the loneliness might come back，if you two break up（她虽然孤独，但没感到孤独，或者感觉到的不是那种孤独；遇见你之后，就感觉到了，很恐惧，这个恐惧驱使她靠拢你；越跟你在一起，她越恐惧，因为孤独也许会回来，如果你们分手。）"

"Do you mean I am a refuge for her，sheltering her from her loneliness？（你是说我对她而言是个避难所，帮她遮挡孤独感？）"

"I mean you're refuge for each other—you don't feel it，but it does not mean you do not have it.（我是说你们互为避难所——你不感到孤独并不意味着你不孤独。）"

这是我最害怕的一种逻辑：孤独感就是一种"感"，"感"不到就是没有。不过我不认为我能反驳这种逻辑。再者，跟芊芊不理不睬那一段时间，我有几次在讲台上老想要引吭高歌，这类反常我当时就归之于孤独，只不过谈不上恐惧。奇怪的是，我还自以为天才时，从来没感到过孤独。

是不是王教授和芊芊是天才？天才的孤独，我没有，只有凡人的孤独？

我洗好碗，拿了酒杯，坐到沙发上。

"Is it a…crushing loneliness？（那是不是一种……碾压式的孤独感？）"

"It was not before she met you.（在她遇见你之前，不是。）"

"Now it is？（现在是？）"我啜了一口酒，太甜。

"After knowing she doesn't have to endure it, if you are together.（在知道她不一定非忍受孤独之后，如果跟你在一起。）"

"这一切，都是你的解读？"

王教授踌躇了几秒。"It's my reading of her mind, but her sister told me something that helped my reading.（是我对她心理的解读，不过，她妹妹告诉了我一些事情，对我的解读有帮助。）"

"She talks to her sister about her love adventures？（她跟她妹妹谈她的爱情冒险？）"

"The two sisters are very close, although not totally without sibling rivalry.（姐妹俩非常亲密，虽然并非完全没有姐妹间拼比。）"见我睁大眼睛，又加道："芃芃有个男朋友，后来转而追求芊芊，芃芃很受伤，芊芊为此差不多打上那个男孩子家门去了，但没有用，the damage is done already（伤害已经在那里了）。"

我想，怪不得芊芊从来不提让我见见芃芃。

"那个把我们赶在一块儿的恐惧，是爱情吗，王教授？"

"What do you think love is？（你以为爱情是什么？）"

"至少不是恐惧。"

"Fear drives you to seek happiness, which may overpower loneliness, and for some people, this is love, a sensation of well-being that is very hard to come by. For others, love can be something else entirely, sex, family, children, companionship, money, social status, kindness, admiration, you name it.（恐惧驱使你寻找快乐，

快乐也许会压倒孤独。对有些人，这就是爱情，一种非常难以得到的'好好地活'的感觉。对别人，爱情可以完全是另外一种东西，性、家庭、孩子、相随相伴、钱、社会地位、仁心、爱慕，想数出多少就有多少。）"

"And they are all evolutionary tricks, all equal？（都是进化诡计，一律平等？）"

"Culturally, some are more equal than others.（文化上，有的诡计比别的更加平等。）"

王教授抿了一下嘴，显然在回味自己的机智。这句话活用了《动物农庄》里那只叫拿破仑的小猪的反乌托邦名言：All creatures are created equal, but some are more equal than others.（所有动物都生而平等，不过有的动物比别的更为平等。）

"Are you giving me an anti-Utopian immunization shot for love？（你是在爱情上给我打反乌托邦的防疫针吗？）"

"Dystopian, not anti-Utopian（非乌托邦，不是反乌托邦。）"

我喝完波特酒，王教授问我还要不要，我说不，王教授自己又斟了一杯。

"跟爱莓聊天，她曾引用过一句什么话，华美的袍子啊虱子啊。"

王教授笑了。"她还记得这句话，不错。当时就想多弄点华美，没想到虱子也越弄越多。"略停，王教授挂起了他特有的自嘲微笑：嘴角一撇，瘪成两个小窟窿，唇线成倒弓形。"一直以为只要足够努力，就会成为例外，哼哼，没有例外，大力，你记住，没有例外，虱子就是虱子，以几何级数增长。"

我没想到王教授这么悲观。"那，我们这只虱子，可能华美一点吗？"

"你们是早晨八九点钟的太阳，希望在你们身上。"

这句话很熟，好像是某句名言。

收起自嘲，王教授说有件正经事跟我谈。巴黎一个学术机构请他去演讲并参加一个高级别研讨会，他可以带个人去，他想请我拨冗同去，十六天以后。我的任务就是在他演讲前介绍一下他，可以乘机重温一下我的法语。我说我的法语最多问路点菜念稿子，学术讨论可不行。他说就念个稿子，三四分钟的样子。我说行，如果顺便逛逛巴黎大街小巷，泡泡咖啡馆，能不能带芊芊一起去。王教授说可以，不过我希望就去我们俩，芊芊说过她希望你们的蜜月去巴黎，不能毁了她的蜜月计划。我说她怎么没跟我说过？王教授说你还没求婚呢。我说求过那么多遍了，还要求。王教授说当然，要很正式才行，下跪啊戒指啊，当年爱莓就成天啰唆要我到时候一定要完成这个仪式，不然她是不会嫁给我的，结果仪式完成了，她也没嫁给我。王教授从抽屉里拿出一个戒指，递给我说，这个给你吧，继续我未竟的事业。这个举动似乎不像王教授。我说这太贵重了吧，那么大一个钻戒，再说芊芊要知道不是专为她买的，会不会不高兴？王教授收回戒指说，那就作为 heirloom（传家宝）给芊芊吧。我说还是给芃芃吧，也许她用得着呢。王教授说，我想给芊芊——芃芃将来也许经济状况会不如芊芊，所以我遗嘱里主要受益者是芃芃，还有怀恩。立遗嘱是律师对所有人的建议，但真正这么做的普通人很少。王教授又加道，那辆车是给你的——实际上你现在就可以用。我说你现在不是自己开车上班了吗？方便多了。王教授说，大家都劝我别自己开车——你认为我自己开得好车吗？我说，多开开总还会开得好的吧，那么多从来不运动的中年女性都学会了。王教授说，那好，我再开一段时间，看怎么样。

我从来都不迷信，可是被拒绝的戒指和我戏称为"破鞋"的名牌车，让我明白很多迷信跟一个人的哲学信念毫无关系。

接下去我们讨论了巴黎之行。我们打算正事完成后在巴黎再待个四五天，就做一件事，泡够所有的著名咖啡馆。我去过十来次巴黎，该玩的地方都玩过多次，所以觉得这个计划很好。然后我发现王教授还未去过巴黎，建议他去逛逛香榭丽舍枫丹白露爬爬埃菲尔铁塔啊什么的。王教授说除了那个塔其他的顺便的话也不妨一行，不过他说因为他已经神游过无数遍这些地方了，再去看，失望的可能性更大。"美国人都知道，法国人很讨厌但法国文化很可爱，"王教授说，"我还想继续神游法国，我青年时代的这个梦，舍不得丢掉——我很高兴你跟我一起去，因为你用不着这个梦了。"这句话我不太懂，但跟王教授这么几年咖米坐下来，知道王教授的有些话，不懂就不懂，最好也别努力搞懂。

第五十一章

临走前我随意提起芊芊曾预言蓝妮一定会打电话来道歉，因为"没有女人能抵抗我爸爸的魅力"。王教授说，你没夸张吧，至少芊芊自己就是个例外。我说芊芊就是愤恨自己不是例外，才这么说的，我倒是不同意她的预言，因为蓝妮是个 ideologue（意识形态斗士），有讽刺意味的是，你和爱莓当年因为政治没成，现在你和蓝妮又因为政治没成，看来极左政治哪里都一样。王教授说不一样，蓝妮要是在国内"文革"时期，第一个就得被枪毙。我问我跟芊芊两人谁的预言对。王教授说，你们俩都对也都不对。蓝妮是打电话来了，不过不是道歉，而是要我道歉，不然我们俩不可能。我说你不会道歉吧？王教授微笑说，a gentleman always aplogizes（绅士永远都会道歉）。我不知怎么地放肆了一回，说不会吧，you wouldn't apologize for make-up sex.（你不会为了重新和好后的做爱而道歉）。王教授微笑里带出一丝嘲讽意味。我突然福至心灵说：你是以退为进，跟她彻底了断了？王教授微微赧然，说，a few gentlemen happen to be politicians, but I am not one of them.（有些绅士恰好也是政客，不过我不在其中。）

稍停，我胆子又大了一点，说你又要重起炉灶，多麻烦？王教授笑而不语。我说你什么意思，难道不是恐惧孤独驱使你爱上爱莓的？王教授点点头又摇摇头说，我没有你们那么幸运，我的 relatiohsip is just relationship（我的爱情仅是爱情）。我有点昏，好像所有我理解的王教授的爱情观全颠覆了。我说，你就没有 intellectual loneliness（智性孤独）？他说没有，intellectual viciousness dispels all my intellectual loneliness（智性之恶驱走了所有我的智性孤独）。见我睁大眼睛使劲在那里想这句话什么意思，他哼哼地笑了，说我信口开河，玩笑。随即又正色说，刚才不是说了吗，我没你们幸运，结婚一箭双雕。另外，intellectual loneliness 对我而言是常态，直到认识了你和米亚京。我吃了不小的一惊：我竟然有幸得王教授高看，成了智性知己？另外，他那么多咖米，竟然没有一个智性知己？我一直有一个问题，不敢问，这时想到自己这么受王教授看重，就咬咬牙决定试试。我说，我很奇怪，我觉得倪老师 brilliant（才华横溢）。王教授叹气又叹气，说这不是一个智商问题——智商只是个 pre-condition（必要条件）。踌躇再三，王教授说，也许告诉你们对你们好（我理解是对我和芊芊的关系有好处），you both have so much to live for（你们俩都有那么多东西，值得好好为之活着）。

王教授看起来性观念非常理性超前，但实际上相当保守，他之所以踌躇再三是否告诉我的，原来是他和倪翠葆的关系发源并非那么智性。他说那时还在写作组，突然就发觉越来越孤立。我说是不是那次你"一言定人生死"，遭忌了。他说倪翠葆是这个看法，但有些事情她不知道，他也没告诉她，不过倪翠葆一直对他好，他感激，但未及恋爱，直到一天他看见倪翠葆站在窗前，正好夕阳西下，她穿了一件洗得很薄的白的确良衬衫，阳光透过衬衫，从他书桌那里看过去，她好像只戴了一个胸罩。他说那是 "the most sumptuous breasts（最华美的胸脯）"，几乎难以掉开眼睛。他想起他父亲曾告诉他兄弟仨要"那里"有动感，才能决定是否真爱上谁了。他当时理解有误，把先决条件当作充足条件，以为只要"那里"有动感，就是爱了。两人很快坠入爱河，偷尝禁果，就结了婚，那是一段如胶似漆的时光。后来分手，两人人生哲学上的差异还在其次，最主要的是倪翠葆把性生活当作处理夫妻关系的一个手段，后来又用儿子作为挽回婚姻的手段，这就把王教授推向了宋幼琪。他说他告诉过芊芊，现在再告诉我，两人无论怎么吵架，都要把性生活这个因素排除在外，不然就岌岌可危了。

把性生活这个因素排除在外？可能吗？

"实际上倪翠葆也不过是女人的本能驱使，并非犯了什么不可原谅的错误，但很多婚姻失败并非谁犯了什么错误。我如果想：唉，混混，混混，混混算了，也许就混到现在了。当然，我不愿意混，但并不妨碍在很多人眼里，我是以另一种方式混到现在，呵呵呵。"

　　这大概是王教授为什么在那里不停地放肖斯塔科维奇吧？

　　纯净的悲伤，阔大的宿命感无边无际。

　　我很想跟他讲姚奕尔托我的事，看看王教授是否知道芃芃的生父是谁，但理智终于战胜了我的市井好奇：王教授已经因宋幼琪的拒绝深受创痛，再知道就是在他俩热恋时，宋幼琪还跟人生了一个孩子，至少会重揭伤疤。后来不小心提及姚奕尔，王教授问，姚奕尔是谁？我说绰号叫小四眼的，响羚羊说他是"林子里一棵挺拔的白桦树"。王教授笑了，说，噢记得记得，that boy is a devious character（那男孩是个变态）。我说他现在是个黑客，在网上大战美国黑客呢。王教授问，那么说，他头脑还算可以啰？我说，岂止是可以，很聪明一个人，被你吓得连大学都没考。王教授显然很吃惊，但竟然没有问为什么，大概实在对他缺乏兴趣。可怜姚奕尔还把王教授放在他最喜欢的两个人之列。

　　我走时，王教授叮嘱我尽快找出他那几页纸。我说好，同时劝他开始用计算机做这些事。他说习惯用纸，用计算机好像脑子里的东西出不来。

　　关门时他说，你跟芊芊那么好，我很高兴，作为过来人，我对你对她说同样一句话，好的时候尽量享受每一刻，万一有变，这些美好时刻，还应该是美好时刻。记住墨菲定律，大力。

　　墨菲定律是一条貌似深刻的伪哲学定律，谓"所有可能发生的坏事一定会发生"。之所以在美国能获得偌大声名是由于原来作为精英教育的大学对大众普遍开放以后，一种精英教育追求的"思想深刻"产生了它的大众需求，而"大众"的定义内涵之一就是通俗，于是一种通俗的"大众哲学"应运而生，最常见的就是这类哲理式引言，好像来自某哲学家，而廉价的怀疑主义最好销售。其不通很容易证明：孩子夭折是可能发生的坏事，如果一定会发生的话，所有人类早就死翘翘了，也没有机会来印证这个定律的深刻性了。王教授不应该是这类伪哲学的消费者。难道他在总结自己的生活？

我说，泰山大人，你说我们什么时候订婚好啊？

王教授脸色顿时明快起来，说，你们谈过了，什么时候？我不能肯定芊芊一定会同意马上订婚，便说还没有，我想不是问题。王教授说，嗨，下回还想捉弄我，应该说已经决定了，让我高兴的时间长一些啊。实际上，现在最让我高兴的事情，还不是你们订婚结婚，而是尽早给我生个孩子。

我回到自己屋里，心想得尽快谈婚论嫁。即使最后分手，也许可以有一个孩子，当作纪念。我很想生个很像自己的儿子，然后亲手把他带大，把我成长过程中一切自己和环境的错误都一一改正了，看他会成为什么样的一个人。

而且，王教授还可以教他数学。

奇怪的是，临睡时，宋幼琪的粗鄙论点又沉渣泛起，要不要给芊芊一个机会让她拍我马屁呢？我努力跟自己说"不"，但下意识里知道，这个粗鄙主意还会沉渣泛起。都说人为了爱情，怎么变态都有可能。

第五十二章

第二天我特地抽了一个钟头，但没能把王教授的几页纸找出来。后来找出来才想起，当时想保险，把它卷成一卷，塞在我书包里一条非常隐蔽的夹缝里，是设计来放重要文件的，从来没用过，所以也想不到去那里找。

后来几天都没见到王教授，只有一次几乎半夜了，还听到肖斯塔科维奇的纯净悲伤，穿过西雅图宝蓝的夜色，低低地流进我的窗棂。我几次想提醒他别工作过头，但想到这也许是他在与爱情失据所产生的孤独感作战，就放弃了。再说，他也许在做一件改变人类历史的大作品呢？

王教授现在天天开他的"破鞋"车上班，那可是对所有开车人的巨大威胁啊！有人说我为古人担忧：他刚通过路考就一人开到旧金山，还能怎么要求？我想那么多笨人都在开车，没必要担心王教授吧。难道墨菲定律会在王教授身上应验？太搞了吧？

没想到我会因为这个充分逻辑的推理后悔一辈子，尽管我知道，即使我劝了王教授别开车，也是做无用功。后悔常常是一种自我心理疗法，目的是减轻无可承受的悲伤。

王教授开车去默舍岛（Mercer Island）做家教，急拐弯，一队自行车迎面而来。由于缺乏经验，王教授为了离自行车列尽可能地远，打弯过度，翻进湖里。骑车人属于一个私人体育俱乐部，都是青壮年，全部跳下湖抢救。"破鞋"车用材太好，车窗竟是防弹玻璃，绝对砸不开，抢救出来已经太晚。

我以为王教授早已不做家教，但他欢喜家教，大概没机会教倪怀恩，做家教多少有点心理补偿吧？倪怀恩的托付，还没跟王教授谈过。

身份认证是我去做的。依法，必须是亲人认证，但大概是中国人吧，警方竟然同意接受我的认证，说只要校方写信说我是王教授的女婿。

法医只让我看了头部，眉目化妆得不像中国人了。

把脸盖上，我一人在那里站了很长时间。想摸摸他，但没摸。一定冰凉冰凉的。死的手感，曾经是一个富丽庞大、其翼若垂天之云的生命意志。

王教授有洁癖，在这么一块遮尸布下躺着，不忍卒睹。

王教授是不会给自己写墓志铭的，米亚京也不会，没有上帝心态的人大概都不会。

代他写一个？活过，爱过，数学玩过？

太法国了！

如果有灵魂，他也许会在什么地方看着我吧？会用什么样的眼光？

我抬起头，想象他的眼光，从奶白的天花板上落下。

他的眼睛一直有种厚度，我从来没看穿过。

尽管王教授从未拒我于千里之外。

从法医署出来，我开车随便找了个公园，停车往林子里乱走。外人看我一定悠闲漫步，不知我脑子里却像百米赛跑一样，无数念头狼奔豕突，奇怪的是我自己都无法分清是些什么念头，只知道再这么越奔越快，我的神经系统就会像一根竹子弯成一个圈那样，绷不住就会断裂。尝试了各种方法镇静自己，效果欠佳，最后想起肖斯塔科维奇的第二大提琴协奏曲的起始乐句，便努力在脑子里复制这个乐句。随着乐句渐渐成型，脑子也渐渐松弛下来。

纯净的忧伤，宽广的宿命感无边无际。

王教授走后没几天，米亚京教授打电话来问，怎么打不通王教授的电话。知道斯人已逝，米亚京说噢，那他未完成的工作，你来继续。我说你怎么没点悲伤啊，王教授还说你们俄罗斯人有一种特有的纯净的悲伤呢。米亚京说，这就是俄罗斯人的悲伤，把他的名字传下去，是我们俄罗斯人对付悲伤的方法。原来他找王教授是告诉他，他认为王教授是对的，并预言说，这个工作成功的话，什么样的革命性转变还很难预见，但用巨大这个词来形容，还是保守的。

我答应完成王教授的论文，后来发现自己数学水平不够，就由芊芊接手过去，没想到她的数学能力不是我能望其项背的。

放下电话前米亚京似乎没话说了。"I have 1.5 friend or friends in this world. Wang is the 1，and you are the 0.5. Now the 1 is gone，and the 0.5 is going，I am alone once again，alone，absolutely alone. Dali，do you know how it feels to be absolutely alone？ Its mathmatic equivalent is all the value between the two signs，the finite and and the infinite，from here to eternity.（这个世界上我有一个半朋友，王是那一个，你是那半个。现在那一个已经消失，这半个也正在消失，我又是孤独一人了。孤独，绝对孤独。大力，你知道绝对孤独是什么感觉吗？它的数学等价物是两个符号之间所有的值，有限符和无限符，从这里直指永恒。）"

挂了电话。

我是飞到加州去告诉芊芊这个噩耗的。她的反应绝对"正常"而又出人意料。

"小时候，有一段时间我特别怕死。小王舅舅就说，死不一定是坏事，也许是好事。我就说，那你干吗不死？他说，我要养你啊。然后他就给我讲了庄子的死亡观，悬解，就是把倒吊着的人解开放下。我说，人死也死了，倒吊着正吊着，放不放下来，有什么不同？小王舅舅说，哈，我们 Miss Tiger 真是天才哲学家，混同生死啊，庄子'齐物论'齐了生死，还没'齐悬解'呢。当时不懂他在说什么，就知道他在拿我开玩笑，不过我怕死的阶段就这么过去了。现在，小王舅舅真的悬解了，不用听肖斯塔科维奇了。"

我想，至少去过巴黎再悬解吧，伏尔泰咖啡馆还没泡过呢！

再华美的虱子还是虱子。

"破鞋"车的确留给了我。出事故的车已经不可能修复，所以保险公司赔了一辆崭新的车。王教授是全按揭买的车，所以我也继承了按揭。我问芊芊是否要保留车，芊芊白了我一眼，我理解是"这还用问？"的意思，但"这"是什么，我还要过一段时间再问她。

遗嘱里有后事处理一条：不举行任何纪念活动，骨灰撒掉。

上海来了很多电话，要我们把骨灰带回去，大家有机会告别。芊芊说，小王舅舅休息了吧。我说，休息，好。

没说骨灰撒在哪里。我跟芊芊去了图腾公园的千丈悬崖上，把王教授撒进太平洋的万重波涛。王教授很赞赏马克思自认世界公民，但我还是私下里希望，太平洋会把他一部分骨灰带回黄浦江。

我把一张小纸片，一起丢了下去。芊芊问，你写了什么？我说，my promise to him that I would take a good care of you（我对他的允诺，好好照顾你）。

纸片上写了四个字：咖米其伤。

如果有人问我"伤"字是什么意思，我大概会说是伤心。但这个字，跟一个童话有关系：一个男孩生下来没有眼睛，祈祷神给他光明，神就用刀在他额头上挖了一刀，留下一个永不闭合的创口，没有眼珠，但可以看了，不过它会在所看到的一切东西上，都留下一个伤口，像一个黑洞洞的、半张开的嘴。

小纸片跟着骨灰飘下去，飘着飘着突然就不见了，只剩下海天茫茫。

我们俩在悬崖上站了一下午，凝目西雅图冰寒如雾的雨幕。

芊芊没掉过一滴眼泪，但我从未敢相信，她可以几天不主动说一句话。我曾尝试劝她哭哭，也许好受一些，被她瞪了一眼，好像我在亵渎神圣。

晚上芊芊突然说，今夜星光灿烂，我们要做一夜爱。

我说 that's a "Mission Impossible"（那是"不可能完成的任务"）。

芊芊说，it has to be possible if we make it our mission（如果我们把它当作任务，它必须可能完成）。

完

2015 年 7 月 25 日，上海
2005 年 11 月 1 日，纽约

图书在版编目（CIP）数据

咖米其伤 / 戴舫著. -- 北京：作家出版社，2018.1
ISBN 978-7-5063-9732-2

Ⅰ.①咖… Ⅱ.①戴… Ⅲ.①长篇小说 – 中国 – 当代
Ⅳ.①I247.5

中国版本图书馆CIP数据核字（2017）第246772号

咖米其伤

作　　者：戴　舫
策划编辑：郑建华
责任编辑：李　雯　乔永真
装帧设计：董隽玮
出版发行：作家出版社
社　　址：北京农展馆南里10号　　　邮　　编：100125
电话传真：86-10-65930756（出版发行部）
　　　　　86-10-65004079（总编室）
　　　　　86-10-65015116（邮购部）
E-mail:zuojia@zuojia.net.cn
http://www.haozuojia.com（作家在线）
印　　刷：中煤（北京）印务有限公司
成品尺寸：152×230
字　　数：346千
印　　张：23.25
印　　数：001–3000
版　　次：2018年1月第1版
印　　次：2018年1月第1次印刷
ISBN 978-7-5063-9732-2
定　　价：48.00元